NACHT ÜBERM CHIEMGAU

Ina May wurde im Allgäu geboren und verbrachte einen Teil ihrer Jugend in San Antonio/Texas. Nach ihrer Rückkehr in die bayerische Heimat absolvierte sie ein Sprachenstudium und arbeitete als Fremdsprachen- und Handelskorrespondentin für amerikanische Konzerne. Heute ist sie freie Autorin und lebt mit ihrer Familie im Chiemgau.

INA MAY

NACHT ÜBERM CHIEMGAU

Kriminalroman

emons:

Lust auf mehr? Laden Sie sich die »LChoice«-App runter, scannen Sie den QR-Code und bestellen Sie weitere Bücher direkt in Ihrer Buchhandlung.

Bibliografische Information der Deutschen Nationalbibliothek
Die Deutsche Nationalbibliothek verzeichnet diese Publikation in der Deutschen Nationalbibliografie; detaillierte bibliografische Daten sind im Internet über http://dnb.d-nb.de abrufbar.

© Emons Verlag GmbH
Alle Rechte vorbehalten
Umschlagmotiv: mauritius images/Stefan Sassenrath
Umschlaggestaltung: Nina Schäfer, nach einem Konzept
von Leonardo Magrelli und Nina Schäfer
Umsetzung: Tobias Doetsch
Gestaltung Innenteil: César Satz & Grafik GmbH, Köln
Lektorat: Uta Rupprecht
Druck und Bindung: CPI – Clausen & Bosse, Leck
Printed in Germany 2019
ISBN 978-3-7408-0663-7
Originalausgabe

Unser Newsletter informiert Sie
regelmäßig über Neues von emons:
Kostenlos bestellen unter
www.emons-verlag.de

Geschichte schreiben ist eine Art,
sich das Vergangene vom Halse zu schaffen.
Johann Wolfgang von Goethe

Erster Teil

Das Rätsel vor dem Tode

1

Des gähd af koa Kuahaut.
Das übertrifft alles.

Der letzte Gedanke vor dem Einschlafen sollte sich nicht darum drehen, dass ein Mörder seine Strafe abgesessen hat.

Und der erste am Morgen besser nicht darum, dass ebenjener, nämlich Benno Seitlein, mir, der ehemaligen Kriminalkommissarin, die Hand an die Kehle legen könnte.

Ich hatte nicht den geringsten Zweifel, dass Benno ein zutiefst unglücklicher Mörder war. Einer, den ich nicht überführt hatte, weil er das selbst vollbrachte. Ich mochte nicht darüber nachdenken, dass sein Unglück ein Grund für Vergeltung an der damaligen Ermittlerin sein könnte.

Eine halbe Ewigkeit – gut fünfzehn Jahre – lag zwischen dem Damals und dem Heute. Ich hatte es nicht eilig damit gehabt, ihm die Tötung der Schwester zu beweisen. Großzügig überließ er mir die Spuren, doch mein Instinkt sagte mir, dass da etwas überhaupt nicht passte. Die gnadenlose Neugier, die ich sonst an den Tag legte, war Benno nicht zum Verhängnis geworden. Denn bis ich gewusst hatte, was nicht stimmte, war einige Zeit ins Land gegangen.

Im Grunde würde es keinen Sinn machen, wenn er sich rächen wollte. Doch was ein Mensch hinter Gittern erlebt hatte, konnte sein weiteres Leben bestimmen.

Und dieses Leben hatte jetzt begonnen …

Mein gegenwärtiges Problem war jedoch ein anderes – oder vielleicht auch keines: Ich hatte zugestimmt, für Maximilian Felder, der mit seiner Frau Mauritius bereisen wollte, das Haus zu hüten. Das Haus und einen Hund. Natürlich hätte ich fragen sollen, welcher Rasse. Ich hatte es nicht getan. Der Mann würde mir doch wohl kein Riesenviech überlassen wollen?

Juliane, du hast Ja gesagt, rief ich mir in Erinnerung.

Ich hatte schon öfter Ja gesagt und daraufhin auch einmal ein »Hä?« von meinem Enkel gehört, nämlich, als ich am Telefon verkündete, ich bräuchte eine Webseite. Seine Oma wolle ihre Dienste anbieten. Homesitting. Er wusste, was gemeint war, aber er wusste nicht, wie Oma das meinte.

Matthias das zu erklären hatte sich als zeitaufwendiger herausgestellt, als seinerzeit einen Verdächtigen zur Kooperation zu bewegen. Wie erklärte man einem Siebzehnjährigen, dass einem die Decke auf den Kopf fiel, man Handarbeiten nicht sonderlich mochte, Kaffee-und-Kuchen-Orgien auch keine Dauerlösung waren, die Nachbarn zu beobachten nach Observation aussah und die Zeit totzuschlagen sich eher nach einer Straftat anhörte?

»Ich möchte mich nützlich machen, und solange mein Hirn mitspielt, ich fabelhaft sehe, gut höre und noch immer schnell ziehe ...« Er konnte mein Zwinkern nicht sehen, aber ich hörte ihn nach Luft schnappen.

»Omaaa! Du hast abgedankt, du bist über siebzig. Und du darfst keine Waffe mehr tragen.«

Er hatte mir mein Alter hingeworfen. Bengel!

Natürlich durfte eine ehemalige Kriminalkommissarin keine Waffe tragen. Ich trug auch keine. Ich hatte sie gut verwahrt, an einem Ort, an den ich jederzeit herankam.

Der nächste Hinweis meines Enkels war sogleich gefolgt. »Wir sind in Bayern. Homesitting ist total unbayerisch.«

Aber der richtige Begriff. Ich blieb anstelle einer Person, die etwas anderes vorhatte, zu Hause. In *deren* Zuhause. Ein Angebot zu einem fairen Preis.

Matthias fand meine Idee »ziemlich mutig«, und bevor ich mir noch ein paar Umschreibungen anhören musste, fragte ich ihn: »Hilfst du mir und kümmerst dich um meine Seite, oder ist dir das zu blöd und ich kann dich mal ...?«

»Hm, wir denken ganz lässig. Ich. Und ich weiß auch schon, was da zu deiner Biografie stehen soll«, bekam ich zu hören.

Schließlich hieß es auf meiner Webseite:
Juliane Leitermann, eine bayerische Homesitterin – gewissen-

haft, gründlich und verlässlich. Die Kriminalkommissarin a. D.
kümmert sich um Ihr Anwesen, gerne auch um Ihre Haustiere
und die Pflanzen.

Das Foto, das Oma in Bewegung zeigte und mich noch dazu ganz gut aussehen ließ, gefiel mir wirklich. Jugendlicher als über siebzig wirkte ich in jedem Fall.

Und in der Tat hatte ich Besseres zu tun bekommen, als mich mit dem Älterwerden auseinanderzusetzen und die Herrschaften auf dem nahen Friedhof heimzusuchen.

Mein erster Auftrag hatte mich in den Schwarzwald geführt, wo die Uhren tatsächlich anders gingen, danach machte ich mich in Salzburg nützlich. Ein wenig international.

Die Pflanzen hatten meine Fürsorge überlebt, Herr Pinkel nur knapp. Herr Pinkel war überhaupt nicht fein gewesen. Der Kater war verwöhnt, abgebrüht und hatte mir sein Hinterteil gezeigt, wenn er fand, ich hätte es verdient. Ich drohte ihm mit Diät. Herr Pinkel hatte zügig begriffen, dass ich am längeren Hebel saß.

Vielleicht war jetzt ich diejenige, die zu schnell geschossen hatte, weil mir der Ausblick von der breiten Terrasse der Felders auf die Burg Marquartstein so gut gefiel. Es gab kein Bild vom Hund.

Mit Maximilian Felder hatte ich vereinbart, dass ich heute am Spätnachmittag mein neues Quartier beziehen würde. Heute Abend würde für ihn und seine Frau der Flieger von München aus direkt zur Insel im Indischen Ozean starten.

Das Zeitfenster war knapp, fand ich, oder andersherum, Maximilian Felder war risikofreudig. Was, wenn ich zu dem Schluss kam, dass mir zwar das Heim, nicht aber der Hund sympathisch war?

»Wir kommen schon irgendwie zurecht«, sagte ich mir und wollte mir zu gern vertrauen. Wer da wohl risikofreudiger war?

Herr Pinkel hatte sich zunächst auch manierlich gezeigt. So etwas hatte fast gar nichts zu bedeuten, das wusste ich.

Jetzt sollte ich noch jemanden organisieren, der vierzehn Tage lang meinen Japanischen Schmuckfarn, eine silberweiße Schönheit mit dunkelblauem Mittelstreifen, gießen würde. Ich wollte nicht dran denken müssen, auch noch meinen eigenen Haushalt zu versorgen.

Der Jemand lief mir buchstäblich in die Arme, als ich mit meinem Koffer hantierte. Angelika, meine Nachbarin in der Hochplattenstraße, zwanzig Jahre jünger und allen Ernstes Schürzenkleidträgerin, winkte und wartete an meinem Gartentor.

Sie fand es »sooo spannend«, was ich machte. »Wohin geht's diesmal?« Ein neugierig-fragendes Gesicht, die Unterlippe mit den Zähnen eingefangen. Dieser eindringliche Blick könnte es schaffen, eine Gießkanne leer zu saugen.

Sie erfuhr von mir nie, wohin es ging, ich bin eine ehemalige Kriminalkommissarin. Zu viel zu erzählen konnte einem das Genick brechen. Und das war nicht bloß die Erkenntnis des gesuchten Bankräubers, der seine Mutter anrief, sie müsse sich keine Sorgen machen, er sei für die nächsten Tage im Gartenhaus seines besten Freundes untergeschlüpft.

Angelika erzählte ich: »Nicht so weit diesmal, fast nur einen Steinwurf. Ich hoffe, das Wetter ist dort ein wenig besser.«

Soweit das Wetter keine zehn Kilometer weiter im Nachbarort Marquartstein besser sein konnte. Von dort aus sah ich auch auf den Hochgern, die Kampenwand und das Kaisergebirge. Obwohl, heute war es trüb, Wolkenberge am Himmel, die vor den Bergen hingen wie ein alter Vorhang. Allgemein schwenkte gerade der Spätsommer ein. Die Blätter an den Bäumen färbten sich so dezent wie ein betretener Halbwüchsiger nach einer Rüge.

Pflanzen! Fast hätte ich versäumt, sie zu fragen, es hätte mir leidgetan.

»Würdest du dich um mein Schmuckstück kümmern?«, erkundigte ich mich.

»Ach ja, Jos Geburtstag.« Angelika nickte wissend. »Soll ich ihm etwas bringen? Vielleicht Blumen? Das mache ich gern.«

Kurz senkte ich die Augen, wie hatte ich denn … meinen Mann vergessen können?

Kriminaloberrat Jo Leitermanns Lachen konnte ich freilich nicht hören. Meinen verstorbenen Ehemann hatte ich nie »mein Schmuckstück« genannt. Angelika dachte wahrscheinlich, ich wollte sie darum bitten, ihm ein Gesteck aufs Grab zu stellen. Nein, wollte ich nicht. Jo bestimmt auch nicht.

Ich saß an seinem Geburtstag für gewöhnlich mit einer Decke im Gras neben der Grabumfassung, packte die Zigarillos aus und schenkte uns ein Glas Cognac ein. Wir tranken den Hennessy schon seit … Ich weiß nicht mehr, wie lange. Er war fast unbezahlbar gewesen, und umkippen, also verderben, sollte er nicht.

An diesem Geburtstag war ich vielleicht verhindert, aber das würde man sehen. Angelika sollte in jedem Fall glauben, ich wäre es.

Ich schüttelte den Kopf, flüsterte meiner Nachbarin ein leises »Danke, nein« zu und erklärte, der Farn auf meinem Wohnzimmerfensterbrett wäre dankbar, wenn man ihn nicht vergessen würde.

»Du hast doch mal in der Branche gearbeitet«, platzte Angelika plötzlich heraus, als ich im Begriff war, meine Tasche zum Koffer ins Auto zu hieven. In der Branche. Das klang ziemlich leichthin. Gerade eben hatte sich das Gespräch noch um »etwas oder nichts vergessen« gedreht. Was zum Teufel meinte sie?

Mein Schweigen verlangte jetzt wahrscheinlich, dass sie etwas sagte.

»Vor fünf Tagen ist doch diese nette junge Frau verschwunden.«

Als würde man sich kennen. »Hast du sie gekannt?«, fragte ich, gar nicht neugierig. *Das* war nie meine Branche, für Vermisstenfälle war ich nicht zuständig gewesen.

»Ich glaube, wir sind uns mal in der Eisdiele begegnet.«

Ah. Ich erwiderte nichts, ich hatte von dem Fall schon am ersten Tag erfahren, als ein Münchner Kollege anrief und allen Ernstes wissen wollte, wie das auf dem Land ginge, wenn jemand plötzlich weg war. Ich hatte ganz ernsthaft zurückgefragt, wie es denn in der Landeshauptstadt ginge. Ob man in der Stadt verschwand oder auf dem Land – vermisst wurde man überall.

»Anscheinend geht man jetzt davon aus, es könnte sich auch um ein Tötungs…dings handeln.«

»Um Totschlag oder Mord«, übersetzte ich. Erst mal handelte es sich aber um nichts in dieser Richtung. Es gab keine Leiche. Oder?

»Wer hätte gedacht, dass so was bei uns im Chiemgau passiert.« Ein Aufseufzen. Da klang Aufregung mit, aber ich konnte nicht unbedingt Anteilnahme heraushören.

Ich machte den Kofferraum zu. Bei uns im Chiemgau passierte so einiges, hätte ich ihr sagen können, ich war nämlich auch Zeitungsleserin und hörte die Regionalnachrichten im Radio. Und diese Meldung war heute rauf und runter gelaufen. Es tat mir leid, wie das immer so ist.

Opfer waren meist auch Täter. Zumindest musste das irgendjemand so sehen, nur so erklärte sich, wie eine Person für eine andere den Tod beschließen konnte.

Ich nahm das ein wenig persönlich, ich hatte Benno Seitlein vor Augen. Ein Münchner, der vielleicht beschlossen hatte, ins Chiemgau zu kommen, um sich die ehemalige Kommissarin vorzuknöpfen?

Gewappnet war ich nicht unbedingt. Ich sollte vielleicht …

Meine Waffe, an die ich jederzeit herankam. Hm. Sie war jedenfalls gut bewacht, bildete ich mir ein. Ich hatte sie in eine Dose gepackt und meinem Mann ans Herz gelegt.

Sollte ich sie mitnehmen? Daran hätte ich früher denken müssen, vielleicht letzte Nacht, denn auf dem Friedhof ließ man sich besser nicht dabei beobachten, wie man etwas ausgrub.

»Du fährst weg und kriegst womöglich den Schluss nicht mit. Wo kann Antonia Olberding sein, warum ist sie weggelaufen, oder ist da was passiert?«, spekulierte Angelika munter drauflos.

»Da geht irgendwas Spanisches vor sich!« Mit wichtiger Miene hob sie den Zeigefinger.

Etwas kam ihr spanisch vor?

»Im Radio haben sie gebracht, dass Familie, Freunde, sogar ihr Arbeitgeber sich nicht vorstellen können, dass Antonia ohne ein Wort verschwindet. Tja, wäre da nicht …«, an dieser Stelle machte meine Nachbarin eine Sprechpause, sicher der Spannung wegen, »die Sache mit so einem Päder…dings. Dem hat man einige Fragen gestellt.«

Meine Nachbarin hatte sich verzettelt, und ich verzog das Gesicht. Sie wollte »Pädagoge« sagen. Warum bezeichnete sie ihn nicht als Lehrer?

Ich hatte es so gehört: Antonia trug alle möglichen Geschichten in und um Marquartstein zusammen, neue und alte. Konstantin Kohlschreiber, ihr ehemaliger Lehrer, half ihr bei den Recherchen. Es sollte ein »Heimatbuch« werden. Ob da jetzt noch etwas draus wurde?

Ich machte den Mund auf, aber Angelika übernahm auch noch den Abspann: »Das nimmt uns doch alle irgendwie mit. Stell dir vor, jemand will sogar einen Geist gesehen haben!« Sie schlug sich eine Hand vor den Mund.

Sicher auch das, vielleicht hatte er einen guten Grund für sein Auftauchen. Und wenn nicht, den Leuten würde schon einer einfallen.

»Du verpasst einen richtigen Krimi«, sagte Angelika.

Verpassen. Mein Termin. Maximilian Felder, Frau und Hund und Flieger.

Ich sollte mich ein wenig beeilen. Pünktlichkeit war meine Zier, denn der Kunstsammler war an eine ganz andere Verabredung gebunden.

Zehn Minuten später musterte er mich ausgiebig. Ich stand vor der Tür der Felders wie bestellt und nicht hereingebeten. Wolkig war es auch hier, ins gute Wetter war ich wirklich nicht gebraust.

»Ich habe irgendwie ein schlechtes Gewissen«, brummelte der auffällig herausgeputzte Mann in halblangen Hosen und einem Hemd, das er vorne andeutungsweise in die schmale Hose gestopft hatte und das ihm rücklings heraushing. Er strich sich die Frisur locker nach hinten. Mein Auftraggeber wollte doch nicht mit einer über Siebzigjährigen flirten? Wobei er mein Alter nicht kannte. Egal. Felder war knapp über vierzig.

»Gretel!« Ein befehlender Pfiff, dann zeigte er auf eine Stelle neben seinen Füßen, und ich hatte Mühe, ihm den Auftrag nicht genau dorthin zu werfen, wohin er gerade deutete. Und ich hatte mir tatsächlich Gedanken gemacht, ob ich wohl den *Hund* sympathisch fand.

»Maximilian, lass doch den Unsinn«, sagte da eine Frauenstimme. Eine schlanke Hand streckte sich mir entgegen. »Ich bin Verona Felder.«

Seine Frau war eine schicke Mittdreißigerin. Angenehm, ganz anders als ihr Mann. Ich ergriff die dargebotene Hand.

»Schön, dass Sie sich kümmern«, begrüßte sie mich. »Unser Haus ist Ihr Haus. Ich zeige Ihnen gleich noch alles. Oh, und hier ist unsere Gretel.« Sie grinste, beugte sich hinunter und hob den Hund hoch.

Gretel war klein, ihr Fell einen Hauch apricotfarben – sie sah aus, als hätte jemand sie gestrickt. Ich wollte sie anfassen, ließ es bleiben und hörte mir an, dass die Hundedame munter und verspielt und noch einiges andere sei. Empfindlich, das hatte ich mir ungewollt gemerkt.

Es gab Katzen, die waren größer. Wie nannte sich die Rasse? Na ja, wenigstens kein Riesenvieh.

»Ich habe Ihnen einen Ortsplan hingelegt. Wenn es nötig ist, es gibt einige Hundetoiletten im Gemeindebereich.«

Der Herr des Hauses sah nicht aus, als würde er spaßen, und ich wollte nicht sagen, dass ich nicht wusste, wie ich mir eine Hundetoilette vorzustellen hatte. Ein Katzenklo – damit war ich, dank Herrn Pinkel, einigermaßen vertraut.

»Frau Leitermann braucht sicher keinen Ortsplan«, rügte Verona ihren Mann. »Frau Leitermann kommt aus Grassau.«

»Ein Plan kann nicht schaden«, sagte ich, und wäre es die Landeshauptstadt, in der ich für jemanden das Haus hütete, dann würde ich das tatsächlich auch meinen.

»Grassau ist anders strukturiert«, behauptete Maximilian, zuckte kurz mit den Schultern und lachte mich an. »Immer herein mit Ihnen. Diese Türsteherei macht ja einen blöden Eindruck.«

Wollte man die Nachbarn informieren, dann hatte die Türsteherei durchaus was. Fünf Minuten später war ich schon ins

Wohnzimmer vorgedrungen, in den nächsten fünf hatte ich in Erfahrung gebracht, was Gretel speiste und welche Pflanzen es zu versorgen gab, und ganz zum Schluss – denn es eilte allmählich – zeigte man mir mein Zimmer. Die Wände in einem sanften Cremeton mit einem Blumenmuster, eine Handbreit unter der Decke in Blaugrau abgesetzt.

Die Flügel der Balkontür öffneten sich zum Wald am Hang mit Fichten und Laubbäumen, die sich über den Felsen festhielten.

Maximilian gönnte mir nur einen schnellen Blick auf das sich anschließende Bad. Stattdessen durfte ich ein wenig länger mein Barockbett bestaunen.

Im Alter trennten uns immer noch mehr als zweihundertfünfzig Jahre. Ich versagte mir, mich kurz zu setzen, um es zu prüfen. Vielleicht war es doch eine Nachbildung. Eine ungefähr einen Meter sechzig breite Liegefläche, das geschwungene Kopfteil in Graublau und Gold, auf das der morgendliche Blick leider nicht fallen würde. Schade, denn es war wirklich einen wert. Zwei dazu passende Nachtschränkchen. Pompös.

Schrank, Kommode und ein Schminktisch traten angesichts dessen in den Hintergrund. Gemeint ist, sie erschienen der Betrachterin dezenter. Jemand hatte unterschiedliche Stilrichtungen zusammengewürfelt. Schön, nicht schlicht. Ich würde mich vermutlich wohlfühlen.

»Gefällt's Ihnen?«, fragte Verona, und ich nickte. Sie erklärte, die Putzfrau käme zwei Mal die Woche, und die Nachbarn seien informiert, dass eine ehemalige Kriminalkommissarin im Haus sein würde.

Ja, wenn das nicht interessant war. Mein Lächeln fiel wahrscheinlich eher mickrig aus. Aber Maximilian achtete nicht auf mich, der knuffte die Hundedame hinterm Ohr und verkündete: »Gretel, halt die Ohren steif, wir rufen an.«

Hatte ich komisch geschaut? Wahrscheinlich. Ausgerechnet das hatte er jetzt gesehen.

»Sie freut sich, wenn sie meine Stimme hört«, erklärte er überzeugt. »Wundern Sie sich also nicht, wenn ich eine Nachricht auf dem Anrufbeantworter hinterlasse.«

16

»Wie schön«, erwiderte ich. »Und Ihre Sammlung?« Er hatte sie erwähnt, als wir telefonierten.

Maximilian schnippte mit den Fingern, zog die Hose am Bund hoch, machte kehrt. Ich trottete hinter dem Mann her, gefolgt von Verona und Gretel. Der stolze Hausherr schaute sich um und brachte mich dazu, es ebenfalls zu tun.

Sicherheitsglas über die Länge einer Wand, an deren Ende es seitlich blinkte. Dahinter waren kleine Rahmen angebracht, darin einzelne Buchseiten, wie es aussah. Unauffälliger hieße vermutlich sicherer.

Die Alarmanlage war scharf. Ich dachte an stürmische Zeiten und ein Gewitter und fragte, wie man sie ausbekam. Gretel und mir würden die Ohren wegfliegen, wenn das Ding loslegte.

»Den Code eingeben.« Er fummelte etwas mit den Fingern, dann hatte er es geschafft. »Der steht auf dem Aufkleber am Telefon. Einen Wachdienst gibt es nicht. Gretel ist unsere Versicherung«, sagte er schlicht.

Oje! Nicht der Gedanke, dass niemand ein wachsames Auge drauf hatte, sondern dass er tatsächlich davon ausging, der kleine Hund wäre abschreckend und könnte etwas ausrichten.

»Gut, dass Sie Kriminalpolizistin waren, denn es wurde schon versucht, einzubrechen, aber wo jetzt jeder weiß, dass Sie da sind ...« Dieses Bewusstsein schien ihn freudig zu stimmen. Ich hätte gern eine Grimasse geschnitten.

Maximilian Felder hatte sämtliche Bekannte eingeweiht, aber ich verschwieg meiner Nachbarin Angelika, wohin ich fuhr.

Er wandte sich den eingekerkerten Seiten hinter Glas zu. »Hier geht es um ...«

»Maximilian ...« Veronas Ton klang eine Winzigkeit genervt.

»Ich weiß, was Sie hier ausstellen«, erwiderte ich, bevor er loslegen konnte. Exlibris. Ich habe Latein nie sonderlich gemocht. Es klingt mächtig, alt und schwer, wie eine Verantwortung, der man sich allzu bewusst wird. *Aus den Büchern von ...* wem auch immer; der Stempel, die Zeichnung, das Initial dienten zur Kennzeichnung des Eigentümers. Interessant, schön anzuschauen, selten, oft eigenwillig.

Ein Sammler dachte vielleicht anders.

Tat es gut, zu wissen, dass man etwas Besonderes besaß? Etwas besonders Teures?

Kaufen war nicht direkt eine Kunst, fand ich. Aber gerade erinnerte ich mich mit einem Lächeln an einen, den ich nicht Verbrecher nennen wollte, weil er das irgendwie nicht war. Er malte Geldscheine. Das beherrschte er so perfekt, dass er damit seine Rechnungen im Café und im Restaurant bezahlen konnte. Und er war so ehrlich gewesen zu sagen: »Den hab ich gerade gemalt.« Meist war es nur mit einem Lächeln quittiert worden.

Ich schnitt die Erinnerung ab, nahm die schmale Glasfront ins Visier. Alles temperiert, es gebe eine Lüftung, ließ Maximilian mich wissen.

»Und sonst …?« Mit welchen plötzlichen oder handstreichartigen Ereignissen hatte ich außerdem zu rechnen? Ich wollte dem Mann nicht alles aus der Nase ziehen.

»Sonst nichts«, behauptete er, und ich sah Verona die Augen verdrehen.

»Sollte etwas Unvorhergesehenes sein, ich habe Ihnen den Namen und die Telefonnummer unseres Hotels aufgeschrieben«, sagte sie.

Maximilian achtete nicht auf seine Frau. »Sagen Sie, haben Ihre Kollegen Antonia schon irgendwo gefunden?«

Dazu hatte ich heute schon einmal den Mund aufgemacht. Ich wusste keine Einzelheiten zum Fall der verschwundenen Antonia Olberding, stattdessen hatte man von mir eine Antwort gewollt. Dabei hatte ich auch nur Zeitung gelesen und Radio gehört. Die Leute empörten sich, wie sie es immer taten, wenn sie keine Informationen hatten. Bevor ich mir etwas überlegt hatte, redete er schon weiter.

»Ich kann mir nicht denken, dass Konstantin etwas damit zu tun hat, aber gefragt haben ihn die Beamten.« Vage wies er ein Stück die Straße hinauf. »Wir sind seit Jahren Nachbarn«, erläuterte er.

»Maximilian.« Jetzt hatte Verona die Spur gewechselt. Sie klang richtig ungehalten.

Ich verschloss für einen Augenblick meine Ohren.

»Gefragt haben ihn die Beamten ...« Mir fiel ein, dass es so vorher auch zwischen Angelika und mir über den Gartenzaun hin und her gegangen war. Antonia Olberding und die Sache mit so einem Päder...dings.

»Und bloß, weil sie zusammen an dem Heimatbuch arbeiten, also ... Wenn wir wieder zurück sind, hat sich das sicher aufgelöst.«

Oder Schlimmeres, dachte ich und warf ein: »Ich will nicht hoffen, dass Antonia irgendwo gefunden wird.« Das würde Tragisches bedeuten, Unumkehrbares. »Sicher wird alles unternommen und jeder kleinsten Spur nachgegangen.« Wie oft hatte ich diese Worte schon gesagt. Nicht auf ein Verschwinden bezogen, sondern wenn es galt, einen Täter festzunageln. Wie oft hatten wir uns buchstäblich ein Bein ausgerissen. Wie oft hatten wir Ermittler feststellen müssen, dass nicht alles so war, wie es den Anschein hatte.

»Jetzt müssen Sie sich aber wirklich auf den Weg machen«, erklärte ich fest.

Was Verona und Maximilian schließlich taten. Die Türen des BMW klappten zu, ein Fenster fuhr herunter, Verona hob eine Hand, der Wagen rollte den Hügel hinab.

»Jetzt gibt es nur noch uns beide«, sagte ich zu Gretel. Das mit der Toilette würde ich sicher noch herausfinden.

Als ich die Tür hinter mir schloss, schien Gretel genauso erleichtert wie ich, wir seufzten beide auf, jede auf ihre Art. Der Geist, der angeblich gesehen worden war, hatte sich längst wieder aus meinen Gedanken geschlichen, und da war auch noch kein eigenartiges Gefühl, dass mir jemand auf den Fersen war ...

2

Wer ko, der ko. Wer ned ko, mechad aa ganz gean.
Wer kann, der kann. – Ein Stück bayerische Respektlosigkeit. Wer nicht
kann, würde auch ganz gern. – Eine nicht nur bayerische Wahrheit.

Im Gasthof Eber läutete die Küche die letzte Runde ein. Wer
noch etwas Warmes zu essen bestellen wollte, der musste es
gleich tun, anschließend gab es nur noch eine kalte Platte, denn
dann war die Küche verwaist.

An eine letzte Runde konnte Mini vielleicht in zwei Stunden
denken.

Mini Meierhofer war mit zweiundsiebzig Jahren eine der
dienstältesten Bedienungen. Sie war flink, hatte einen wachen
Verstand, gehörte noch nicht zum alten Eisen und nahm sich
Freiheiten.

»Ich glaub, es geht schon wieder los«, tönte Roland Kaiser
dezent im Hintergrund.

Mini musste nichts glauben, denn der Sparkassen-Heini, wie
Heinrich Zoller genannt wurde, hob die Hand. »Die Karten.«
Er hatte nicht vor, etwas zu essen zu bestellen, das wusste Mini,
der Heini orderte Spielkarten.

Mini verzog das Gesicht. »Herrschaften, spielts lieber
›Mensch ärgere Dich nicht‹ und macht dann das Gegenteil!«

»Minerva, dein feiner Humor ist uns immer einen Holundergeist wert.«

Wenn es mit dem Schnaps losging, war ihre Schätzung mit
den zwei Stunden allerdings dahin. Wenn der liebe Herrgott den
Herrn Pfarrer im Blick hatte – au, au, au. Karten und Hochpro-
zentiges. Alois Kurzer nickte und machte eine Handbewegung,
die »Fahr rüber« bedeutete.

»Pfff«, schnaubte sie. Auf sprechende Hände reagierte sie
höchst allergisch, auf ihren vollständigen Vornamen auch – eine
»Minerva« war sie nie gewesen.

Die maßgebenden, ganz wichtigen, alles bestimmenden »Fünf

Marquartsteiner« fielen einmal die Woche im Gasthof Eber ein. Der Bürgermeister Rudolf Braune, dessen Frau nie mitkam, dafür aber seine Sekretärin. Der Pfarrer, der offiziell keine Frau zu haben hatte. Kurt Sacher, der Besitzer des »Autosalons«, dessen Angetraute Mitte zwanzig war und dessen Geschäft mehr sein wollte als ein simples Autohaus. Der Sparkassen-Heini, der sich nur bei seiner von ihm glücklich geschiedenen Frau gscheit verrechnet hatte. Und der Polizeihauptmeister der Inspektion Grassau, Patrick Eschenbach, der immer Block und Stift dabeihatte, weil er über Polizeiangelegenheiten offiziell nicht reden durfte.

Ganz harmlos hatte es angefangen. Es begann immer ganz harmlos, denn da waren ja die Frauen noch dabei. Bis sie sich dann verabschiedeten.

Die Männer hatten sich im Verlauf des Beisammenseins über so ungefähr jedes Thema ausgelassen, abgesehen von einem … Mini fiel auf, dass offenbar niemand über die Verschwundene reden wollte, Antonia Olberding wurde nicht erwähnt. Gab es einen Grund? Sie tippte sich auf die Lippe und ließ seufzend die Schultern fallen.

Einer verstand das als Hinweis. »Wir bleiben noch ein bisserl. Ältere Leute brauchen doch nicht mehr so viel Schlaf, heißt es.« Gemeint war zweifelsfrei sie, der Einwurf war von der Seite gekommen.

»Wen nennst du hier ein älteres Leut, Heini?« Mini schnappte sich eine Zeitung, rollte sie und zog sie dem schnippischen Sparkassendirektor über die Hinterkopfglatze.

Am Tisch amüsierte man sich.

Mini schickte sich an, sich um die lautlos erteilte Bestellung zu kümmern, und brachte ihnen auch die zwei Pakete zu jeweils zweiundfünfzig französischen Karten, denn die Herrschaften spielten Rommé.

Ein kluges, ein schwieriges Spiel. Vielleicht sah es für Mini auch nur so aus, weil sie es nicht verstand und weil die Regeln sich änderten? Weil die Spieler sie nach drei Schnäpsen jedes Mal anders auslegten? Da konnte man unmöglich noch mitkommen.

»Was ist mit der Antonia? Kurti, das Dirndl arbeitet doch bei dir. Weil gar niemand was dazu sagt, sag ich was«, verkündete der Bürgermeister.

»Du hast aber auch nichts gesagt«, gab der Autohändler Kurt Sacher zurück, der in der Runde Kurti genannt wurde. »Ich habe euch …«, er präzisierte, »ich hab Antonia und dich letzte Woche gesehen. Schaute vertraut aus.«

Mini sah, wie sich die breite Brust des Bürgermeisters hob. »Das war offiziell«, erwiderte er. »Fürs Heimatbuch.« Er legte den Kopf ein wenig schief, wartete.

»Du hast angefangen. Brauchst jetzt nicht empfindlich reagieren«, fand Kurt.

Eine heiße Kartoffel wäre ebenso schnell hinuntergefallen wie dieses Thema. Verdächtigen die sich gegenseitig, dass einer etwas angestellt hat?, argwöhnte Mini.

Der Gasthof Eber leerte sich allmählich, es blieben ihre »Marquartsteiner«, und die gaben sich ungewöhnlich leise. Sonst wurden die Karten auf den Tisch gepfeffert, heute legten die Spieler ihre Sequenzen unheimlich ruhig auf. Die Stimmung schien nicht bloß eine andere zu sein, sie war es.

Der Polizeihauptmeister legte einige Karten vor sich aus, schrieb dann etwas auf seinen Block und riss das Blatt ab.

Mini spürte die plötzlich eingetretene erwartungsvolle Spannung. Jeder versuchte, an den Zettel zu kommen, während der schlaue Polizist sich an einem der Kartenpakete zu schaffen machte. Er hatte vor, zu schummeln.

Auch Mini interessierte sich brennend dafür, was da auf dem Papier stand. Sie beugte sich zu einem der Fenster hinüber und öffnete es, dann nahm sie die Zeitung zu Hilfe und wedelte damit herum. Das Blatt segelte zu Boden, sie bückte sich danach. Da stand nur ein Satz. Mini schluckte.

»Was wird das?«, wollte der Sparkassen-Heini es genau wissen. Mini hatte keine Zeit, dem Mann ins Gesicht zu schauen. »Stoßlüften«, erklärte sie trocken, deponierte den Zettel wieder in der Tischmitte und legte die Zeitung zurück.

Wir finden wahrscheinlich bald eine Leiche.

Sie schloss das Fenster wieder. Vielleicht sollte sie sich hinsetzen. Vielleicht sollte sie sich auch einen Holundergeist einschenken. Weil du es ja unbedingt wissen wolltest!, schimpfte sie mit sich.

Mini ging hinter die Theke, achtete darauf, dass niemand sie sah, goss sich einen kleinen Schluck aus der großen Flasche ein und stürzte das brennende Gebräu hinunter. Dann holte sie tief Luft und ließ den Atem stoßweise wieder entweichen.

Und sie hatte geglaubt, dass nur die Meldung, Julianes Benno Seitlein sei auf freiem Fuß, ihr eine Gänsehaut bescheren konnte. Mini kam der spontane Gedanke, ihre Freundin anzurufen. Wenn es hier um eine Leiche ging, die bald gefunden würde, dann um die von Antonia Olberding. Und wenn man davon in der Polizeiinspektion Grassau wusste, hatte die ehemalige Kommissarin vielleicht mehr als bloß eine Ahnung.

Mini hatte stets ihr Notfallhandy dabei, auch wenn so ein Fall wohl nie eintreten würde, denn ihr Heimweg führte lediglich über die Straße und die Brücke, dann war sie im alten Teil von Marquartstein und schon ein paar Häuser weiter zu Hause.

Sie drapierte sich und ihr Dirndl auf dem Stuhl in der Damentoilette, zog das Telefon aus der versteckten Tasche des Kleids und wählte Juliane Leitermanns Nummer.

»Kannst du nicht schlafen? Es ist fast Mitternacht«, grummelte Juliane am anderen Ende, was hieß, Mini hatte sie wahrscheinlich aus dem Bett geholt.

»Ich bin noch im Eber«, beeilte sie sich zu sagen. »Die speziellen fünf sitzen beim Rommé und lesen nebenbei Polizeinachrichten. Mein Mund ist ganz trocken, und mir ist das Herz schwer.«

»Hast du getrunken?«, fragte Juliane. »Mädel, du hast noch nie was vertragen.«

Mini wiegte ihren Kopf hin und her. »Ja, ja.« Pause am anderen Ende.

»Ich zieh mich an. Gretel und ich kommen dich abholen«, vernahm sie dann.

Ein halber Schnaps, und Mini meinte, doppelt zu hören. »Mädel« nannte die Freundin, die einen Monat älter war, Mini schon seit der gemeinsamen Schulzeit. Aber wer war jetzt diese Gretel? Die Information war wahrscheinlich zu einem früheren Zeitpunkt an ihr vorbeigerannt. Hatte Juliane nicht etwas von einem neuen Auftrag erzählt?

»Guter Gedanke, glaub ich«, pflichtete ihr Mini bei. »Ich musste auch an dich und an deinen Mörder denken.«

»Ich will nicht an mich und meinen Mörder denken«, gab Juliane zurück. »Zehn Minuten … Ich kassiere gern deine Gäste ab, und du hältst dich aufrecht. Bis gleich.«

Juliane hatte die Verbindung unterbrochen, aber Mini schimpfte: »Aufrecht. Ich will bloß hier sitzen!«

Wieso war Juliane noch da, wenn sie einen Auftrag hatte? Mini schüttelte sich. Benno Seitlein – das war eine ganz eigene Gschicht, die sie sicher nicht im Detail kannte. Was sie wusste, war das Ende – eines jedenfalls. Das des Opfers.

Eine Frau saß im Englischen Garten in München an einen Baum gelehnt, auf ihrem Schoss ein aufgeschlagenes Buch, neben ihr eine Tasse mit Inhalt. Aufgefallen war sie, weil keine Hand die Fliegen zu verscheuchen versuchte und es komisch roch. Die Würgemale am Hals sah man erst, als man ihr den Pulli auszog. Wer sie war und vor allem, wessen Finger sich um ihre Kehle gelegt hatten, war lange nicht bekannt gewesen.

Benno Seitlein hatte mit der Kommissarin Schnitzeljagd gespielt. Die wollte die Hinweise einfach nicht verstehen. Als er fand, es reichte, ging er in die Ettstraße Nummer 2, ins Kriminalfachdezernat 6, ließ sich zu Juliane Leitermann bringen, streckte die Arme aus, legte die Handgelenke aneinander und sagte: »Ich bin Ihr Mann! Mein Name steht sogar vorne in dem Buch, das Sie bei der Toten im Englischen Garten gefunden haben.«

Mini hatte ihren eigenen Verdacht, warum sich die Festnahme von Seitlein so eigenartig in die Länge gezogen hatte, Juliane gegenüber nie ausgesprochen.

Draußen in der Gaststube wurde es jetzt lauter, Mini saß noch immer auf dem Stuhl in der Toilette.

»Minerva!«, rief jetzt jemand aus voller Brust. Waren die zehn Minuten schon vorbei, war ihre Freundin mit Gretel – wer auch immer das war – schon da? Mini gönnte sich noch ein paar Sekunden, schaute in die Luft, wo ihr Blick nur auf die grünlich cremefarbenen Fliesen fiel, rief: »Gleeeich!« und drückte sich in die Höhe.

Beim Eintreten hielt Mini sich die Hand vor den Mund, um ein Gähnen zu verbergen. Die Herrschaften standen bereits an der Theke, die Brieftaschen gezückt. Sie hatten sogar ihren Tisch im Gastraum abgeräumt. »Wir haben heute keinen Kopf«, erklärte der Bürgermeister, ebendiesen schüttelnd. Es hörte sich entschuldigend an.

»Und was du für einen hast!«, hielt Mini dagegen. Nicht selten wollte er damit durch die Wand.

Der Pfarrer verkündete: »Wir müssen mit einer Hiobsbotschaft rechnen.«

»Wir, die Polizei. Dann erst folgt die Kirche«, präzisierte der Polizeihauptmeister.

»Zahlen bitte«, verlangte der Sparkassen-Heini.

Die fünf waren sich selten so einig wie an diesem Abend. Sie wirkten wie Verschwörer.

»Bezahlen heißt abschließen«, bemerkte jemand hinter ihr. Juliane streckte die Hand aus, eine Aufforderung an Mini, ihr die Geldtasche zu geben. Aber alle Blicke, auch Minis, richteten sich auf das Fellknäuel mit der Leine um den Hals, das da am Boden saß.

»Die Kriminalkommissarin außer Dienst«, stellte der Bürgermeister anstatt eines Grußes fest. »Die Beamtenbesoldung im öffentlichen Dienst war schon immer miserabel«, er lachte über seinen Witz, »aber dass es nicht für einen größeren gereicht hat …« Sein Zeigefinger und die Augen senkten sich in Richtung Hund.

»Größer«, Juliane grinste, tat, als würde sie am Gürtel ihrer Hose ziehen, bewegte die Hand in die Schrittmitte und klopfte mit den Fingern, »das ist immer so eine Sache, gell?«

Man verbiss sich das Lachen, nur der Pfarrer meinte: »Da

25

hörst du's«, worauf er sich sagen lassen musste: »Du kennst dich da gar nicht aus!«

»Ich hab doch bloß Spaß gemacht«, sagte der Bürgermeister, aber nicht an den betreten dreinschauenden Alois Kurzer, sondern an Juliane gewandt. »Das Hunderl schaut ganz nett aus. Ist ein Bichon Frisé, oder?«

Juliane lächelte komisch.

Über das Hunderl würde Mini sich hinterher Gedanken machen oder Juliane fragen, woher es so plötzlich kam. In ihrem Kopf herrschte wieder einigermaßen Ordnung, die Wirkung des halben Schnapses war in den Sog des Redeflusses dieser fünf geraten und mit ihm weggeschwemmt worden.

»Lasst den Spaß in der Tasche und eure Vermutung, dass etwas passieren wird, auch«, lautete ihre Empfehlung. Sie öffnete die Geldtasche und rechnete jedem vor, was er gegessen und getrunken hatte. Die Herrschaften zückten Geldscheine und Münzen und zogen von dannen.

»Lass schauen, um wie viel du dich betrogen hast«, sagte Juliane.

»Nein!«, gab Mini hitzig zurück. Dann musste sie lachen, über die Situation und über sich. Sie vergewisserte sich, dass die Kerzen auf den Tischen ausgepustet und die Fenster geschlossen waren, und streckte die Hand nach dem Schlüssel am Bord aus.

»Der kleine Kerl sieht müde aus. Den werden wir wohl tragen müssen?«, erkundigte sie sich.

»Ich habe Gretel den ganzen Weg getragen, sonst ergäbe die Strecke, multipliziert mit dem Hundetempo, eine ganze Tagesreise.« Juliane verdrehte die Augen, hob Gretel auf und drückte sie Mini in den Arm.

»Seit wann trinkst du bei der Arbeit?«, wollte sie erst wissen und erkundigte sich dann wie nebenbei: »Die Herrschaften haben sich heut doch nicht schlimmer benommen als sonst, oder?«

»Ach, die sind jedes Mal anders schlimm«, gab Mini zurück. »Ich trinke nicht bei der Arbeit. Es war nicht mal ein Glas Holundergeist, aber den hab ich wirklich gebraucht.« Und sie erzählte der Freundin von der Notiz.

emons:

SEHNSUCHTSORTE

emons: verlag
Cäcilienstraße 48

50667 Köln

emons: verlag **Tel. 0221-569 77-0 · info@emons-verlag.de**

Bitte senden Sie mir das aktuelle Verlagsprogramm zu

Ich möchte den Newsletter von emons: per E-Mail erhalten

Ich habe Interesse an Krimis aus folgender Region:

f **Besuchen Sie uns auch auf www.facebook.com/EmonsVerlag**

Name

Straße

PLZ/Ort

E-Mail

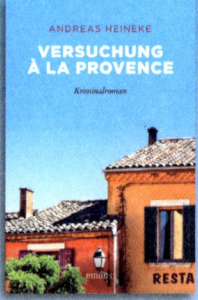

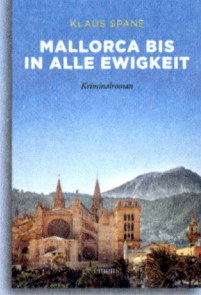
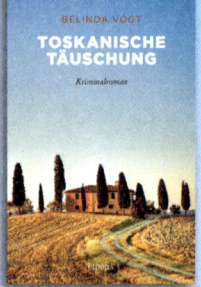

»Es ist von einer Leiche die Rede? Ich rate jetzt nicht, wer davon angefangen hat«, sagte Juliane, »weil ich weiß, dass du dichthältst. Das tust du seit jeher.« Sie knuffte Mini, schaltete die Lichter aus, nahm ihr den Schlüssel ab und versperrte die Tür. Den Schlüssel versenkte sie in Minis Dirndltasche.

»Du traust dich, wo Benno Seitlein dir an der nächsten Ecke auflauern könnte …« Mini wandte den Kopf. »Tut er aber vielleicht gar nicht. Du hast erzählt, er sei ein schlauer Kerl. Dann ist er bestimmt inzwischen draufgekommen, dass du damals seinen Fall absichtlich verschleppt hast.« Jetzt hatte sie doch davon angefangen und Juliane ihren Verdacht geradewegs vor die Füße geworfen.

»Du solltest den Schnaps sein lassen«, erwiderte die. »Das wird sonst im Eselsgalopp zum Ortsgespräch, Minerva: Die Bedienung vom Eber schenkt sich ein.« Kein Lachen begleitete die Bemerkung, jedenfalls nicht Julianes. Mini fand, die Stimme ihrer Freundin hatte sich nachdenklich angehört. Juliane schwieg und fuhr dann fort: »Diesen fünfen hat heute offenbar etwas anständig die Lust am Zusammenhocken verhagelt. Deine heiteren Bemerkungen waren es sicher nicht. Warum könnte jemand denken, dass Antonia Olberding tot ist?«, überlegte sie.

Ein Warum, auf das Mini nicht den Ansatz einer Antwort wusste; sie glaubte allerdings auch nicht, dass Mord sich so einfach erklären ließ. Über die Familie Olberding ging im Dorf einiges herum.

»Der Großvater saß in der Irrenanstalt, der Vater benimmt sich seit dem Tod der Mutter recht komisch. Obendrein kann niemand sich vorstellen, dass Antonia den kleinen Bruder alleinlassen würde. Na ja, in mancher Familie gilt noch immer: ›Solange du deine Füße unter meinem Tisch hast, tust du, was ich dir sage.‹ Wenn Antonia nicht so wollte wie ihr Vater, dann … wäre denkbar, dass etwas passiert ist.« Mini fügte hinzu, dass so etwas derzeit tatsächlich erzählt werde, hinter vorgehaltener Hand im Supermarkt.

»Das war einmal, mit den Füßen unterm Tisch«, kommentierte Juliane. »Gibt es das wirklich immer noch? Schauderhaft.«

Und ob. Eine Bedienung erfuhr so einiges. Eine Bedienung, deren Ehemann für das Heimatbuch so manche Geschicke und Geschichten zusammengetragen hatte, erfuhr noch mehr.

Das Informationsbedürfnis war groß, weil dieses »Dirndl« in der Runde fehlte und natürlich jemand die Schuld dafür bekommen musste.

Der Schatten der steinernen Brückenpfeiler fiel auf sie, unter ihnen rauschte der Fluss. Die Tiroler Ache fragte nicht danach, was ihr anvertraut wurde, aber sie hielt auch nicht dicht, sie reichte es weiter. Oder legte es irgendwo ab.

Mini hatte keine Lust darauf, sich Antonia Olberding tot zu denken. »Wohin müssen wir denn ... Kann es sein, dass der auch mal muss?«, erkundigte sie sich. »Ein Bichon Frisé ...« Sie schüttelte den Kopf, hielt den Hund zur näheren Betrachtung ein Stückchen von sich weg und meinte: »Was unser Bürgermeister alles weiß.«

»Hast du eine Ahnung, wie diese Hundetoiletten funktionieren?«, wollte Juliane wissen. Das schien eine ernsthafte Frage, ein dringendes Anliegen zu sein. »Ich weiß nicht, ob ich schon mal irgendwo eine gesehen hab«, ergänzte Juliane. Dabei ging es weniger ums Sehen, sie hatte schlicht keinen Schimmer, wie so etwas aussah.

»Schwierig, Juliane, wo ich doch hundlos glücklich bin.« Mini lachte. »Es sollten aber die moosgrünen Standrohre mit den Beuteln und den Abfallbehältern sein«, gab sie Auskunft. Vermutlich stimmte das auch. Wozu wären diese Teile sonst gut?

»Standrohre«, prustete Juliane. »Ich bring dich heim und muss noch ein kleines Stück weiter, ich wohne derzeit bei Verona und Maximilian Felder.«

Mini spitzte die Lippen, was Juliane nicht sehen konnte. »Du hast einen Auftrag in Marquartstein angenommen«, sagte sie.

»Felder, das ist der Seltsame mit dem seltenen Geschmack, dem der Hund gehört, der nicht an der Leine laufen kann, weil du so rennst.«

Mini würde ihrem Ehemann den Tipp geben, über diesen Felder etwas herauszufinden, es lohnte vielleicht.

»Es ist spät, ich habe mir Gedanken gemacht, weil du am Telefon so aufgelöst klangst. Ich war schon im Bett, als du selbst angefangen hast, über seltsame Menschen zu reden. Maximilian Felder ist auf Mauritius, da kann er ganz ausgelassen seltsam sein.«

Irgendwo ging ein Fenster auf, und eine bissige Stimme rief: »Ruhe, sonst werf ich was.«

Mini schob den Hund unter einen Arm. Als wären sie wieder zehn, hielt sie Juliane den Mund zu, und Juliane hielt Mini den Mund zu. Unter den Händen tobte Gelächter.

»Entschuldigung!«, riefen sie dann einmütig zum Fenster hinauf.

Zwei Häuser weiter an der alten Dorfstraße öffnete sich eine Tür, ein älteres Semester im Schlafanzug streckte seine Hand aus.

»Spatzl, komm rein. Guten Abend, Juliane, noch so spät unterwegs?«

»Ich war grad eine Runde mit dem Hund spazieren«, sagte Juliane und schob Mini in Richtung Tür.

»Hund?«, fragte Loy Meierhofer, Minis geliebter Ehemann.

Mini küsste ihn, wirbelte herum und übergab das Fellknäuel an Juliane.

»Du könntest mich zum Kaffee einladen – morgen, auf dieser tollen Terrasse des Felder'schen Haushalts«, schlug sie ihr vor. Sie hörte Juliane etwas murmeln und vermutete, es könnte Zustimmung gewesen sein.

Die Freundin machte sich mit ihrer kleinen Gefährtin wieder auf den Weg.

3

Wenn 's Lebn zuaschlogd, dann schlog zruck!
Wenn das Leben zuschlägt, schlag zurück!

Mit ihrem schmalen Hinterteil saß Tessa halb auf dem großen
Stein am Ufer der Tiroler Ache, den Kopf bis knapp über die
Knie gesenkt. Sie überlegte nicht, ob es unbequem war. Wenn
man erst nachdachte, dann wurde es das.

Am ersten Tag von Antonias Verschwinden hatte sie ernsthaft
daran gedacht, richtig sauer zu werden. Sie waren Freundinnen,
da sollte man meinen, eine winzige Nachricht zu tippen wäre
nicht zu umständlich.

Am zweiten Tag hatte Antonias Vater Tessa mit rauer Stimme
gefragt, ob sie etwas wisse. Denn wenn ... »Ich mache mir ernsthafte Sorgen. Bitte. Auch wenn du versprochen hast, nichts zu
sagen. Rede. Mit. Mir.« Es war keine richtige Drohung, weil
Gerhard Olberding keine aussprach, aber der Tonfall ließ Tessa
alles Fehlende ahnen. Das und seine Augen.

Er war nicht dazu gekommen, die Hand auszustrecken, denn
sie hatte den Kopf geschüttelt, sich schnell weggedreht und ihre
Schritte beschleunigt, ohne ihn noch einmal anzusehen.

Der Mann war ihr nicht geheuer; von Antonia wusste sie,
dass es ihr hin und wieder auch so ging. »Mal wirbelt er herum
wie ein Tornado, dann zieht er sich zurück und sagt wenig.
Aber liebevoll kriegt er selten hin. Und wir brauchen ihn
doch.«

Am dritten Tag wusste Tessa, dass nichts mehr so war wie vorher. Die Polizei hatte sich eingeschaltet, Antonias Verschwinden
war offiziell geworden.

Am vierten Tag hatte die Polizei eine informatorische Befragung gestartet. Man sprach mit der Familie, mit Freunden – auch
mit ihr –, mit Nachbarn und allen anderen, die mit Antonia zu
tun hatten. Angeblich verschaffte man sich »einen allgemeinen
Überblick«.

Noch hieß es nicht »zu tun gehabt hatten«, aber das konnte nicht mehr lange dauern.

Am fünften Tag, heute, spekulierten auch die überregionalen Sender über Antonias Verschwinden im schönsten, hintersten Winkel des Chiemgaus. Toll. Ein »Landei« hatte vielleicht das Weite gesucht? Es klang so, als glaubte man es.

Aber so war Antonia nicht! Dieses Landei hatte sich für ein Heimatbuch starkgemacht, ihre Freizeit geopfert … mit Konstantin Kohlschreiber gevögelt! Das wollte Tessa nicht denken, trotzdem blitzte es einen Moment zornig auf.

Antonia hatte mit vielen Leuten geredet, um Fotos gebeten, sich alte und neue Geschichten erzählen lassen. Sie war mitfühlend, sicher hatte sie auch einige Tränen getrocknet. Was ist mit deinen eigenen Tränen, weil Kohlschreiber dich glauben ließ, er liebt dich? Tessa biss sich auf die Lippe.

Es tat einfach weh, musste sie zugeben, darum die komischen Gedanken. Es tat weh, weil Antonia ihr so ein blödes Selfie geschickt hatte, auf dem der Lehrer sie im Arm hielt. Es tat weh, weil Tessa nicht einmal ahnte, ob Antonia zuletzt mit dem Lehrer zusammen gewesen sein könnte. Tessa hätte ihre Faust gern gegen etwas gerammt, aber Steine und Sand waren so was von unnachgiebig. Sie wusste nicht haarklein, wie Antonia fühlte, was die Freundin dachte, ob sie nun mit Kohlschreiber zusammen war oder es sich nur schön vorstellte.

Aber Tessa wusste genau, so etwas passte überhaupt nicht zu den Eigenwilligkeiten der Freundin, zu ihrem »Ich lache mir nur einen Mann mit einem tollen Auto an«. Und mit Autos kannte sie sich aus.

Dann verknallte sie sich in einen Lehrer, der einen Oldtimer fuhr. Wirklich toll!, dachte Tessa ätzend.

Wenn Antonias Smartphone gefunden würde … dann war sie nicht mehr am Leben, glaubte Tessa. Das Ding war so etwas wie Antonias Notizbuch, sie hatte damit Tonaufnahmen und Fotos gemacht, sie konnte es immer bei sich haben. Während das Notebook zu Hause aufgeklappt auf ihrem Schreibtisch lag – darin gab es sicher keine geheimen Ordner, schon wegen ihres Vaters nicht, der für alles eine Erklärung wollte und auf keinen Fall, dass im Ort über die Familie geredet wurde.

Ausgerechnet das Heimatbuch, in dem die Marquartsteiner ihrer Vergangenheit begegnen würden, diese gesammelten Geschichten, das war Antonias Sache. Tessa hatte sich nie vorstellen können, was daran spannend war. Sie war nicht neugierig gewesen.

Sie hätte es sein sollen.

Gefühlt hatte sie schon an jedem Fleckchen nachgeschaut, das ihr einfallen wollte. Sie suchte nach irgendeiner Spur. Tessa war zur Hütte am Agersgschwendt gelaufen, sogar zur kleinen Kapelle auf dem Schnappen. Die Freundin mochte die Legende, wie dort oben ein Hirsch während eines Unwetters in der Kapelle Zuflucht suchte, der Sturm die Tür zuschlug, das Tier gefangen war und an den Glockenseilen herumfraß, um nicht zu verhungern. Ein Jäger hörte das Läuten und befreite es.

Antonia saß gern auf einer Decke am Hang. Tessa hatte sich ebenfalls mit einer Decke dort oben hingesetzt, weit unter ihr schimmernd der Chiemsee. Aber kein Wunder, auch kein Jäger, der mit Antonia im Arm zwischen den Bäumen hervorkam. »Und wenn man glaubt, es geht nichts mehr …« Schon als Kinder hatten sie ihre Hände aufeinandergelegt und zusammen gerufen: »… kommt von irgendwo ein Lichtlein her.« Wo blieb denn das verdammte Lichtlein?

Mit zweiundzwanzig war man erwachsen. Zuerst fühlte es sich auch so an, aber etwa fünf Minuten später spitzte die Verantwortung um die Ecke und wollte wissen: »Hast du's dir gut überlegt?«

Nicht immer, konnte Tessa von sich sagen, es fiel einem schon mal lästig, sich erklären zu müssen. Sich rausreden war vorgestern gewesen.

Tessa hätte von Antonia gesagt, sie sei diejenige, die das mit der Verantwortung weitgehend hinbekam, auch wenn sie hin und wieder über die Stränge schlug und sicher oft das Gegenteil von dem tat, was gut für sie war.

Sie war nicht nach Hause gekommen, sie war nicht zur Arbeit

im Autosalon erschienen, sie antwortete nicht auf Nachrichten, sie war still, sie war …

Tessa schluckte. Auch wenn sie über eine endgültige Stille nicht nachdenken wollte, hatte sie jetzt doch absolut gar keine Idee mehr. Fünf Tage. Zu viele Stunden, um sie irgendwo schweigend zu verbringen.

Sie erzählten sich einiges. Tessa hatte immer gewusst, dass einiges längst nicht alles war, aber das war schon in Ordnung. Ein Geheimnis brauchte jeder.

Gerade fand sie es extrem scheiße! Über ihre Wangen rollten dicke Tränen, zitternd holte sie Luft, klaubte ein Taschentuch aus ihrer Hosentasche.

Heulen war keine Lösung – ihre eigenen Worte, wenn Antonia wieder einmal das Unglück nur für sich gepachtet hatte, wie Tessa fand.

»Wo steckst du?« Sie schickte den Blick in jede Himmelsrichtung, rundherum, als würde sich so die Antwort zeigen. Es dämmerte, das erste Stück Dunkelheit kam über den Himmel gekrochen. Tessa beugte sich nach unten, hob ein paar Steine auf und schleuderte sie aus dem Handgelenk in den Fluss. Sie sollte heimgehen.

Himmel, ich hab Angst, gestand sie sich.

Morgen war wieder Theaterprobe angesagt. »Die Hebamme« war ein lustiges Stück, aber lustig fiel ihr im Moment schwer.

Es gab noch einen, dem gar nicht spaßig zumute war: Antonias kleiner Bruder Stefan, Bazi genannt, weil er ein echter Schlingel war. Einer, den Tessa gern eingetauscht hätte, wie sie der Freundin einmal zwinkernd gesagt hatte, sie hatte bloß niemanden zum Tausch anbieten können. »Den geb ich nicht her!«, hatte Antonia erwidert.

Bazi war elf, Antonias Mutter hatte ihn mit achtunddreißig bekommen. Er war nicht vorgesehen gewesen, aber dann war er plötzlich da. Sie hatte so gestrahlt, Antonia hatte anfangs bloß gemurrt. Doch schließlich lenkte sie den Kinderwagen, und Tessa lief nebenher und sang für Bazi.

Stefan Olberding war ein Goldstück. Undenkbar, dass Antonia sich ohne eine Erklärung aus dem Staub gemacht hätte. Nicht, nachdem sie beide schon die Mutter vermissen mussten, die an einer schweren Grippe gestorben war.

Tessa ließ den unbequemen Felsen allein, klopfte sich die Hose ab, packte ihr Smartphone aus und schaltete die Taschenlampenfunktion ein. Sie hatte das Dunkelwerden übersehen und auch nicht auf den Akku geachtet, knapp fünfzehn Prozent; sie sollte sich beeilen und bekam doch keinen Fuß vor den anderen.

Erinnerung. So hieß doch alles, was vor dem Jetzt noch blieb. Tessa mochte das Wort nicht. Es passte zu ihrer Oma, nicht zu ihr, nicht zu dem, was sie und Antonia miteinander erlebt hatten. Wenn sie die Erinnerung nicht zuließ, gab sie damit das Erlebte verloren. Tessa zwickte sich. Zweiundzwanzig. Erwachsen. Verantwortungsvoll und soooo wütend.

»Weinen wir um die Wette.« Tessa hatte wieder Bazis Stimme im Ohr, als sie nach Antonia gesucht hatten und aufgeben mussten, weil die Nacht hereinbrach. Sie hatte ihm über die Wange gewischt, während ihr selbst die Augen schwammen und sie genau wusste, lange würde sie die Tränen nicht mehr zurückhalten können.

Bazis Vater war vor dem Elfjährigen wieder zurück gewesen, es brannte Licht im Haus. »Da drin wartet die Dunkelheit«, hatte Bazi angedeutet. So was sollte er nicht mal denken! Tessa hatte geschluckt. Wie es sich anfühlte, war sie noch immer mit Hinunterschlucken beschäftigt. Gerade würgte sie an einer unheimlichen Traurigkeit.

Sie verstand es nicht. Es musste einen Grund geben, zu verschwinden, und das musste ein verflucht guter Grund sein. Tessa blies gegen die Ponyfransen. Sie lief am Ufer entlang, nahm die kleine Erhöhung, wandte den Kopf und rannte, begleitet vom zuckenden Schein ihrer Handytaschenlampe, zum Ortsausgang Richtung Unterwössen. Sie nahm den Linksknick und bog auf die alte Dorfstraße.

Ein Hupen ließ sie zusammenfahren, ein Wagen stoppte auf ihrer Höhe, die Scheibe wurde heruntergefahren und eine meckernde Stimme schimpfte: »Das war knapp. Mit deiner Funzel übersieht man dich.«

Tessa richtete den Strahl direkt auf das Gesicht der Meckerfrau. »Ich bin jedenfalls kein Geist.«

4

Wer lang frogd, gäd lang irr.
Wer lange fragt, geht lange irr.

Mini war in die Arme ihres Mannes gesunken, Gretel und ich hatten uns aufgemacht – hinauf auf unseren Hügel.

Ich ließ die Hundedame ein Stückchen laufen, dann knickte sie plötzlich ein. Als ich mich hinunterbückte, verdrehte Gretel ein wenig schwachsinnig die Augen. »Du mimst hier nicht die Erschöpfte.« Ich war gerade offenbar nicht die Überzeugungskraft in Person.

Gretel kippte zur Seite. Wollte sie mir sagen, Laufen auf kürzeren Beinen sei anstrengender?

Konnten Hundedamen in Ohnmacht fallen? Jetzt hör aber auf, ermahnte ich mich und kam mir richtig, richtig albern vor. Konnten Hundedamen so tun, als ob ... aus Berechnung? Ich verzog den Mund.

Wahrscheinlich war Gretel nur hundemüde, genau wie ich. Ich hob sie auf und zockelte mit ihr weiter.

Gegenüber vom Wehrhaus führte der Weg den Hang hinauf. Der Fluss klang zu dieser späten Stunde nicht die Spur müde. Meine Lider dagegen waren schwer. Doch ...

Es war ein Gefühl, das mir schauerartig über den Nacken huschte. Der Moment, in dem ich nicht länger allein war? Ich glaubte, im Schatten einen noch dunkleren Schatten gesehen zu haben. Ungebeten drängte sich Benno Seitlein in meine Gedanken. Mini war schuld, sie hatte mich angesteckt mit ihrem »Du traust dich, wo Benno Seitlein dir an der nächsten Ecke auflauern könnte ...«. Als wäre eine Empfindung wirklich übertragbar wie eine Krankheit.

Gretel hatte ihren Kopf vertrauensvoll in meine Armbeuge geschmiegt, sie schien selig, gab keinen Laut von sich. Ich traute ihr nicht unbedingt Großartiges zu, aber sollte sie nicht wenigstens eine Gefahr wittern? Tat sie nicht.

Der Schein der Straßenbeleuchtung war orangefarben, wie sollte man da irgendetwas erkennen? Ich schaute hinter mich. Nichts. Ich lief ein paar Schritte weiter, drehte mich um. Nichts. In der spärlichen Helligkeit begegnete mir nur mein eigener Schatten, der sich auf dem Weg ausgestreckt hatte.

Gretel und ich erreichten die Felder'sche Haustür, der Bewegungsmelder sprang an, der war richtig hell, ich schaute noch einmal zurück. Baum und Strauch und Gras hielten sich ruhig. Konnte mich mein Gefühl, das ich einmal meinen Instinkt genannt hatte, wirklich so täuschen?

Dann hielt ich den Hund vor die Tastatur der Alarmanlage und stellte fest: Ich musste zuerst auf meinen Zettel schauen, natürlich kannte ich den Code nicht auswendig. Ein Griff in meine Jackentasche, das Aufklappen des Zettels. Himmel, hatte ich winzig geschrieben. Ich musste Gretel absetzen.

Wie viele Vertipper man sich leisten konnte, bis womöglich die Kavallerie anrückte, hatte ich Maximilian zu fragen vergessen. Ich leistete mir keinen, obwohl ich dabei mit einem Auge auf Gretel schielte.

Als ich endlich die Tür hinter uns zumachen und den Hund in sein Bettchen bringen konnte, fühlte es sich nach einem sehr langen Tag und einer unterbrochenen Nacht an.

Der Korb war unauffällig klein und das Stofftier darin größer als die Bewohnerin. Die Hundedame schlief mit einer Giraffe ein. »Gute Nacht, Kleine«, wünschte ich ihr.

Wach gerüttelt wurden wir beide, als ich jetzt die blinkende Anzeige des Anrufbeantworters registrierte und ganz automatisch die Taste drückte. »Halloo, hier sind die Felders, wir sind gut angekommen. Gretel, sei anständig und mach uns keine Schande.«

Mein Gott! Während Gretel im Korb noch einmal hochschreckte, hämmerte ich auf das Gerät ein, dass es bitte wieder leise sein sollte. Der Hund schaute mich verdattert an, legte die Schnauze auf den Korbrand und sah beleidigt aus. Ich zuckte mit den Schultern.

Der Rest der Nacht sollte uns gehören.

»Ich werde deinem Herrchen nicht erzählen, dass du dich kein bisschen gefreut hast, seine Stimme zu hören«, erklärte ich. Was mich darauf brachte, mein Telefon auszuschalten. Jetzt sollte niemand mehr etwas wollen.

Ungezählte Minuten später.

Ich hatte die nötigen Handgriffe vor der Nachtruhe schon samt und sonders hinter mich gebracht. Die Bettdecke war zurückgeschlagen. Ich schlüpfte aus den Sachen und in mein Baumwollnachthemd, schaltete die Lampe auf dem Nachtschränkchen ein und lief zur Tür, um sie einen Spalt aufzumachen – falls die Hundedame sich schlecht fühlte. Hoffentlich Unsinn.

Noch mehr Unsinn war, dass ich meinte, ich müsste einen Blick nach draußen werfen. Wirklich bloß einen Blick. Das Gästezimmer lag seitlich zum Garten hin, ich konnte über die Sträucher hinwegsehen, auf ein Stück Straße dahinter; der letzte Knick, bevor der Asphalt ungemütlicher, durch Kies und Sand ersetzt wurde und die Wander- und Radwege begannen.

Im Dunkel hinter dem Saum des Waldes rief irgendwo ein Käuzchen. War da auch eine Stimme? Ich hatte die Balkontür gekippt, was mir aber nicht verriet, woher die Stimme kam.

Einen Moment überlegte ich noch, ob ich wirklich nachschauen sollte. Im nächsten lief ich schon zum breiten Küchenfenster, das auf den Burgweg hinausging. Wer jetzt noch unterwegs war, hatte mit Sicherheit ein Geheimnis. Dieses teilten sich zwei, der nächtliche Schall trug weit.

Das wollte ich genauer wissen. Auf der Terrasse stand ich hoffentlich nicht auf dem Präsentierteller. Ich schlich hinaus, achtete darauf, mich kleiner zu machen, wagte kaum, laut zu schnaufen, und spitzte die Ohren, obwohl das nicht nötig war, solange ich mich nicht durch einen Laut verriet – oder Gretel das übernahm.

Eine junge Frau zog an einem vielleicht noch jüngeren Kerl. Einem Kind, wenn meine Augen und die Straßenlaterne nicht trogen. Entrüstet dachte ich daran, dass das doch nicht ging, in dem Alter gehörte man um die Zeit längst ins Bett.

»Bazi, überleg doch – sie ist bestimmt nicht bei ihm! Der

Lehrer ist verheiratet, da kann man nicht machen, was man will und mit wem man es will. Nicht zu jeder Zeit.«

»Weiß ich doch, aber ich kriege schon die ganze Zeit ein Bild nicht aus dem Kopf.« Eine Tränenstimme, obwohl ich es nicht sehen konnte. Ich horchte und hoffte, sie würde ihn fragen, was für eins. »Was für ein Bild?«, kam es auch prompt. »Was sollen wir hier oben, mitten in der Nacht?«

»Kohlschreiber fährt einen Jaguar. James Bond hatte mal so einen, Antonia findet ihn edel.« Der Junge unterbrach sich, lachte kurz auf. »Das Auto. In Filmen liegt die Leiche im Kofferraum.«

Um Himmels willen, wie kam er denn darauf? Dieses Bild war zum Einschlafen wirklich alles andere als ganz großes Kino! Ich schüttelte den Kopf und sah die junge Frau den ihren schütteln.

»Wir denken uns was aus, aber wir können nicht einfach irgendwo einbrechen – außer wir brechen ganz woanders ein.«

Der nachfolgende Vorschlag wurde geflüstert, ich konnte nicht hören, wo eingebrochen werden sollte. Aber es klang nicht nur so dahingesagt.

Seine Stimme war wieder lauter, als er fragte: »Sie ist nicht freiwillig weg, oder?« Er zog die Nase hoch. Ich hatte längst begonnen mitzufühlen.

»Antonia hätte sich gemeldet, ganz sicher. Da ist etwas passiert.« Sie war zu ihm so offen, wie sie konnte, dachte ich mir. Es ging um die Verschwundene.

»Wir finden es doch raus?«, wollte er wissen.

Seine Angst war mit Händen zu greifen.

»Und ob!«, lautete die Erwiderung. Ein Versprechen. Sie hatte sicher nicht weniger Angst. »Ich bring dich heim.«

»Lieber nicht, ich bin durchs Fenster.« Der Junge umarmte sie, rannte los, drehte sich im Laufen noch einmal um und winkte ihr zu.

Sie stand einige Augenblicke fast reglos da. Und dann, als hätte jemand sie aus der Erstarrung gerissen, schien sie wieder zu sich zu kommen, setzte sich in Bewegung, lief die Straße hinunter und verschwand schließlich aus meinem Blickfeld.

Etwas stupste mir ans Bein. Ich hielt mich an der Balustrade fest und schnappte nach Luft. »Gretel.« Erleichtert, zuerst. Schlief denn heute niemand, war jeder damit beschäftigt, einem anderen seine Begleitung anzubieten?

Ich ging wieder hinein.

Gretel folgte, sprang in ihren Korb und legte sich die Giraffe zurecht. Ihr Blick zu mir herüber konnte doch sicher kein Zwinkern sein?

Wieder ließ ich die Zimmertür einen Spaltbreit offen stehen und hoffte, Ruhe würde einkehren, draußen wie drinnen.

Ich ließ mich aufs Bett sinken und fragte mich, was dieses »Wir denken uns was aus« bedeuten mochte. Und vor allem, *wo* dieser Einbruch stattfinden sollte, wenn nicht beim Besitzer des James-Bond-Filmautos.

Ich war noch nicht so weit, ich wollte mir nichts ausdenken und zu gern glauben, dass ich mir den Schatten an den Rändern der Nacht vorhin wirklich eingebildet hatte. »Fürchten tu ich mich nicht!«, erklärte ich und zog mir die Decke bis zum Kinn.

»Gemütlich«, flüsterte ich frühmorgens vor mich hin, grinste und drehte mich noch einmal um. Etwas gab Laut. Unbekannt, nie gehört. Es wollte nicht aufhören.

Ich musste mich erst auf die Umgebung einstellen, ich war nicht zu Hause, ich war bei den Felders in Marquartstein, und der Laut war die Türklingel. Was wollte jemand um diese Zeit?

Gretel bellte, sauste den Gang entlang, schob meine Tür auf. Die Aufforderung war unmissverständlich: Raus aus den Federn!

»Wer ist denn so gemein?«, fragte ich sie ernsthaft.

Ich würde gleich auch denjenigen fragen, beschloss ich, schälte mich aus der Decke und trabte ungeachtet meines Aussehens zur Tür. Ich konnte öffnen, ohne den Code einzugeben.

»Minerva.« Ich wusste, ich hörte mich ungnädig an.

»Sei nicht so griesgrämig, sonst bin ich gleich wieder weg.« Ein Schwenk mit der Tüte in ihrer Hand. Eine Drohung?

»Du gehst nicht ans Telefon.« Ein Vorwurf? »Und ich hab was

fürs Frühstück eingekauft.« Ein Köder? »Wer weiß denn schon, ob die Leute was im Kühlschrank haben.« Eine Tatsache.

Gretel legte den Kopf schief, erkannte offenbar die Frau von gestern, was mich zum Lachen brachte, denn ich steckte noch irgendwo im Vorgestern. »So früh sind die Läden schon auf?« »Juliane.« Mini schaute mich an, als würde mir etwas fehlen. Die Zeit?

»Es ist Viertel nach neun, da hast du normalerweise längst gefrühstückt.« Sie schob sich an mir vorbei. Kopfschüttelnd.

»Ich finde die Küche.«

Sie fand die Küche.

Die Sonne schien von einem klaren Himmel, der Herbst habe heute Altweibersommer-Temperaturen im Gepäck, sagte Mini, weshalb ich ihrem Drängen nachgab, für unser Frühstück auf der Terrasse zu decken. »Da schaut man so schön in die Welt hinein«, meinte sie. Irgendwie hatte sie recht.

Während ich mich frisch machte und anzog, werkelte Mini. Ich hörte das Radio laufen, das ich am Vortag gar nicht bemerkt hatte. Sie schimpfte mit dem Moderator, führte Selbstgespräche, und ich hörte sie lachen – ihr waren wahrscheinlich die Sammler-stücke aufgefallen, die alle irgendwo einen netten Platz gefunden hatten. Die hatte ich gestern tatsächlich auch schon bemerkt. Das Nudelholz war mir ins Auge gestochen. Womit rollte man eigentlich heutzutage den Teig? Ich wollte keinen rollen, ich musste das nicht wissen.

Als ich ein Kind war, hatte meine Mutter diese Gerätschaften benutzt, und heute gab es sie wieder. In Neu.

Ein fremder Haushalt war immer eine nervige Umstellung. Was man suchte, fand man erst, wenn man es nicht mehr suchte. Ich fand keine Tischdecke, dafür Servietten, Teller und Besteck und tat die Semmeln, die Mini mitgebracht hatte, in den kleinen Tischkorb. Brezen hatte sie auch dabei, und ich träumte von einer knusprigen Butterbreze.

»Kannst du uns Kaffee machen? Die Felders haben irgendwo so ein sauteures, hoch kompliziertes Gerät.« Ja, genau. Es war rot und stand direkt vor uns. Mini hatte an Kaffeebohnen gedacht. »Falls wir nicht wissen, wie das geht.« Sie hielt ein Päckchen Pfefferminzteebeutel in die Höhe. So unwahrscheinlich war das nicht.

»Wie sieht dein Plan für den Tag aus? Hast du einen?«, fragte mich Mini.

»Wie denn, wenn du mich aus dem Bett läutest?«, beklagte ich mich und lenkte ein, als sie lachte. »Ich weiß noch nicht, wahrscheinlich schauen Gretel und ich in den Ort«, sagte ich.

Die Hundedame hatte einen Plan, sie schob eine kleine Schüssel vor sich her – sie wünschte auch zu frühstücken. Verona hatte mir gezeigt, was und wie viel es für sie geben sollte.

»Goldig«, fand Mini.

Als der Hund versorgt war, begaben wir uns auf die Terrasse. Ich bekam den Kaffee hin – das Menü des Kaffeeautomaten gab die Anweisungen. Lesen konnte ich.

»Was sagen die Regionalnachrichten?« Die Frage stellte ich ungern, nur hatte ich heute noch keine gehört.

»Die bringen eine Statistik, wie viele junge Leute in jedem Jahr verschwinden, dann sagen sie, dass es im Fall von Antonia Olberding nichts Neues gibt, dann rufen sie einem in Erinnerung, wann die Zweiundzwanzigjährige zum letzten Mal gesehen wurde, und mit der Bitte um sachdienliche Hinweise schließen sie. Haben die vielleicht wirklich schon abgeschlossen?«

Eine gute Frage, Mini hatte sicher den Zettel des Polizeihauptmeisters vor Augen. »Laut sagen wird es niemand, aber nach … wie lange ist es, der sechste Tag? … wird man vorsichtig und muss damit rechnen, dass eine Leiche entdeckt wird.«

Bevor ich einen weiteren Gedanken aussprechen konnte, sagte Mini: »Manche werden nie gefunden. Das ist doch ein Alptraum.«

Ich nickte. Unvorstellbar für jemanden, der von außen zuschaute und den es nicht direkt betraf, der abends die Vorhänge zuzog, während andere sie offen hielten, warteten, lauschten und hofften.

Die gestrige Nacht kam mir in den Sinn. »Kennst du einen Bazi?«, fragte ich und biss in meine gebutterte Breze.

»Da kenne ich einige«, gab sie zurück, und Sekunden später wurde aus ihrem Grinsen ein »Oh«.

»Antonias kleiner Bruder … Er hieß schon immer Bazi …« Sie unterbrach sich, nahm einen Schluck von ihrem Kaffee, und ich wollte eine Handbewegung machen, sie solle den Satz doch bitte zu Ende bringen, da sagte sie: »Er mopst sich in jedem Jahr ein paar Birnen, wenn der Birnbaum an unserem Haus vollhängt. Dann reibt er sie grinsend an seinem Ärmel hin und her und fragt anständig, ob er sich die bitte nehmen kann. Umgekehrt wäre auch mal eine Sach. Er ist wirklich ein Bazi.«

Der, den ich gestern Nacht gehört hatte, war auch einer. Es ist freilich ein Spitzname für einen Lausbuben, aber es ging um Antonia.

Ich berichtete Mini, wie ich darauf kam. Jemanden gesehen zu haben, davon erzählte es sich leichter als von dem eigenartigen Gefühl, selbst beobachtet zu werden. »Da war in der vergangenen Nacht die junge Frau, die zu Bazi sagte: ›Sie ist bestimmt nicht bei ihm. Der Lehrer ist verheiratet.‹« Wie hieß der Schlitten noch mal, von dem die Rede war? Ich kam nicht drauf, aber ein Gedankenhäkchen hatte ich gemacht. »Es ging um ein edles James-Bond-Auto und dass Bazi gerade wie im Film … an eine Leiche im Kofferraum denken musste. Dann flüsterten sie aber weiter, und jetzt kenne ich das Ende nicht.«

»Eine Leiche im Kofferraum? Doch sicher nicht! Da wird mir ganz komisch.« Mini schauderte es.

»Falls du mit ›ganz komisch‹ vielleicht ›neugierig‹ meinen könntest«, regte ich an. »Ich habe da unversehens einen Plan für den heutigen Tag.« Als ich Mini davon erzählte, wurden ihre Augen groß.

»Ganz sicher bin ich mir nicht, aber der Einzige, der ein Stück oberhalb der Felders wohnt, wurde auch zum Verschwinden von Antonia Olberding befragt.« Wusste ich von Maximilian Felder. »Wenn die zwei hier vorbeigelaufen sind, waren sie vorher weiter oben.« Wo sie nicht eingebrochen hatten.

»Wenn es ein Lehrer sein soll, dann wohnt da Konstantin Kohlschreiber.« Mini nickte zustimmend, als ich erklärte, da es jetzt eine nachbarschaftliche Verbindung gebe, müsse man sich vorstellen. »Es könnte interessant sein, wenn er derjenige mit dem James-Bond-Auto ist.«

»Genau. Welches? Bond fuhr nicht bloß eines.«

»Ist mir entfallen, es war kein deutsches Modell.«

Natürlich nicht, nachdem Bond Engländer war. Ich hatte keinen Sinn für Automobile. Den hatte Mini. Sie hob eine Schulter, gleichzeitig zuckte ihr linkes Ohr. Ich hatte mich immer schon gefragt, wie das ging. Als sie noch Zöpfe trug, hatte man ihre Ohren gut gesehen – da hatte das linke auch zu bestimmten Gelegenheiten gezuckt.

Ich klopfte mit den Fingerspitzen auf den Tisch. »Du brütest doch was aus.«

»Nein, gar nicht«, gab Mini zurück. »Loy soll einen Kuchen backen, den bringen wir dann dem Lehrer hinauf.«

»Seit wann backt Loy?« Das musste ich einfach fragen. Ich sah vor meinem inneren Auge Minis quirligen Ehemann mit dem »Sammlerstück« vor mir.

»Seit er so einen Volkshochschulkurs besucht hat«, erklärte Mini.

Allein das Wort klang schon anstrengend. Soweit ich wusste, hatte ihr Ehemann sich unlängst sogar auf Rollerblades versucht.

»Er treibt sich in einigen Kursen herum, inzwischen glaubt er, er kann alles«, sagte Mini. »Aber einen trockenen Kuchen, den wird er schon hinbringen.«

»Hm«, machte ich. »Trocken« meinte vielleicht genau das. Mini hatte ihre Art, etwas zu sagen – und etwas anderes wegzulassen.

»Wir brauchen ihn ja nicht zu kosten«, schlug ich vor.

»Wie wahr!« Sie zwinkerte. »Was willst du Konstantin Kohlschreiber fragen?«

»Nichts«, erklärte ich großzügig. »Ich bin ja nicht die Polizei. Ich bin bloß die Nachbarin, und du interessierst dich dafür, ob noch was fürs Heimatbuch gebraucht wird.« Ich fragte mich wirklich, was da drinstehen sollte.

»Ah.« Pause. »So.« Mini war nicht begeistert. Was glaubte sie denn, wie so etwas ablief? Man fiel nicht mit der Tür ins Haus, man kam durch den Hintereingang.

An den Wagen samt einer Toten dachte ich erst einmal wirklich nicht. Wir verabredeten uns.

Wenn der Kuchen ausgekühlt und mit Puderzucker bestäubt war, konnte es losgehen.

Ich räumte das Geschirr weg und spülte von Hand, weil die Geschirrspülmaschine ein Monster war und ich nichts einschalten wollte, was ich vielleicht nicht mehr ausbekam.

Dabei überlegte ich, was für ein Lehrer dieser Lehrer war. Was mich darauf brachte, Kohlschreiber ein wenig zu durchleuchten. Durchleuchten zu lassen.

Der Kollege, der sich für die Verschwundenen auf dem Land interessiert hatte, hatte sich doch bestimmt die Personendaten bereits vorgenommen. Vielleicht gebot es die Höflichkeit, dass ich eine Antwort bekam. Ich musste so tun, als wäre das eine Selbstverständlichkeit und mein Interesse daran auch.

»Verdächtig« konnte ich Konstantin Kohlschreiber nicht nennen. Ich nannte ihn »undurchsichtig«. Außerdem war der Kollege derjenige gewesen, der zuerst etwas von mir hatte wissen wollen, nämlich, wie die Menschen auf dem Land tickten.

»Mit dem hat man sich befasst«, hörte ich.

Genau. Jetzt wollte ich mehr erfahren, doch wenn ich ihm sein Wissen aus der Nase ziehen musste, dann hätte er am Ende vielleicht weniger im Kopf.

»Eher kalt«, sagte er, als spielten wir bloß ein Suchspiel. »Der Lehrer sagte, er sei es gewohnt, dass Schülerinnen ihn attraktiv fänden, er erzählte auch gleich von der Anzeige.«

Eine Anzeige. Ich wollte den Lehrer immer noch undurchsichtig finden, doch jetzt war ich gespannt, wie umwerfend er aussah.

»Es ist nicht mehr mein Job, aber Sie wissen, man hört auch

dann nicht auf, weiterhin seine Spürnase in die Luft zu halten.«
Vielleicht wusste der Kollege es nicht.

Eine kleine Pause, dann: »Die Mutter einer Sechzehnjährigen
hat Konstantin Kohlschreiber angezeigt. Er habe etwas Un-
sittliches bei ihrer Tochter versucht. Die Tochter widersprach,
das wäre *sie* gewesen, sie war sauer, dass er sie abblitzen ließ.
Möglich, oder?« Fragte er mich das ernsthaft?

Ich zuckte gerade mit irgendwas, er sah es nicht und sprach
weiter: »Antonia und er hätten nur zusammen an einem Buch
gearbeitet. Also«, ich hörte ein Luftholen, »meine Theorie ist,
der Vater hat sie aus dem Haus getrieben. Gerhard Olberding
soll bekannt dafür sein, dass mit ihm nicht gut Kirschen essen
ist. Und da war außerdem irgendwas in der Vergangenheit. Sie
wissen schon.«

Nein, woher denn? Mini hatte gestern bloß nebenbei ein paar
Worte über einen irren Großvater gesagt. War auch der Vater
irgendwie aufgefallen?

»Ich dachte, weil Sie aus der Gegend sind, kennen Sie Ihre
Leut«, fügte er jetzt hinzu.

Was der sich dachte! »Ich war nicht die mit den Vermissten,
ich war die mit Mord«, erinnerte ich ihn. »Antonia Olberding
wird …«, ich schob in Gedanken ein »noch« ein, »vermisst.«

»Schon.« Aber sein »schon« hatte einen Unterton. »Wird
man sehen.«

Ach? So weit war gestern Abend auch schon ein Polizeihauptmeister, wenn ich meine Freundin recht verstanden hatte.

»Benno Seitlein, das waren Sie.« Ein Schwenk.

Jetzt durfte ich nicht mit meiner vagen Ahnung kommen,
dass ich Seitlein vielleicht gesehen hatte. Denn ich konnte sonst
wen gesehen haben.

»Das fand ich echt seltsam«, hörte ich ihn sagen, und da war
wieder dieses Ansauggeräusch. »Über den Fall und insbesondere
darüber wurde oft unter den Kollegen gesprochen.«

Ich hielt die Luft an. Es gab einiges, worüber die Kollegen
in Bezug auf meine Person geratscht hatten, doch der Mann am
anderen Ende der Verbindung war dafür nicht alt genug. Er hatte

nicht mitbekommen, wie der Kriminaloberrat sich die Kommissarin wegen ihrer Eigenmächtigkeiten so richtig vorgenommen und gedroht hatte: »Beim nächsten Mal geht das nicht mehr so gut aus, haben wir uns da verstanden?«

Wir hatten uns wirklich verstanden. Ich hatte keinen Schimmer, wie es zugegangen war, aber bei diesem Anlass hätte er mich am liebsten erwürgt, und irgendwann … hielt er dann altmodisch kniend um meine Hand an.

Der Kollege konnte unmöglich wissen, dass die Kommissarin damals erklärt hatte, sie könne verstehen, warum Seitlein gemordet hatte. Ich hatte unerwähnt gelassen, dass ich in der gleichen Situation vielleicht das Gleiche getan hätte.

»Sie sollen seinem Anwalt damals geraten haben, er solle sich darum kümmern, Seitleins Edelbude in der Altstadt im Lehel als Mietobjekt anzubieten. Und Sie haben Benno Seitlein geraten, für sämtliche Verträge, die der Anwalt verhandelte, ein Pseudonym zu benutzen.«

Tatsächlich, das hatte ich getan und hatte das auch mit der Behörde, die sich um die Ausweispapiere kümmerte, abgesprochen. So war es nicht das Haus eines Mörders, dachte ich. Andererseits – nun war Seitlein entlassen worden, wenn er allerdings sein Pseudonym benutzte, wäre es schwieriger, ihm auf der Spur zu bleiben.

»Sie mochten ihn?« Eine einfache Frage, auf die es keine einfache Antwort gab. Aber die Stimme klang nicht, als wäre es absolut unfasslich. Die Kommissarin und der Mörder.

»Ich hoffe, ich kann ihn noch immer mögen«, gab ich zurück. Genau das wollte ich und hoffte, man konnte es. Ich konnte es.

»Es wird nicht gelingen, ihn im Auge zu behalten. Sie wissen, wie das leider nicht läuft.« Betont.

Herrje! Ich wollte mich nicht noch mehr fürchten als ohnehin schon.

Ich glaube, ich lachte auf. Möglicherweise teilten Benno Seitlein und ich mehr als ein Geheimnis, es sei denn, Benno wusste nichts davon. Dann war es allein meines. Der Gedanke war so kurz wie das Schweigen meines Gesprächspartners.

Er kam auf den eigentlichen Grund meines Anrufs zurück, bevor ich Danke sagen und mich verabschieden konnte. »Was ist mit dem Pädagogen, warum interessiert er Sie?«

Ich schüttelte mein Telefon und sagte, der Empfang sei plötzlich ganz schlecht – und log nicht einmal.

Mini hatte ihre Tüte wieder mitgenommen. Die Einkäufe waren weg, eine Semmel war noch übrig. Damit bekam man nicht mal Gretel satt.

Ich legte der Hundedame ihr Halsband mit der Leine an, zog mir eine leichte Jacke über, und wir brachen auf. Gretel sah beschwingt aus, jedenfalls wackelte sie mit dem Hintern. Das würde ich mir verkneifen.

Hunde durften nicht mit in den Supermarkt, ich erklärte, sie müsse draußen warten und am besten böse schauen, wenn jemand handgreiflich wurde. »Nur schauen, nicht die Zähne zeigen.«

Ich kaufte nicht viel, ich würde morgen wiederkommen. Schon beinahe vorbeigelaufen, bemerkte ich den Ständer mit den Karten. Mich hatte höchstens ein kleiner Gewissensbiss festgehalten. Ich war eigentlich nicht in der Gegend, meine Nachbarin hatte angeboten, sich um Jo zu kümmern, ich hatte sie nicht gelassen … Ich war bloß einen Sprung entfernt. Was könnte mich abhalten, und wer würde mich um Mitternacht auf dem Friedhof erwarten?

Eine kleine Karte schaute mir entgegen. Herzig, eine Liebeserklärung, die griff ich mir. Ich brauchte noch eine Kerze, für meine einzige Flamme zum Geburtstag.

Der Cognac war bei mir daheim, die Zigarillos hatte ich mit – ein ganz altes Laster. Der nächste Gedanke war: Rotwein. »Welchen hättest du gern?«, fragte ich laut, als wäre ich in Begleitung.

Ich ließ den Finger über die Auswahl gleiten, stoppte bei einem Cabernet Sauvignon. Als hätte mich jemand verstanden. Ich nickte. Ein nobler Franzose. »Klingt fein«, sagte ich.

Mit einer prall gefüllten Tüte trat ich schließlich wieder aus dem Geschäft und nahm eine gähnende Gretel mit. Interessant, dachte ich mir, der Wink mit dem Zaunpfahl, als hätte sie gejammert: *Ich konnte gar nicht gut schlafen.* Die Hundedame suchte mich zu beeindrucken. Ich war nicht beeindruckt. »Es wird gelaufen!«, erklärte ich.

Wir waren noch nicht einmal über der Steinernen Brücke, da dachte ich schon, wie gut, dass wir es nicht weit haben. Gretel hing die Zunge aus dem Mund. Wir machten Rast, ich wurde mitleidig beäugt. Sehr nett. Mir hing die Zunge nicht aus dem Mund. Und wieder wollte ich ein Grinsen im kleinen Hundegesicht bemerkt haben. Etwas anderes bemerkte ich auch. Ich wirbelte herum. »Benno Seitlein?«

Hochgezogene Augenbrauen, als die Frau hinter mir auf mich auflief und ich um Entschuldigung bat. Mein Blick glitt an ihr vorbei. Ich hatte ihn doch kurz gesehen und kam mir wirr vor, wie ich da fragend durch die Gegend starrte.

»Da hast du's«, sagte ich mir. Sonst war ich nicht jemand, der Selbstgespräche führte. Benno konnte durchaus etwas von mir wollen. *Du hast ein Beweismittel eingesteckt.* Das wusste Benno nicht. *Glaubst du.* Ich hoffte es. Dieses Buch tauchte in keinem Bericht auf, es hatte niemals die schattigen Fluchten einer Asservatenkammer zu sehen bekommen. Nur das Innere einer Metalldose. Es war nicht mein Gewissen, was sich da rührte. Gerade hatte ich es nicht nötig.

Wenn Benno mit mir reden wollte, musste er sich ein Herz fassen. Hoffentlich nahm er nichts anderes.

5

Wos i ned woaß, mocht mi ned hoaß.
Was ich nicht weiß, macht mich nicht heiß.

»Dieser Kuchen hat eine dringende Verabredung«, sagte Mini, atmete tief den Zitronenduft ein, seufzte und trug feinsten Puderzuckerstaub auf.

»Sicher, ich will ja auch bloß ein Stück zum Kaffee. Bleibt noch genug für Juliane und dich, mein Spatzl.«

Wenn ihm sein Spatzl sagen würde, dass der Kuchen für den Lehrer war, aus dem Juliane und sie etwas zum Fall Antonia Olberding herauskitzeln wollten, dann wäre Loy mindestens beleidigt. Auch weil er kein Stück vom Kuchen für sich bekäme.

Es sähe besser aus, wenn sie beide Enden etwas abschnitt. Dann wüsste sie auch aus erster Hand, ob der Kuchen gelungen war. Sie bat ihren Mann, ihr ebenfalls eine Tasse Kaffee einzuschenken.

Loy verstand nicht ganz, warum da zwei Seiten angeschnitten werden mussten. »Eine wird furztrocken«, erklärte er.

Wahrscheinlich. Mini winkte ab. »Wovon handelt eigentlich dieses Heimatbuch genau, zu dem da so emsig recherchiert wird?« Ihr war aufgefallen: Sie wusste es nicht, sie hatte sich keine Minute dafür interessiert. Die Geschichten hatte sie alle schon gehört, davon war sie überzeugt.

»Fragst du mich aus?«, wollte Loy wissen. Er stellte Mini eine Tasse hin, aus der es dampfte.

»Unbedingt, du willst doch auch, dass deine Frau mitreden kann.«

»Du willst nie mitreden können.« Jetzt stutzte er. »Spatzl, du bist komisch, und das verheißt nichts Gutes. Der Zitronenkuchen schmeckt nicht.«

»Der Zitronenkuchen schmeckt nicht?« Sie schaute auf ihren Mann, dann auf ihren Teller, sie hatte noch kein Stück aufgegabelt. Na ja, das wäre nicht das Ende der Welt. Sie würden dem Lehrer sagen, Juliane habe ihn gebacken.

»Was werden jetzt alles für Schandtaten in dem Buch zu lesen sein?« Sie lachte ihn an.

Seine Augen sagten: Ich trau dir nicht, aber ich sag's dir trotzdem.

»Die, von denen man seit Jahrhunderten weiß, dass sie zu unserer Geschichte gehören. Die, von denen man nichts wissen will, auch. Und genug dazwischen. Antonia meinte, nichts wird unter den Teppich gekehrt. Das Dirndl hat ein gutes Gespür.«

Das sollte noch einer aussprechen, wenn Patrick Eschenbach, der Grassauer Polizeihauptmeister, mit seiner Zettelwirtschaft recht behielt und eine Leiche auftauchte.

»Es wird in dem Buch doch nicht aufgedeckt, wer Dreck am Stecken hat?«, wollte sie wissen. Mini sah auf einen Schlag Motive für verschiedene Leute, Antonia Olberding als ganz unangenehm zu empfinden.

Man wollte schon reden – aber über andere.

»Dass der Chiemgaugraf am Schnappenberg ermordet wurde und von wem … Meinst du die Geschichte?« Jetzt lächelte Loy listig.

Mini beschloss, unentschlossen auszusehen. »Der Kuchen ist köstlich«, stellte sie ganz nebenbei fest. Vielleicht durfte es für den Lehrer auch was anderes sein, der Kuchen war doch zum Fremdgegessenwerden viel zu schade. War da nicht etwas im Kühlschrank? Irgendeine Süßigkeit, Nervennahrung?

»Graf Marquart, der Erbauer der Burg, das war so um elfhundert«, pflichtete Mini ihm bei. Loy tätschelte ihr die Hand, er wusste jetzt sicher, woher der Wind wehte. Sie hatte wenig Ahnung von des Grafen Ermordung.

»Spannend und kein bisschen mörderisch ist die Sache mit dem Komponisten. Strauss brachte seine Musik zu uns.«

Eher umgekehrt. Richard Strauss schrieb einige Stücke in seinen Sommerurlauben und komponierte die Musik. So wurde es jedenfalls berichtet.

Mit ihrem gut informierten Ehemann konnte es Mini nicht

aufnehmen und außerdem Straussens Noten nicht viel abgewinnen. Trotzdem durfte sie sich fragen, wie es bloß kam, dass sie immer nur wusste, was sie an Weitererzähltem vom Einkaufen mit heimbrachte. Simpler Tratsch und sicher keine belegte Historie.

»Rätselhaft könnte das sein, man weiß aber bis heute nicht viel darüber. Jedenfalls gelangte sie auf Umwegen wieder zurück in den Chiemgau.«

Wer gelangte zurück? Minis nicht angemessen rätselfreudiger Blick streifte ihn. Es ging doch um den Komponisten.

»Eine alte bronzene Taufschale, darin in der Mitte eingraviert ein Bild des heiligen Andreas mit dem berühmten Andreaskreuz, die irgendwie in den Besitz von Richard Strauss gelangt war. Sie war lange verschollen und wurde wiederentdeckt. Der andere Fall ...« Loy trank einen großen Schluck Kaffee.

Ein Fall? Mini spießte ein großes Stück Kuchen auf die Gabel.

»Das Dirndl war auch immer dabei, etwas zu entdecken«, sagte er.

Mini hätte fast überhört, wie Loy das zwischen den Geschichten einbaute. Das Dirndl. Antonia. Mini schaute ihren Ehemann an.

Loy dachte wohl nicht an die Möglichkeit, etwas von ihr Entdecktes könnte Antonia vielleicht gefährlich geworden sein? Und noch während sie überlegte, sagte Loy schon: »Marquartstein hat richtig was zu erzählen, das reicht für mehr als bloß ein Heimatbuch. Konstantin Kohlschreiber weiß vielleicht, worum es Antonia ging. Ich kann damit nicht dienen. Kohlschreiber war immer drauf aus, sämtliche Fakten zu überprüfen. Im Buch sollte nichts auftauchen, was nicht Hand und Fuß hat. Hast du Juliane nicht den Kuchen versprochen?«

Loy brachte es fertig, so zu klingen, als wollte er sie loswerden, doch gleichzeitig verzog er das Gesicht, weil mit Mini auch der Kuchen fort wäre.

Sie klingelte Juliane auf dem Handy an, um zu sagen: »Ich bin gleich da, der Kuchen auch. Er schmeckt wirklich.«

Den Zitronenkuchen im Korb über ihrem Handgelenk, dazu einen Becher Sahne und eine Süßigkeit, stand Mini schließlich wieder vor der Felder'schen Haustür. Von Julianes Miene konnte sie ablesen, dass die ehemalige Kommissarin es sich denken konnte. »Du hast den Kuchen probiert.«

»Den geben wir nicht her, ich hab eine Packung Schnapspralinen für den Lehrer dabei. Er ist angeblich ziemlich undurchsichtig, wie ich grade von Loy erfahren habe, und da opfern wir nicht unseren Kuchen.« Das hatte sie jetzt ein wenig verdreht.

Juliane zog sie am Korb zur Tür herein. »Was heißt ›ziemlich undurchsichtig‹? Was weiß dein Ehemann?«

»Von einer angeblichen Entdeckung.« Mini weihte Juliane in das ein, was Loy ihr vorhin über das Heimatbuch erzählt hatte: Antonias Arbeit daran und dass Kohlschreiber die Fakten überprüfte.

»Wenigstens hast du es ›angeblich‹ genannt. Und das Kuchenopfer war dein Vorschlag«, erinnerte Juliane sie. »Ich habe ihn vorhin heimkommen sehen. Wir gehen am besten gleich und machen es uns nachher mit den Informationen gemütlich. Hast du Block und Stift?«

»Ich? Mein Hirn ist manches Mal wirblig, aber ich hab schon noch eins. Wer braucht Block und Stift?«, wunderte Mini sich.

»Es geht nicht ums Brauchen. Die nimmst du mit, das sieht nach Interesse aus. Stell dir vor – da stehen zwei alte Schachteln vor deiner Tür und stellen Fragen.«

»Das muss ich mir nicht vorstellen, ich bin eine davon. Ich kann mir beim Eber in meinem Service auch vier Bestellungen an einem Tisch merken, da brauchst du mir nicht so zu kommen!«

Mini nahm den Kuchen aus dem Korb und stellte den Becher Schlagsahne in den Kühlschrank. »Du hast eingekauft?«, fragte sie.

»Jo hat morgen Geburtstag, ich brauchte noch ein paar andere Sachen, und ich glaube, Benno Seitlein war mir auf den Fersen.«

Das hatte sie jetzt eingeflochten. Um Glauben ging es wohl nicht, dachte Mini. »Juliane Leitermann, du machst dir Sorgen.«

So glaubte Mini, es gehört zu haben, und das bedeutete, die Freundin hatte einen Grund.

Was jetzt wiederum bei ihr für Nachdenklichkeit sorgte, denn normalerweise war die Frau ein harter Knochen. Dass Juliane etwas Angst machte, hatte sie das je erlebt? Mini konnte sich nicht erinnern.

Benno Seitlein hatte für einen Mord gebüßt, ein Verbrecher konnte einer Kommissarin nicht vorwerfen, dass sie ihn festgenommen hatte. Das wäre außerdem schon verjährt.

»Vorhin, als ich ein Stückerl vom Kuchen probierte, drehte sich Loys und mein Gespräch um Dreck, den jemand am Stecken hat …« Mini gab Juliane eine Vorlage, selbst wenn sie nicht erwartete, dass es gleich eine Beichte werden würde.

»Ich hab etwas vom Mordopfer behalten, damals.« Juliane nickte, wie um sich diese Tatsache noch einmal klarzumachen.

Mini schüttelte den Kopf, so hatte sie es nicht gemeint. Was hieß »behalten«? Entgegen dem Gesetz. Das hieß es wahrscheinlich. »Um wen ging es da für dich? Das Opfer oder den Mörder, wen hast du in die Pfanne gehauen?« Wobei das schlecht sein konnte, denn ein Mordopfer war tot, toter ging nicht.

»Sie hätte ich gern in die Pfanne gehauen. Kristina Seitlein. Aber dann hätte ich ihn gleich mit ins heiße Fett geworfen, und dort wollte ich Benno nicht haben. Aber ich spinn schon. Lass uns dem Lehrer das Fell über die Ohren ziehen.«

Das hatte jetzt aber eine ganz persönliche Note. Was war damals passiert? Juliane sah aus, als hätte sie gerade einen schwachen Moment gehabt. Das gab es allerseltenst bei ihr.

Mini kramte die Schnapspralinen hervor und wollte die Packung aufreißen. »Gänsehaut«, flüsterte sie.

Juliane nahm ihr die Pralinen weg. »Den Kuchen verspeisen wir selbst, dann kriegt die der Lehrer. Es ist ein kleineres Opfer. Ich kaufe dir morgen eine neue Packung«, versprach sie.

Mini mochte das Wort an sich nicht und jetzt schon gar nicht.

»Du sollst dich nicht für mich gruseln«, fuhr Juliane fort. »Ich glaube, ich bin einfach froh, wenn Benno Seitlein mich endlich …«

Mini ließ sie den Satz nicht beenden. »… dich endlich erwürgt? Wir rufen die Polizei«, erklärte sie.

»… mich anspricht, wollte ich sagen«, gab Juliane zurück und suchte das Hundegeschirr heraus.

»Was ist es, das du behalten hast?« Mini wollte jetzt eine Erklärung, Grusel hin oder her.

»Kristina Seitleins kleines böses Buch. *Sie* hätte man sich schnappen müssen. Vorher.« Juliane fing ihre Unterlippe mit den Zähnen ein.

Kristina Seitlein, die Schwester des Mörders. Vorher. Nachher. Das eine ergab sich aus dem anderen. »Sie hat ihn dazu gebracht, die Hände um ihren Hals zu legen?« Das war kein Scherz, Mini klang fast tonlos. Sie rubbelte sich über die winzigen Härchen auf ihren Armen – die Gänsehaut.

»Ja. Genau so«, sagte Juliane. »Und wir legen jetzt unsere Hände um … vielleicht bloß um einen Türklopfer, wenn Kohlschreiber einen hat.«

Sie wollte nicht darüber reden. »Warum erwähnst du es, wenn du es dann unter den Tisch fallen lassen willst?«, schimpfte Mini.

»Weil ich über ein paar Geheimnisse nachdenke und nicht weiterkomme«, erwiderte Juliane. Sie nahm die Pralinenpackung und den Hund und drückte Mini Block und Stift in die Hand, die ganz plötzlich von irgendwoher gekommen waren.

»Geheimnisse, die gehen nicht verloren, die hängen sich irgendwo fest und tauchen wieder und wieder auf …«, sagte Mini gerade, aber nicht zu Juliane.

Die bemerkte, wie in sich gekehrt die Freundin war. Mini konnte sicher sein, dass Juliane sie danach fragen würde. Sie war sich nur nicht sicher, wie ihre Antwort ausfiel, das war ihr ganz persönliches Geheimnis. Weg, weg, weg – sie wedelte mit den Fingern.

Juliane zog die Tür zu. Die Hundedame tänzelte aufgeregt; sie konnte nicht ahnen, dass sie nicht einmal fünfzig Meter weiter einen Stopp einlegen würden. Das Kohlschreiber-Haus schaute ihnen vom Hang aus klein, aber freundlich entgegen. Keine Terrasse, nur ein Balkon. Und ein Gartentor, von dem ein schmaler

Weg zur Haustür führte. Es quietschte, als Mini es für sie drei aufmachte. Kein Türklopfer, sondern eine grässlich tönende Glocke.

Mini hatte das Gesicht noch verzogen, da stand der Lehrer schon vor ihnen. *Stell dir vor, da stehen zwei alte Schachteln vor deiner Tür …* So wirkte er. Genau so.

Mini gab ein räusperndes »Hmtm« von sich.

Juliane griff an ihr vorbei, redete auf ihn ein und reichte ihm gleichzeitig die Pralinen. »Sie kommen mir nicht davon«, eröffnete sie zackig.

Irgendwie sah er jetzt fast entsetzt aus, was Juliane gar nicht zu bemerken schien.

»Ein wenig Nervennahrung«, erklärte sie die Pralinen und schloss an: »Ich wohne bei den Felders und finde, ich sollte mich vorstellen, falls Sie etwas brauchen.«

Falls *er* etwas brauchte, das war wirklich einmalig.

Mini hätte später behauptet, Juliane habe die Hundedame ein wenig mit dem Schuh angespitzt und die Leine ganz locker gehalten …

Gretel wischte seitlich am Lehrer vorbei und weiter in den Gang dahinter, Juliane stolperte ihm entgegen, und Mini konnte nur noch mit offenem Mund dastehen und sich wundern.

»Jesses, ich wollte ja nicht mit der Tür ins Haus fallen«, sagte Juliane lachend.

Kohlschreiber hatte noch keinen Ton von sich gegeben.

»Ich bin Juliane Leitermann, Ihre Nachbarin auf Zeit, solange die Felders verreist sind, und das ist Minerva Meierhofer, die unbedingt die Gelegenheit beim Schopf packen wollte – sie interessiert sich sehr für das Heimatbuch, müssen Sie wissen.«

»Ja. So.« Mini schnaufte, ihr war, als würde sie Beihilfe leisten bei einem Überfall. Sie deutete auf den Block und den Stift und kam sich ausnehmend dämlich vor.

Juliane kannte keine Gnade. Der Mann machte Platz, ihm blieb nichts anderes übrig. »Wollen Sie nicht reinkommen?«, murmelte er, da waren sie schon mehr drin als draußen. »Meine Frau ist grade nicht da.«

Seine Frau hätte ihn nicht retten können, hätte ihm Mini gesagt.

Gretel war vorausgestürmt, bis die Leine sie stoppte. Sie mussten hinterher. Juliane warf Mini über die Schulter einen Blick zu, zog an der Leine. »Gretel, also wirklich …« Die Hundedame stürmte das Wohnzimmer.

Julianes sprechender Blick hieß: Du bist dran. Musste Mini fürchten, dass ein Lehrer schon alle Tricks kannte? Schlagfertig konnte sie sein, doch einfallsreich aus dem Nichts heraus war sie ganz selten. »Wir Landfrauen möchten natürlich das Unsere dazu tun, das Heimatbuch auf einen guten Weg zu bringen.«

Wir – als wüsste Kohlschreiber nicht, dass er sie bei den Landfrauen nie gesehen hatte. »Antonias Entdeckung ist eine Geschichte für sich, nicht wahr?«, setzte Mini gleich noch eins drauf und holte ein etwas trauriges kleines Lächeln hervor.

Kohlschreiber kniff die Augen zusammen. »Antonia wird sich hoffentlich bald entschließen, wieder zurückzukommen«, erwiderte er und ging mit keinem Wort auf ihre Bemerkung ein. »Sie hat sich wirklich ins Zeug gelegt, und glauben Sie mir, als Lehrer erkenne ich Einsatz, wenn ich ihn sehe.«

»Ja, bestimmt. Sagen Sie, waren Sie auch schon Antonias Lehrer?«, wollte Juliane wissen.

»Da kam ich grade frisch vom Studium. So gesehen kennen wir uns schon länger.«

Und besser? Mini konnte sich vorstellen, wie ein Verdächtiger ins Schwitzen kam, wenn ihm diese Kommissarin gegenübersaß.

Die blies zum Angriff. »Antonia Olberding fehlt sicherlich sehr, und ein Abschluss, ein Ende wäre bestimmt wünschenswert.«

Mini überlief ein Kälteschauer. Wovon sprach Juliane da? Kohlschreiber wusste es auch nicht, seine Augen wurden dunkler. Oder bildete Mini sich das ein?

»Das Heimatbuch«, lautete Julianes feinsinnige Antwort. Der Lehrer nickte. Gretel hatte sich unbeobachtet unter ein Wäschestück geflüchtet, das neben der Couch auf dem Boden lag.

»Sie Ärmster, wie lange ist Ihre Frau denn schon fort?« Juliane sah ihn arglos an.

Er wandte den Kopf, nahm wahr, was auch Juliane wahrgenommen haben musste. Verhau, den keine Frau übersehen hätte.

Sie Ärmster, war im Kofferraum kein Platz mehr? Mini hatte das Schauderbild übernommen – eine Leiche im Kofferraum. Sie würde nachfragen … sobald Juliane den Mann eingekreist hatte.

»Vor fünf Tagen ist meine Schwiegermutter unglücklich gestürzt. Verständlich, dass meine Frau ihr beistehen will. Es ist ja nicht so, dass ich allein nicht zurechtkomme. Außerdem habe ich nette Nachbarn.« Er hielt die Schnapspralinen vor sich. »Die mag ich besonders gern.«

Jetzt hatte er sich gefangen. Wackeliger Charme. Trotzdem.

»Ich glaube, Sie fahren einen …« Mini nuschelte irgendwas. »Werden Sie damit bei der Oldtimer-Rallye am Wochenende antreten?« Sie wusste eigentlich nur, dass er einen alten Wagen besaß.

Juliane schaute gerade ganz woandershin.

»Er ist einer der Schönsten, der XK 120. Heißt es. Wir werden uns sehen lassen«, erwiderte Kohlschreiber.

Was fuhr er denn jetzt? »Auto und Mensch machen sich schick. Ich bin so gern Zuschauerin.« Mini lächelte hübsch.

Der Lehrer sah aus, als hätte er Zahnweh. »Dann freue ich mich, Sie wiederzusehen!«, log er mit düsteren Augen.

»Auf den ersten Blick *Zucker*«, sagte Juliane, als sie drei sich auf den kaum fünfzig Meter kurzen Rückweg machten. »Beim zweiten Blick dünkte mir, als hätte ich da im Zucker eine Ameise gesehen.«

»Kohlschreiber ist das Insekt? Wofür taugt der Vergleich, Juliane?« Man konnte nicht erwarten, alles zu verstehen, sagte sich Mini.

»Er sieht gut aus. Sicher bekommt er meistens, was er will. Aber was ist, wenn er etwas gar nicht will?«, übersetzte Juliane.

Und sie sprach kurz die Anzeige gegen den Lehrer an, dazu die Flausen einer verliebten Sechzehnjährigen.

»Nach dem Studium … wo hat er da unterrichtet?«, fragte Mini. Der Weg einer Lehrkraft war sicher zurückzuverfolgen. Ihr Ehemann konnte es ihr wahrscheinlich verraten.

»Er könnte jetzt in Marquartstein unterrichten. Ich sollte Matthias fragen, der hat ihn vielleicht sogar in irgendeinem Fach.«

Der schlaue Enkel ging aufs Gymnasium.

Kurz darauf schloss Juliane die Felder'sche Haustür auf, und Gretel steuerte auf ihr Futter zu.

Mini meinte immer noch Kohlschreibers Augen im Rücken zu spüren. Er hatte sie vor die Tür gebracht, mit einem Lächeln das Gartentor geöffnet. Sein Blick sagte deutlich: Ich wünsche keine Wiederholung!

»Ich bin mir selten so altschachtelig vorgekommen!«, grummelte Mini, hielt Ausschau nach einer Sitzgelegenheit und hielt flotten Schrittes auf den Ledersessel vor dem Kamin im Wohnzimmer zu.

»Gretel ist die Aufregung auch gar nicht bekommen«, sagte sie. *Auch.* Die Hundedame hatte sich versteckt, und Mini hatte mit Block und Stift dagestanden, sich Geschichten aus den Fingern gesaugt und kein Wort geschrieben.

Sie atmete aus, als hätte sie zuvor ihre Lungen mit Luft regelrecht vollgesogen.

Nur Juliane sah erfrischt aus. »Das wurde bestimmt angekündigt, ich hatte es vergessen«, sagte sie zu Mini. »Schon dieses Wochenende veranstalten die alten Kisten wieder so einen Krach? Die sehen vielleicht edel aus, aber es sind Stinker.«

Juliane war kein Fan, das wusste Mini. Und sie hatte das Informationsblatt zur Oldtimer-Rallye wahrscheinlich nicht beachtet.

»Ich hab übrigens nicht verstanden, was der Lehrer für ein Auto fährt.« Juliane schaute fragend.

»Ich auch nicht, woher soll ich das wissen? XK 120. Es ist eine Art Alpenrallye, das Chiemgau nur eine Etappe. Da biegen

einige Raritäten in die Kurven, sicher auch Enten und Käfer.«
Ein Extralächeln für Juliane. »Aber ich stelle mich gern an den
Straßenrand und halte Maulaffen feil.«

»Was eine ältere Dame nicht tut«, bemerkte Juliane.

»Ach? Wo ich grade noch eine alte Schachtel war«, gab Mini
zurück. »Kommst du mit Gretel mit?« War es zuvor um den
Lehrer mit seinem Wagen gegangen, ging es jetzt um alle schicken Wagen.

»Es ist Regen angesagt, dann stehen die Leutchen mit Schir-
men rum, und ich will mich nicht einmuffeln lassen.«

»Spielverderberin. Hoffentlich stimmt das mit dem Regen
nicht. Ich würde so gern den neuen Umhang ausführen.« Mini
hatte ihn gerade vor ein paar Tagen bei Dora Schönenfeld erstanden. Die Schneiderei mit dem Bekleidungsgeschäft um die
Ecke. Buchstäblich, denn es lag irgendwie immer auf dem Weg,
nämlich in der Bahnhofstraße.

»Loy hat ein paar Namen notiert, wer dabei sein wird. Erinnerst du dich an Striezel Stuck?«

»Auch ein Bazi.« Juliane lachte.

»Der muss einem nicht leidtun, Antonias kleiner Bruder
schon eher«, erklärte Mini und kam zurück auf den Lehrer.
»Was wissen wir jetzt, was wir vorher nicht wussten, außer dass
gleich zwei Frauen weg sind?«

»Die Zeit ist interessant«, sagte Juliane. »Seine Frau ist fünf
Tage weg, Antonia ist seit sechs Tagen verschwunden.«

»Zählen kann ich auch, zum Kapieren brauche ich aber mindestens eine Tasse Kaffee.« Diesmal traf Juliane der sprechende
Blick.

»Ich bin älter«, gab die zurück und streckte Mini eine Hand
entgegen, um sie aus dem Sessel zu bekommen. »Darum schlägst
du die Sahne, die du mitgebracht hast.«

Mini fuhr sich über die Stirn, sie hatte vorhin gesehen, wer
den längeren Atem hatte. »Frau Felder hat hoffentlich auch irgendwo ein neues Rührgerät?« Der Vor-vor-vorgänger stand auf
dem Fensterbrett; in den großen Glasbehälter mit Zinnaufsatz
senkte sich ein hölzernes Drehwerk an einer dünnen Stange,

bedienbar mit einer Handkurbel. Man müsste lange drehen, um Sahne zu erhalten.

Juliane fahndete im näheren Umfeld, schaute in die Schränke und reichte Mini schließlich ihren Fund, dazu eine kleine Schüssel. Der Kaffeeautomat war schneller, Juliane schnitt einige Kuchenstücke ab.

Sie würden sich wieder auf die Terrasse setzen und bei wolkigem Sonnenschimmer »den Pralinen futternden Lehrer auseinandernehmen«, wie Juliane sagte.

»Du bist zum Fürchten!« Mini zwinkerte ihr zu.

Eine Tasse Kaffee, einen halben Kuchen und eine großzügige Sahnehaube später fragte sie: »An welcher Stelle, glaubst du, hat der Lehrer gelogen?«

»Ob er gelogen hat …« Juliane legte den Kopf schräg. Sie war nicht sicher. »Aber warum hat er betont, seine Frau sei grade nicht da?«

»Weil du ihn bedrängt hast«, sagte Mini. »Und ich erzähle so einen Stiefel über ›uns Landfrauen‹. Loy kennt sich da aus, und bisher war ich ziemlich froh, dass ich mich nicht auskenne.«

»Sag deinem Ehegespons, der Zitronenkuchen ist ganz fein.« Juliane klopfte mit der Gabel auf den Tellerrand.

Mini nickte, in Gedanken war sie noch beim Lehrer. »Was hast du ihm so zusetzen müssen?«

»Ich war es immer gewohnt, um ein paar Ecken zu denken. Bazi glaubte, Antonia könnte bei Kohlschreiber sein. Also glaubt er, seine Schwester und der Lehrer hätten was miteinander.« Ihr Mundwinkel zuckte. »Er ist natürlich noch ein Kind«, schränkte sie ein.

»Eines, dem eine Leiche im Kofferraum in den Sinn kommt«, sagte Mini. »Da kann das Kind auch etwas über Sex wissen.« Meinte sie jedenfalls. »Und jetzt ist die Frau weg. Antonia ist aber schon vorher verschwunden.«

Was könnte das eine mit dem anderen zu tun haben? Steckte da die Lüge – Schwiegermutters Sturz? Wer hatte nicht schon mal nach einer Ausrede gesucht und die Schwiegermutter zum Einsatz gebracht?

»Wenn Antonia wirklich schon vorher verschwunden ist. Falls aber Frau Kohlschreiber den Anfang gemacht hat, wegen Antonia, dann wusste sie etwas vom Verhältnis ihres Mannes.« »Das du ihm andichtest«, stellte Mini fest. »Ich kann dich überlegen hören: Das ergibt zwar ein Motiv, aber reicht das für einen Mord? Könnte sie etwas gesehen haben? Oder hat er etwas gesehen und wollte sie loshaben?« Jemanden verschwinden lassen und dann selbst verschwinden. Mini schluckte, plötzlich schien selbst der Kuchen weniger zitronig zu schmecken.

»Da kommt noch einiges nach«, sagte Juliane. »Wenn es keinen Mord gab, bereitet die Gerüchteküche trotzdem ein Festmahl vor.«

Mini hätte sich einen anderen Vergleich gewünscht. Jetzt hatte sie einen Haufen Leute vor Augen, die sich genüsslich Servietten umbanden.

6

In da Mittn keman de Leit zamm.
In der Mitte kommen die Leute zusammen. Sich einig werden.

»Große, was hast du für ein Thema?«, hatte Moritz wissen wollen, als Tessa um einen freien Tag bat.

»Große«, sagte er, *Kleine* meinte er, weil der Sohn des Apothekers zwei Jahre älter war und sie hin und wieder etwas zusammen unternahmen. Zudem glaubte er, er habe ein Recht auf Information.

Das fand Tessa gerade überhaupt nicht. »Für ein paar persönliche Erledigungen«, hatte sie dem alten Apotheker gesagt, und der hatte wissend genickt.

»Ist gut.« Für ihn war es das, er wollte keine Erklärung, und Moritz schuldete sie keine.

»Sie fehlt dir, hm?« Und als wäre das keine Frage, stellte Moritz gleich die nächste. Allerdings eine, in der seine Meinung mitschwang, und dies nicht mal unterschwellig: »Glaubst du, wenn du verschwunden wärst, würde sie sich für dich auch freinehmen? Was machst du eigentlich, suchst du Antonia?« Wie Moritz das fand, war nicht zu überhören.

Tessa drehte sich weg, sonst hätte er ihren Gesichtsausdruck gesehen. Er würde nichts von ihr erfahren.

Bazi hatte sie verraten, was sie vorhatte. Den ging es etwas an, und auf eine Art trugen sie beide Trauer.

Ein freier Tag hätte auch nur vierundzwanzig Stunden, »und einige gehen für Schlaf drauf«, hatte Antonia einmal gesagt.

In den letzten Tagen kam einiges ganz plötzlich wieder zum Vorschein, auch Dinge, an die Tessa schon ewig nicht mehr gedacht hatte. Bazi hatte sich in Antonias Zimmer umgeschaut, bevor die Polizei kam, bevor sein Vater den Raum versiegelte, was die Beamten nicht getan hatten.

Er hatte sich ratlos an sie gewandt. »Es sind Mädchensachen. Ich brauche deine Hilfe, weil ich doch nicht weiß, ob da irgendwas dabei ist, was etwas bedeutet.« Bazi hatte den Mund verzogen.

Bei Antonia wusste man genau, was eine Bedeutung hatte. Sie hob nichts auf, was sie weder kümmerte noch interessierte.

Aber Gerhard Olberding würde Tessa nicht an die Sachen lassen. Er hatte sie nach Antonia gefragt. Deren Aufenthaltsort kannte er schon mal nicht. Aber das hieß nicht, dass ihr Vater nicht genau wusste, warum sie gegangen war.

Er wirkte irgendwie schuldig, aber sie würden vielleicht nie erfahren, was da genau geschehen war. Bazi wusste nichts, denn er hätte es Tessa gegenüber nicht verheimlicht.

Sie hatte ihm versprochen, sie würden sich was ausdenken. Von einem Einbruch hatte sie gesprochen, weil die Zimmertür abgesperrt war. Sie mussten einen Weg finden. Bazi wusste natürlich, wie das zu bewerkstelligen wäre. Tessa fand schon den Gedanken kriminell.

Sie hatte sich mit ihm heute am späten Abend verabredet. Bis dahin wollte sie wenigstens einige Dinge ausgeschlossen haben und die dazugehörigen Personen ebenfalls. Rudolf Braune, den Bürgermeister, könnte sie vielleicht am Vormittag erwischen, Kurt Sacher gegen Mittag, den Lehrer, Konstantin Kohlschreiber, am Nachmittag. Straffes Programm, Tessa, sagte sie sich.

Der Bürgermeister habe gerade ein persönliches Problem, teilte ihr seine Sekretärin am Telefon mit. »Sein Vater hat wieder seine Unruhe.« Die Umschreibung taugte, um sich allerhand vorzustellen, aber das brauchte sie nicht.

»Das tut mir leid«, sagte Tessa. Sie kannte den Vater des Bürgermeisters noch aus besseren Tagen, auf sie hatte er immer schon den Eindruck gemacht, als hätte er etwas verloren. Irgendwann kam es genau so, da fehlte ihm dann ein Stück von sich selbst.

»Würden Sie dem Bürgermeister bitte ausrichten, dass ich ihn etwas Wichtiges fragen möchte? Es geht um das Heimatbuch.« Im weitesten Sinn.

»Jetzt kommst du auch noch damit!« Eine Klage. »Das hat

schon für so viel Aufregung gesorgt. Dabei gibt es doch noch gar kein Buch.«

Tessa konnte jetzt nicht einmal sagen, das täte ihr leid, denn es tat ihr kein bisschen leid. Hieß »Aufregung«, dass es Dinge gab, die einige Leute nicht aufgeschrieben sehen wollten?

»Hat Antonia Olberding dem Bürgermeister schon Fragen gestellt?« Eine Blitzidee, Tessa hätte jetzt gern die Miene der Sekretärin gesehen, doch da war bloß deren Zögern, wie ein Gedankenstrich.

»Ich weiß nicht im Detail, wer ihn deswegen schon kontaktiert hat. Manche Termine habe ich nicht im Kalender stehen.«

Doch, ich wette, du hast!, dachte Tessa.

»Sie sagen es ihm bitte, ja?«, verabschiedete sie sich von Rudolf Braunes Sekretärin. Wenn eine, über die man sagte, sie wisse über die Termine des Bürgermeisters besser Bescheid als er selbst, plötzlich das Gegenteil behauptete, dann war das seltsam.

Tessa beschloss, sie musste unbedingt auf einen Sprung ins Rathaus.

Antonia interessierte sich ehrlich für die Historie und die Geschichten des Ortes, Tessa wusste gerade noch, dass Richard Strauss oft in Marquartstein gewesen war und dort geheiratet hatte. »Sommerfrische« nannte man die Stippvisiten zu der Zeit.

Tessa hatte eigens ein bisschen Geschichte ausgegraben. Ausgraben müssen, um nicht ganz dumm zu klingen. Ihre Freundin schüttelte das locker aus dem Ärmel.

»Marquartstein wird immer mein Ort sein«, hatte Antonia gemeint, »aber hier muss ich ja am Ende nicht tot überm Gartenzaun hängen.«

Da nicht, das jedenfalls wusste Tessa sicher.

»Bazi muss da weg«, hatte Antonia immer wieder betont. »Ich bin alt genug, ich hab mich bis jetzt auch um ihn gekümmert.«

Bis jetzt – nur dass »bis jetzt« tatsächlich bis genau jetzt hieß und es vielleicht kein Später mehr gab.

So hatte das Tessa nie gedacht. »Jetzt lässt du uns allein?« Laut ausgesprochen hörte es sich nörgelig an. So wollte Tessa nicht klingen, das würde ihr sonst vielleicht ewig nachhängen. Wie den Vater des Bürgermeisters womöglich etwas nie losgelassen hatte.

Tessa machte sich auf den Weg zum Autosalon. Sie wollte bei Kurt Sacher vorbeischauen, den brauchte sie vorher nicht erst anzurufen, sie würde gleich merken, ob er da war und die Zeit und den Nerv für ein Gespräch hatte.

Der Autosalon war wirklich einer. Exklusiv und teuer, sicher etwas für jeden Geschmack, aber nichts für jedes Kreditkartenvolumen.

Antonia hatte sich immer schon für Autos begeistert, was ihren Vater auf die Palme brachte, weil ein Mädchen sich nicht für Männersachen zu interessieren hatte. Antonia hatte gelacht und Gerhard Olberding eine lange Nase gedreht. Hinter seinem Rücken.

Es war Mittagspause – zumindest für einige. Tessa strich über den glänzenden Orangecremelack eines Porsche 718 Boxter S, wie sie am Heck des Wagens nachlesen konnte.

Sie öffnete den Schlag und ließ sich in den Ledersitz auf der Beifahrerseite sinken. Sie wusste, sie blieb keine fünf Minuten unbemerkt, obendrein würde ihr abgetakelter VW auffallen, denn so was hatte Kurt nicht im Repertoire.

Drei Minuten.

»Tessa.« Eine Feststellung. »Orientierst du dich neu?«

»Ich denk darüber nach, Kurt. Irgendwann. Vielleicht. Hast du einen Augenblick?«

»Aber keine Getränke und Knabbereien!«, sagte er, grinste, öffnete die Fahrertür und glitt hinters Steuer des Roadsters. »Ich würde dir gern eine Spritztour anbieten, aber ich habe gleich noch einen Termin. Die Schönheit ist schon fast verkauft!« Er klopfte auf das Armaturenbrett.

Stichwort. »Wegen einer anderen Schönheit …«, begann Tessa. »Ist dir an Antonia irgendwas aufgefallen in letzter Zeit?«

»Sie war ein wenig geknickt, weil ihr mit dem whiskybraunen S-Klasse-Coupé«, er deutete auf den Wagen, »ein Malheur passiert ist. Ein grässlicher Kratzer. Worauf ich wetterte, worauf sie kündigte, worauf wir uns ins nächste Café setzten und den Ärger mit viel Kaffee runterspülten. Nein, Antonia war wie immer, liebenswert wahnsinnig.«

Und wahnsinnig liebenswert. Wenn sie wollte. Kurt sah aus, als machte sich nicht nur Tessa Gedanken wegen der Freundin.

»Ich übernehme für sie einstweilen die Recherche für das Heimatbuch«, sagte Tessa, davon ausgehend, dass er Bescheid wusste.

»Einstweilen. Ja.« Kurt nickte, aber ohne Überzeugung. »Da soll am Ende allerhand drinstehen.« Er wusste Bescheid. »Nicht jeder ist begeistert, etwas über die Vergangenheit zu lesen. Antonia hat fleißig Material gesammelt.« Sein Blick zog sich zu wie die Jalousien an einer Fensterfront. Er ließ vielleicht einen winzigen Spaltbreit offen und fragte: »Brauchst du denn was Bestimmtes von mir?« Ein dezentes Lächeln.

Hast du denn was Bestimmtes für mich? Das dachte Tessa, danach fragen würde sie nicht. Sie schüttelte den Kopf. »Du würdest es mir doch sagen …« Den Rest ließ sie weg.

»Sollte ich mehr wissen als du?«, fragte Kurt nach und wiegte den Kopf hin und her. »Gut, ich weiß nicht, ob sie es erzählt hat … Die Wohnung in Traunstein, die ich Antonia vermitteln wollte, die wäre sehr günstig gewesen, aber sie war nicht interessiert. Lieber behält sie ihr Zimmer zu Hause beim ewig sonderbar gestimmten Vater, ich glaube, wegen Bazi.«

Auch ein »es«.

»Genau darum kann ich mir gar nicht denken, dass sie einfach so abhauen würde, irgendwohin«, sagte Kurt.

Tessa nickte. Auch wenn sie es alle nicht glaubten, konnte es trotzdem so sein … Eine letzte Frage vielleicht.

Kurts Blick suchte seine Uhr. Der Termin.

»Hat Antonia dir von dem tollen James-Bond-Auto von Konstantin Kohlschreiber erzählt?«

»Von dem tollen Konstantin Kohlschreiber hat sie erzählt.« Er verdrehte die Augen, überlegte. Dann nahm er sein Telefon aus der Hemdtasche, wischte einige Male mit dem Finger und hielt den kleinen Bildschirm in Tessas Richtung. »Kohlschreibers Jaguar XK 120, ein Cabriolet. Nicht unter hunderttausend Euro zu haben, eher noch einiges drauf. Der ist *Lehrer*«, betonte Kurt.

Was sollte Tessa sagen. »Viel Geld für einen Lehrer.«

»Und ob. Es heißt, seine Frau hat ihm den gekauft, aber ich mag den Gerüchtescheiß nicht sonderlich. Es heißt nämlich auch, der Herr Lehrer macht mit Jüngeren rum.«

»Was seiner Frau nicht gefallen kann, wenn die ihm so ein teures Geschenk macht. Ich mag den Gerüchtescheiß auch nicht.« Jetzt fiel Tessa Bazis Bemerkung mit der Leiche im Kofferraum ein.

Und Kurt hatte offenbar einen eigenen Gedanken, denn er blinzelte. »Die Polizei hält es für möglich, dass Antonia tot ist.«

Die Polizei oder nur der Grassauer Polizeihauptmeister Patrick Eschenbach?

Tessa hatte etwas wissen wollen, aber so etwas wollte sie nicht hören.

Sie schob die Unterhaltung mit dem Lehrer vor sich her. Aber wer hatte beschlossen, ihn sich vorzunehmen? Als bräuchte man dafür Mut.

Etwas wollen und etwas tun – dazwischen lagen Welten. Sie musste es hinter sich bringen und stellte den Klapper-VW unten am Burgweg ab.

Die Klingel bei Kohlschreiber klang träge, als würde jemand dahinschleichen, wahrscheinlich war nur die Batterie leer. Er zog die Tür auf, lächelte, die obersten Knöpfe seines Hemds geöffnet. Er sah gut aus, er wusste es. Wofür war das Lächeln? »Na, heute bin ich aber wirklich gefragt«, scherzte er. »Wie kann ich helfen?«

»Wollen Sie?«, hakte Tessa ein. »Das ist prima, denn mir brennt da wirklich etwas unter den Nägeln.«

»Keine Schülerin«, stellte er fest. »Antonias Freundin, ich habe ein paar Bilder gesehen.« Jetzt lächelte er noch breiter.

Tessa zog ihr Smartphone heraus, rief das Foto auf und hielt es ihm unter die Nase. »Ich habe auch was. Was sehen Sie?« Sie wollte, dass er es sagte.

»Vielleicht nicht, was du siehst«, lautete die Antwort. Das Foto, auf dem er und Antonia zu sehen waren, hatte er kaum angeschaut. Er griff sich mit einer Hand in den Nacken. »Ich weiß, ich sollte das endlich klären, vielleicht hat sie sich verliebt, aber wir arbeiten nur zusammen. Da ist nichts dabei. Außerdem habe ich eine sehr hübsche Frau.«

Das »Außerdem« gefiel Tessa wirklich. Blöder Typ. Sie zog ihr Telefon wieder zurück, schaute kurz drauf, drückte ganz nebenbei auf »Kontakte« und auf das kleine Telefon. Es wurde gewählt. »Can't Stop the Feeling«. Als sie die Melodie irgendwo im Innern des Hauses hörte, wurde Tessa kalt und der Lehrer blass. Das war Antonias Klingelton.

7

Aus, Äpfe, Amen!
Ende der Diskussion!

»Wir denken uns was aus«, hatte ich die junge Frau ein paar Meter vor meinem Aussichtspunkt auf der Felder'schen Terrasse noch im Ohr. Was, das würde ich leider nicht erfahren.

Mini hatte keinen Dienst im Gasthof Eber, auch die würde nichts zu hören bekommen. Wir waren da unversehens auf eine Sache gestoßen, die vorher keine gewesen war. Außer ich hatte wirklich nur gedichtet.

Ich hätte drüber hinweggeschaut, wäre da nicht der unglückliche Bazi gewesen, der nach einem letzten Strohhalm griff und sich gleichzeitig eine Leiche in einem Kofferraum vorstellte. Dazu Kohlschreibers Antworten, die noch mehr Fragen sprudeln ließen.

Etwas unheimlich war das Ganze schon, und dieses Heimatbuch war auch so eine Fundgrube für Übles, schien mir. Historie hatte immer etwas Abgestandenes, manches setzte regelrecht Schimmel an. Sie ließ die Leute jedoch auch nichts vergessen.

Ich kümmerte mich um andere Dinge, schrieb meine Karte für Jo, suchte Gläser für den Wein – keine mit Stiel, die standen nicht gut auf der Graniteinfassung des Grabes. Die Pistazien wollte ich nicht vergessen und stellte eine Schüssel für die Schalen dazu.

Ich hoffte wirklich, das Wetter würde halten, und übernahm für eine Weile den Ledersessel, um etwas zu dösen. Dir klar zu werden!, widersprach mir eine der inneren Stimmen.

Gretel streunte von einer Ecke zur anderen, unruhig. Ich wollte mir von der Hundedame nichts abschauen.

Vielleicht wurde es Zeit, eine Entscheidung zu treffen. Das böse Buch von Benno Seitleins Schwester Kristina, in dem sie ihn wieder und wieder sterben ließ, in dem sie von ihrem Hass schrieb und von ihren Taten.

Ich hatte damals mit allen Mitteln versucht herauszufinden, ob tatsächlich etwas geschehen war oder ob es sich um kranke Phantasien einer Frau handelte, die schon immer eifersüchtig auf den Bruder war.

Die Kommissarin hatte nachgeforscht, obwohl Benno gestanden und sich schuldig bekannt hatte und der Strafverteidiger ihn kein bisschen zur Kooperation motivieren konnte.

Ich kam auf einiges, was im Buch genauso vorkam. Die Beweise fand ich auch, weil die kleinen Nägel an der Treppe, die eingeschlagen worden waren, um eine Nylonschnur zu spannen, zwar entfernt wurden, aber Löcher hinterlassen hatten. *Hoffentlich fällst du kopfüber*, hieß es dazu. Die Kommentare im Buch waren wie eine eisige Dusche.

Das aufgeritzte Kabel seines Rasierers hatte Benno geflickt und den Apparat aufgehoben, statt ihn zu entsorgen. Dazu von Kristina: *Soll dich der Schlag treffen.*

Ich fand auch die Stehleiter mit der präparierten Trittfläche, sie war noch im Abstellraum. *Trittst in den Tod*, hatte sie ihm gewünscht. Was für ein perfides Miststück!

Ihre Aufzeichnungen hätten in beide Richtungen funktioniert, auch wenn sie Benno nicht noch tiefer hätten reinreiten können. Es war ein Motiv. Genauer, es waren ungefähr ein halbes Dutzend Motive.

Der Beschuldigte sagte nicht viel, nur, dass er es hatte tun müssen. Das war gerade mal gar keine Verteidigung. Dann hatte er hinzugefügt, dass er es wieder tun würde, denn Frauen wie Kristina hörten nicht auf, auf der Rasierklinge zu balancieren. Das war gerade mal so unbedacht und selbstzerstörerisch, dass die Psychologin hellhörig wurde. Sie glaubte von da an, Benno Seitlein könnte auch für andere Frauen zu einer Gefahr werden.

Die Kommissarin sah keine, überhaupt keine Möglichkeit, dass ihm das Buch irgendwie helfen könnte. Er hatte vor Gericht nur die Wahrheit gesagt, leider die ganze Wahrheit, und ich hatte das böse Buch verschwinden lassen. Nicht auf Nimmerwiedersehen – und genau da traf mich jetzt die Entscheidung.

Jo hatte abgewunken, als ich ihm sagte, ich hätte vielleicht etwas Ungesetzliches getan. »Zwingend nötig?«, hatte seine Frage gelautet.

Ich hatte die Hand aufs Herz gedrückt und gesagt: »Ich glaube, sehr.«

Der Glaube gehörte woandershin, das war mir da schon klar gewesen, doch ich hatte auch ein paar mögliche Szenen vor Augen gehabt. Dass die Presse von dem Buch erfahren würde. Der Versuch, diese Hinterlassenschaft zu Geld zu machen. Der Fall Benno Seitlein als Kriminalfilm. Das Leben des Mörders als Biografie oder als reißerischer Thriller.

Bennos letzte Worte an mich: »Frau Kommissarin, jetzt fängst du an, dich einzumischen.« Der Ton eine Rüge, der Blick dazu: »Tu's nicht!«

So, und jetzt hatte ich vor, es wieder zu tun. Ich würde das böse Buch ausgraben.

Irgendwann wurde es Nacht. Was sollte ich mit Gretel machen?

Sie schlief, die Giraffe irgendwo unter sich begraben. Nicht aufwecken.

Ich machte mich hübsch, der Kriminaloberrat sollte an seinem Geburtstag keine Vogelscheuche zu sehen bekommen. Ich lachte in den Spiegel, packte die Sachen, die ich mitnehmen wollte, in eine Tasche, nahm meine Taschenlampe und … Hatte Verona Felder vielleicht eine Gartenkelle? *Darum hättest du dich auch früher kümmern können.*

Beim Gartenzeug. Es gab nicht viel, die Felders hatten wahrscheinlich jemanden, der die Arbeit übernahm. In einem Karton waren Handschuhe und diverser Kram, auch etwas Kleines zum Graben. »Gut.« Es wanderte in meine Tasche.

Die Putzfrau fiel mir ein. Zweimal die Woche. Es gab irgendwo eine Notiz. Die musste ich nur finden. Die Einfälle kamen zur falschen Zeit.

Ich knuffelte Gretel nicht, schlich mich mit meiner Tasche unbemerkt hinaus und lief die Treppen hinunter. Mein kleiner, nicht ganz unfeiner Alfa Romeo parkte an der Straße, Maximilian hatte mir nicht angeboten, ihn in der Garage unterzustellen, obwohl er da dreimal Platz gehabt hätte.

In Grassau parkte ich auf dem Parkplatz bei der Pizzeria im Kreisverkehr, ich musste nur über die Straße, ein kleines Stück Weg auf der anderen Seite.

Auf den Gottesacker zu gelangen bereitete keine Mühe, meine Taschenlampe leuchtete die schmalen Wege entlang. Die Steine blickten mir in dunklem Schweigen entgegen, auf einigen Gräbern brannten Grablichter.

»Guten Abend, mein Herz.« Meine Stimme klang laut in der Nacht. Ich strich über das kleine Porzellanbild, das ich für den Grabstein hatte arbeiten lassen. Mein Mann würde für den Rest meines Lebens gut aussehen. Die Kirchturmuhr schlug die Vier für die volle Stunde und anschließend zwölf Mal. »Alles Gute zum Geburtstag.« Heute wäre Jos achtundsiebzigster gewesen.

Ich wechselte die Kerze aus. Diese war nicht rot, sondern weiß mit goldenen Sternen drauf. Dann holte ich meine Decke heraus und breitete sie im Gras aus. Auf der Steinumrandung stellte ich die Gläser und die Flasche auf; an einen Öffner hatte ich nicht denken müssen, es war ein Schraubverschluss, kein Korken ploppte. Ich schenkte zwei Schluck in zwei Gläser, es musste natürlich angestoßen werden. Ich zog die Karte aus der Tasche und stellte sie auf. »Wieder ein Jahr. Auf dich, Jo«, sagte ich, das Kristall gab einen reinen Klang von sich. Ich nahm mir ein Zigarillo aus der Schachtel, zündete es an, erfreute mich am Vanillegeschmack. Als Aschenbecher diente ein Unterteller, Verona Felder würde mir hoffentlich vergeben.

Ich riss die Packung mit den Pistazien auf, unterhielt mich mit meinem Mann über Gesellschaft und Politik und all die wundersamen Entwicklungen.

»Es gibt eigentlich nur altes Neues«, fand ich, und weil ich nicht wusste, was in diesem ominösen Heimatbuch vorkam, konnte ich ihm davon nichts berichten. Aber eines schon.

»Benno ist zurück.«

Mein Zigarillo war geraucht, mein Glas geleert, Jos auch.

Ich ließ mir noch ein paar Augenblicke, bevor ich …

»Jetzt muss ich dir ein bisserl auf den Pelz rücken.« Mit dem Gartengerät. Ich zog mir die Handschuhe an und grub die Dose über Jo Leitermanns Herzseite aus. Mein Werkzeug kratzte übers Blech. Darin war meine Waffe, darin war auch Kristinas böses Buch.

Ich rieb die Finger gegeneinander. »Gib mir einen Rat, Jo«, bat ich.

Nicht einmal die Luft bewegte sich. Es knirschte, doch ich machte gerade kein Geräusch.

Ich hörte, dass jemand über den gekiesten Weg lief.

Um diese Zeit kein Besucher. Ich griff nach der Waffe, fuhr herum, rappelte mich auf. Einst war ich schneller gewesen.

Im nächsten Moment sah ich den Schatten.

Einen, der mir allzu vertraut war. Mini tappte den Weg entlang, und weil sie keine Lampe dabeihatte, hielt sie die Hände vor sich ausgestreckt wie eine Schlafwandlerin. Hatte sie wirklich ihr Nachthemd über eine Hose gezogen?

»Ich bin zu alt für so einen Sch…«, jammerte sie.

»Sag nicht Scheiß auf dem Friedhof.«

»Ich hab nur Scheiß gedacht«, gab Mini zurück. »Juliane, ich will nicht Schattenraten. Was hast du da in der Hand?«

Hm, jedenfalls war ich froh, dass nicht Benno Seitlein herumschlich. Ich nahm die Pistole runter, ich wäre selbst für eine Drohung zu langsam gewesen. »Ich hol dich, bleib stehen«, sagte ich und lief ihr entgegen.

»Du hast mit einer Waffe auf mich gezielt?« Noch war es eine Frage, doch gleich würde es zur Gewissheit. Ich steckte mir das Schießeisen in den hinteren Hosenbund. Ich war auch zu alt für so einen Scheiß.

Mini hatte mich erwischt, da war nicht einmal Schattenraten nötig. Zum Aufräumen hatte ich keine Zeit gehabt, das kleine Loch war offensichtlich, und die Dose lag auf dem Präsentierteller.

»Was machst du denn so spät auf dem Friedhof?« Ich griff

nach ihrer Hand und schloss gleich die nächste Frage an: »Wohin, hast du Loy gesagt, gehst du? Dein Mann ist vielleicht in Sorge.« Es sah ein wenig so aus, als wäre sie überstürzt aufgebrochen. Das Nachthemd.

»Ich hab gewartet, bis er eingeschlafen war«, lautete die einfache Antwort.

Mini holte aus der Jackentasche über dem Nachthemd einen kleinen Blumenstrauß und zupfte ihn in Form. »Mir ist etwas eingefallen, und morgen fällt es mir vielleicht nicht mehr ein.«

Sie folgte mir und staunte. »Eine ausgelassene Feier. Grüß dich, Jo. Alles Liebe für dich, und mögen die Engel mit dir sein.« Sie strich wie ich über das kleine Porzellanbild und stellte ihre Blümchen zu den anderen in die Vase. Dann setzte sie sich auf den größeren Zipfel der Decke.

»Was ist so wichtig, dass es nicht bis morgen warten kann?«, wollte ich wissen.

»Loy hat eine Bemerkung gemacht … Ich hatte ihm nicht erzählt, dass wir den Lehrer besucht haben.« Mini hatte den Zeigefinger ausgestreckt, um mich aufmerksam zu machen. »Antonia hat angeblich etwas entdeckt, als sie fürs Heimatbuch schnüffelte.« Mini schüttelte den Kopf. »Was denke ich mir eigentlich! Plötzlich hört es sich nicht mehr so besonders spannend an«, sagte sie. »Aber ich wollte Jo einen kleinen Gruß bringen. Es ist ja schon morgen.«

Ein besonderer Tag und eine besorgte Freundin. Ich strich ihr über den Arm. Danke. Ich bot ihr von den Pistazien an und schenkte Jos Glas voll. Mini wusste, ich freute mich, und sie konnte sicher sein, Jo freute sich auch. »Du bist ohne Lampe unterwegs. Nachts auf dem Friedhof!« Jetzt schimpfte ich ein wenig.

»Aber mit Blümchen aus meinem Garten«, gab sie zurück und revanchierte sich: »Dein Finger war am Abzug, das vergesse ich dir nie!«

»Es hätte jemand anders sein können«, sagte ich. Wir waren quitt.

»Ich habe noch etwas weniger Spezielles«, sagte Mini, »aber

ich habe es nicht geschafft, den Namen in der Liste zu überlesen … Weißt du, wer auch einen Oldtimer besitzt und sich für die Rallye angemeldet hat? Einer, für den du einmal ziemlich was übrighattest. Entschuldige, Jo.« Sie klang ernsthaft, aber »ziemlich was übrig« weckte in mir keine Erinnerung.

Minis Mundwinkel zuckten, auch die Schultern hoben sich kurz.

»Wer fährt einen Oldtimer?«, tat ich ihr den Gefallen.

»Sebastian Orwig, groß, blaue Augen, gewinnendes Lächeln.«

Ja, ich erinnerte mich. »Der ist inzwischen ein alter Knacker«, bemerkte ich. »Er könnte älter sein als sein Auto.«

Mini prustete. »Ziemlich sicher. Hm …« Ich sah sie die Hand ausstrecken – nach der Dose mit dem Buch.

»Ist es das, von dem du erzählt hast? Wie konntest du dir das Ding überhaupt unter den Nagel reißen?« Sie öffnete den Verschluss, und schon hatte sie das Buch in der Hand, hielt es auf Armeslänge von sich und brachte es nahe an die Flamme der Kerze, um darin zu lesen.

»Genau!« Plötzlich wusste ich es. »Ich verbrenne die giftigen Seiten.«

»Gift?« Mini hielt still, wie in Zeitlupe wanderte ihr Blick zu mir.

»Kristina Seitleins Ton«, präzisierte ich. Und ich erzählte, dass Bennos ältere Schwester beschlossen hatte, ihren Bruder, das Herzibopperl, auszumerzen. »Darüber führte sie Buch.« Ich deutete darauf. »Benno hatte Glück, und irgendwann ahnte er sicher ihre Mordabsichten. Dann muss er an dem Punkt angelangt sein, da es ihm zu viel wurde. Vielleicht war der Tod der Mutter der Auslöser. Kristina sagt darüber: *Zu Tode erschrecken ist vielleicht auch morden.*«

»Sie hat die Mutter auf dem Gewissen?« Angewidert klappte Mini die Giftschrift zu.

»So direkt schreibt sie das nicht. Es ist ein wenig kryptisch formuliert.« So erinnerte ich mich jedenfalls.

»Kennt Benno Seitlein das Buch, weiß er, dass du's genommen

hast? Wofür hast du's überhaupt genommen, wenn du es bloß die ganze Zeit versteckst?«, wollte Mini wissen.

Ich glaubte nicht, dass er davon wusste. Ich hatte mir von Jo einen Rat erbeten. Womöglich war das sein Wink – verbrenn es. Genau das sagte ich auch zu Mini.

Die Waffe drückte mir in den Rücken, ich zog sie aus dem Hosenbund, packte sie sorgsam ein und legte sie zurück in die Dose und diese ins Loch. Dann streifte ich mir die Handschuhe wieder über, füllte das Loch auf und drückte die Erde darauf ein wenig fest.

Mini erhob sich, eine Hand wischte über Hemd und Hose, während die andere das Buch hielt. »Würde es dich erleichtern, zu sehen, wie die Sünde brennt?«, fragte sie komisch.

Die Frage hätte sein sollen: Wo könnte die Sünde brennen? Ich überlegte, es gleich zu erledigen, ich wollte das Buch nicht wieder irgendwo verstauen, meine Gedanken würden sich bloß dran festhängen.

Mini erriet, was ich dachte. »Wir reißen dem Ding alle Seiten raus, stecken jede einzeln an, du hast ein Feuerzeug. Wir brauchen noch etwas zum Reintun. Dann werfen wir die Überbleibsel in die Ache … oder graben sie ein?« Sie hatte den Kopf schief gelegt.

»Es ist sehr, sehr spät … früh«, gab ich zurück. Ein Nicken.

Aber da war noch etwas anderes. Ich wollte es an einem Ort hinter mich bringen, an dem jemand seinen Segen dazu gab.

Am Marterl der Muttergottes am Schnappenweg.

Ich war alles andere als bigott, ich hatte nie gefunden, dass eine Kirche zum Beten nötig war, aber ich glaubte an gute Voraussetzungen und dass da jemand war, der einiges mitanschaute, der das Handeln bemerkte und auch das Unterlassen.

Und den man um etwas bitten konnte, wenn es ernst wurde.

»Willst du dich absichern, oder willst du mich nicht dabeihaben?«, fragte Mini, als ich etwas umständlich erklärte, was ich mir dachte.

»Dich raushalten«, versuchte ich und bekam nur ein »Ah«. Wegwerfend.

Hatte sie nicht mehr in Erinnerung, dass der Weg, den ich

meinte, ziemlich steil war und etwas anstrengend? Schlimmer, meine Freundin durchschaute mich.

Ich sei so was von auf dem Holzweg! Sie lachte über mich. »Ich renne an ein paar Abenden in der Woche, ich bin Bedienung im Gasthof Eber.«

Die Waffe war wieder verstaut, das Buch musste Mini eingesteckt haben, schoss es mir kurz durch den Sinn. Ich kam nicht zu einer Erwiderung, denn ein anderer Schatten lief über den Weg. Er kam auf uns zu, ich sah den Kopf der Taschenlampe, die seinen im Dunkeln ließ.

Mini schnappte sich geistesgegenwärtig das Gartenwerkzeug; ich drehte mich nur zur Seite, sie machte Ernst und verlagerte im Stehen ihr Gewicht nach vorne. Bereit.

»Das meint ihr doch nicht ernst«, sagte Matthias und nahm die Lampe herunter wie ich zuvor die Waffe. »›Enkel der ehemaligen Kriminalkommissarin wird auf dem Grassauer Gottesacker angegriffen‹. Ich bin's, mit wem habt ihr denn gerechnet?«

Er hörte mich ausatmen. Mini legte die improvisierte Waffe zur Seite.

»Weiß deine Mutter, wo du dich um die Zeit noch herumtreibst?«, wollte ich wissen.

»Weiß deine Tochter, dass ihr Vater heute Geburtstag hätte?« Er schüttelte den Kopf. »Ich wollte bloß schauen, ob du vielleicht vorbeikommst.«

»Jetzt hast du geschaut«, sagte ich. »Es ist spät, du hast doch sicher morgen Schule.«

»Sei doch nicht so. Du hast einen Enkel, der sich kümmert«, wandte Mini ein.

»Danke, Frau Minerva.« Matthias lachte.

Mini überlegte sich die Sache schnell anders. »Jetzt schaust du aber, dass du ins Bett kommst.«

»Oma, das sieht hier nach einem ganz wüsten Gelage aus. Ihr räumt doch wieder auf? … Alles Gute zum Geburtstag, Opa Jo. Macht nicht mehr so lange.«

Ehe wir's uns versahen, hatte sich Matthias mit seinem Licht wieder davongemacht.

»Wir machen uns besser auch vom Gottesacker, bevor am Ende meine Nachbarin noch auftaucht«, fand ich und packte unser Gelage wieder weg.

»So geheimnisvoll bist du gar nicht«, sagte Mini und deutete auf die Karte und die Kerze. »Dein Besuch ist nicht zu übersehen.«

Sähe uns jemand, würde er sich wundern – da kamen zwei vom Friedhof, zwischen sich eine Decke und eine Tasche, in der Gläser und eine Flasche klirrten.

»Da steht ein Radl«, bemerkte ich. Es lehnte an der Mauer, als wäre es vergessen worden, es hatte aber noch nicht dort gestanden, als ich gekommen war. Ich fuhr ungläubig herum. »Du bist mit dem Fahrrad da?«

»Darum hat es länger gedauert«, muffelte sie.

»Wir laden es ein«, beschloss ich.

Ich bugsierte das Fahrrad in den Kofferraum und wies Mini an, einzusteigen. Ich musste das Tempo anpassen, denn ich hatte nichts, um das Rad zu befestigen und zu sichern.

Obendrein war es mir überhaupt nicht recht, dass die Radlerin mich jetzt noch auf den Schnappenweg begleitete. Aber ich wollte das Buch los sein.

Mini hatte die Szene entworfen: die Seiten herausreißen, sie anzünden, die Aschereste eingraben, ein Gebet sprechen, dass alles Schlechte sich in Wohlgefallen auflösen möge. Während ich überlegte und Mini ihr Haupt an die Kopfstütze lehnte, hatte ich schließlich ganz in Gedanken die Abzweigung zum Burgweg genommen und meine Mitfahrerin vergessen.

»Was ist das denn?« Ich schaute noch einmal hin, so genau das im Halbmondschein überhaupt möglich war.

Mini hatte mich gehört und beugte sich jetzt nach vorne. »Da strolcht einer herum«, sagte sie. Ziemlich genau das tat jemand und trug eine Petroleumlampe am Henkel.

»Wohin kann er denn wollen? Doch nicht zur Burg«, sagte ich.

Mini streckte einen Finger aus. »Er tippelt gegenüber der ehemaligen Villa de Ahna herum, wenn ich mich nicht täusche.«

Diese Villa machte nicht den Eindruck einer solchen. Keine Türmchen, sondern ein echtes Landhaus.

»Ich glaub, ich erkenne ihn«, sprach Mini meine Ahnung aus.

Werner Braune, der Vater unseres Bürgermeisters, war seit Jahren dement, eigentlich war er gut aufgehoben im Altenpflegeheim im Ort. Was konnte er ausgerechnet oben am Burgweg wollen? Wir hatten ihn erkannt, doch …

»Ob er uns erkennt?« Ich hörte mich nicht überzeugt an.

»Da kommen«, ein Blick auf die Uhr, »um Viertel vor eins in der Früh zwei verrückte Frauen daher, im Kofferraum ein Radl, und wollen ihn abschleppen.«

»So wie du das erzählst, klingt es verboten«, erklärte Mini. »Wir bringen ihn zurück oder rufen seinen Sohn an. Dann haben wir immer noch mein Fahrrad in deinem Kofferraum, außerdem eine Kleinigkeit getrunken, und es ist sehr spät.«

Für mich hörte sich das jetzt keinen Deut besser an. Ich schlug das Naheliegende vor. »Wir schauen nach Werner.«

Der war alt geworden, fiel mir auf, aber er sah ganz danach aus, als ginge es ihm um etwas Wichtiges und als habe er sich genau darauf vorbereitet.

Mini beschwerte sich. »Da wäre ich lieber mit dir zum Marterl der Madonna am Schnappenberg gelaufen.«

Ich überhörte ihr Nörgeln. Werner hatte uns bemerkt, er schwenkte das Licht in unsere Richtung.

Wir grüßten freundlich, als hätten wir ihn bei einem Spaziergang getroffen.

»Was machts ihr zwei denn da, es ist doch schon am Dunkelwerden.«

Mini gab ein unhöfliches Geräusch von sich. »Finsterste Nacht, Werner, da treibt man sich nicht mehr rum.«

»Ihr verratet doch nichts? Ich muss noch einmal zurück, ich lasse Ferdi nicht hängen.«

»Man lässt niemanden hängen«, stimmte ich zu. Wo war er gerade mit seinen Gedanken – wie alt war er?

»Mini und ich helfen gern, das weißt du doch«, schlug ich großzügig vor.

Aber jetzt riss er die Augen auf und polterte: »Nein, nein – ihr wollt uns unser Geheimnis abluchsen.« Er wandte den Kopf, als hätte er etwas gehört, sein Mund verzog sich zu einem seltsamen Lächeln. »Neugierige Mädchen. Die wollen alles wissen und überall dabei sein. Ich verrate aber nichts.«

Mini hob die Handflächen, zog ein Gesicht. »Es geht sicher um einen alten Schatz.« Sie schmunzelte und zuckte mit den Schultern.

»Einen Schatz? Ach, nein. Wir waren immer zur falschen Zeit irgendwo.« Werner murrte etwas, ich konnte ihn blinzeln sehen.

Hatte er umgeschaltet? Denn als Nächstes wanderte seine Hand zum Mund, und er schluckte. »Da war ein weißer Hauch, als der Deckel von dem alten Sarg aufging ... Gregor wollte unbedingt reinschauen.«

Mini schaute mich an. »Was machen die neugierigen Mädchen jetzt?«, wollte sie von mir wissen.

Ich hätte gern noch den Rest der Geschichte gehört.

»Uns vor der Verantwortung drücken«, schlug ich vor. »Wir sagen Rudolf Bescheid.«

Was mir keinen Spaß machte, was sicher auch Mini keinen machte und dem Bürgermeister schon gar nicht.

Mini zog ihr Notfallhandy aus der Jackentasche.

Erstaunt schaute ich zu, wie sie eine Nummer eintippte. »Auswendig?«, fragte ich.

»Und wie, wo einem doch überall die Aushänge entgegenstarren. ›Wählt den alten neuen Bürgermeister, Rudolf Braune kümmert sich – jederzeit‹. Dann steht da ernstlich seine Privatnummer«, sagte Mini. »Und falls die nicht stimmen sollte, werde ich ...« Sicher nichts Gutes, aber Mini kam nicht dazu, Einzelheiten zu verraten. Offenbar wurde das Gespräch angenommen.

»Legst du dein Ohr wirklich nie aufs Kissen, Rudolf Braune?« Sie brachte es fertig, ihm zum Vorwurf zu machen, dass er sich meldete ...

Ich hätte gern gelacht, aber Werner sah aus, als hätte er endgültig den Faden verloren und wüsste nicht mehr, worum es ging, wofür er Licht brauchte, warum er überhaupt hergekommen war. Erschöpft sank er ins Gras, starrte auf die mitgebrachte Lampe, wedelte mit einer Hand. »Ich sage euch nichts. Lasst mich zufrieden!«

Sichtlich in Sorge war der Bürgermeister herangerauscht. »Die beiden Damen«, sein Kinn reckte sich uns entgegen, »was macht ihr denn um diese unchristliche Zeit am Burgberg?«

Er wollte nicht wissen, was sein Vater hier oben machte, und ich hätte ihn gern gefragt, welche Zeit er denn für christlich hielt.

Darüber musste nicht verhandelt werden, aber darüber, dass Werner nicht heimwollte. »Er vergisst hin und wieder, wo er grade ist«, sagte Rudolf.

»Du musst nicht über mich reden, als wäre ich unsichtbar!«, beschwerte sich Werner, und für einen Augenblick hätte man denken können, er sei völlig klar. Als Rudolf seinen Arm berührte und Werner den Sohn abschüttelte, verflog der Moment. Mini wollte ihm aufhelfen, er reagierte störrisch.

Rudolf probierte es noch einmal. »Papa, wir machen uns jetzt einen schönen Abend, was meinst du?«

Werner verschränkte die Arme über der Brust. »Finsterste Nacht«, grollte er in Minis Worten. »Wir machen's uns nicht schön, du störst mich bei etwas!«

Rudolf war es wohl egal, ob er störte, er sprach in sein Telefon.

»Grade fällt es mir schwer, den Werner von früher zu sehen«, flüsterte Mini. »Das ist ganz grausam. So ein Verfall!«

Ich stimmte ihr zu. Den Werner von früher sah ich überhaupt nicht mehr. In meiner Erinnerung hatte es einen Knick gegeben, als das Mädchen, mit dem er ging, tödlich verunglückt war. Und das lag schon so lange zurück …

Rudolf setzte sich zu Werner ins Gras. »Danke, dass ihr mir Bescheid gegeben habt«, sagte er trübsinnig zu Mini und mir.

Ich konnte es mir nicht verkneifen. »Werner hat von Ferdi erzählt, er lasse ihn nicht hängen«, verriet ich ihm.

»Er ist wieder ein Junge, sicher erinnert er sich an irgendein Spiel.« Er nahm es nicht ernst.

»Nur dass Ferdi Weber damals verschwunden ist«, bemerkte ich. Und das war kein Spiel gewesen. Mir würde der weiße Hauch, der angeblich aus dem Sarg aufgestiegen war, wie Werner erzählt hatte, noch länger durch den Kopf spuken.

Mini schaute mich jetzt an, als … als sei ihr etwas wieder eingefallen?

Werner Braune war von zwei Pflegern in die Mitte genommen worden, und da half alles »Ich will nicht!« gar nichts.

»Von denen wählt mich wahrscheinlich keiner mehr«, schnaufte sein Sohn. Ein winziges Lächeln, das besagte, darauf könne er nicht achten.

»Es gibt andere Gründe, dich nicht zu wählen«, erfrischte Mini die kleine Runde und klopfte ihm auf den Arm.

Ich bemerkte die feinen Bartstoppeln auf seinen Wangen, über die er sich gedankenlos rieb. »Mini Meierhofer …«

»Mach, dass du ins Bett kommst, Bürgermeister.«

Er nickte. »Ich werd auch nicht fragen, was ihr getrieben habt.«

»Die Antwort würden wir dir auch schuldig bleiben«, sagte ich ihm.

»Gute Nacht – oder was davon übrig ist«, wünschte Rudolf und machte sich auf zu seinem Wagen.

Mini ging zu meinem und hatte ihr Rad aus dem Kofferraum gehoben, bevor ich anbieten konnte, sie schnell heimzubringen. »Bis morgen habe ich das böse Buch gelesen«, kündigte sie an.

Jetzt riss ich die Augen auf; sie sollte es nicht lesen, ich wollte es vernichten. Sie deutete ein »Psst, sag nichts« an und schwang sich in den Sattel. Ein kurzes Winken, dann war sie davon.

Am liebsten hätte sie noch den Bürgermeister überholt. »Mini Meierhofer«, raunte ich in die mit einem Mal ganz stille Nacht.

Gretel war wach, sie hörte mich kommen, lief mir entgegen.

Ich fühlte mich nicht mehr müde, der tote Punkt war offenbar schon überwunden. Dieser Vergleich behagte nicht einmal mir.

Ich beugte mich hinunter und strubbelte die Hundedame. »Noch zu früh am Morgen für uns«, versuchte ich, uns beiden klarzumachen. Die Umstände waren gegen mich, keine Möglichkeit, das böse Buch verschwinden zu lassen. Es hatte nicht mal eine gegeben, es einzustecken, da war jemand schneller gewesen.

Mini würde nicht mehr schlafen können nach dieser schaurigen Lektüre, war ich mir sicher.

Meine Gedanken jagten derweil in eine andere Richtung. Sie würden natürlich eine Schleife drehen und am Ende zum Ausgangspunkt, Benno Seitlein, zurückkehren, aber ich überlegte ernsthaft, wie man an die Erinnerungen eines kranken Mannes herankam.

Werner Braune hatte etwas Seltsames gesagt, und selbst wenn der Mann verwirrt war, hatte er in dieser Nacht etwas vorgehabt. »Vielleicht spinnst du«, sagte ich mir.

Er hatte doch erzählt, er könne Ferdi nicht hängen lassen.

Die Frage war: Wann hatte sich das, woran Werner sich erinnerte, ereignet?

Zweiter Teil

Im Gestern lauert die Erinnerung

1

Des is a gmahde Wiesn!
Eine sichere Sache. Das Ergebnis steht schon fest.

Ferdi

Mit einem Mal wurden die Töne schräger – das Alter eben.

Ein Satz neuer Saiten würde es zwar besser machen, doch sicher nicht mehr lange. Die Gitarre war noch vom Großvater, der sie gern gezupft hatte, wie seine Mutter erzählte.

Dass Ferdi Gitarre spielte, gefiel den Mädchen. Aber mit dem Ding da – er schüttelte den Kopf – bestimmt nicht mehr lange.

Geld für eine neue Gitarre hatte Ferdi noch nicht zusammen. Mit vierzehn hatte er in diesem Herbst gerade seine Lehre angetreten, da konnte man von manchen Dingen nur träumen. Die wenigstens gehörten ihm – seine Träume. Und es war nicht so, dass man nichts für ihre Verwirklichung tun konnte.

Die Gitarre und ein Werkzeugkoffer. Großvater hätte sich vielleicht gefreut, aber er hatte nicht mehr gesehen, dass Ferdi ziemlich geschickt war, sich meist zu helfen wusste und mit dem Werkzeugkoffer wirklich etwas anfangen konnte. Das alte Buch war dazu bestimmt, nachzuschlagen, wie und wofür etwas benutzt wurde, und ein paar Tipps und Tricks beinhaltete es auch.

Es ist eine gute Sache, Kaputtes reparieren zu können. Das musste ihm niemand sagen, denn mit Gelegenheitsarbeiten ließ sich immer ein wenig Geld verdienen. Trotzdem, für ein neues Musikinstrument bräuchte er noch einige Aufträge: verstopfte Abflüsse, Arbeit im Garten, zugige Fenster abdichten.

Ferdi versuchte, nicht Nein zu sagen, wenn ihn jemand fragte, ob er Zeit habe, ob er eine Arbeit übernehmen würde.

Denn ein Nein vergaßen die Leute nicht. Dann hätte man sicher schneller auf ihn gepfiffen als beim »River-Kwai-Marsch«.

Er schaute sich gern die Bilder in den Katalogen an und wusste doch: Vielleicht würde er das eine oder andere irgendwann kaufen können, aber gerade eben konnte er es nicht. Träume waren nur Bilder, wie man sich seine Welt schöner dachte. Aber ohne sie blieb einem am Ende gar nichts mehr.

Er hatte sich eine Anzeige von einem Münchner Pfandleihhaus ausgeschnitten, die er nun schon seit einem halben Jahr in seinem Geldbeutel herumtrug wie Falschgeld. Wäre doch möglich, dass die irgendwann etwas anzubieten hatten. Da hatte neben Schmuck, Uhren, Wertsachen, Gemälden auch etwas von Instrumenten gestanden. Vielleicht hatte er Glück – oder wie nannte man das, wenn einem ausgerechnet aus einem Abfalleimer eine Münchner Zeitung entgegenspitzte, noch dazu die Anzeigenseite? Eine Telefonnummer war auch angegeben, er könnte vorher anrufen, ob sich die Fahrt lohnte. München lag nicht gerade um die Ecke, aber es gab von Marquartstein aus eine Zugverbindung. *Wenn es so weit war.* Und so weit war es halt noch nicht.

Seine Mutter sang in der Küche, meist etwas aus der Deutschen Hitparade, das gerade auch in den Musikboxen lief. Sofia Weber hatte eine nette Stimme, Ferdi mochte ihre Fröhlichkeit. Wenn auch alles sonst in seinem Leben nicht sonnig und wunderbar war, sie schaffte es immer, ihn mitzunehmen – in *ihre* Träume.

»Die Gitarre, von der du ein Bild über deinem Bett hast – ich glaube, die ist sehr teuer«, hatte sie eingeworfen zwischen Heidi Brühls »Wir werden uns finden« und dem Linseneintopf, der auf dem Herd köchelte.

»Sehr teuer« traf es nicht mal annähernd. Er hatte abgewinkt: »Mit der spielen die Großen.« Und meinte: die Erfolgreichen. Es war eine Framus. Nicht in diesem Leben, glaubte er zu wissen.

Aber sie zuckte mit einer Schulter und meinte: »Der alte Herr Bertels möchte mir etwas vererben. Er ist ein grundehrlicher Mensch, er könnte es ernst meinen. Und dann kümmern wir uns um diese Gitarre der Großen.« Seine Mutter lachte. »Das wäre doch was.«

Sofia hatte zuerst an ihn und seinen Traum gedacht.

»Herr Bertels, das ist doch der mit dem Silberknaufspazierstock?«, fragte Ferdi, aber er hätte nicht zu fragen brauchen, natürlich wusste er, wer Bertels war. Der in der Villa am Burgberg lebte, die von außen nicht unbedingt wie eine aussah, und Kunst sammelte. Außerdem hatte Sofia ihn schon öfter erwähnt. Seine Mutter schnitt Herrn Bertels die Haare, er war schon älter und kam nie in Giselas Friseursalon, wo Sofia Weber arbeitete. Herr Bertels ließ sie zu sich kommen.

»Das ist er.« Seine Mutter nickte.

»Das wäre wirklich was.« Warum Bertels vorhatte, Sofia Weber etwas zu vererben, das fragte Ferdi sich allerdings. Der alte Herr könnte das auch nur so dahingesagt haben.

»Warum kann er nicht in den Salon kommen?« Ferdi beobachtete sie genau. Ihm war aufgefallen, dass ihre Augen sich veränderten, wenn sie über »den alten Herrn Bertels« sprach.

»Er verträgt die Gerüche nicht. Es ist etwas mit seiner Lunge, sagt der Arzt. Na ja, manches Mal möchte man sich wirklich die Nase zuhalten. Die Augen tränen, wenn eine Blondierung aufgetragen wird; Wasserstoffperoxid riecht schon streng. Nicht jede Dame möchte eine Hochsteckfrisur, aber falls doch, wird zur Fixierung viel Haarspray benutzt. Ich bin doch auch immer froh, wenn ich wieder an der frischen Luft bin.«

So viel zur Friseursalonunverträglichkeit vom alten Herrn Bertels, dachte Ferdi. Vielleicht hatte er selbst ja schon bald mit einer Backstubenunverträglichkeit zu kämpfen.

In der Bäckerei Bergmüller war Ferdi Weber einer von zwei Lehrlingen, und es hatte noch nicht einmal angefangen, ihm Spaß zu machen. Es war ein frühes Geschäft, um zwei Uhr morgens war für ihn die Nacht vorbei. Was ihn nicht störte.

Der andere Lehrling, Harald Harzer, hatte ihn schon nicht leiden können, als Haralds Mutter im Frühjahr Ferdi dafür bezahlte, dass er die Blumenkästen am Haus bepflanzte, weil sie keine Zeit dafür hatte. Sie hatte auch keine Ahnung gehabt, welche Blumen sie wollte, und war begeistert, als Ferdi ihr riet, Weihrauch zu den Geranien zu pflanzen, wegen der Mücken.

Harald war eine echte Plage, leider eine, die Ferdi für die nächsten Jahre nicht loswurde.

Nur der große Umwälz-Etagenofen, in dem auf glänzenden Blechen die Teiglinge Farbe bekamen, sollte für Hitze sorgen, aber was brodelte, war die Stimmung. Geschlagen wurde Schnee, in Rührschüsseln. Haralds Blick war eindeutig herausfordernd. Warum?, fragte sich Ferdi. Fand Harald es so dramatisch, dass er eine Lösung für die Balkonpflanzen seiner Mutter gewusst hatte? Eigentlich zum Lachen, aber Ferdi würde sich wirklich vor ihm in Acht nehmen müssen …

Ferdi hatte sich die Arbeit in einer Backstube nicht anders vorgestellt, nur die Leute, mit denen er arbeiten sollte, die hatte er sich umgänglicher und anständiger gedacht.

So waren sämtliche Arbeitstage Montage. Die Zeit tropfte dahin wie das Wasser in die Bodenwanne im Gärschrank.

Guido Packelt, der Geselle, war forsch und nutzte jede Gelegenheit, sich aufzuspielen, der Meister sah und hörte nichts, und seine Frau spazierte in der Backstube umher, als hätte sie das Sagen. Vielleicht war es ja so. Ferdi beteiligte sich nicht am Tratsch, denn genau darum ging es: Jeder dachte, er wüsste etwas über den anderen, auch wenn es mindestens zur Hälfte Phantasie war.

Von einer Kundin im Laden hörte Ferdi geflüsterte Worte. Sie nickte zu ihm hin, als er das Blech mit den frischen Brezen brachte. »Der Sohn von Sofia Weber.« Und dann folgte eine gemeine Bemerkung, die ihn schlucken ließ. Er mochte nicht darüber nachdenken, ob es stimmte und bei seiner Mutter außer einem Haarschnitt noch etwas anderes »ging«, wie die böse Ratschkattl wisperte.

Weniger schlimm war, dass Harald behauptete, Ferdi habe keinen Vater – gerade so laut, dass er es mithören musste. Zwei üble Äußerungen. Auf die zweite antwortete Ferdi mit der Faust.

»Jeder hat einen Vater«, ließ er Harald wissen.

»Dafür zahlst du!« Der Kollege blies ihm kleinste Bluttröpfelchen ins Gesicht und wurde anschließend schnüffelnd beim Meister vorstellig.

Ferdi zahlte erst einmal mit einer saftigen Ermahnung, er solle aufpassen, weil handgreifliche Streitereien richtig Ärger einbrächten. »Lass noch einmal die Fäuste fliegen, dann erlebst du meine. Hast du mich gehört?«

Laut genug. Ferdi hielt den Mund, aber er grinste und fing sich von Laurenz Bergmüller eine Ohrfeige ein.

Natürlich erfuhr seine Mutter davon. An dem Tag stimmte sie in der Küche keinen Schlager an.

»Ferdi, warum kannst du dich nicht gut mit den anderen vertragen?« Er hörte ihre Enttäuschung.

»Die mögen mich nicht. Aber weißt du, ich mag sie auch nicht besonders.«

»Du schlägst doch sonst niemanden. Was war denn los?«

Genau das musste sie nicht erfahren, nicht von ihm. »Ich wollte Harald nicht so heftig treffen. Er hat was Dummes gesagt.«

Dumm war es und obendrein gemein. Sollte er weniger empfindlich sein?

»Ach, Schatz, das wird sicher noch öfter passieren. Dir werden noch mehr Leute begegnen, die etwas Dummes sagen. Du kannst nicht jeden hauen.« Sie strubbelte ihm durchs Haar, ihr Schmunzeln geriet etwas schief, aber seine Mutter schaffte es nie lange, mit ihm böse zu sein.

»Psst«, machte sie und hielt sich den Zeigefinger an die Lippen. »Verrate es niemandem, aber ich bin auch nicht immer mit Freude dabei, wenn eine der Damen Extrawünsche hat, sich unzufrieden oder launisch zeigt. Ich muss den Mund halten, obwohl ich hin und wieder so gerne etwas sagen würde.«

Ferdi reihte die Frauen, die von seiner Mutter frisiert werden wollten, innerlich vor sich auf wie auf einem Filmstreifen. Die »Extrawünsche«, das war meist eine Sache nach Feierabend oder am Wochenende. Es waren immer die Gleichen, die Frau des Bürgermeisters, die hübsch aussehen musste für dies und jenes, und Frau Gisela selbst, der der Salon gehörte, an den Tagen, an denen ihr Sohn sie besuchte.

Unterdessen brachte die Mutter Ferdi mit einem Bericht zum Lachen. »Frau Gisela überlegt, sich einen rosa Hund anzuschaffen, sie findet so etwas *incroyable*.« Lachend biss sie sich auf die Unterlippe. »Das soll ›unglaublich‹ heißen. In Paris ist es grade modern, seinen Hund einzufärben. Das weiß sie von ihrem Sohn. Er sagt, es hätte Auswirkungen auf die Gemütslage des Hundes. Rosa ist heiter, während Braun den Vierbeiner depressiv machen soll. Ich bin nicht sicher, ob sie das mit dem Hund ernst meint.«

Einen Hund fände Ferdi auch toll, einen rosa Hund allerdings … schlimmer als den Klang seiner Gitarre.

Werner Braune, der ein Jahr jünger war und im Nachbarhaus wohnte, hatte ihn angesprochen, ob er nicht Lust habe, zusammen zu spielen. Gitarre und Mundharmonika. Werners Instrument funktionierte durch parallel angeordnete Luftkanäle und eine entsprechende Spieltechnik. Die Mundharmonika konnte man gut einstecken.

Ferdi hatte ihn schon öfter spielen gehört, immer wenn das Fenster offen stand – es klang anders, eine ganz eigene Musik. Werner sagte, sie käme aus dem amerikanischen Süden. Einiges hörte sich fast trauernd an. »Haben die Leute in den Südstaaten dauernd Probleme?«, hatte Ferdi gescherzt. Aber er konnte sich gut vorstellen, dass Werner ihn beim Gitarrespielen begleitete. Also doch neue Saiten aufziehen.

Dann hatte Werner erzählt, sie könnten an einem der nächsten Sonntagvormittage im Café-Restaurant Weßner Hof spielen. »Meine Mutter serviert da, und sie meint, wenn wir zwischendurch ein bisserl was Bayerisches bringen … Es gibt zwar einen Stammtisch, und die Herrschaften sind nicht leicht zu nehmen, da könnte uns der eine oder andere auch mal grantig kommen, aber wir kriegen eine Gage. Was meinst du, trauen wir uns?«

Ferdi nickte, freute sich. »Und ob wir uns trauen«, sagte er. »Wir könnten mit einem bekannten Schlager anfangen«, schlug er vor, und Werner meinte: »Dann machen wir weiter mit: ›Theo, wir fahrn nach Lodz‹ – wo auch immer das sein soll.«

Werner begann: »… steh auf, du faules Murmeltier, bevor ich die Geduld verlier …«, und lachte. »Passt doch.« Sie vereinbarten, was sie spielen wollten. Ferdi dachte sich, es wäre ein Kompromiss, erst mal. In jedem Fall sparen … und dann nach München ins Pfandl fahren.

»Am Stammtisch sitzen doch immer die Gleichen«, vermutete er. »Wenn wir ein paar Namen wissen, singen wir für sie zu Mittag ein paar Lumpenlieder. Also, ich probiere es mit dem Singen, weil du hast ja den Mund voll.« Er zwinkerte.

Werner wandte den Kopf, drehte die Augen, schlug sich auf die Brust. »Prost Mahlzeit!«

Ferdi lachte.

Über etwas anderes konnte er gar nicht lachen. Haralds Revanche. Sein »Dafür zahlst du« folgte zwei Wochen später; gerade in einem Abstand, dass man die Worte schon beinahe wieder vergessen hatte.

Harald kreischte auf wie ein Mädchen, als eine Maus durch die Teigmaschine sauste. Mausetot. Ein Fellbündel im Sonnenblumengelb.

Ich war das nicht. Ferdi schüttelte den Kopf – umsonst, denn einer, der sich ekelte und Überraschung mimte, konnte nicht der Täter sein. Aber dessen Nicken und das kurze Verziehen der Mundwinkel verrieten Ferdi, was er wissen musste.

»Meine Mutter findet, du bist ein ganz Netter. Wollen wir sehen, ob sie dich jetzt immer noch so nett findet«, murmelte Harald dem verdutzten Ferdi zu, tippte sich an die linke Brust und drehte den Daumen, heftete sich siegessicher einen imaginären Orden an. Außer Ferdi hatte die Geste niemand mitbekommen.

Das Entsetzen des Meisters, die weit aufgerissenen Augen, das Aufpumpen des Brustkorbs, das hochrote Gesicht, die sich öffnenden und wieder schließenden Fäuste, der Wutschrei, der die gefliesten Wände in der Backstube abzusprengen drohte. Der Mann sah aus, als wollte es ihn gleich zerreißen.

Alle standen um die Drehhebelknetmaschine herum, acht Paar Augen sahen zu, wie sich das winzige graue Tier einrollte. Bergmüller zog schließlich die Maus aus dem Teig.

»Ich habe einen Verdacht«, sagte er, plötzlich gefährlich leise.

»Glaub ich gern«, raunte Ferdi.

Als Nächstes wurde er nicht bloß verdächtigt, sondern beschuldigt, der Übeltäter zu sein, und seine Mutter musste für ihren Sohn um Verzeihung bitten. Er sah, wie sie ihre Hände nach denen von Bergmüller ausstreckte, als der Bäckermeister mit einer Anzeige drohte. »Das ist jetzt kein Spaß mehr. Ich will noch mal Gnade vor Recht ergehen lassen.« Hoch aufgerichtet, er kam sich wohl großmütig vor.

Ferdi hätte gern ausgespuckt. Er hielt den Mund eisern geschlossen. »Aber ich streiche Ihrem Sohn den Lohn für diesen Monat.«

Die Materialvernichtung sei … *incroyable* sagte er nicht, doch er meinte genau das. Er müsse das Werk des Kneters reinigen lassen und noch einiges mehr.

Ferdi blickte über alle hinweg, auf irgendeinen fernen Punkt, weil er nicht zu Boden schauen wollte. Weil er nichts getan hatte.

Er gab keinen Ton von sich, bis sich die Tür ihrer Wohnung schloss und niemand zuhören konnte.

»Nicht die Maschine hat das Mausegenick gebrochen.« Ferdi lachte spöttisch auf. Harald hatte die sicher aus einer Falle genommen und in böser Absicht eingepackt. Musste Ferdi jetzt ständig bangen, was dem anderen einfiel, nur weil dessen Mutter ihn »ganz nett« fand?

Wäre es irgendwann der finale Einfall, und Ferdi Weber verlor seine Lehrstelle? Er wischte sich über den Mund, als hätte er etwas Grausiges gegessen.

»Mama, warum entschuldigst du dich in meinem Namen – und fragst mich nicht einmal?« Er drehte sich weg, bevor sie antworten konnte. Sie hätte gesehen, dass er feuchte Augen bekam.

»Es ist nicht immer leicht, ich weiß«, sagte sie. »Manchmal wünsche ich mir einen, der uns behütet.« So leise, dass er es kaum verstand. »Wir reden später, ich schaue noch kurz zum alten Herrn Bertels wegen einer Rasur. Wenn ich wieder da bin …«

… dann konnte sie seinetwegen Selbstgespräche führen.

Er nahm sein Hemd mit dem bunten Paisleymuster und schwang es sich wie eine Jacke über die Schulter. Sein erster Gedanke war, sich an seinen Lieblingsplatz auf die Querung der Steinernen Brücke zu setzen. Aber da würde er erst in der Dämmerung mit den Schatten verschmelzen.

Dann kam ihm etwas anderes in den Sinn und hängte sich fest. Das ist schlimmer als eine Maus im Teig, dachte Ferdi und gab der Idee einen Namen: Spionieren.

Angeblich war es wieder mal der besondere Service des Salons, den Frau Gisela anbot. Der wurde extra bezahlt, und das Trinkgeld behielt Sofia. Brauchte er einen Beweis, was seine Mutter an dem Mann mit dem Silberknaufspazierstock Besonderes fand?

Eigentlich kam Ferdi sich schäbig vor, weil er es nicht schaffte, sie und sich selbst vor dem Flüstern der anderen zu beschützen.

Sie schaute sich nicht um, und Ferdi schloss nicht dichter auf, denn wenn sie jemandem begegneten, hätte es eigenartig gewirkt, dass der Sohn seiner Mutter auf den Fersen war.

Sofia wechselte die Straßenseite und beschleunigte ihre Schritte, als würde sie sich auf den Besuch freuen. Sie wurde am Gartentor erwartet.

Ferdi sah, wie sich der alte Herr Bertels mit den Fingern durchs Haar fuhr, aber er sah auch, wie seine Mutter ihn begrüßte, wie sie ihn auf die Wange küsste, wie er die ihre streichelte und dabei glücklich aussah. Wer war er für sie? Womöglich der eine, der sie beide behütete?

Ferdi starrte ins Leere, trat gegen einen Zaun, war zornig, dass sie ihm so wenig vertraute, sodass sie im Gegenzug sein Vertrauen auch nicht uneingeschränkt verdiente. »Eine Rasur.« Gallenbitter.

Wenn sie jetzt ins Haus gingen, würde vielleicht mit Sofia Weber wirklich mehr »gehen«. Ferdi wollte sich das nicht bildlich vorstellen.

Als Nächstes verschwand er tatsächlich in den Schatten. Er setzte sich auf einen Baumstamm unter der Achenbrücke, schaute auf den Fluss, wünschte sich, ein Stück weit mit ihm zu reisen und dort an Land zu gehen, wo es ihm gefiel. Der trockene Baum hatte es vielleicht genauso gemacht. Sich erst treiben lassen, um schließlich einen Platz für sich zu finden.

Ferdi hörte ein Geräusch, lauter als die leichte Strömung, doch ebenfalls nass – da weinte jemand. Ein Mädchen stand da, tief in die Schatten gedrückt. Vorhin hatte sie noch nicht dort gestanden.

Sie hielt sich an sich selbst fest: die Arme überkreuzt, die Hände an den Oberarmen, so als wäre ihr kalt, den Kopf gesenkt.

Da fühlte sich jemand noch schlechter als er.

»Das dachte ich mir auch grade – es ist zum Heulen. Aber ich habe keine Lust aufs Traurigsein, habe ich grade beschlossen.« Damit versuchte er, ihren Kummer ein wenig aufzubrechen. Sie war, glaubte er, hübsch, was aber im Dämmerlicht nicht gut zu sehen war. Das sagte er ihr genau so und hörte ihr Lachen, die verweinten Augen blinzelten ihn an.

»Eher gar nicht hübsch, eine Heulsuse«, erwiderte sie, ließ die Arme sinken und wischte sich übers Gesicht. »Tut mir leid, ich will dir nicht die Stimmung verderben.«

Sie setzte sich zu ihm auf den Baumstamm.

»Welche Stimmung genau?«, fragte er.

An jenem Abend hatte er ihr sein Hemd gegeben und sie ihm einen Kuss. Ferdi erfuhr, dass die, die ihn eben geküsst hatte, Barbara hieß, und auch den Grund für die Tränen. Ihre Oma Edith war sehr krank. Vater und Mutter schienen nur zu warten, dass die alte Frau starb. »Als wäre sie *irgendjemand*.«

Sie war traurig und andererseits zornig – wie er auch.

Barbara war wirklich hübsch, das wusste er spätestens, als sie zusammen an einer Straßenlaterne vorbeigingen. »Ich will eigentlich nicht nach Hause«, sagte sie, Ferdi hatte das Gleiche gedacht. Sie wollten beide nicht heim, denn Barbara wollte nicht hören, wie ihr Vater über die teuren Medikamente für Oma Edith schimpfte, und Ferdi wusste nicht, wie er seiner Mutter gegenübertreten sollte, ohne an den alten Herrn Bertels zu denken.

Barbara hatte seine Hand genommen. Was sie dachte, konnte er an ihrer Miene nicht ablesen. Dann sagte sie: »Wenn ich dich das nächste Mal sehe, dann hast du vielleicht deine Gitarre dabei und spielst etwas für mich.«

Sie gab ihm sein Hemd zurück.

»Und wenn ich dich das nächste Mal sehe, dann hast du hoffentlich dein Lachen eingepackt und lässt es mich sehen.«

2

Wo Rauch is, werd a Feia sei.
Wo Rauch ist, wird auch Feuer sein.

»Das ist Antonias Telefon!« Vielleicht hatte Tessa ihn ange-
schrien. Ziemlich sicher hatte sie das.

Und Kohlschreiber hatte gezuckt. Sehr sicher. »Das kann
nicht sein. Sie hatte es noch«, erklärte er, und Tessa fragte, *wann*
sie es noch gehabt habe, wenn es jetzt da drin klingelte. Sie wollte
sich an ihm vorbeischieben, was er zu verhindern wusste.

»Dann war es meines«, rechtfertigte er sich. Prompt.

»*Sie* habe ich aber nicht angerufen.« Tessa deutete eine Pistole
an und feuerte. Vielleicht war es überzogen, vielleicht hatte er
etwas getan, vielleicht hatte Antonia ihm einen Streich gespielt
und eine Parallel-Ringing-Funktion geschaltet, sodass ein Anruf
auf zwei Geräten gleichzeitig einging. Das konnte man.

Etwas in seiner Miene hatte sich verändert – oder feuerte er zurück? »Du solltest jetzt gehen, Tessa. Und falls du zurückkommst,
dann besser nicht mit solch phantasievollen Beschuldigungen.«

Geistreich war ihre Bemerkung nicht gewesen. Antonias
Smartphone konnte überall sein, auch ohne sie … wenn man
den Akku auflud. Tessa brachte es nicht über sich, sich bei ihm
zu entschuldigen.

»Wenn du mehr hast, geh doch zur Polizei!«, fuhr er sie an.
Sehr sauer, beinahe wütend. Die Tür war plötzlich zu, Tessa
blinzelte. Mehr? Sie hatte gar nichts. Sie war ins Fettnäpfchen
getreten, ohne nachzudenken. Es hatte sie gepackt, und sie hatte
ihn nicht sonderlich indirekt beschuldigt.

Genau darum …

Bazi wartete auf einer der Bänke an der Ecke Sparkasse und
Edeka-Markt, ein Eis in der Hand und eine Tüte neben sich.
»Ich hab was eingekauft, ich muss doch wach bleiben, wenn
wir uns später noch umschauen wollen.«

Tessas Gesichtsausdruck verriet sie. Was konnte man im Supermarkt kaufen, um wach zu bleiben? In der Apotheke wüsste sie ein paar Sachen. Später, das hieß, in keinem Fall vor zehn. Und der Elfjährige hatte am nächsten Tag wieder Schule.

»Ein Energydrink«, verriet ihr Bazi. »Weil du doch vorher Theaterprobe hast und er auch nicht grade mit den Hühnern ins Bett geht.« Er. Gerhard Olberding. Tessa war längst das Herz schwer geworden, doch bei solchen Gelegenheiten schien es sie extra zu zwicken.

»Ich warte auf dich. Pfeif einfach, wenn du da bist«, sagte Bazi.

»Ich konnte noch nie pfeifen.« Tessa zog eine Schulter hoch.

»Antonia schon«, sagte er schlicht. »Das Fenster in ihrem Zimmer kann man schon länger nicht mehr richtig schließen. Wir müssen es bloß aufdrücken. Die Leiter liegt an der Mauer, so als hätte ich vergessen, sie aufzuräumen. Wir lehnen sie an und fensterln.«

In der Vorstellung sah es spaßig aus, es war zu hoffen, dass die Wirklichkeit sich nicht querstellte.

»Was war mit dem Lehrer, hat er was verraten?«, fragte Bazi.

»Er war nicht sonderlich freundlich, als ich wissen wollte, wie eng er und Antonia waren.« Tessa erzählte ihm von den Ausflüchten, der Behauptung, dass Kohlschreiber und Antonia nur an dem Heimatbuch gearbeitet hätten.

Sie war eher geneigt zu glauben, der Lehrer wünschte sich, er hätte außerdem nichts mit Antonia angefangen. Aber die hatte sich vielleicht ernsthaft verliebt.

Wie erklärte man einem Elfjährigen die Liebe? Die man selbst nicht verstand, weil sie einem noch gar nicht richtig passiert war.

Von ihrem Anruf und Antonias Klingelton, den sie in Kohlschreibers Haus gehört hatte, wollte sie ihm erst einmal nichts erzählen. Im Zweifel für den Angeklagten. Was nicht stimmte, weil sie ihn im Geiste schon schuldig gesprochen hatte. Bloß, was genau war Kohlschreibers Schuld?

»Sie fehlt mir so … Ich dachte, sie könnte zu ihm gegangen sein, weil ich zu ihr gesagt hab: ›Dann geh doch.‹ Ich wollte ja nicht wirklich, dass sie geht, ich war eingeschnappt, weil ihr der Typ plötzlich wichtig war und ich sie am Telefon schmeicheln hörte: ›Wir finden schon eine Lösung …‹«

Eine schmeichelnde Antonia war schwer vorstellbar. Für Tessa klang es, als hätte die Freundin nach einem Ausweg aus einer Notsituation gesucht. Wofür brauchte sie eine Lösung? *Warum hast du nichts gesagt?*

»Sie hat doch noch den Justin-Timberlake-Song als Klingelton?«, fragte sie, um wenigstens einer Sache sicher sein zu können.

»Genau weiß ich's nicht. Auf ihrem Notebook hat sie etwas anderes. Es funktioniert so: Einschalten, der Anfang eines Titels wird gespielt, stoppt. Der Zugangscode wird verlangt. Der Benutzer muss die Fortsetzung eingeben, zwei Worte oder so, um an die Dateien zu kommen. Ich fand es richtig schlau. Und kenne den Zugangscode nicht. Er kennt ihn auch nicht. Und der Polizist, der das Notebook mitgenommen hat, tippt sich bestimmt die Finger wund. Ein Doofmann aus Grassau.« Bazi schnitt eine Grimasse, als würde er einem Polizisten, der nicht aus Grassau war, mehr zutrauen.

Tessa hatte keine Ahnung, ob doof oder nicht. Sie wollte mit der Polizei lieber nichts zu tun haben.

Bazi schaute sie abwartend an.

»Normalerweise dauert die Theaterprobe nicht ewig, weil die meisten morgen wieder arbeiten müssen.« Sie auch.

»Das klingt nach einer lustigen Geschichte, die ihr da aufführt. Der Pfarrer erzählt auch gern vom Heiligen Geist, aber das klingt nicht so, als wüsste er so viel über ihn. Ich finde, euren Heiligen Geist kann man sich gut vorstellen.«

Ob Herr Pfarrer das auch fand? Den hatte Tessa noch gar nicht gefragt, kam ihr in den Sinn. Aber eine beichtende Antonia konnte sie sich auch nicht denken. Eine Antonia, die sich Rat holte?

Bitte, lass uns irgendetwas in deinem Zimmer finden, flehte Tessa. Zu Bazi sagte sie: »Ich werfe Steinchen an dein Fenster.«

Doch zunächst würde sie zwei Stunden lang auf der kleinen Theaterbühne herumschweben. In dem historischen Theaterstück war eine junge Frau angeblich vom Heiligen Geist schwanger.

Der Pfarrer versteht die Welt nicht mehr, die Dreieinigkeit ist beim Teufel, die Familie der werdenden Mutter fassungslos. Die Hebamme steht der Schwangeren mit Rat und Tat zur Seite.

Tessa spielte die Hebamme Wilhelmina Albert. Und sie war außerdem der Heilige Geist, weil dazu nur eine gesichtslose Gestalt in einem langen Gewand nötig war.

Die Kirchenkulisse war eine tolle Malerei mit einer unglaublichen Tiefe; man dachte wirklich, man könnte bis zum Altar schauen. Womöglich kamen die anderen Kulissen heute überhaupt nicht zum Einsatz.

Tessa wurde begrüßt – »Hey, immer noch nichts Neues?« – und umarmt. »Lach die Bangigkeit weg!«

Gut zu wissen, dass man sie nicht mit Samthandschuhen anfassen würde. Gut, dass hier alles ganz normal war – Theater eben.

Die Blicke erzählten ganz eigene Geschichten, die brauchte Tessa nicht zu kennen. Ihrer war vielleicht weniger konzentriert als sonst, denn sie stand in Gedanken bereits auf einer Sprosse der Leiter, auf dem Weg in Antonias Zimmer.

Heute wurde in Kostümen geprobt, das machte alles ernsthafter, und irgendwie bekamen die Figuren dadurch, man konnte es kaum glauben, mehr Leben eingehaucht. *Kleider machen Leute.*

Als Hebamme trug sie eine Haube und ein langes Kleid, um die Hüfte einen Gürtel. Ein wenig übertrieben rote Bäckchen, denn Wilhelmina Albert packte an.

Als Heiliger Geist hatte Tessa ein schönes langes Gewand an und hellen Puder im Gesicht.

Die zu probende Szene war zweigeteilt und eine echte Herausforderung. Während der Pfarrer in der vordersten Kirchenbank saß, jammerte, sich die Haare raufte und verzweifelt eine Lösung erflehte, erzählte die Schwangere, Rose von Dornfels, der Hebamme, wie der Heilige Geist hinter dem Altar auf sie herniedergekommen war. Dazu ein Spiel aus Licht und Schatten; in der Kirche brannten Kerzen.

Weil dies sozusagen eine Erinnerung war, wurde der Heilige Geist in dieser Szene zu einer Illusion, und das bedeutete, seine Gestalt war lediglich eine transparente Projektion. Die Hebamme war Wirklichkeit, sie musste auch so wahrgenommen werden. Wilhelmina Albert ermittelte ganz nebenbei, weil der Hebamme etwas an der ganzen Sache ziemlich mysteriös vorkam.

Bei dem Stück konnte man lachen, ungläubig staunen – und vom Glauben abfallen. Einige Leute würden wohl gehörig nach Luft schnappen.

Die Darstellerin der schwangeren Rose von Dornfels bekam gerade Busen und Bauch angepasst, sie sollte sich unförmig vorkommen.

»Du musst die Schwangerschaft tatsächlich empfinden«, sagte Conny Perle, die Spielleiterin.

»Was ist da drin, Sand?«, wollte die Schwangere wissen, ihren künstlichen Unterleib schüttelnd.

»Kinder wiegen nicht grade wenig. Da müssen schnell mal zwei Kilo mehr dran.« Erklärend.

»Ach, na!« Wenig begeistert.

»Alle anderen haben ihre Kleidung. Tessa, du machst als Hebamme deine Untersuchungen, tastest unsere Rose von Dornfels ab. Busen, Bauch. Du unterhältst dich mit deiner Patientin und erfährst etwas, darauf folgt unser Herr Pfarrer – es geht praktisch zwischen euch beiden und dem Geistlichen hin und her … Für den Zuschauer ist das ein wenig wie Tennis.«

Eine Geste der Spielleiterin schickte sie auch sogleich ins Turnier. Der Vergleich war kein bisschen unpassend.

»Du weißt, wie eine Frau in andere Umstände gerät, nicht wahr?«, versichert sich die Hebamme bei Rose.

»Ja, das weiß ich, sie liegt bei einem Mann. Aber er ist doch ein Geistwesen. Hell strahlend und so vorsichtig, so zärtlich.«

»Was hat dieses Geistwesen genau getan?« Wilhelmina hebt die Nase. Gespannt.

»Er hat an den kleinen rosa Knöpfen meiner Brüste gesaugt und ein Stöhnen von sich gegeben. Es klang wie: ›Oh du Heiliger Geist!‹«

Conny: »Die Hebamme errötet natürlich nicht, sie weiß es besser. Aber Roses Beschreibung versetzt auch sie in Staunen. Die Zuschauer müssen erfahren, was sie denkt. Darum spricht die Hebamme zum Publikum.«

»Wenn das der Heilige Geist gewesen ist, dann bin ich Johanna von Orléans.« Wilhelmina schüttelt den Kopf.

Conny: »Jetzt der Pfarrer.«

»Ich muss mir was aus den Fingern saugen, und die Lüge wird auf der Zunge gewiss ganz arg brennen.« Der Pfarrer streckt die Zunge heraus, tippt sich mit einem Finger darauf und hält ihn dann in die Windstille der Kirche in die Höhe.

Conny: »Die Hebamme, zum Zweiten.«

»Es gab doch einen kleinen Schmerz, nicht wahr?«, fragt Wilhelmina vorsichtig. »Einige Tropfen Blut. Rose, hast du Lust verspürt? So ein Drängen im Innern, so ein Ziehen … hier …« Die Hebamme gestikuliert.

»Ohhh, er hat mir so gutgetan! Ich war im Himmel und fühlte es seidig und heiß zwischen meinen Schenkeln fließen.«

Conny: »Hochwürden jammert.«

»Teufel auch! Der Heilige Geist ist ein Lüstling.« Der Pfarrer nickt. »Was, wenn er weitere von meinen Schäflein reißt? Herr im Himmel, hilf!«

Wilhelmina will wissen: »Wie oft verspürtest du diese Lust schon, wie oft hast du ihr nachgegeben, wie oft hat er dich … erleuchtet?«

»Bisher drei Mal.« Ein zaghaftes Lächeln. »Und beim ersten Mal hat es kurz gezwickt, da war auch tatsächlich ein wenig Blut in meinem Höschen.«

Conny: »Die Hebamme verzieht den Mund. – Herr Pfarrer, bitte!«

»Wenn unser Heiliger Geist Jungfrauen verführt, da hilft nicht einmal mehr geweihtes Wasser!« Er ringt die Hände.

Conny: »Von der verführten Schwangeren gibt es ein seliges

Lächeln. Prima. – Von mir auch eins. Gefällt mir schon ganz gut. Tessa, lass mich schnell noch den Heiligen Geist sehen«, bat sie und fügte an den Bühnentechniker gewandt hinzu: »Pjorn, schau dir an, ob du mit der Gestalt und ihrer Größe etwas anstellen willst oder ob der Geist so stimmig erscheint.«

Tessa puderte ihr Gesicht matt, wischte das Gloss der Hebamme von den Lippen. Wer wusste schon, wie der Heilige Geist aussah? Bestimmt nicht apfelrotbäckig. Tessa zog sich hinter der Bühne das lange Kleid mit dem Borten- und Rüschenbesatz an, stutzte. Oh, wann war das denn passiert?

Vor zwei Tagen hatte sie anprobiert, wie ihr der Heilige Geist passte. Wo die Schwangere einen offensichtlichen Bauch samt größerem Busen bekam, band man Tessas weg. Die Heiligkeit hatte natürlich keinen.

Tessa zupfte am breiten Taillengürtel, der sich selbstständig gemacht hatte, eine Naht war aufgegangen. Das ging gar nicht. Schlampig war der Heilige Geist nicht, und auch nicht schmerbäuchig.

»Hat jemand den Heiligenschein gesehen, Tessa, hast du den mit?« Conny Perle in Aktion.

Tessa hatte ein kaputtes Kleid und keinen Heiligenschein. Bevor sie den Mund aufmachen konnte, um zu antworten, wurde gefragt: »Bringen wir das mit dem Schatten eines Penis unter dem Gewand? Tessa, also natürlich der Heilige Geist … kriegt der jetzt einen, oder trauen wir uns das doch nicht?« Pjorn, der Techniker.

Tessa hörte ein paar vage Hms und Najas. »Wenn das unkompliziert geht, bin ich dafür«, rief sie. »Ein Mann hat schließlich einen, und wenn eine Frau schwanger ist, dann hat es dazu eines Werkzeugs bedurft.«

»Genau, der Gag ist ja die Verführung«, stimmte Pjorn lachend zu. »Dann müssten wir schauen, wo wir den Beamer aufstellen und wo Tessa auftritt. Und ich muss aufpassen, dass das Bild nicht seitenverkehrt ist, sonst steht er ihr.«

Ausgelassenes Lachen. »Das wär auch mal was«, gluckste Conny. »Bitte lasst uns die Szene ganz kurz anreißen«, sagte sie. »Wir schauen uns an, wie es funktioniert.«

»Es funktioniert gerade gar nicht. Der Gag ist leider ein zerrissenes Kleid.« Tessa kam, sich den Gürtel haltend, hinter dem Vorhang hervorgetaucht. »Das muss bei der Anprobe passiert sein, ich bin wohl irgendwo hängen geblieben – tut mir leid. Ich bringe es zu Dora und hoffe, dass sie ein Schatz ist.«

Dora Schönenfeld war eine Schneiderin aus Leidenschaft, mit spitzer Nadel, ruhiger Hand und gutem Auge. Sie half der Theatercrew, wo sie konnte, und hatte dem Kleid des Heiligen Geistes, das in einem früheren Stück ein Leichenhemd gewesen war, zu neuem Glanz verholfen. Die Stickereien waren mit einem Goldfaden gemacht. Wenn das Licht darauffiel, schimmerte es.

Tessa hielt ihre verschwindende Taille mit einem Tuch fest, das sie um sich schlang.

»Pjorn, du erfreust uns bitte mit einem Testbild, auch wenn Tessa abgerissen aussieht und keinen Penis hat.«

»Tessa ist immer schön«, gab er zurück. Sie pustete ihm einen Kuss zu und wirbelte einige Male über die Bühne, um sich anschauen zu lassen.

»Die Gold- und Silbernähte lassen das Gewand strahlen, und Dora ist flink. Eine fast himmlische Arbeit.« Fast, als täte es ihr leid, sagte Conny: »Tessa, dein Gesicht muss undeutlich sein, den Heiligen Geist darf man nicht als Frau erkennen.«

»Du würdest auch als ansehnliches Gespenst durchgehen«, sagte Pjorn. Es folgte der Nachsatz: »Im Nebel.«

Heller Teint zum dunklen Haar. Gesichtslos. Aufgerüschte Schimmernähte. Im Nebel. Tessas schwingende Ärmel fielen auf den Rücken der Schwangeren, als der Heilige Geist Rose von Dornfels umarmte.

Die Spielleiterin lächelte verzückt und entließ ihre Truppe anschließend in den Abend.

Tessa rief bei Dora im Atelier an. Sie hatte damit gerechnet, ihr nur eine Nachricht hinterlassen zu können, aber die Schneiderin meldete sich tatsächlich. »Ich hab gar nicht auf die Zeit geachtet.«

Ihr sei mit dem Kleid eine Ungeschicktheit passiert, gestand Tessa.

»Komm ruhig noch vorbei. Das bekommen wir sicher wieder hin.«

Tessa verabschiedete sich von der Theatergruppe, »Bis zum nächsten Mal im geflickten Kleid«, und trödelte ein klein wenig, bis die anderen aus dem Gebäude waren, sie wollte schlicht nicht gesehen werden. Sie war geradelt, weil es ein schöner Abend war und sie mit der Nase im Wind am besten denken konnte. Jetzt steckte sie in dem Kleid und wollte es nicht ausziehen, weil sie fürchtete, noch mehr kaputt zu machen. Wie wär's mit Schmierflecken auf dem weißen Stoff?

Antonia hätte jetzt gesagt: »Wie du's bloß wieder schaffst, dich zu deprimieren!« Dazu hätte sie spielend den passenden Gesichtsausdruck hinbekommen.

»Wenn du wüsstest«, antwortete Tessa insgeheim.

Die Reparatur des Kleides würde hoffentlich schnell gehen, Bazi wartete. Außerdem spürte Tessa schon den ganzen Abend so ein Kribbeln. Erwartung. Aber noch hatte sie keinen Fuß auf die Leiter gesetzt, noch hatten sie diese nicht aufgestellt ... Sie rieb sich übers Gesicht. An den Puder in ihrem Gesicht hatte sie nicht mehr gedacht. Hurra, und jetzt frischte auch der Wind auf, erste Tropfen fielen.

Sie trat in die Pedale. Nur nicht das Kleid nass werden lassen, das hatte noch gefehlt! Der geronnene Puder hinterließ hoffentlich bloß in ihrem Gesicht seine Spuren. Unter ihren Reifen spritzte das Wasser, was hieß, in Marquartstein hatte es schon zuvor geregnet.

Tessa sah den Schleier; tatsächlich hing ein Nebelhauch über der Tiroler Ache. Sie wandte den Kopf. Die komplette Bergansicht war wolkenverhüllt, kein Wunder. Sie musste an Pjorns Bemerkung denken. »Im Nebel ...«

Was für ein gespenstischer Abend. Als Tessa schließlich ein wenig beträufelt an der Tür von Dora Schönenfelds Schneideratelier stand und klopfte, wurde sie schon erwartet.

Die ältere Frau sah sie an und musste lachen. »Du siehst aus wie ein Gespenst«, sagte sie, was zu Tessas Gedanken passte. »Raus aus dem Ding. Es gibt ein altes Sprichwort: Wer sein Zeug am Leibe flickt, hat den ganzen Tag kein Glück. Auch wenn der Tag nicht mehr lange dauert, das wollen wir trotzdem nicht.«

Tessa zog das Kostüm aus und ihre Kleidung, die sie in einer Tasche verstaut hatte, wieder an. Eine Hose und einen leichten Pulli.

Die aufgegangene Naht war keine große Sache, zehn Minuten. Dora bot ihr an, das Heilig-Geist-Kleid bei ihr zu lassen, sie werde es aufhängen und aufbügeln, und Tessa könne es dann abholen.

»Sie sind wirklich ein Schatz«, sagte sie. »Danke.«

Eine Nähmaschine surrte. War da noch jemand? Tessa wandte den Kopf.

»Gregor, mein Lebensgefährte, ist noch bei der Arbeit.« Dora lachte. »Ich habe keine Ahnung, woran, vielleicht an seinem nächsten Faschingskostüm.«

Ein Mann, der nähen konnte. Das tapfere Schneiderlein. Tessa war fast ein wenig beeindruckt, was sie auf etwas brachte …

»Die Tuchumhänge mit der seitlich gearbeiteten Blätterborte sind wirklich sehr schön.« Aber etwas zu teuer, um für ihre Mutter einen zum Geburtstag zu erstehen.

Dora strahlte. »Ich habe heute den letzten verkauft. Gregor hat mir mit dem Muster geholfen, ein wirklich geschickter Mann.« Sie zwinkerte. Tessa war Doras Lebensgefährten sicher schon begegnet, aber im Augenblick hatte sie kein Gesicht vor Augen.

Sie wünschte der Schneiderin einen schönen Abend und schwang sich wieder aufs Rad. Wenigstens würde sie damit nicht auffallen, es brauchte keinen Parkplatz.

Die Olberdings hatten ein Haus am Altweg in Piesenhausen, Tessa musste ein Stück zurückfahren. Viertel nach zehn, vielleicht eine gute Zeit zum Fensterln. Das klang besser als »Einsteigen«.

Sie brauchte etwas, um das Zeichen zu geben, und so hob sie ein paar kleine Kiesel auf, die sie in die Taschen ihrer Jeans steckte. Antonias Zimmer lag auf der Rückseite des Hauses zum Grassauer Bach hin.

Hatte Bazi das Zimmer links oder rechts von ihrem? Gestern Nacht hatte er gesagt: »Ich bin durchs Fenster.«

Tessa verließ sich darauf, dass Bazis Zimmer vorne am Eck war, wo große grüne Blätter rankten und ein wenig überhingen. Sie streckte die Hand aus und tastete. Das Gewächs hatte eine Kletterhilfe, Bazi nahm den Weg übers Spalier. Tessa hätte fast gelacht, als ihr der Name der Pflanze einfiel. Pfeifenwinde. Tja, pfeifen zu können wäre jetzt hilfreich. Sie fischte einen Kiesel aus der Tasche.

Tessa war auch keine besonders gute Werferin. Wenn sie das verkehrte Fenster träfe, würde dann Gerhard Olberding auftauchen?

Sie wünschte sich Glück und ließ ein Steinchen von unten gegen die Scheibe kratzen, gleich darauf noch eins. Bazi hatte sich mit einem Energydrink wach halten wollen. Sie sah nicht einmal einen Schimmer hinter dem Fenster, vielleicht war er trotzdem eingeschlafen.

Sie überlegte nicht, sie hatte noch einen Kiesel. Sie warf. Es klackte vernehmlich, oder kam es ihr nur so vor, weil ihr die Nacht so still erschien?

Und plötzlich berührte sie jemand von hinten an der Schulter.

3

Da Mensch is wiar a oide Hosn, auf de Gnia wead a zeaschd hie.
Der Mensch ist wie eine alte Hose, an den Knien geht er zuerst kaputt.

Mini nahm das Buch aus der Tasche und legte es auf den Küchentisch. Dazu würden sich gleich noch eine Tasse, Zucker und Dosenmilch gesellen; sie hatte vor, sich Kaffee aufzubrühen.

Sie war allein mit dem bösen Buch, keine Hand, die in ihre glitt. Wahrscheinlich würde sie sogar den Ton von Kristina Seitleins Schreiberei hören.

Mini war froh, dass ihr Weggehen anscheinend völlig unbemerkt geblieben war. Als sie einen Blick ins Schlafzimmer geworfen hatte, hatte Loy den einen Arm über den Kopf gelegt und den anderen über die Brust. Gewöhnlich war ihr wunderbarer Ehemann allerhöchstens mit roher Gewalt weckbar. Mini wünschte ihm einen schönen Traum.

Sie hatte die Jacke, die sie über das Nacht- und das Unterhemd geworfen hatte, ausgezogen und war aus der Hose geschlüpft. Heimlichkeiten mochte sie nicht, aber eine Ahnung hatte ihr gesagt, Juliane sei an Jos Geburtstag ziemlich sicher am Friedhof anzutreffen. Und weil sie von der beinahe penetranten Neugier von Angelika, Julianes Nachbarin in der Hochplattenstraße, wusste, kamen dafür nur die Stunden um Mitternacht herum in Frage.

Die Freundin da draußen am Grab, allein mit sich. Oder eben nicht allein, wegen des Mörders. Das hatte sich Mini nicht vorstellen mögen. Und tatsächlich hatte die ehemalige Kommissarin damit gerechnet. Ein Pistolenlauf, der auf Mini zielte, war richtig gruselig.

Das Alter beeinträchtigte die Reaktion, sicher. Aber ein falscher Drücker ... *Das* würde sie Juliane noch in Jahren vorhalten!

Weißt du noch, als wir damals zur Geisterstunde am Friedhof waren ...?

Weißt du noch, wie du ängstlich in der dunklen Küche hock-
test … während jetzt der Kaffee durchlief? Das böse Buch müsste
zu schaffen sein, ehe Loy aus den Federn kam.

Nach den ersten Seiten fröstelte Mini, sie zog die Jacke wieder an. Worte scharf wie Messer, sie ritzten erst nur, um dann
tiefer einzudringen, schnitten, bis Blut floss. Mini empfand es
jedenfalls so. Kristina Seitleins Ton troff vor Gehässigkeit und
Niedertracht. Mini zog auch die Socken wieder an und die Hose.
Wenn da noch mehr kam, musste sie sich eine Wärmflasche
holen. Sie trank einen großen Schluck Kaffee.

*Er wird mich umbringen. Er muss. Und ich werde beim letzten
Atemzug noch über ihn lachen. Mein Andenken – ein schönes
Rätsel.*

Mini vernahm den Klang der Worte, als säße Kristina neben
ihr. Schön schrieb sie. Grausam war sie.

*Frag dich alles, sage ich ihm, wenn er die Hand auf meine
Kehle drückt. Jede Situation, jedes Unglück blitzt vor deinem
inneren Auge auf. Habe ich es getan? Oder wirst du irre, in Gedanken …*

Der Kaffee teilte seine Wärme nicht mit ihr. Sie leerte die
Tasse.

*Mein Fluch, Herzibopperl. Die endlosen Fragen kennen die
Antwort nicht.*

Endlos. Mini musste nicht überlegen, wie lange das sein
konnte. Sie wusste es genau, aber das war ihre eigene böse Erinnerung.

Kristina wünschte Benno wirklich alles Schlimme.

*Soll er doch im Gefängnis darüber nachdenken. Den Rest
seines Lebens am besten, denn meines hat er auf dem Gewissen.*

*Er wird sich elend fühlen. Mindestens. Soll er daran zerbre-
chen. Er, der immer der Glückliche war.*

Minis Tränen tropften aufs Blatt – das letzte in dem schmalen
Buch. Sie las den Absatz bestimmt schon zum fünften Mal.

Sie versuchte, die Flutwelle wegzuschnüffeln. »So ein bösarti-
ger Schund!« Gerade wollte sie das Buch zurück in die Jackentasche verbannen, als ihr ein Gedanke kam … das Notfallhandy

mit Kamerafunktion. »Wenn das kein Notfall ist, weiß ich auch nicht«, sagte sie sich. »Juliane wird mich ausschimpfen.« Sie schlug das Buch noch einmal auf, atmete tief ein. »Juliane wird mir möglicherweise dankbar sein.«

Mini fotografierte jede böse Seite. Vielleicht durfte sie das Ganze vergessen. Aber wenn nicht … dann war es immer noch irgendwo in den Tiefen dieses Dingsda.

Anschließend waren Minis Finger kalt, sie wischte sie am Geschirrtuch ab, als könnte sie so das Grauen loswerden.

Sie schlüpfte in ihre Schuhe, nur ließ sie für Loy diesmal einen Zettel liegen: *Bin mal kurz verschwunden.*

Gleich sechs Uhr morgens. Mini beeilte sich. Energische Schritte, die Hände in den Taschen, die Müdigkeit schaute ihr aus den Augen. Was war das doch für ein unwirksames Gebräu, das sich Kaffee nannte und sie wach halten sollte.

Sie klingelte bei den Felders. Der Hund gab Laut. Dann dauerte es noch etwas, bis Juliane die Tür aufzog. Ihre Miene verriet, dass Mini einen Rüffel erwarten durfte.

»Ich weiß, warum du das Buch behalten hast«, sagte Mini. Ein »Guten Morgen« sparte sie sich, der fühlte sich gerade alles andere als gut an.

»Du siehst völlig erschlagen aus«, stellte Juliane fest.

Himmel, das wusste sie doch selbst. »Und du bist so früh schon auf?«

»Ich konnte mir denken, dass es dir keine Ruhe lässt, dass wir darüber reden müssen«, sagte Juliane.

»So viel Garstiges. Du kennst den Inhalt bestens, oder?«

»Und du solltest ihn gar nicht kennenlernen!«

Juliane zog Mini zur Tür herein. Die Hundedame linste ums Eck.

Mini wischte den Einwand beiseite. »Weißt du, ob Kristina Seitlein ihm wirklich ein Rätsel aufgab, als er zudrückte? Als könnte man da noch irgendwas loswerden, aber … na ja, vielleicht hat Seitlein sie doch noch kurz zu Wort kommen lassen …«

»Ich wusste nicht mal, ob Benno Seitlein …« Hier stoppte Juliane und fragte: »Wo hast du es denn?«

Als hätte Mini vorgehabt, die Gemeinheiten zu behalten.

»Es ist leider nicht die Zeit, den Kamin einzuheizen«, sagte Juliane.

Mini schüttelte den Kopf. Auch wenn es schon die Zeit wäre, sie hätte nicht einmal die Asche des Stoffes, aus dem Alpträume gemacht wurden, im Kamin haben wollen. Sie zog den schmalen Band aus der Tasche und gab ihn Juliane. »Was wusstest du nicht?«, hakte sie nach.

»… ob Benno eine Ahnung hat, dass seine Schwester alles aufgeschrieben hat. Welches ist Kristinas letztes Rätsel? Es stehen einige drin.« Sie klopfte mit dem Buch auf ihre andere Hand.

»Das hast du nicht aus ihm rausbekommen? Kristina hatte vor, sich ihr Rätsel für das Herzibopperl bis zum Schluss aufzusparen. Eine hakenschlagende Vollblutkommissarin wie du weiß nicht, ob es dazu kam?« Mini fühlte sich schon eine Spur wacher. »Wirst du ihn fragen?«

»Vielleicht wird er mich fragen«, überlegte Juliane.

»Aber vorher verfeuern wir das Buch oben im Angesicht der Muttergottes? Es wird mir schwerfallen, von ihr Vergebung für diese Frau zu erbitten.« Minis Miene wurde hart.

»Mir auch, darum lassen wir diesen Zusatz ganz formlos weg«, stimmte Juliane ihr zu. »Du bist für eine Wanderung nicht angezogen.«

»Ich hab nicht dran gedacht«, sagte Mini und schaute an sich herunter. Wenigstens hatte sie eine Jacke an. »Ich kann's ja ausziehen. Sieht doch keiner, nur du und die Muttergottes wissen, was ich nicht anhabe. Es wäre eine gute Zeit dafür, nachdem du sicher dein Werkzeug noch nicht verräumt hast. Und nachher gehen wir schön frühstücken.«

Mini zog sich das Nachthemd über den Kopf und stand in Unterhemd und Hose da.

»Ich geb dir was von mir«, sagte Juliane und holte einen Pullover für Mini.

»Der ist gelb. Ich sehe krank aus in Gelb.« Abwehrend hielt sie die Hände vor sich.

Julianes Blick machte Mini stumm, und sie zog den Pulli an und ihre Jacke drüber. »Gelb und Feuer – so stimmt es wieder. Uns wird sicher nicht warm dabei.« Das waren lauter Angelegenheiten, die einen frieren ließen, kam es Mini vor. Die Verschwundene, eine Ermordete und Werner, dem die Zeit eins ausgewischt hatte.

Juliane erklärte: »Du nimmst Gretel an die Hand, ich nehme den Beutel mit der kleinen Gartenkelle zum Graben, eine Metallschüssel, wenn so etwas da ist, Kohleanzünder – die sind da – und ein Stabfeuerzeug, das gibt es auch. Und das böse Buch.«

Mini nickte. An die Hand nehmen, wie richtig. Am Ende würde sie den kleinen Hund wahrscheinlich tragen. Das gelbe Ding, das sie anhatte, war auf einmal nicht mehr wichtig.

Das Schnaufen schon an der zweiten Steigung kam nicht von ihr. »Gretel ist keine Läuferin.« Mini blieb stehen und beugte sich hinunter.

»Wir sind gleich da«, sagte Juliane.

Unter »gleich« verstand Mini etwas anderes. Immerhin war sie hier daheim, und Juliane Leitermann hatte ihr halbes Leben in der Stadt verbracht. Mit einer guten Viertelstunde war schon noch zu rechnen. Sie nahm den Hund auf den Arm.

»Ist sie eine Schauspielerin?« Mini hatte etwas gesehen, was wie ein Lächeln aussah.

»Schon, aber sie hat keine guten Tricks«, sagte Juliane.

»Macht nichts, wenn die unguten genügen«, fand Mini. »Bestimmt habe ich etwas über ihn gelesen. Benno Seitlein, meine ich.« Der Mann ging ihr nicht aus dem Kopf. Damals hatte sie wissen wollen, womit ihre Freundin es bei den Kriminalfällen zu tun hatte. Sogar eine Landpomeranze, die sich für Fotografie interessierte und außer ins österreichische Salzburg, nach Ungarn und Venedig nicht groß in der Welt herumgekommen war, sah Nachrichtensendungen und wusste, das Verbrechen machte nirgendwo halt, es ließ sich nicht abweisen, weil es unerwünscht war. Sie fragte: »Hätte Benno Seitlein diese gemeine Schreiberei nicht ein wenig entlastet?«

»Genau das wollte er nicht. Er hatte getötet, ›und so einfach kommt man da nicht mehr raus‹, sagte er. Er war kreuzunglücklich. Dass Kristina es so weit gebracht hatte – ihn so weit gebracht hatte. ›Mord ist Mord, Frau Kommissarin. Der Grund ist gleichgültig. Wenn ich noch einmal so weit wäre, würde ich es wieder tun‹«, redete Juliane vor sich hin, vertieft in ihre ganz eigene Erinnerung, mit den Worten eines Mörders. »Hast du nie etwas gemacht und dich fast noch im selben Moment gefragt, ob das jetzt nicht grundfalsch ist? Hast du noch nie geschwiegen, obwohl du dachtest, du solltest reden?«, wollte sie dann wissen, wirklich, denn sie drehte sich zu Mini um.

»Die Kriminalkommissarin«, bemerkte diese. »Ich hatte es all die Jahre verdrängt. Vielleicht ist es mir gestern, als wir Werner so verloren am Burghang herumstreifen sahen, erst wieder richtig bewusst geworden. Das böse Buch hat mir dann den Rest gegeben. Der Tod ist zurückgekommen – in Farbe und mit Macht.«

Warum schaute Juliane jetzt so ahnungslos drein?

»Ich hab doch nicht …« Juliane schüttelte den Kopf. »Wer bin ich, dass ich meine liebste und älteste Freundin analysiere? Mini Meierhofer, wovon redest du?«

Keine Sitzgelegenheit weit und breit und fraglich, ob Mini jemals wieder hochkäme, wenn sie sich jetzt am abschüssigen Waldrand niederließ. Aber im Stehen, mitten auf dem Weg, die alte Geschichte erzählen – das ging auch nicht. »Ich hab kein Taschentuch bei mir«, erklärte sie. »Ich muss bestimmt heulen.«

Aber Mini wollte davon erzählen, wollte es loswerden. Nach einer halben Ewigkeit. Und war sich klar, los würde sie gar nichts, sie teilte es nur. Und nicht einmal das erschien ihr fair.

»Das ist schon mal benutzt.« Juliane reichte ihr ein Stofftaschentuch.

Mini nahm es. »Weniger dramatisch als der gelbe Pulli«, sagte sie.

Sie setzten sich so eng nebeneinander, dass sich ihre Schultern berührten, Gretel legte sich daneben. Insgesamt ungemütlich, doch zu dieser Geschichte passte auch kein Wohlgefühl.

»Ich dachte, du wüsstest es. Es gehört nicht zur Ortshistorie, aber es ist genauso düster, wie einen Großvater zu haben, der in einer Anstalt war, und einen Vater, der nicht viel mit einem anzufangen weiß.«

»Was ist denn um Himmels willen noch alles in diesem kleinen Ort passiert?« Juliane versiegelte ihre Lippen mit dem Finger. Keine Zeichensprache, denn ihre Augen öffneten sich weit, als Mini sagte: »Ferdi war verschwunden, und im Jahr darauf habe ich Sofia Weber gefunden. Tot.«

4

So gengan de Gang.
So spielt das Leben.

Sie hatte mit Sicherheit aufgehört zu atmen, und in ihrem Kopf probierte sie aus, was sie Antonias Vater erzählen könnte, wenn er sie fragte, warum sie noch so spät hinter dem Haus herumschlich.

Da kam irgendwie gar nichts. Sie spielte den Heiligen Geist, aber für eine gute Ausrede fehlte es Tessa an Phantasie.

»Nicht erschrecken, ich bin's«, flüsterte Bazi. Tessa wirbelte herum. »Du kleiner, gemeiner … Ich bin grade fast gestorben«, schimpfte sie. Wäre der Untergrund nicht vom Regen feucht gewesen, sie hätte sich fallen lassen. Kurz schloss sie die Augen.

»Tessa, nicht so laut«, raunte er. »Du siehst aber auch ein bisschen zum Angsthaben aus. Da sind rote Fahrer in deinem Gesicht.«

Rote Fahrer? Gekratzt hatte sie sich nicht. Aber wahrscheinlich den Lippenstift verwischt. »Ich bin doch der Heilige Geist.«

Jetzt zog er die Nase hoch. »Kannst du wieder du sein, und können wir uns beeilen? Von dem Energydrink wird man ziemlich mutlos, und müde macht er auch«, erklärte Bazi. Tessa vermutete, seine Müdigkeit kam daher, dass es schon die zweite Unternehmung innerhalb von vierundzwanzig Stunden war und er sicher nicht besonders gut schlief, solange Antonias Schicksal ungewiss war.

»Ich zeig dir besser, wie man pfeift, denn werfen kannst du auch nicht gut.« Er verzog den Mund. Tessa hielt sich ihren zu, sonst wäre noch ein Lachen herausgekommen.

»Da müssen wir rauf«, sagte er und deutete zum Fenster links von seinem. Er machte sich daran, die Leiter aufzurichten. Hatte er wirklich einen Schlafanzug an? Außerdem war er barfuß.

»Ich gehe zuerst hoch, mache das Fenster auf und bin schon drin. Ich schalte aber kein Licht ein, sonst sieht der Lacker-Bauer«, er deutete zur gegenüberliegenden Seite, »dass da jemand eine Leiter hochklettert. Die ist braun, dein Pulli ist schwarz, und du hast dunkles Haar.«

Daran hatte Tessa nicht gedacht. Die Einbrecherin im schwarzen Pulli. Das Haus gegenüber sah aus wie eine Scheune, es war kein Wohnhaus, was sie Bazi auch sagte.

»... der ist oft noch spät in seiner Scheune und werkelt an irgendwas.«

Tessa entging Bazis Blick und ihm umgekehrt ihrer. »Mach, dass du raufkommst«, flüsterte sie.

Hätte innerhalb der nächsten Stunde jemand zum Haus am Bach hinübergesehen, wäre da eine Leiter am Fenster gestanden. Allerdings kletterte niemand mehr, denn derjenige und diejenige waren schon drin.

»Wir müssen Licht machen«, hatte Tessa gesagt. Risiko. Aber wenn sie nicht das Geringste sah, konnte ihr auch nichts auffallen.

Was sie als Erstes sah, erschreckte sie bis ins Mark. Ein kleiner gestrickter Schuh, wie für ein Baby.

Sie verkniff sich jede Regung. Für Bazi. Wenn sie selbst nervös war, genügte es. Sie schaute sich um. Im kleinen Bücherregal gab es nicht viele Bücher, dafür allerhand Kleinigkeiten, die Antonia auf Flohmärkten erstanden hatte.

Auf einer Leiste des Regals waren lauter Fotos aneinandergeklebt: Bazi, Antonias Mutter, Tessa, sie beide zusammen, zuletzt ein Schwarz-Weiß-Bild, das nicht zu den übrigen zu passen schien, ein Junge aus einer anderen Zeit. Sein intensiver Blick brannte sich geradewegs ins Herz der Betrachterin. Wer war er?

»Bazi, sagt dir der etwas?« Tessa deutete auf das Bild.

»An den würde ich mich erinnern«, befand er. »Die Klamotten, die er trägt, die sind nicht von heute, eher von vorgestern.«

Da könnte er recht haben, doch was bedeutete das Bild?

»Opa Olberding hat anders ausgesehen«, sagte Bazi.

Wenn Tessa es zuvor schon geahnt hatte, jetzt wusste sie: Wie es aussah, hatte Antonia nicht nur *ein* Geheimnis.

Nichts war so, wie es schien, durfte sie vermuten, hoffentlich bitte auch nicht der Babyschuh.

Und während Tessa versuchte, sich normal zu geben, hielt Bazi ihr zwei kleine gelbe Zettel hin.

Auf einem stand: »Freunde – gefährliche Wesen«, und auf dem anderen: »Liebe – eine Fata Morgana?«

»Ist das etwas, was es nicht gibt?«, wollte Bazi wissen und zeigte auf den letzten Begriff. Seine leise Stimme schien irgendwo in der Vermutung zu verschwinden.

»Etwas, was es gibt, aber nicht an dem Ort, an dem man sich gerade befindet«, erklärte Tessa. »Ein bisschen so wie der Heilige Geist.« Auf was spielte Antonia da an?

»Ein *kleines* bisschen, oder?« Bazi sah gerade nicht aus, als würde er ihr glauben. »Was sollen die ›gefährlichen Freunde‹ bedeuten? Ich kapiere das nicht. Für Antonia sind es keine Rätsel, aber warum hat sie es aufgeschrieben, woran will sie sich erinnern? Tessa?«

Ein Kopfschütteln. Darauf hatte sie keine Antwort, aber ein oder zwei Gedanken … Eine Fata Morgana konnte man auch inszenieren. »Ich hab eine Idee, die Antonia bestimmt gefallen hätte.«

»Jetzt hast du's gesagt. Sie wird nicht zurückkommen. Sie ist tot.« Bazis Mund zitterte.

Das hatte sie doch nicht gesagt!

Aber Tessa hatte zum ersten Mal in der Vergangenheit von Antonia gesprochen. Also hatte sie es doch gesagt.

5

Mia hod neamd nix gsogt.
Niemand hat mir etwas gesagt.

Mini würde sich jetzt zurückdenken und Sofia Weber noch einmal finden. Gut, dass sie saß.

Werner Braune hatte sein eigenes Geheimnis, und sie wünschte ihm, dass es weniger gruselig war als ihres.

»Wir wohnten damals im selben Haus wie Ferdi und seine Mutter«, begann Mini. »Gleich neben der Bahnstrecke. Ich saß oft am Fenster auf Beobachtungsposten. Ich fand es schrecklich interessant, welche Leute mit dem Zug ankamen oder abfuhren. Wer waren sie, was hatten sie dabei? Ich hab mir Geschichten ausgedacht.« Ein leichter Wind bewegte die Blätter, es klang wie Geflüster, und Mini war froh um den Pulli. Sie erzählte sich die Geschichte auch selbst und wusste, dass einem davon kalt werden konnte.

»Als ich auf den Stufen vor dem Haus saß, stand er plötzlich neben mir. Ich hatte ihn nicht kommen hören. Er lachte und fragte: ›Du bist ja ganz weit weg, Mini. Wohin denkst du dich grade?‹ Sicher bin ich knallrot angelaufen. Dieser ältere Junge sprach mich an. Mich, Mini! Er kannte sogar meinen Namen. Ich weiß nicht mehr, wo ich in Gedanken war, aber ich weiß noch, dass ich interessant klingen wollte und ihm sagte, ich wäre grade im indischen Dschungel. ›Das ist ja mal was‹, meinte er. ›Da gibt es sicher Schätze.‹«

Mini sah Juliane an. »Ich hab Ferdi sehr nett gefunden. Er hat mir zugewinkt, wenn wir uns irgendwo begegneten, egal, wer bei ihm war. Es war ihm nicht peinlich, ein viel jüngeres Mädchen zu kennen. Einmal hat er mir einen Zeitungsausschnitt mitgebracht. Jemand hat Ballonfahrten angeboten, bei uns im Chiemgau. ›Wäre das nichts für dich? Mit einem Ballon ist jemand schon in achtzig Tagen um die Welt gereist.‹ Das war auch eine Geschichte, das wusste ich. Die Zeit nach seinem Verschwinden war für alle ganz seltsam. Niemand wollte mehr wissen, was ich mir vorstellte und wo ich war. Der Junge hat mir gefehlt.« Mini seufzte. »Aber die Leute haben geredet. Einige erzählten, dass er sich gut auskannte, handwerklich richtig begabt gewesen sei, für ein Problem meist eine Lösung gehabt habe. Andere waren nicht gut auf ihn zu sprechen. In der Bäckerei, wo er seine Lehre machte, hat es immer wieder Ärger gegeben. Ferdi sei einer, der sogar den Herrn Pfarrer beleidige.«

»Dein Gedächtnis ist beachtlich« sagte Juliane. »Hand aufs Herz, Mini Meierhofer – warst du ein wenig verliebt in ihn?«

»Ich glaube nicht, aber was weiß man mit elf Jahren schon davon? Vermisst hab ich ihn und wollte nicht glauben, was da an Schlechtem geredet wurde. Das war kein bisschen der Ferdi Weber, den ich kannte. Aber nach mehr als sechzig Jahren bin ich mir nicht mehr sicher. Ich war mir schon zehn Jahre später nicht mehr sicher. Vielleicht hab ich nur gesehen, was mir gefallen hat.«

Juliane griff nach der Hand ihrer Freundin, sie spürte, jetzt war es so weit, es folgte das Ende der Geschichte.

Mini sprang zum Tag des Todes. »Es war ziemlich genau ein Jahr, nachdem er verschwunden war … Ich bin zwölf, und ich soll meiner Mutter helfen. Ich mag nicht, lieber würde ich mit den anderen ›Räuber und Gendarm‹ spielen. Warst du das, der das mit dem Kriminalfall und der Schnitzeljagd eingefallen ist?« Mini wusste noch, dass sie aufgeregt gewesen war und sich unbedingt mit ihren Freunden hatte treffen wollen. »Ganz sicher warst du es«, sagte sie. »Deswegen habe ich irgendwie den Topf mit dem heißen Wasser vom Herd katapultiert, über die Hand meiner Mutter.« Sie schwieg. »Es tat mir unendlich leid. Alles nur, weil ich meinte, irgendetwas zu versäumen. Meine Mutter kühlte ihre Hand mit einem Waschlappen, die Hand schwoll an, alles war dick und feuerrot, nur mein Gewissen rabenschwarz«, bekannte sie. »Mutter beschloss, bei unserem Hausarzt vorstellig zu werden. Längst war's mir gleich, ob ihr Spaß habt beim Spielen. Ich versprach meiner Mutter, mich um alles zu kümmern. ›Alles‹ war etwas zu essen machen und die Wäsche aufhängen.

Vater arbeitete damals für die Porzellanfabrik Achental-Keramik als Fahrer. Wir rechneten am Abend mit ihm, darum sollte Essen auf dem Tisch stehen.« Mini hangelte sich am Tagesablauf entlang, ließ Gefühle zu und deckte verschollene Empfindungen brockenweise auf.

Sie fuhr in ihrer Erzählung fort. »Da waren ein paar Scheiben Leberkäse im Kühlschrank, und Mutter hatte immer frische Eier. Ein kleines Mahl zu zaubern war nicht schwierig«, sagte sie. »Die Wäsche war eine andere Sache. Nicht das Aufhängen selbst. Aber ich mochte den Raum nicht. Er war im Souterrain, es war duster, da waren Geräusche, als wäre etwas in den Wänden, und in den Ecken sah ich Schatten lauern. An jenem Tag ist mir dort unten der Tod begegnet.«

Mini hielt inne, schaute durch einen Tränenvorhang auf nichts und gleichzeitig hinter alles. »Sofia Weber baumelte von einem der Heizungsrohre. Ein Hocker lag umgekippt da, das Rohr bog sich, um ihren Hals schnürte sich der Gürtel ihres Morgenmantels. Ich glaube, ich habe ›Hilfe!‹ geflüstert. Aber es war Nachmittag, es war sonst niemand im Haus.«

Juliane räusperte sich, sie presste die Lippen zusammen, drückte Minis Hand fester. Gretel schob sich unter Minis Arm. Die Hundedame spürte den Kummer auf ihre Art.

»Ich habe übrigens auch etwas behalten, damals«, sagte Mini. »Der Zettel lag unter Sofia am Boden, sie hatte ihn vielleicht in der Hand gehalten. Da stand: *Ich ertrage die Ungewissheit nicht länger. Was ist mit meinem Sohn passiert? Bitte, meine letzten Worte sind für denjenigen, der sie als Erster liest … Finde meinen Ferdi! Gib mir dein Wort, dass du es versuchen wirst. Friede unseren Seelen.* Ich bin mir nicht sicher, ob Sofia Weber meine und ihre meinte. Eher wohl ihre und Ferdis.«

Mini wusste nicht mehr, wie lange sie da unten gestanden hatte, den Blick auf den Boden gerichtet, um den Zettel zu entziffern, wobei sie die Schrift verkehrt herum las. Da seien irgendwo Laute gewesen, meinte sie.

Die Wäsche aufgehängt hatte an dem Tag niemand.

»Ihr Abschiedsbrief … du hast ihn dir Wort für Wort gemerkt? Und du hast ihn eingesteckt und behalten?«, fragte Juliane. Die ehemalige Kommissarin ließ den grausigen Kurzfilm für sich selbst weiterlaufen, das wusste Mini. Gleich hatte sie es … »Du warst ganz allein, du bist zurück in die Wohnung … Du hast jemand anderen die Tote ein zweites Mal finden lassen. Mini, um Himmels willen, du warst elf, du hättest so was nie sehen dürfen. Wer war der zweite Entdecker?«

»Mein Vater, weil ich sagte, mir sei schlecht, ich hätte es nicht geschafft, mich um die Wäsche zu kümmern. Und Mutter glaubte, mir sei schlecht, weil ich mir die Schuld an ihrer Verletzung gab. Ich hatte wirklich ein ganz schlechtes Gewissen, aber ich hatte auch den gebrochenen Hals gesehen und die viel zu dicke Zunge, die der Toten aus dem Mund hing.«

Man habe ihr beigebracht, dass man ein gegebenes Wort halten müsse, sagte sie zu Juliane.

»Schon, aber nicht so, nicht unter diesen Umständen. Das ist keine Bürde für eine Elfjährige.« Damit versuchte Juliane, dem Ganzen etwas die Spitze zu nehmen.

»Ich wollte das alles vergessen, und so habe ich das Versprechen, nach Ferdi zu suchen, um das Sofia gebeten hatte, bis heute nicht eingelöst. Eine Entschuldigung wäre, dass ich eine Heidenangst hatte, dass ich nicht wusste, wie man es anstellt, herauszufinden, was passiert sein könnte. Jetzt weiß ich es immer noch nicht. Ein Junge, der verschwindet und vielleicht tot ist. Friede unseren Seelen.« Mini schluckte. Sie hatte den Zettel aufgehoben. Nachdem Sofia Weber ihn in der Hand gehalten hatte, schloss sich anschließend die von Mini darum, und ehe sie sich's versah, hatte sie sich das Stück Papier erst ans Herz gedrückt und dann in die Tasche ihrer Bluse gesteckt und war rückwärts zur Tür gegangen, weil sie nichts Totes in ihrem Rücken wissen wollte.

»Wir müssen uns jetzt um eine andere Seele kümmern, wegen der ich kein Magendrücken habe«, schnaubte sie nun und wischte mit Faust und Zeigefinger unter ihrem rechten Augenlid herum. Dann holte sie aus, als würde sie etwas wegwerfen, schaute um sich und dachte darüber nach, wie sie aus der sitzenden Position am besten in den Stand käme. Vorher war es darum gegangen, dass einen die Erinnerungen weghauen konnten, jetzt wollte sie aufhören, sich leidzutun. »Seine Mutter konnte nicht mehr warten ... und ich habe zu lange gewartet«, sagte Mini. »Rücken an Rücken, und wir drücken uns aneinander hoch?«, schlug sie vor.

»Das war im Schulsport, Mini«, hielt Juliane dagegen. »Wenn wir hier ins Rutschen kommen, landen wir rollend im Tal. Ich will es mir nicht mal vorstellen.«

»Eine Dramatische bist du noch nie gewesen«, sagte Mini herausfordernd.

»Die bin ich gerne, wenn es dich eine Spur erheitert.« Juliane leerte den Beutel aus, in dem das Gartenwerkzeug und die übrigen Sachen waren, faltete ihn zusammen, rutschte auf die Seite, legte ihn in die Mitte, kniete sich darauf und hielt sich an Minis Schultern fest, um sich hochzustemmen. »Ich bin die Praktische. Und jetzt komm.« Juliane deutete auf den Beutel und streckte Mini die Hand entgegen, um ihr aufzuhelfen.

»Ich hab mich müde geredet«, sagte Mini gähnend. »Wäre doch schön, wenn Ferdi nur verschwunden ist, aber glücklich und zufrieden irgendwo lebt und heute ein Großvater ist. Lass uns herausfinden, was sich damals im Sommer 1959 ereignet hat.«

»Jede Einzelheit ist nützlich, alles, woran du dich im Zusammenhang mit Ferdi sonst noch erinnerst. Hast du vielleicht Tagebuch geführt, Geschichtenerfinderin?« Juliane beugte sich hinunter und stopfte die Gegenstände wieder in den Beutel.

Mini stupste Gretel an, damit sie ein wenig lief.

»Das nicht. Aber da war was ... Ich bekomme es bloß grade nicht zusammen. Hoffentlich fällt es mir wieder ein. Anders als Werner. Der weiß auch etwas, aber ob er noch davon berichten kann, ist fraglich.«

»Ferdi Weber ist heute vielleicht nur noch ein Haufen Knochen. Wir müssen die Leute, die ihn kannten, sich erinnern lassen.« Dann sah sie Mini an und fragte: »Du willst jetzt wirklich mitkommen zur Verbrennung?«

Die Muttergottes sah schön aus, wie sie das Jesuskind hielt, ihr beschützender Blick. Mutter und Sohn, ging es Mini durch den Kopf. »Das letzte Rätsel, das Kristina ihrem Bruder aufgab. Könnte es dasjenige sein, in dem die Mutter stirbt und sie von ›zu Tode erschrecken‹ spricht? War es wirklich ein Mord, oder hat sie das nur so erzählt, die Rache einer Enttäuschten?«

»Wenn die Frau nicht obduziert wurde, konnte Kristina Seitlein so ziemlich alles behaupten, und ich glaube nicht, dass die Leiche geöffnet wurde. Warum hätte ihr Tod jemandem verdächtig vorkommen sollen?«, meinte Juliane nachdenklich.

»Ja, warum? Wenn es bei Ferdi Weber einen Täter gibt, hat der sich eigentlich des Doppelmordes schuldig gemacht«, fand Mini.

Sie hatte von Ferdi erzählt und von Sofia. Der Sohn und die Mutter. Dazu standen sie vor dem Marterl, wo die Mutter den Sohn im Arm hielt, und verbrannten das Buch mit der Drohung an Mutter und Sohn.

Juliane hatte mit ihrer Kelle eine Vertiefung in die Erde gekratzt, damit die Schüssel sicher stand. Dann wandte sie sich an Mini. »Ich bin so weit.«

»Du bittest die Muttergottes, ich reiße die Seiten aus dem Buch und mache Feuer in der Schüssel.« Mini hielt das Stabfeuerzeug an den würfelförmigen Kohleanzünder. Die Flamme fraß sich Stück für Stück ins Papier. Winzig kleine dunkle Partikel flogen durch die Gegend.

»Maria, breite deinen schützenden Mantel über uns. Ich bitte dich um deinen Segen und um deine Verschwiegenheit. Vergib uns, die wir dir das Schlimmste zumuten – in Rauch auflösen sollen sich die hässlichen, giftigen Worte«, betete Juliane.

6

Schau ma moi, na seng mas scho!
Schaun wir mal, dann sehen wir es schon. Abwarten und Tee trinken.

Ich gähnte ausgiebig, mein bösester, schlimmster Morgen seit Langem. Minis vielleicht auch. Ihr Gedanke, wir sollten uns ein Frühstück gönnen, war gut gewesen, bis wir und Gretel unsere Beine und Pfoten über die Schwelle des Cafés setzten und uns ein paar Bemerkungen entgegenflogen, die man unmöglich überhören konnte.

»Die zwei schauen aus, als kämen sie von einem Feuer.«

»Es riecht brandelig.«

»Schwarzgeher.«

Mini schaute mich an und ich sie.

»Du hast Papierflocken im Haar«, sagte ich.

»Du hast Asche unterm Auge«, sagte sie.

Zwei Frauen, ein Gedanke: Raus hier! Ich nahm ihre Hand, die, an der Gretel mit ihrer Leine hing, wir machten kehrt. Die Tür ging hinter uns zu, die Stimmen der Leute blieben glücklicherweise drin.

»Das Alter ist eine spannende Angelegenheit. Wieso schauen wir aneinander vorbei, und mir fällt nicht auf, dass wir wirklich abgerissen aussehen?«, fragte ich.

»Außerdem müffeln wir«, fügte Mini hinzu. »Der gelbe Pulli ist jetzt etwas gräulich. Ich könnte ihn waschen.« Der Unterton, was sie sonst noch damit tun könnte, war nicht zu überhören.

Wir lachten zusammen. Wir teilten Freud und hatten eben auch sattes Leid geteilt.

»Ich glaube, ich bin etwas erschöpft«, verriet sie mir, was ich ihr wirklich nicht verdenken konnte. »Ich stehe aber auf dem Dienstplan im Gasthof Eber. Ein bisschen vorschlafen könnte in meinem Alter nicht schaden.«

Darüber redeten wir jetzt besser nicht. Ich hatte den Eindruck, uns schadete das Alter selbst!

Ich drückte Mini an mich. »Stell mir mit dem Pulli nichts an.«

In Wahrheit war es mir so was von egal. Sie nahm mich beim Wort, gab mir Gretels Leine, schlüpfte aus der Jacke, wand sich aus dem Pulli, drückte ihn mir in die Hand und stand wieder im Unterhemd da.

»Verrücktes Huhn!« War es nicht von Vorteil, dass uns nicht kümmerte, was sich andere Leute dachten?

»Bring Gretel gut heim, der könnte ein Bad vielleicht guttun«, gab mir Mini mit auf den Weg.

Lüften musste ich die Hundedame in jedem Fall und ihr das Zeug, wahrscheinlich Reste unseres kleinen Feuers, aus dem Fell zupfen. Was ich sonst alles noch tun musste … Gretel ihr Futter hinstellen, nachdem sie zuvor hungrig an der Schüssel mit dem Brandsatz geschnuppert hatte.

Mini wohnte um die Ecke, und ich trug mich und Gretel den Hügel hinauf.

Eine Stunde später? Ich wusste es nicht …

Kein Klingeln, ein Schlüssel wurde im Schloss gedreht. Dann rührte sich etwas. Ich hatte mich ausgezogen, saß im Nachthemd mitsamt einer Decke im Ledersessel am Kamin und bekam nur mühsam die Augendeckel auf.

Gerade als mich der Gedanke fand, wer denn jetzt wieder etwas wollte, meldete sich eine Erinnerung. Die Putzfrau.

Ausgerechnet jetzt.

Gretel sah so ausgelaugt aus, wie ich mich fühlte, und ich hatte das Rauchzeug nicht aufgeräumt. Der Unterteller mit Zigarilloresten vom Friedhof trieb sich im Spülbecken herum, genau wie die Schüssel mit den Relikten der Verbrennung und das Gartenwerkzeug. Den gelben Pulli hatte ich irgendwo hingelegt, ich hoffte, nicht aufs Bett.

»Juhuu, das Putzweib ist da«, lautete die erfrischende Ankündigung. Die Frau hatte mich in einem wirklich matten Moment erwischt. Die letzten Stunden steckten mir buchstäblich in den Knochen, als ich kurz eingedöst war, hatte sich in meinem Traum ein Sargdeckel geöffnet.

»Wo haben Sie sich versteckt?« Die Frage klang noch nach, da hatte sie mich entdeckt. »Ah ja. Guten Morgen.«

Fast fühlte ich mich bei ihrem Anblick zwanzig Jahre zurückversetzt – das Putzweib, wie sie sich nannte, trug einen engen Pulli, hatte ihr Haar zu einem Pferdeschwanz gebunden und kaute Kaugummi. Sichtbar, rosafarben.

»Soll ich Sie schnell mit abwedeln?«, fragte sie.

War das lustig gemeint, oder sah ich so schäbig aus, wie ich mich fühlte? »Es war eine lange Nacht«, erwiderte ich. Wie dämlich, hätte die Kriminalkommissarin bemerkt. Jemanden gleich mit der Nase drauf zu stoßen. Ich hatte mein Verbrechen nicht mal abgewaschen.

»Nicht böse sein, aber Sie sehen aus, als müssten Sie ganz dringend unter die Dusche.«

»Ganz dringend« klang ernst. Wenn sie erst ihre Runde im Haus begann, dann hatte ich nichts mehr zu lachen.

»Ich verpetze Sie nicht!« Sie legte sich tatsächlich drei Finger auf die Brust, dabei fiel mein Blick auf ihre Linke. Aber sie informierte mich schon: »Die Post – eine Rechnung, die lege ich Maximilian auf den Schreibtisch. Er wollte sie sicher vor dem Urlaub nicht mehr anschauen.«

Rechnungen ließen sich selten ungeschehen machen.

»Aber der Zettel da ist für Sie.«

Mein Blick war vielleicht undeutbar.

»Sie sind doch die Kommissarin?«, fragte sie nach. Was ihr wohl Maximilian Felder gesagt hatte, wie ich vermutete.

Das fand ich jetzt beunruhigend. Nicht, dass das Putzweib die Zettel anderer Leute las, sondern dass ich überhaupt Post bekam.

»Juliane Leitermann«, stellte ich mich vor, erhob mich nicht, sondern lächelte bloß. Sie winkte mit dem Zettel, der wirklich einer war.

»Sie brauchen mich ja nicht, ich bin dann fleißig«, sagte das Putzweib durch einen Staubwedel, und schon schaute ich auf ihren Rücken. Sie hatte den Zettel für mich umgedreht auf den Kaminabsatz gelegt.

Gleich. In Gedanken war ich noch immer bei Minis Erlebnis. Der unterschlagene Brief beunruhigte mich wirklich. Dass Mini das alles hatte vergessen wollen, leuchtete mir ein. Dass sie der Bitte nicht entsprechen konnte, natürlich auch. Es musste ein Schock für die Elfjährige gewesen sein.

Ein Verschwinden, das sich vor über sechzig Jahren ereignet hatte ... Die Kriminalkommissarin vermutete, Werner war der Schlüssel.

Der war nicht mehr zu fragen, der war zu bemitleiden. Wohin hatte sich Ferdi Weber aufgemacht – in sein Grab?

Ich brauchte keine Liste, was zu erledigen war, ich musste schauen, was der Zettelschreiber wollte. Dann duschen.

Nein, umgekehrt.

Gretel schlief, aber ich hörte einen pfeifenden Ton, als das Putzweib Luft holte. Sie war in der Küche.

Flucht!, empfahl ich mir.

Ich holte auch Luft. Sehr tief. Ich konnte ihr nicht verdenken, dass sie den allerschlimmsten Eindruck von mir bekam. Der Spiegel im Badezimmer schummelte nur ein bisschen, ein ausgemachter Lügner war er nicht.

Die rosa Kaugummi kauende Dame verschwand natürlich wieder. Dafür hingen Notizen in der Küche, am Korb der Hundedame und praktisch an jedem Fleck, wo sie angeblich etwas gemacht hatte.

Ich suchte den Namen heraus. Wenn ich schon gerügt wurde, mit Ausrufezeichen, dann wollte ich wenigstens den Namen der Dame kennen. Herzinger, Petra. Sie wollte mich nicht verpetzen. Da war ich gespannt.

Um Gretels Futter hatte ich mich vorher noch gekümmert, für mich selbst hatte die Energie nicht mehr gereicht.

Ich machte mir ein Brot, weil es sich mit einem Loch im Magen nicht gut einschlafen ließ. Und ein wenig weiterschlafen wollte ich unbedingt.

Zum Zwölf-Uhr-Läuten hatte ich aufwachen wollen, aber ich verpasste die Mittagszeit. Der Hunger weckte mich. Es war schon beinahe vier Uhr am Nachmittag, wo doch ältere Leute angeblich weniger Schlaf brauchten. Meine Hand wanderte unters Kopfkissen – der Zettel, den ich nicht herumliegen lassen wollte, solange fremde Hände und Augen im Haus unterwegs waren.

Ich treffe dich, Frau Kommissarin.

Ich saß mit einem Mal aufrecht im Bett.

Benno Seitlein. Mein Blick suchte die Unterschrift, sie lautete anders. »Lang, lang ist's her«, sagte ich. Den Namen hatte er sich damals gegeben. In welcher Stimmung war der Mann?

Du hast dir da einen komischen Zeitvertreib ausgesucht.

Er wollte mich darüber informieren, dass er über mich informiert war.

Ich muss etwas wissen. Es ist wichtig.

Ich hatte gerade die Seiten aus dem Buch verbrannt.

Du hast hoffentlich eine Antwort für mich!

Ausrufezeichen. Die verfolgten mich offenbar.

Einen Unterton konnte ich nicht wahrnehmen. Oft konnte man es oder glaubte, es zu können. Zwischen den Zeilen lesen, hören, ob der andere ärgerlich war, freudig, gespannt, feindselig …

Ich hatte kein Gefühl dafür, was er war, was er von mir erwartete, ob er etwas vorhatte.

Ich finde dich.

Längst passiert.

7

A scheens Diandl ghead da nia alloa.
Ein schönes Mädchen geht nie allein.

Ferdi

Die Eisstückchen fielen vom Himmel, während die Kälte sich in sein Innerstes fraß.

Der Meister behielt seinen Lohn ein. Vielleicht sollte Ferdi tatsächlich einmal etwas anstellen, was den Ärger lohnte. Es wäre aber saublöd, zupfte sein Verstand an dem Gedanken herum. Du willst doch nicht am Ende der Dumme sein!

Vielleicht wartete Harald Harzer genau darauf.

Na ja, einige Perspektiven hatten sich verschoben. Im Pfandleihhaus fündig werden, das stellte sich Ferdi immer noch vor, nur war dieses Vorhaben inzwischen ein ganzes Stück nach unten gerutscht. Er hatte ein paar Fingerübungen gemacht, aber seine Hände wurden nicht warm, im Zimmer war es ein wenig frisch.

Von seinem Fenster aus sah er zwei, die eng umschlungen dahinspazierten, sich aneinanderkuschelten, sie legte den Kopf kurz auf seine Schulter, und Ferdi dachte an Barbara. Ein hübsches Mädchen hatte vielleicht einen Freund. »Und flüchtet sich weinend unter die Brücke.«

In der nächsten Zeit würde sich niemand dorthin flüchten, die Ache war an ihren Rändern gefroren, der Sand schneebedeckt.

Worüber er den Kopf schüttelte, wusste er nicht. Aber brauchte es nicht einen kleinen Funken, wenn man küsste? Auch im Winter.

Das nächste Mal könnte er sie richtig küssen, und dann wüsste er es.

Seine Mutter hatte von dem bevorstehenden Auftritt gehört. Nicht von ihm, Ferdi hatte nichts erzählt, er war in den letzten Tagen eher schweigsam gewesen. Es war nicht schön, sich allein über eine Sache zu freuen, es fühlte sich anders an, kleiner, und Ferdi kam sich engherzig und zudem mufflig vor. Da musste Sofia erst nachfragen, ehe er den Mund aufbekam. Er berichtete ihr, dass Werner Braune »eine solide Mundharmonika« spielte und dass sie am Sonntag im Café-Restaurant Weßner Hof eingeladen waren. »Kein großer Auftritt. Werner und ich spielen zusammen.«

»Der Sohn des Lehrers und du?« Sie freute sich und zog ihn gleichzeitig damit auf.

Weil Söhne von Lehrern besonders waren?

Das brachte er nicht zur Sprache, sonst hätte er im nächsten Satz fragen müssen, wessen Sohn *er* war. Die Antwort hatte Sofia Weber immer umgangen. Ferdi hatte geglaubt, weil es sie schmerzte, darüber zu reden. »Dein Vater ist nicht zurückgekommen.« Viele waren aus dem Krieg nicht zurückgekommen. Ferdi hatte das Foto gesehen, es gab nur eines. Er war nie zuvor misstrauisch gewesen, aber jetzt, bei der Vorstellung vom alten Herrn Bertels mit dem Arm um seine Mutter … da machte er sich auch noch andere Gedanken. Und wollte es nicht.

»Die Gitarre klingt doch bestimmt besser mit neuen Saiten. Wir können uns nicht so viel leisten, aber was wichtig ist, das leisten wir uns«, sagte sie, und Ferdi sah sie ihr Nähkästchen öffnen. Sie tat, als würde sie den Zwanzig-Mark-Schein hinter ihrem Rücken hervorzaubern.

Er sagte nicht, dass er sich die Saiten schon gekauft hatte, und lächelte, weil sie es »wichtig« genannt hatte. Sie wusste, wie viel ihm daran lag, andererseits wollte er nicht, dass sie glaubte, sie müsste sich verbiegen, um ihm etwas kaufen zu können.

»Der alte Herr Bertels wird sicher noch nicht so schnell den Löffel abgeben.« Die Bemerkung konnte sich Ferdi nicht verkneifen. Auch wenn der alte Mann Sofia Weber etwas vererben wollte, so weit war es noch lange nicht, so robust, wie er aussah. Einer, dem es schlecht ging, der reiste nicht herum und kaufte … Ferdi wusste nicht, was der Mann kaufte. Kunst, sagten die Leute. Die Leute sagten so viel.

»Sei nicht gemein, er ist einfach freundlich.« Die Erwiderung seiner Mutter war leise. »Einfach« glaubte Ferdi nicht. Es gab nichts geschenkt. Man musste für alles im Leben bezahlen, so hieß es zumindest immer.

Er schluckte seinen Zorn hinunter, die unfrohe Stille empfand er schlimmer. »Tut mir leid«, sagte er, was stimmte. Rede doch mit mir, hätte er gern hinzugesetzt und wusste, er war erst vierzehn, nicht erwachsen genug. »Hauptsache, du bist glücklich, Mama.« Ob er das wirklich meinte ... gerade schon. Ferdi umarmte sie. Die zwanzig Mark wollte er nicht, er würde sie wieder ins Nähkästchen zurücklegen.

»Der weiße Mond von Maratonga erhört, was die Herzen erflehn«, sang sie Lolitas Schlager. Hoffentlich, wünschte Ferdi. Es war irgendwie ein Lied des Sommers. Leichtigkeit. Gerade war es saukalt, und er konnte die Melodie damit überhaupt nicht in Verbindung bringen. Er musste noch ein wenig üben, nicht einmal seine Finger mochten sich erwärmen.

»Im Weßner Hof haben sie einen ganz gemütlichen Kachelofen«, bemerkte seine Mutter.

Ungemütlich wurde es für Ferdi in der Backstube, wo Harald ihn belauerte und Guido, der Geselle, bemerkte: »Du und Werner Braune spielt im Weßner Hof auf. Mutig.« Er nickte. Dann flüsterte er: »Pass auf, weil unser Meister sitzt da auch öfter am Sonntag beim Mittagsbier. Am Grantlerstammtisch, so wird er genannt.«

Worauf sollte Ferdi aufpassen – nicht falsch zu spielen? Er verdrehte die Augen.

Weißkalt begann der Sonntag dann auch; es sah aus, als würde der Himmel über ihnen einstürzen.

Werner und er trugen dicke Jacken und Mützen und liefen auf der Straße mit ihren Instrumenten. Werner war im Vorteil, er konnte die Mundharmonika in einen Handschuh stecken.

»Meinst du nicht, dass der Temperaturunterschied etwas ausmacht?«, wollte er wissen.

Ferdi nahm es mit Humor. »Wem etwas ausmacht, mir?«

Ein Wagen fuhr vorbei und hielt ein Stück weiter vorne an der Straße. Die Fahrertür ging auf und klappte wieder zu, ein

Mann stieg aus. »Steigt ein. Bei dem Wetter jagt man ja keinen Hund vor die Tür.«

»Grüß Gott, Herr Orwig«, sagte Werner. »Wirklich, nehmen Sie uns mit? Wir müssen zum Weßner Hof. Wir musizieren heute.«

»Genau. Beim Stammtisch. Davon hab ich gehört. Zu schade, dass ich nicht zuhören kann, ich erwarte eine Lieferung.« Er ließ sie einsteigen. Die Heizung lief. Ferdi fragte: »Am Sonntag wird etwas angeliefert?«

»Mir gehört der Laden am Marktplatz in Grassau. Waren aus aller Welt. Gestern sollte sie kommen, aber der Schnee ... Und nicht überall ist Sonntag. Ein Scherz«, sagte er.

»Wirklich aus aller Welt?«, fragte Ferdi. »Haben Sie auch Instrumente?«

»Auswendig weiß ich es jetzt gar nicht. Wonach steht dir denn der Sinn, was interessiert dich?«

»Eine Gitarre.«

»Ist das denn keine?« Herr Orwig deutete auf den Koffer.

»Doch, aber nicht mehr so quietschfidel«, sagte Ferdi.

»Ah, verstehe.«

»Der Vater von einem Schulfreund«, sagte Werner. Sie waren ausgestiegen und hatten sich fürs Bringen bedankt. »Wenn du mal grade gar nicht weißt, was du tun sollst ... Herr Orwig sucht immer Helfer, wenn eine größere Lieferung eintrifft.«

»Was ist mit seinem Sohn?«

»Sebastian ist immer schwer beschäftigt. Mit Mädchen, mit Sport, mit seinen Nachforschungen. Er interessiert sich für Geheimnisse aller Art. Verstecke von Piraten, Raubrittern ... und deren Kartenmaterial.« Werner nahm sich offenbar gerade nicht allzu ernst, weil er zwinkerte, oder er nahm Sebastian Orwig nicht ernst.

»Hört sich an, als müsste man die Karten lesen können«, sagte Ferdi. »Spannendes Hobby.«

»Gehen wir rein, mir fallen gleich die Finger ab«, jammerte Werner.

»Die du nicht ganz so dringend brauchst wie der Gitarrist«, erwiderte Ferdi lachend.

Ein volles Haus, und sie wurden im Weßner Hof freudig begrüßt. War das an einem Sonntagvormittag grundsätzlich so, oder waren die Leute neugierig und ihretwegen gekommen?

»Deine Mutter serviert hier, hast du gesagt?« Ferdi schaute sich um.

»Sie hat ihren Dienst getauscht«, sagte Werner. »Sie sagte, sie sei viel zu aufgeregt.« Er schmunzelte. Sie legten die Jacken ab und zogen sich die Mützen vom Kopf. Werner trug seinen Janker, Ferdi hatte keinen. Glücklicherweise gab es keine Kleiderordnung, dachte er.

In der Ecke beim Kachelofen hatte man einen Tisch aufgestellt, zwei Stühle links und rechts davon. Die Bedienung lachte sie an. »Ein Getränk ist frei und dazu ein Stück Kuchen.«

Sie bestellten zwei Apfelschorle und zwei Bienenstich.

Man konnte Ferdi nicht leicht nervös machen, aber er hatte Werners Gesicht gesehen. Da war jemand aufgeregt. »So hab ich es mir nicht gedacht«, raunte Werner ihm zu.

»Wie sonst?«, fragte Ferdi zurück. »Ist dein Vater da?«

»Nein, der nicht, aber sonst schon jeder. Meine Lippen sind ganz trocken.« Werner nahm einen Schluck aus seinem Glas.

Ferdi wollte sich nicht anstecken lassen. Sicher, er war nicht Peter Kraus und hatte nicht dessen Leichtigkeit, er war nur ein Junge, der hoffte, dass ihm keine Saite riss.

Bergmüller, den Bäckermeister, hatte Ferdi längst gesehen und der ihn. Ferdi deutete eine Begrüßung an, obwohl er zu ihm hinüber an den Tisch hätte gehen sollen, um ihm die Hand zu geben. Auch dem Herrn Pfarrer und dem Herrn Bürgermeister und …

Er gab sie keinem. Werner schien etwas unschlüssig. Aber da rief schon einer vom Grantlerstammtisch, ob sie denn jetzt etwas zu hören bekämen …

Der bekannte Schlager – sie hatten sich auf »Tom Dooley« geeinigt. Es klappte ganz gut, Werner sang den Refrain mit. Anschließend ließen sie Theo nach Lodz fahren wie abgesprochen. Die Stimmung war gelassen.

Dann begleitete er Werners Melodie aus dem dunklen amerikanischen Süden, was weniger gut ankam. »Was Ausländisches«, sagte jemand. Abwertend.

Werner wurde ein wenig blass. »Kann sein, die werden jetzt unangenehm.«

»Dann liefern wir ihnen einen echten Grund«, beschloss Ferdi. Er klopfte auf den Tisch. »Gstanzl«, schlug er ihm vor. Die Überlegungen zu den Lumpenliedern waren eher scherzhaft gemeint gewesen.

Werner verzog das Gesicht, dann zuckte er mit den Schultern.

Ferdi stand auf. Er schlug einmal die Saiten abwärts aus dem Handgelenk und änderte zum Raufschlagen den Akkord. Zu Werner sagte er: »Steig einfach irgendwann ein. Wir lassen uns doch nicht unterkriegen.«

»Der Metzger sitzt übrigens auch in der Runde«, meinte Werner, aber jetzt musste er grinsen. Die Blicke wandten sich ihnen zu.

Ferdi tönte: »Hat der Bäckermeister zum Donnern Mut, gelingt ihm der Teig bloß halb so gut.«

Werner brachte einen schrägen Zwischenton, der passte perfekt.

Bergmüller machte eine erstaunte Miene und pochte dann mit den Fingerknöcheln auf den Tisch. Er schaukelte mit dem Kopf in die eine und in die andere Richtung, deutete etwas und polterte: »Na warte, Bursche!« Begleitet vom Lachen der Übrigen, sie tranken Bergmüller zu.

»Das kann er nicht krummnehmen, wenn's dem Rest gefällt«, war Werners Meinung. »Was legen wir jetzt drauf? Die wollen alle drankommen.«

»Es kommen alle dran.« Ferdi trank einen Schluck, überlegte kurz, mit wem er weitermachen sollte. Sein Blick fand den des Bürgermeisters, und er bedeutete ihm: Sie sind dran.

»Übertreib's bloß nicht«, raunte Werner.

»Der Bürgermeister schwätzt gern groß auf, im Gemeinderat folgen dann meist ein paar scharfe Töne drauf.«

»Holla!«, schnappte der so frech Angesungene. Er nahm einen

tiefen Schluck aus seinem Krug. Bergmüller schlug ihm lachend auf den Rücken.

»Wenn wir das überleben, steckten die uns in einen Sack und schlagen drauf«, warf Werner ein. »Von jetzt an solltest du dich besser immer umschauen.«

»Umschauen sollten sich erst einmal die Herrschaften. Wer hat noch nicht, wer will noch mal?«, scherzte Ferdi. Sie hatten damit angefangen, sie mussten weitermachen … War der im Anzug nicht ein Anwalt? Er fragte Werner. »Mein Vater sagt immer ›der Herr Etepetete‹, aber das bringst du bitte nicht unbedingt«, gab der zurück.

»Herr Advokat weiß immer Rat, wie man sich garstig zu wehren hat.«

Freudig schaute Herr Advokat sie an und nickte eifrig. Man hatte ihn bemerkt. Am Tisch wurden Krüge und Gläser in der Mitte zusammengestoßen. Die Stimmung war gut, dachte Ferdi. Dann flogen die Finger zu einem. »Uii, die Polizei«, sagte Werner.

So hatte Ferdi es nicht gemeint, das war nicht weniger als eine Aufforderung, den als Nächsten dranzunehmen! Aber der könnte es ihn spüren lassen. Der saß am ganz langen Hebel. Das Gesetz.

»Der wache Polizeihauptmann droht gerne Strafen an, doch nur ganz einfach in Hemd und Hose, ist er nicht mehr der Famose.«

»Spinnst du?«, raunte Werner. Der Stammtisch brüllte vor Lachen, nur einer brachte bloß ein mageres Verziehen des Mundes zustande. Die Polizei konnte offenbar nur über andere lachen.

»Und unser Hochwürden, der kommt doch nicht mit heiler Haut davon?«, fand jemand.

»Ich war Ministrant«, flüsterte Werner. »Man ist nie frei, ich soll immer noch helfen, wenn … Na ja, sogar auf dem Friedhof, mit den Särgen. Das ist so gruslig.« Und mit zusammengebissenen Zähnen: »Der Pfarrer ist ganz ungut.«

»Irgendwie gefällt's mir, dass der Herr Lehrer nicht dabei ist«, scherzte Ferdi.

»Mir erst«, bestätigte Werner.

»Herr Pfarrer lauscht gespannt dem Gegenüber, brühwarm gibt's im Beichtstuhl die besten Lieder. Und rückst du dafür ein Vaterunser raus, dann kommst du auch wieder gut nach Haus.«

Werner schluckte schwer, dann trank er sein Glas leer.

Herr Pfarrer war ganz ungut, da hatte der ehemalige Ministrant recht. »Lass du dich in meiner Kirche sehen!« Es klang wie eine Drohung.

Der Stammtisch sprang sofort ein: »Du verstehst aber auch keinen Spaß! Mir hast das letzte Mal drei Vaterunser aufgebrummt«, empörte sich jemand. Und Herr Pfarrer erwiderte: »Die hattest du dir verdient.«

»Dank schee, Buam – richtig guad war's!«, lobte die Wirtin, stellte jedem den Bienenstich hin und legte ein Kuvert in die Tischmitte, während der Stammtisch nach »Schadenersatz!« verlangte und die Krüge hob.

Werner schob die Hand über den Tisch. »Was denkst du, was sind wir wert?«

Während Ferdi ihm sagte, er solle nachschauen, und seine Gabel durch den karamellisierten Deckel des Bienenstichs drückte, fiel ihm der Mann auf, der den Löffel nicht so bald abgeben würde, wie er seiner Mutter gegenüber bemerkt hatte. Der alte Herr Bertels, der auf Ferdi immer weniger alt wirken wollte, hatte sich an einen Zweiertisch gesetzt. Ferdi wollte ihn nicht anstarren und hatte den Eindruck, sie starrten einander gegenseitig an.

»Fünfzig Mark«, hörte er Werner sagen. »Dreißig für dich, weil du dich so viel getraut hast.«

Ferdi schüttelte den Kopf. »Hälfte/Hälfte, weil du für die Einladung gesorgt hast.«

Werner freute sich. »Prima«, sagte er. »Vielleicht nicht zum letzten Mal.«

»Wäre eine schöne Sache«, gab Ferdi zurück.

»Da gibt es ein Mädchen … Ich würde ihr gern etwas kaufen, Ohrringe oder so.« Über Werners Wangen kroch eine leichte Röte.

»Gleich so ernst?«, fragte Ferdi.

Werners Mundwinkel hoben sich.

»Bist du Ferdinand Weber?«, sprach die Bedienung Ferdi an.

Hatte er etwas verbrochen? Ferdinand sagte niemand zu ihm.

»Herr Bertels lässt fragen, ob du dich zu ihm setzt.«

Im ersten Moment war er erstaunt, im zweiten fragte er sich, was das zu bedeuten hatte, und im nächsten ärgerte er sich, dass es alle mitbekommen würden, wenn er jetzt hinüberginge.

»Zum Glück hast du nichts über ihn gesungen, dem Mann gehört der halbe Ort«, bemerkte Werner. »Das sagt mein Vater jedenfalls.«

Wie war »gehören« gemeint? Weil sein Haus einmal das eines bekannten Komponisten gewesen war?

»Das hört sich jetzt komisch an. Vielleicht will er ja eine Privatvorstellung.« Ein Schulterzucken. Was nicht weniger hieß, als dass sich Werner Braune überhaupt nicht vorstellen konnte, was der alte Herr Bertels von Ferdinand Weber wollen könnte.

»Mich interessiert's nicht besonders.« Ferdi aß das letzte Stück von seinem Kuchen.

»Nicht neugierig?«, fragte Werner erstaunt.

Nein, dachte Ferdi, aber er würde höflich rübergehen, würde sich den ersten Satz anhören und dann entscheiden, ob er auch den Rest hören wollte.

Der erste Satz forderte ihn auf, sich zu setzen. Der zweite hätte Ferdi fröhlich stimmen sollen und konnte es nicht. Der dritte aber ließ ihn auffahren, er musste sich zusammenreißen, nichts Gemeines zu erwidern. »Jetzt, wo ich deine Mutter endlich gefunden habe. Wo ich ganz sicher bin …«

Er wollte nichts mehr hören. »Danke, aber ich möchte Ihr Angebot nicht annehmen, Herr Bertels«, brachte er noch über die zitternden Lippen. Er wandte sich um, hätte sich am liebsten in Luft aufgelöst. Werners betretener Blick – sollte er jetzt Rechenschaft ablegen?

»Die Gitarre klingt nicht besonders, hat er gemeint.«

»Und sonst nichts? Du bist richtig erschrocken.« Werner glaubte ihm nicht. Ferdi hatte den Mann, dem halb Marquartstein gehörte, wissen lassen, dass er dessen Hilfe nicht brauche.

Der alte Herr Bertels hatte angeboten, ihm eine neue Gitarre zu kaufen – er könne sich eine aussuchen, denn von Instrumenten verstünde er selbst gar nichts. Er habe bloß die Villa eines Komponisten gekauft. Richtig großmütig.

»Lass uns verschwinden«, sagte Ferdi.

Es war Sonntag, einer, an dem er ein Lob geerntet, dem Grantlerstammtisch etwas zum Nachdenken mitgegeben, fünfundzwanzig Mark verdient, mit einem Freund Spaß gehabt und einen Bienenstich gegessen hatte.

Und trotzdem fühlte sich nichts davon richtig gut an, weil der alte Herr Bertels tatsächlich dachte, er könnte ihn kaufen.

»Hauptsache, du bist glücklich, Mama«, hatte Ferdi gesagt. Gelogen, oder?, musste er sich fragen. Nur ein wenig für sich sein, dann bekäme er das Gesicht desjenigen bestimmt hin, der zufrieden mit sich und der Welt war und dessen Meister am Ende gesagt hatte: »Respekt, gut geschlagen, Weber.« Wo Bergmüller doch keine Hauerei mochte.

Von Werner verabschiedete sich Ferdi vor dem Haus. Er tat so, als würde er hineingehen, wartete kurz und kam wieder heraus, lief in Richtung der Steinernen Brücke. Dort ging er rechts hinunter, dann über die Straße und tauchte mit seinem Gitarrenkoffer durchs Tor in den Schatten einer verlassenen Scheune, die zu einem kleinen Häusel an der Straße gehörte. Die Vorhänge verkündeten, dahinter könnte einer rausschauen, aber da schaute niemand mehr, die alte Frau war gestorben.

Hinter den Strohballen war es geschützt. Man konnte in Ruhe nachdenken, und Ferdi wollte noch einmal für sich aufrufen, was alles geschehen war; »gut gegangen« und »eigenartig« gegeneinander abwägen. Er hatte den Gitarrenkoffer abgestellt, lehnte sich gegen einen Strohballen und hatte gerade die Augen geschlossen, da zog es plötzlich. Schnee wirbelte auf, als hinter ihm noch jemand hereinkam. Barbara.

»Dachte ich doch, dass du es bist, der da grade um die Ecke gebogen ist«, freute sie sich. »Und der süße Werner?«

Warum wollte sie ihm zu verstehen geben, dass sie Werner süß fand?

»Kein so guter Zeitpunkt, ich wollte ein bisschen für mich sein«, sagte Ferdi und sah sie ihre Mütze abnehmen und das Haar zurückstreichen. Sie schien das »für sich sein« komplett zu überhören.

»Sei doch ein wenig aufgeschlossen. Ich hab auch mein schönstes Lächeln dabei und du deine Gitarre«, erwiderte sie. »Gib dir eine Chance, du Kavalier.«

Ihr Lächeln war wirklich schön, musste er sich eingestehen. »Es ist ziemlich kalt.«

»Ist es im Winter häufig«, gab sie zurück. »Ich könnte dich wärmen.« Ihr Gesicht glühte. »Aber erst spielst du bitte etwas.«

Er war vom Regen in die Traufe, vom Schneewind in den Eissturm gekommen. Was war misszuverstehen, wenn er sagte, er wollte für sich sein?

Hoffentlich wäre sie mit einem Gstanzl zufrieden und würde wieder verschwinden. Für so viel reichte seine Phantasie wahrscheinlich gerade noch. Er klappte den Koffer auf, nahm sich einen Heuballen, setzte sich.

Sie grinste und schob einen zweiten Ballen an den ersten, öffnete den Mantel, ließ sich darauf nieder, drehte sich zu ihm, legte den Kopf ein wenig schief.

Ferdi nahm einfach die Situation, wie sie war. Für etwas anderes kannte er Barbara zu wenig. Bei dem Gedanken, sie wollte ihn wärmen, wurde ihm heiß.

»Allerliebst und sehr geschickt, der Verführerinnenblick. Genau solltest du wissen, wen du willst küssen. Denn der Arme hängt alsbald tatsächlich an deinen Lippen.« Es war nicht sonderlich ernst gemeint, er wollte ihr eigentlich nur sagen, dass er ihre Absicht verstanden hatte. Aber wäre das nicht zu viel gesagt? Wann verstand man schon jemals genau jemandes Absicht?

»Ich weiß immer, wen ich küssen will.« Sie legte ihm eine Hand auf den Oberschenkel und ließ sie nach oben wandern. Wenn das eine Aufforderung sein sollte … Er hatte heute bereits eine bekommen, und die war nicht zweideutig gewesen. Vielleicht war es die von Barbara auch nicht.

Ferdi legte die Gitarre wieder in den Koffer. Ihr Blick schien ihn aufzuspießen. Ihre Augen waren graugrün, wie ein See bei Sturm. Hatte Werner nicht etwas von einem Schmuckstück gesagt, das er einem Mädchen schenken wollte? Diesem Mädchen?

Barbara befeuchtete sich die Lippen.

Ferdi legte die Hand in ihren Nacken unter ihr Haar, drückte ihren Kopf zu sich, sie schloss die Augen, öffnete leicht die Lippen, er teilte sie, schmeckte ihre Zunge. Seine Linke wanderte zu ihrer Brust. Sie ließ ihn ihre Erregung spüren.

Es passte nicht. Nur einen Moment ausnutzen, weil er sich ergibt?

Da war kein Funke.

Sie spürte an seinem Mund, dass er lachte. Er ließ sie los, strich ihr über die Wange. »Tut mir leid, du bist es nicht.«

Hatte er das wirklich gerade einem hübschen Mädchen ins Ohr geflüstert?

8

Z' woam und z' koid mochd di ned oid!
Zu warm und zu kalt macht dich nicht alt. Die bayerische goldene Mitte.

»In dir geht viel vor«, unterbrach Loy Minis Gedanken.

»Ja, sehr viel, im Gegensatz zum Vater unseres Bürgermeisters«, sagte sie und schob Werner Braune vor. Mini erzählte ihrem Ehemann, Juliane habe Werner eine Nachtwanderung am Burgweg unternehmen sehen. »Er hat das Heute vergessen und hängt irgendwo im Gestern fest.«

Erst einmal ließ sie sich ein Hintertürchen offen, weil sie sonst erklären musste, dass sie vorher am Friedhof gewesen und mit Juliane zusammen zurückgefahren war, als sie des alten Bekannten ansichtig wurden.

»Wir alten Leut hängen doch allesamt in der Vergangenheit. Warum auch nicht, allzu viel Zukunft gibt's vielleicht für uns alle nicht mehr. Aber Werner ist schon ein ganz armer Hund«, meinte ihr Ehemann.

»Keine Viechervergleiche«, sagte Mini. »So mag ich nicht denken.«

»Wie du denkst, würd mich manches Mal schon interessieren, Mini Meierhofer!« Er lachte. »Meine Frau kommt heim und schaut aus, als hätt's gebrannt.« Kopfschütteln.

Loy hatte sie wahrlich in Sack und Asche gesehen.

»Du wirst mir jetzt aber nicht erzählen, Juliane und du, ihr hättet gegrillt und dabei die Zeit vergessen«, war die erste Bemerkung gewesen.

Nicht dass Mini nicht auf die Idee gekommen wäre. Aber Grillen in aller Frühe war dann doch sehr an den Haaren herbeigezogen. Dann erzählte sie, dass Juliane die Nachbarn nicht hatte sehen lassen wollen, wie sie etwas verbrannte.

»Spatzl, dass ihr zwei ein paar Geheimnisse habt, das weiß ich. Nach denen frage ich besser gar nicht.«

Fürs Nichtfragen bekam er ein Lächeln und einen Kuss.

Aber sie könnte versuchen, einige Dinge herauszufinden. Wer wusste mehr über Ferdi Webers Verschwinden? Wer konnte ihrer bisher recht gut versteckten Erinnerung ein wenig auf die Sprünge helfen?

Mini hatte Juliane vom Abschiedsbrief erzählt. Sie hatte ihn aufbewahrt – die ganze Zeit hatte er zwischen den Seiten von Gerda Bachs Jugendgeschichte »Fahrt nach Alaska« gelegen, weil die elfjährige Mini vielleicht gehofft hatte, das Eis in ihrem Innern würde dort am kalten Ende der Welt bleiben, wenn sie das Buch nicht mehr aufschlug.

Genau das hatte sie getan, es nie wieder aufgeschlagen. Eine Zweiundsiebzigjährige, die ihre schlimmste Erinnerung in einem Buch gebunkert hatte.

Hatte sie geglaubt, Ferdi käme zurück, nach einem Jahr im Irgendwo? Hatte seine Mutter daran geglaubt, oder wollte Sofia Weber nur nicht Tag für Tag mit dem Gedanken aufwachen, dass man heute seine Leiche finden könnte? Da musste etwas passiert sein – »So wie mit Antonia Olberding«, flüsterte sie vor sich hin.

Vielleicht würde sie die Bitte im Abschiedsbrief niemals erfüllen können. Juliane hatte von einem »Fall« gesprochen, doch die hatte noch ganz andere Kümmernisse, garstig und düster, die Substanz des Todes.

Mini freute sich auf die Oldtimer-Rallye.

Im Ort war gestern noch alles aufgebaut worden. Es sollte einen kleinen Stopp geben, auf die Lenker der Oldtimer und ihre Beifahrer warteten Getränke und ein Imbiss. Bei so einer Rallye zählte nicht allein Geschwindigkeit, vielen ging es vor allem ums Dabeisein. Man wollte zeigen, was man hatte, die aufpolierte Karosserie und die glänzenden Chromleisten seines Schmuckstücks präsentieren.

Mini wollte auch ein wenig glänzen, sie warf sich den Tuchumhang über die Schultern. Welche Ohrringe sollte sie dazu tragen? Sie zupfte an ihren Ohrläppchen. »Was würde dir gefallen?«, fragte sie ihren Liebsten.

»Der Umhang in dem schönen Graublau passt herrlich zu deinen Augen. Wie wären dazu die Weißgoldstecker mit den Saphirtropfen?« Ein Mann, der wusste, was sich im Schmuckkästchen seiner Frau befand. »Da soll es übrigens Mumienräuber geben ...«

»Wenn du frech wirst, lass ich dich verhungern, Loy Meierhofer!«, drohte ihm Mini.

»Nicht vergessen, Frau, ich bin der mit einem Koch- und einem Backkurs«, erwiderte er belustigt. »Von Mumienräubern war erst neulich was in der Zeitung zu lesen«, klärte er sie auf. »Raubzüge bei den Toten. Es gab schon immer sehr reiche Zeitgenossen, die die Toten zusammen mit ihren Wertsachen bestattet haben. Von Zeit zu Zeit werden auf dem Markt Schmuckstücke angeboten. Manche kann man zurückverfolgen. Aber welcher Familienangehörige kommt schon auf den Gedanken, alle paar Jahre Uromas Sarg aufzumachen und nachzuschauen, ob noch alles drin ist.«

»Loy, du bist gruslig«, sagte Mini. Und alles nur wegen eines Paars Saphiranhänger aus Weißgold. »Hoffentlich hält das Wetter.«

»Wegen der Tropfen?«

Loy und seine Gedankenverknüpfungen. Er küsste ihren Nacken, sie legte den Schmuck an.

»Kommt Juliane mit ihrem kleinen Gefährten auch mit?«, wollte er wissen.

»Ah, dass sich die Damen sehen lassen, darf bezweifelt werden«, sagte Mini. »Juliane hat sich dafür noch nie interessiert.«

»Nicht nur junge Leute fahren Oldtimer, da sind auch ein paar ältere Semester dabei. Bist du früher nicht mal mit diesem Sebastian Orwig gegangen?«

»Ich weiß jedenfalls noch, dass Sebastian richtig schöne dunkelblaue Augen hatte«, erklärte Mini und streckte ihm die Zunge heraus.

Das Blau sollte sie noch den ganzen Tag verfolgen ... Nur der Himmel über ihnen war damit weniger verschwenderisch, den angekündigten Regen hielt er aber bislang zurück.

Die Modelle bestaunen, das Schnurren der Motoren hören, die alte Zeit wieder aufleben lassen – die Damen mit Hüten und im Kostüm, die Herren in Lederjacken und Stiefeln, mit Schieber-mütze und Halstuch –, das ließen sich etliche nicht entgehen.

Das Angebot der Verpflegung wurde dankbar angenommen.

»Unser Herr Lehrer hat sein Pferd auch gesattelt«, sagte Loy.

Mini machte einen langen Hals, tatsächlich, Kohlschreiber lehnte an seinem Jaguar. Gerade schäkerte er mit einer Dame, die ihm den Vorbau entgegenstreckte.

»Ein Schmucker ist er schon«, sagte Loy und grinste. »Ge-nau«, gab Mini zurück. »Wie viel PS stecken wohl unter dieser Haube?«

Hatte der Jaguar einen Kofferraum? Man müsste sich er-kundigen.

»Ich rede vom Mann«, sagte Loy.

»Ich rede vom Auto«, sagte Mini. Sie steuerte auf die beiden neben dem Jaguar zu. Sie wusste, ihr Ehemann machte große Au-gen, aber Mini wollte unbedingt in diesen Kofferraum schauen.

»Liebster – du musst bitte kurz meinen Arm loslassen, dich am besten umdrehen und weghören!« Und bevor er eine Bemer-kung machen konnte, hatte sie sich nach vorne geschlängelt, ein Lächeln aufgesetzt … »Herr Kohlschreiber, wie nett, Sie so bald schon wiederzusehen.« Sie streckte ihm die Hand entgegen, die er, wenn er nicht unhöflich erscheinen wollte, nicht ignorieren konnte.

Kohlschreiber schnaubte. »Ach ja, was für ein Zufall.«

Er fand es gewiss nicht nett.

»Ich erinnere mich an den James-Bond-Film, hat das hüb-sche Cabriolet auch einen Kofferraum? Ich musste gerade an ein Picknick im Grünen denken«, erklärte Mini, obwohl er schon wieder dabei gewesen war, sich von ihr abzuwenden.

»Mussten Sie das?« Schleppend. Es gab nicht allzu viele Gründe, warum man einen Blick in einen Kofferraum werfen wollte. Ihr fiel nichts mehr ein.

Auch die vollbusige Dame betätigte sich als Störsender. »Wer-teste, schauen Sie doch in einen anderen Kofferraum.«

»Konstantin, zeig ihr doch kurz, ob da Platz für eine Leiche ist, die gibt's grade im neuen Kriminalroman.« Der Ton war scherzhaft, aber Minis Miene bekam einen Riss. Was für ein bissiger Zufall – ihr Ehemann als Retter, der genau wusste, sie mochte keine Krimis, und der nicht wissen konnte, worüber sie und Juliane sich unterhalten hatten.

Loy zog Mini in die Arme. Kohlschreibers bemühtes Lachen galt jetzt ausschließlich ihrem Ehegespons.

»Da geht wohl keine rein.« Unter indigniertem Kopfschütteln öffnete der Lehrer den Kofferraum, und Mini versenkte den Blick und die Nase in dessen Tiefen.

»Was wolltest du da drin?«, fragte Loy nur ein paar Augenblicke später.

»Nachschauen, ob eine Leiche dringelegen haben könnte«, sagte Mini. »Woher weißt du überhaupt davon?«

»Von der Leiche? In meinem Kriminalroman kommt tatsächlich eine vor. Ich glaub, ich will nicht wissen, wen du da drin vermutet hast.«

Antonia Olberding, nachdem der Lehrer sie ermordet hat. Das wollte er ganz sicher nicht wissen.

Juliane vielleicht schon. Warum war sie nicht da? Mini hatte sich beeilt, ihr eine Nachricht zu schicken, die die Freundin hoffentlich gelesen hatte. *Es wird ernst. Der Jaguar des Lehrers fährt auch mit. Interessante Dinge gehen vor sich, du solltest wirklich kommen!*

Es hatte nicht komisch gerochen, es waren keine Blutspuren drin, davon ging Mini nach ihrem intensiven Rundblick aus. Ein winziges Kabuff, da bekam man nicht einmal einen Picknickkorb rein, konnte sie Juliane melden.

Ihr Ehemann zupfte sie kurz und zwinkerte. »Der blonde Mann im Porsche. Ich lass dich ein paar Augenblicke allein und schaue mir den Cowboy mit dem kirschfarbenen Cadillac Eldorado an.«

»Oh. Die Heckflosse sieht wirklich gewaltig aus!«, staunte Mini.

»Der Gentleman ist groß, da fällt ein üppiges Äußeres gar nicht so ins Gewicht«, fand Loy.

»Ich meine den Wagen«, erwiderte Mini lachend und hob die Hand. Sie würde den alterslos scheinenden blonden Mann im Porsche genauer studieren. Dann hatte sie für Juliane wenigstens ein paar Eindrücke von Sebastian Orwig.

Gerade zu Ende gedacht, wurde derjenige gepackt und herumgerissen. »Ich warne dich, Freund! Halt dich da raus!«

Die Worte klangen hart, grob bohrten sich Gregor Lenz' Finger in Sebastians Schulter. »Freund«, das hörte sich alles andere als freundschaftlich an.

Natürlich kannten sie sich von früher. Gregor wohnte noch immer in Marquartstein. Wo es Sebastian hinverschlagen hatte, war ihr entgangen. Dessen Augen waren in der Tat bemerkenswert, auch wenn Mini sie nur ganz nebenbei registrierte.

Sie wischte über den Umhang, als hätte sie etwas Störendes darauf entdeckt, wandte sich halb ab und hoffte, niemand würde sie ansprechen. Sie wollte das Wortgefecht unbedingt mitverfolgen.

»Würde ich ja«, erwiderte Sebastian. »Aber da war dieser spannende Artikel im ›Chiemgauer‹ über die Leichenfledderei. Und rate, was mir da wieder einfiel …« Ein herausfordernder Blick, als wollte er dem anderen die Haut abziehen. »Werner, Ferdi, du und ich an einem Nachmittag im Schuppen hinter der Kirche und zwei Särge samt Inhalt. In den der Dame hast du damals deine neugierige Nase gesteckt. Nicht umsonst, oder? Ich würde raten, sie trug eine Kette.«

Mini wartete, warf einen kurzen Blick auf Gregor, der jetzt schluckte. Hatte Loy nicht von Mumienräubern gesprochen?

Eine Antwort gab es von Gregor darauf nicht. Sebastian hingegen legte nach. »Nachher trug sie die sicher nicht mehr.«

»Woher willst du's genau wissen?«, gab Gregor zurück, eine steile Falte zeigte sich zwischen den Augen.

»Ich bin mir sicher«, sagte Sebastian. »Und Werner auch.«

Gregor schoss eine Frage ab. »*Das* wolltest du von Werner erfahren? Seit deinem netten Besuch ist er völlig von der Rolle.«

Sebastian hob die Hände. »Freunde, die sind füreinander da und stets gut informiert, oder? Ich wollte wissen, ob er sich an einen bestimmten Tag im Sommer '59 erinnert, und tatsächlich ist in seinem wirren Oberstübchen noch so einiges gebunkert. Er hat dich gesehen, während wir anderen nicht so scharf darauf waren, einen verwesten Haufen in einem Kleid zu bewundern.«

Jetzt war es an Mini, zu schlucken. Sommer '59. Dachten denn im Moment alle an dasselbe, an Ferdis Verschwinden?

»Es gibt hier nichts für dich zu holen. Bleib zu Hause in deinem Aschau!«, fuhr Gregor ihn an, worauf Sebastian milde lächelte.

»Das kann ich mir nicht leisten. Ich finde, du schuldest mir was, andernfalls könnte mir und Werner noch etwas anderes einfallen.«

»Dieses andere gibt's auch nur in deiner Einbildung.« Gregor wandte sich ab.

Aber Sebastian hob die Stimme: »Ich melde mich bei dir. Dass wir uns nicht missverstehen – ich könnte fast schwören, du warst der Letzte, der Ferdi Weber noch gesehen hat. Damals.«

Mini war nicht fürs Einschüchtern, aber die beiden da konnten das ziemlich gut.

Als es für die Piloten kurz darauf hieß: »Es geht gleich weiter«, stand Mini immer noch am selben Fleck, und als ein wolliger Schopf sie stupste, deutete sie zum Porsche und bemerkte: »Der alte Knacker macht wirklich noch was her. Hach, was sind seine Augen herrlich blau, wie ein Bergsee an einem Sonnentag. Nur Sebastians Anschuldigungen und Gregors wütende Reaktion darauf lassen einen frieren.« Sie drehte sich zu Juliane und zu Gretel um.

Im gleichen Moment tat das auch Sebastian. Er stutzte kurz, dann strahlte er, winkte und schrie freudig: »Juliane!« Und schickte ein wissendes »Und Minerva!« hinterher. Eine Spur leiser, dazu wurde eine Kleinigkeit weniger gestrahlt. Die Motoren wurden angelassen.

»Ich wusste es. Wie in einem Räucherhaus«, murrte Juliane

und verzog das Gesicht. »In deiner kryptischen Art hast du mich hergelockt, und jetzt sind alle schon im Aufbruch begriffen.«

»Räucherhaus, das ist gut«, sagte Loy, der zuerst Juliane und dann die Hundedame auf ihrem Arm begrüßte. »Da ist etwas im Hundefell.«

Juliane verzog den Mund, Mini auch, nur anders.

Loy schloss an: »Du hast keine Leiche im Kofferraum verpasst.«

9

Um a Fünferl a Durchanand.
Ein kleiner Anlass, der zu einem großen Wirbel führt.

Tessa wollte an diesem Samstag unbedingt zwei Dinge erledigt bekommen. »Dr. Maserer hat darum gebeten, ihm noch einige von den neuen Vierfach-Grippeimpfstoff-Ampullen zu liefern«, sagte sie und packte die Kühltasche.

Das hatte der Doktor tatsächlich, aber »bei nächster Gelegenheit«, denn er hatte noch einen kleinen Vorrat.

Der Sohn des Apothekers reckte sein Kinn. »Aha. Jetzt gleich?«

»Bei nächster Gelegenheit«, gab Tessa wahrheitsgemäß Auskunft. »Aber Dr. Maserer will nicht die von dem britischen Hersteller, und was du heute kannst besorgen ...«

Moritz hörte das Gras wachsen. »Was gibt's sonst noch in der Praxis in Erfahrung zu bringen?«, fragte er und ließ Tessa ein wissendes Grinsen sehen.

»Rein gar nichts«, gab sie zurück, »aber ich mache mich gerne schlau, wenn du dringend etwas wissen willst.«

Ein Klingeln, Stimmen, zwei Kunden, und Tessa schlüpfte zum Seiteneingang hinaus.

Die Ampullen gab sie in der Arztpraxis nur ab, wechselte einige Worte mit den Damen am Empfang. Falls Moritz sie kontrollierte, dann sollte er ihr Fahrrad auf dem Parkplatz vor der Praxis des Doktors sehen.

Tessa wollte unbedingt ins Rathaus, ihr Fahrrad musste nicht mit. Viel Zeit durfte sie sowieso nicht verlieren.

Als Tessa eintrat, gähnte die Sekretärin des Bürgermeisters, Belinda Gantner, sie hinter vorgehaltener Hand an. Schöner Vorname, auf den sie bisher nie geachtet hatte. Oder nicht auf das Schildchen, das Frau Gantner trug.

»Unser Herr Bürgermeister frühstückt heute mit seinem Vater, du erwischst ihn ...«

Tessa hatte ihre Frage noch gar nicht gestellt.

Und Frau Gantner setzte auch gleich nach: »… also, heute wahrscheinlich gar nicht mehr, denn am frühen Nachmittag zischen die Oldtimer bei uns durch. Das wird ein schönes Spektakel.« Das klang nach Vorfreude.

Das mit dem Zischen schien Tessa nicht ganz zu der Veranstaltung zu passen. Sie nickte, sie hatte auch nicht auf ein Treffen mit Rudolf Braune gehofft. Jedenfalls nicht heute. Was sie wissen wollte, konnte bestimmt auch Frau Gantner beantworten.

»Ich wollte nur kurz einen Blick ins Archiv werfen«, sagte sie. »Das ist doch möglich, oder? Ich bringe mich ein wenig in die Recherche zum Heimatbuch ein.«

Ihr Gegenüber sah aus, als hätte Tessa ihr gerade gedroht. Es folgte ein zaghaftes Heben und Senken des Kinns, außerdem schnaufte die Frau, als müsste sie Schweres heben.

»Die Gemeinde hat doch über die Jahrzehnte alles gesammelt, was sich im Ort zugetragen hat.« Das glaubte Tessa von Antonia gehört zu haben. Vielleicht sogar über Jahrhunderte? Was sie sicher nicht brauchte. Sie musste wissen, woran Antonia hängen geblieben war.

»Du bringst dich ein wenig in die Recherche zum Heimatbuch ein«, wiederholte Belinda Gantner. »Antonia war immer voll freudiger Begeisterung, es klang jedes Mal, als hätte sie weiß Gott was entdeckt.«

Vielleicht hatte sie das tatsächlich. »Mich interessiert, was Antonia als Nächstes anschauen wollte.« Nicht als Letztes. So wollte es Tessa nicht sagen, denn das wäre die Vermutung, die Freundin würde nicht wiederkommen. »Sie hat ein gutes Gespür für die Vergangenheit und für die Leute, die sie erlebt haben.«

Frau Gantner fasste zusammen: »Wir haben alte Häuser- und Personenfotos, Material über Bauernhöfe, Gasthäuser, Betriebe, auch Katasterauszüge. 19. und 20. Jahrhundert, viele Unterlagen zur Orts- und Heimatgeschichte, Sterbebilder und allerhand Schriftgut.« Sie verriet mit keiner Silbe, wonach Tessa Ausschau halten sollte.

»Ich sperr dir gleich das Kammerl auf.« Wieder diese Miene. War da drin etwas weggesperrt, ein Monster vielleicht?

»Es gäbe überdies auch ein paar neue Anekdötchen. Gerade gestern im Burgcafé. Zufällig war ich Zeugin, wie Mini Meierhofer zusammen mit der ehemaligen Kriminalkommissarin und einem winzigen Hund durch die Tür spaziert ist. Beide sahen abgekämpft aus, ich würde sogar *abgerissen* sagen. So als wären sie durch einen der alten Geheimgänge gekrochen, von denen schon mein Großvater wusste.«

Alte Geheimgänge. Tessa überlegte, wie alt die zwei Damen waren, denen man so etwas zutraute. So abwegig wie die Vorstellung von einer Leiche im Kofferraum?

»Das klingt witzig«, sagte sie. »Wohin führen die Gänge? Wusste Ihr Großvater mehr darüber?«

Frau Gantner nickte. »Vom ehemaligen Gasthof Ott in Staudach zur Burg Marquartstein. Sicher gibt es noch einige mehr. Alte Gemäuer sind immer für Mysteriöses und Gruselgeschichten gut. Da waren außerdem ein paar Jungen, von denen einer eine Karte gefunden haben soll. Wer weiß, ob die sich damals nicht auf die Suche gemacht haben. Wenn man den Vater unseres Bürgermeisters fragen könnte, dann wüsste er vielleicht noch etwas zu erzählen.« Ein winziges trauriges Lächeln.

Werner Braune – wann mochte der Mann jugendlich gewesen sein? Und wer mit ihm?

Die beiden älteren Damen. Waren die nicht in etwa im gleichen Alter?

Vermutungen, dachte Tessa. »Das Kammerl«, sie legte die Handflächen aneinander, »bitte!«

Frau Gantner drehte sich mit ihrem Bürosessel, stand auf und nahm einen Schlüssel aus einer Porzellanschale auf dem Schreibtisch. »Antonia hat sich alte Zeitungsausschnitte rausgesucht, soweit ich gesehen habe«, sagte sie. »Das müsste alles auf ihrem Smartphone sein. Man muss ja heutzutage nichts mehr notieren.«

Sie schaute auf und erhaschte Tessas Blick. »Tut mir leid, ich weiß, ihr seid befreundet. Was kann Antonia denn so durcheinandergebracht haben, dass sie wegläuft? Nicht ins Vertrauen gezogen zu werden, das tut weh.« Jetzt hörte sie sich an, als wüsste sie genau, wovon sie sprach. Dieser Blick fühlte mit. Vielleicht hast du ja einfach recht, sagte sich Tessa. »Konstantin Kohlschreiber müsste Näheres wissen«, fuhr Belinda Gantner fort.

Den Lehrer hatte Tessa verschreckt, außerdem hegte sie einen bösen Verdacht. Mit ihm hatte sie etwas ganz anderes vor. Frau Gantner sperrte das sogenannte Kammerl auf. Oje! Stahlgestänge und dazwischen Bretter, auf denen Ordner lagen. »Kammerl«, weil es in dem Raum kein Fenster gab. Auf einer Seite ein winziges Tischchen, darüber eine Leselampe, davor ein offensichtlich unbequemer Stuhl. Es sah keine Spur einladend aus. Hier drin mochte niemand gern Zeit verbringen. Und da draußen mochte man niemanden gern reinlassen.

Tessa musste schnell machen, bevor Moritz zu ergründen versuchte, wo sie sich wirklich aufhielt. Wie Antonia musste sie das Smartphone zücken. Zeitungsartikel, wo sollte sie anfangen? Frau Gantner hatte die Burg, einen unterirdischen Gang, eine Karte und ein paar abenteuerlustige Jungen erwähnt. Sicher ging es da um einen Schatz. Damals. Wann war damals? Fünfziger, sechziger Jahre? Zu mehr kam sie heute bestimmt nicht.

Tessa nahm die beiden Ordner heraus. Blätterte. Den Artikel über den angeblichen Schatz fand sie gleich. Der Graf sollte gesagt haben, wer seinen Silberschatz tragen könne, dürfe ihn behalten. Tessa merkte sich »Silberschatz«. Wenn der tatsächlich gefunden worden war, dann müsste das doch bekannt sein. *Das interessiert mich.* Sie würde es im Internet recherchieren.

Im Sommer 1959 war ein Junge verschwunden. Tessa überflog den Bericht und blieb an einer Aussage in einem der Artikel hängen: Seine Freunde waren sich einig, dass Ferdi Weber abgehauen war. *Die gefährlichen Wesen.*

Sie machte ein Foto. Es gab noch weitere Artikel, auch die wollte sie lesen. Später konnte sie sich alles genauer anschauen.

Ihre Turborecherche erstaunte Frau Gantner.

Tessa sagte: »Da ist noch so einiges, was mich bestimmt interessiert, vielleicht komme ich wieder.«

Frau Gantner erwiderte nichts.

Tessa holte ihr Fahrrad. Sie hatte eine halbe Stunde gebraucht, die konnte sie rechtfertigen.

»Du bist irgendwo gewesen«, sagte Moritz. »Du siehst richtig zufrieden aus, rote Bäckchen.«

Man sah ihr an, dass sie keine Zeit verschwendet hatte.

Moritz hatte natürlich auf die Uhr geschaut, als sie zurückgekommen war.

»In der Praxis vom Dr. Maserer war es spannend«, gab sie locker zurück. »Er prophezeit ein weiteres heftiges Pollenflugjahr und hat den Allergieinformationsdienst für Südostbayern übernommen. Es klingt stellenweise fast nach Verfolgungswahn, aber der Mann weiß sicher, wovon er spricht.«

Erfindung traf auf Wahrheit – Tessa hatte die Prognose nur irgendwo gelesen. Dass Maserer die Leute informierte, stimmte.

»So, so«, sagte Moritz. »Kannst du auch von deinem kleinen Freund sagen, dass er weiß, wovon er spricht? Das hört sich nämlich wirklich nach Verfolgungswahn an.«

Tessa erstarrte. Bazi? Was war los?

Sie würde dem neugierigen Apothekersohn nicht den Gefallen tun und nachfragen. Stattdessen schrieb sie eine kurze Nachricht an »ihren kleinen Freund«.

Eine Minute später rief Bazi an. »Ich weiß schon, du arbeitest«, sagte er. »Aber ich dachte, das muss ich dir gleich erzählen. Mir hat es mein Geschichtslehrer berichtet, im Edeka-Markt. Er hat Zigaretten gekauft. Der raucht offiziell gar nicht.« Sie hörte ihn leise lachen. »Ich hab ihn gefragt, was es in Marquartstein damals Besonderes gegeben hat. Nicht Opa Olberding und der Psychoknast, ich meinte das Foto von dem Jungen. Der könnte irgendwie gestorben sein, oder man hat ihn ermordet ... Das hätte Antonia interessiert.«

Mit elf dem Tod hinterherschnüffeln. An einem Samstag. Im Edeka-Markt.

»Bazi, vielleicht hat der Junge auf dem Bild Antonia auch nur gefallen, oder es ist das Jugendfoto von einem Prominenten, der etwas mit dem Ort zu tun hatte. Richard Strauss oder so.«

»Der sah anders aus, und Strauss war achtzehnnochwas, nicht neunzehnnochwas.«

Elf und gut informiert. »Und, was gab es?«, fragte Tessa schließlich.

»›Der Fluch des Pfarrers‹ nannten es die Leute.«

Ein Mann Gottes, der fluchte?

»Wen hat er getroffen, dieser Fluch, und von wann stammte der?« Vielleicht hatte der Geschichtslehrer das nicht ganz ernst gemeint, beim Zigaretteneinkauf.

»Der aktuelle Pfarrer hat nicht genug Jahre auf dem Buckel, aber der davor war zu der Zeit schon alt und knorrig. Das war Ende der fünfziger Jahre. Der reagierte geladen, als man ihm ein besonderes Gstanzl gewidmet hat. Bös geflucht, ich hab's aufgeschrieben. Ich lese es vor, das kann man sich nicht leicht merken. Also: ›Saklzement, in an Weps neisteign soidad der und an a Bluadvagiftung eigeh.‹«

Er schwieg einen Moment. »Ist nicht lustig, oder?«

»Kein bisschen«, bestätigte Tessa und schauderte. »Woran ist derjenige gestorben, am Wespenstich oder an der Blutvergiftung?«

»Na ja, das weiß niemand. Aber der Junge war weg, und da erzählten sich die Leute dann, dass ihm der Pfarrer den Tod gewünscht hatte.«

Wie viele düstere Geheimnisse kannte der Ort sonst noch?, fragte sich Tessa.

Der Junge war weg. 1959. Den Ordner hatte sie kurz durchgeblättert. Der verschwundene Junge und dessen Freunde.

»Bist du später wieder der Heilige Geist und dann im Anschluss ... du weißt schon wer?«, fragte Bazi.

»Ja, so hab ich es mir gedacht«, erklärte Tessa.

Moritz hatte die Ohren gespitzt und sie angeschaut, als erwarte er von ihr, dass sie sich erklärte. Sie lächelte, sagte: »Richtig interessant!«, zwinkerte und verriet ihm nichts.

Für sie war gleich Schluss, für Moritz auch, doch der rümpfte die Nase, als Tessa sich ihre Tasche über die Schulter warf und ihm und seinem Vater einen schönen Tag wünschte.

»Autos haben dich doch noch nie begeistert«, bemerkte er.

»Neuerdings schon«, gab sie zurück.

Der alte Apotheker scherzte: »Falls jemand schlappmacht, schick ihn vorbei. Wir päppeln auch die Schwächsten wieder auf.«

»Ein paar Tröpfelchen Korodin ins Benzin.« Tessa grinste, woraufhin er ihr »Viel Spaß« wünschte.

Moritz verzog das Gesicht, sie beachtete ihn nicht. Doch bei ihm wusste man nie so genau. Er war wissbegierig genug, herausfinden zu wollen, wofür sich Tessa wirklich interessierte. Denn die Automobile waren es nicht.

Sie musste ab und zu einen Blick über die Schulter riskieren.

Ausnahmsweise stellte sie sich an einem Stand an der Ecke für eine Currywurst, eine Semmel und eine Cola an. Anschließend würde sie schauen, wo Lehrer Kohlschreiber mit seinem schicken Fahrzeug steckte, und bei ihm zu Hause einen Blick durchs Fenster werfen. Tessa wusste, dass er seinen Oldtimer ausfahren wollte, sie hielt Ausschau, biss von der Semmel ab und gabelte ein Currywurststückchen auf.

Es waren viele Leute unterwegs, und wenn Frau Gantner vorher nichts vom »Anekdötchen« gesagt hätte, wäre Tessa nichts aufgefallen. Mini Meierhofer, die vor Kohlschreiber stand und auf den Kofferraum des Wagens deutete. Tessa glaubte fast, Gespenster zu sehen.

Sie bekam mit, wie der Lehrer erst erbost den Kopf schüttelte, aber schließlich die Klappe aufmachte. Untersuchte die ältere Dame das Innere des Kofferraums?

Die Situation erschien Tessa sehr skurril. Da war natürlich keine Leiche – das grausige Bild, das Bazi sich vorgestellt hatte, war auch vor ihrem inneren Auge einige Male aufgetaucht. Aber von einem schlechten Gedanken zum tatsächlichen Geschehen war es weit.

Der Lehrer war unterwegs, Tessa wollte die Situation nutzen. Sie hatte Bazi gesagt, sie könnten nicht einbrechen. Leider nicht, weil Tessa nicht wusste, wie. Der Blick durchs Fenster war wahrscheinlich umsonst. Doch vielleicht traf sie im Haus jemanden an?

Kohlschreibers Frau? Die Antonia kannte? Von einem Verhältnis wusste? Von einer Schwangerschaft?

Die Ehefrau würde sie wahrscheinlich vom Hof jagen, wenn sie auch nur mit einer dieser Fragen ankäme.

Die Ehefrau bekam keine Gelegenheit und Tessa auch nicht, denn Frau Kohlschreiber war gar nicht zu Hause. Alles blieb still. Tessa klingelte schon zum dritten Mal.

Sie blickte tatsächlich über die Schulter hinter sich.

Vom Garten aus konnte sie vielleicht irgendwo einen Blick durchs Fenster werfen. Eine Terrassentür ermöglichte ihr, ins Wohnzimmer zu schauen. Es sah unordentlich aus, dort krempelte keine Putzfrau die Ärmel hoch und machte sich mit Gummihandschuhen an die Arbeit.

Was hatte Tessa erwartet – Antonias Handy, das dort herumlag?

Sie schimpfte auf sich und ihre blöde Idee. Geheimnisse sollte man woanders suchen. Dieser Abstecher war umsonst gewesen, aber Tessa hatte Angst um ihre Freundin, noch mehr, seit ihr der gestrickte Babyschuh in die Hände gefallen war. Für Tessa passte das gar nicht, ihre Freundin und ein Baby; es war so jenseits von Antonias Überzeugungen.

Zu Bazi hatte Tessa gesagt, Antonia hätte die Idee gefallen; jetzt musste sie zusehen, wie sie sie richtig gut umsetzte.

Der Gedanke war ihr gekommen, als Pjorn von einem Gespenst im Nebel sprach, während Tessa das Kleid vom Heiligen Geist mit den Borten und den glänzenden Stickereien trug.

Die wenigsten Leute glaubten an Geister, aber wenn Kohlschreiber schuldig war, dann könnten sie und sein Gewissen ihn vielleicht dazu bringen, doch daran zu glauben.

Tessa brauchte Antonias Stimme, denn ohne die hätte der

Geist, den man heute Nacht oben am Burgweg sehen würde, nicht einmal die halbe Wirkung.

Ihr »erstes Mal«. Tessa würde die kleinen Videos von ihnen beiden übertragen und sie am Computer bearbeiten. Es zählte nur der Sound, dafür gab es ein Freeware-Programm. Trotzdem, das musste verteufelt gut werden.

Ernste Stimmung, im Hintergrund durfte nirgendwo Heiterkeit zu hören sein. Wortbausteine. Töne. Dezent, doch mit Wirkung.

Es kam Tessa hart an, denn sie ahnte, im wirklichen Leben würde sie die Stimme ihrer Freundin nie wieder hören. Ihre Augen verschwammen, zum Glück musste sie gerade nichts ganz deutlich sehen.

Als sie sich ihr Werk zwei Stunden und einige Tonspurbearbeitungen später anhörte, überlief es sie kalt. Verteufelt gut! Mit dem Ergebnis, dass sie aussah, als hätte sie dabei die ganze Zeit geheult.

Tessa übertrug die Datei auf ihr Smartphone, spielte die Sätze auch da noch einmal ab, speicherte Antonias Anklage und bat den Wettergott um abendliche Nebelschleier.

Einen Energydrink hatte sie nicht, aber Bazi fand ohnehin, der tauge nichts und mache einen nur müde. Sie bettete ihr Kinn für ein paar Augenblicke in die zusammengelegten Handflächen, schob die Gedanken hin und her. Vielleicht geht es um Gewissheit, vielleicht willst du dich bestrafen? Womöglich will ich es loswerden, sagte sich Tessa. Wo sie gerade schon dabei war, sich auf den Showdown vorzubereiten.

Sie klickte auf ihrem Telefon WhatsApp an, Antonias Bild, das sie jetzt nicht mehr erneuern würde. Das letzte Foto, das sie geschickt hatte, hatte Tessa nach einem kurzen Blick darauf sofort verärgert weggeklickt. Sie hatte nicht verstanden, warum es für Antonia ausgerechnet dieser blöde Typ sein musste.

Jetzt würde sie länger draufschauen, denn die Kälte war ihr schon in den Nacken gekrochen.

Kohlschreiber stand hinter Antonia, sein Kopf berührte fast ihre Schulter. Antonia hatte sich nach vorne gebeugt – es sah aus, als wären sie in der Küche. Tessa zog das Foto größer. Die Gesichter.

Er hatte die Augen geschlossen, den Mund geöffnet, als … Tessa konnte es sich denken. Antonias Lider flatterten, was das Bild auf WhatsApp nicht bestätigen konnte, was Tessa sich aber vorstellte. Die Freundin lächelte. *Wir passen gar nicht schlecht zusammen*, war Antonias Kommentar.

Eindeutiger konnte die Situation kaum sein. Antonia hatte tatsächlich ein Selfie gemacht, während er noch in ihr steckte. Übermütig. Glücklich?

Tessa hätte nicht mit ihr lachen können, darüber nicht. Der Lehrer hatte vielleicht auch nicht gelacht.

Du hast es nicht gesehen, sagte sie sich. Du hast nicht kapiert, was da gelaufen ist. Du hast gar nicht drauf geachtet.

Kohlschreiber hatte zu viel zu verlieren. Oder? Aber vielleicht ging es nicht ums Verlieren, vielleicht war das der Moment gewesen, in dem er beschlossen hatte: Das machst du mit mir nicht!

Ein Verdacht war ohne Beweis nichts wert; Tessa würde alles unternehmen, um sein Geständnis zu bekommen. Doch wer eine Leiche fortschaffte, handelte kalt und kalkuliert. Kohlschreiber war ein harter Brocken, davon konnte sie ausgehen.

Liebe vor dem Tod – geschickt worden war das Bild um neunzehn Uhr achtundzwanzig. Obwohl längst nicht so klar war, wann genau Antonia verschwunden war. Noch in der Nacht oder früh am nächsten Morgen? Bemerkt wurde es beim Frühstück.

Tessa würde jetzt nicht weiterdenken. Wie könnte sie erraten, wo ein Mörder eine Tote verschwinden ließ? Hinter seinem Haus? Irgendwo im Wald dahinter?

Tessa musste herausfinden, was Antonia interessiert haben könnte, und außerdem die Artikel in ihrem Smartphone lesen.

Der Silberschatz des Grafen war schnell gefunden. Tessa musste lachen, als sie das Ergebnis der Suchmeldung las.

Weil nie etwas entdeckt worden war, behauptete ein Nachkomme, es sei nur ein Witz gewesen. Der Schatz war ein Charivari – Trachtenschmuck aus Münzen und kleinen Jagdtrophäen an einer schweren Silberkette. Wer seinen Silberschatz tragen könne, dürfe ihn behalten. Ein Rätselfreund, der Graf.

Sie schmunzelte nicht mehr, als sie sich anschaute, was sie bei ihrem eiligen Besuch im Kammerl vom Rathaus sonst noch entdeckt hatte. Schaurige Dinge aus einer anderen Zeit. Sie hatte sich so was gedacht.

In dem Zeitungsartikel ging es um einen verschwundenen Jungen – *den* verschwundenen Jungen? Ein Fluch des Pfarrers reichte dafür wohl nicht. Sie vergrößerte mit Daumen und Zeigefinger zuerst das kleine Foto. Dieser Junge war Tessa am Ende der Bildreihe aufgefallen. Es war dasselbe Gesicht.

Bazi hatte es »Antonias Rätsel« genannt, ein Rätsel, dessen Auflösung nur sie kannte.

Du wolltest Antworten, sagte sich Tessa. Zurückschrecken geht nicht!

Das größere Foto zum Artikel zeigte drei andere Jungen. Tessa schaute kurz in die Gesichter, dann auf die Namen.

Gregor Lenz, Dora Schönenfelds Lebensgefährte. Tessa dachte an das Schneiderlein. Sebastian Orwig. Der sah sehr gut aus, aber der Name sagte ihr nichts. Werner Braune. Schau an. Der hatte auch gut ausgesehen. Warum war von allen Gesichtern ein schlechtes Gewissen abzulesen? Vielleicht kam es Tessa auch nur so vor.

Die Überschrift lautete: *Einer ist verloren gegangen.* Wie eine Todesanzeige. Eigenwillig endgültig.

Was ist passiert an diesem 29. August 1959, an dem Ferdinand (Ferdi) Weber spurlos verschwand? Seine Freunde sind besorgt.

Ferdi habe in letzter Zeit dauernd Ärger gehabt, sagt Werner Braune, der mit seinem Freund unlängst einen musikalischen Auftritt zum Mittagsstammtisch im Café-Restaurant Weßner Hof hatte. Dort bat einer der Gäste Ferdi an seinen Tisch, und danach sei er ziemlich komisch gewesen, berichtet Werner.

Die Mutter, Sofia Weber, will nicht an ein plötzliches Ver-

schwinden ihres Sohnes glauben. »Wenn ihr etwas getan habt, bitte sagt es!«, beschwört sie die Jungen.

Ferdi habe ihr eine Nachricht hinterlassen, er müsse noch eine versprochene Reparatur erledigen. Er habe öfter kleine Aufträge angenommen, der Werkzeugkoffer habe seinem Großvater gehört.

Einiges aus dem Koffer fehle, sagte die Mutter. »Die Sachen sind ihm wichtig. Ich glaube nicht, dass er sonst noch etwas dabeihat. Nicht einmal seine Gitarre. Die hätte er auf jeden Fall mitgenommen, wenn er weggelaufen wäre.«

Sein Arbeitgeber ist zornig. Seltsame Nachrichten, das passe zu dem Jungen, aber was nicht passe, sei die Art und Weise. Davonlaufen – Ferdi Weber bestimmt nicht.

Außerdem ist da die Aussage eines anderen Lehrlings, der von schrägen Sachen und Unstimmigkeiten berichtet. Und von einem traurigen Mädchen hört man, sie wisse, dass Ferdi vorgehabt habe, wegzugehen. Nach Griechenland vielleicht.

Undurchsichtige Geschichten, wenn Sie mir die Meinung erlauben. Im Chiemgau ist vielleicht etwas Schlimmes geschehen.

Wir fragen: Hat jemand Informationen zum plötzlichen Verschwinden von Ferdi Weber? Sie erreichen mich ...

Ein Name und eine Telefonnummer waren angegeben. Xaver Weinzierl. Derselbe Name wie unter dem Bericht.

Tessa verstand sich darauf, zwischen den Zeilen zu lesen. Die Namen wurden im »Chiemgauer« ungekürzt angegeben. Ein wenig ungewöhnlich, aber es handelte sich um eine Heimatzeitung, man wollte vielleicht sagen: Ihr könntet Nachbarn sein, ihr kennt euch womöglich.

Hatte Weinzierl den Gast im Café-Restaurant Weßner Hof angesprochen? Hatte der Reporter eine Information erhalten?

Es gab noch weitere Zeitungsausschnitte; vielleicht hatten die etwas zu erzählen?

»Hast du etwas über den verschwundenen Jungen herausgefunden?«, fragte Tessa ins Nichts, weil sie die Freundin nicht fragen konnte.

Ferdi Webers Foto war bedeutsam, so viel glaubte Tessa sagen zu können. Wenn sie etwas aufgedeckt hatte, hätte Antonia sicher nicht gezögert, es niederzuschreiben. Oder wolltest du jemandem mit diesem Wissen gehörig einheizen?

Tessa wusste nicht mehr, was sie ihrer Freundin zutraute. Sie hatte das Gefühl, als wüsste sie nicht mehr so genau, wer ihre Freundin war.

Auch wenn einiges so sicher war wie das Amen in der Kirche, blieb doch vieles im Nebel.

Hatte Sofia Weber recht gehabt, und die Jungen, die Freunde ihres Sohnes, hatten etwas mit seinem Verschwinden zu tun? Wollte der Bürgermeister seinen dementen Vater schützen?

Und dann war da Konstantin Kohlschreiber. Tessa glaubte, dass es Antonia um Liebe gegangen war, aber vielleicht war noch etwas anderes im Spiel.

Die kleinen Härchen auf Tessas Armen hatten sich längst aufgerichtet.

Hatte diese Geschichte im Jahr 1959 überhaupt ein Ende gefunden? Sie sollte versuchen, Xaver Weinzierl aufzutreiben.

Nicht heute – sie müsste sowieso schon sämtliche Vorhaben zusammenschrumpfen, Funktion Zeitraffer, dabei war sie nicht untätig gewesen. Der halbe Tag, der Tessa noch geblieben war, verging rasend schnell.

Sie musste ihr Kostüm bei Dora abholen. Make-up-Beutel!, erinnerte sie ein leises Stimmchen. Abgehakt, nickte Tessa und steckte ihn ein.

Dora Schönenfeld wünschte ihr viel Freude bei den Proben und legte das Kostüm sorgsam zusammen. »Ich komme bestimmt zur Vorstellung, das muss ich unbedingt sehen!«, sagte sie.

»Sie erhalten natürlich Freikarten«, sagte Tessa, die ihre Tasche mit dem Kleid und dem Kleinkram in den Fahrradkorb legte. »Danke, dass Sie wieder mal Hand angelegt haben. Wir wären sonst ziemlich verloren, ich bin keine gute Näherin.«

Doras »Immer gern« war ehrlich und herzlich. Tessa wünschte ihr einen schönen Abend.

Zum wiederholten Mal drängelte sich da etwas in den Vordergrund. Im Theaterstück kamen auch ein Pfarrer und ein Beichtstuhl vor. Tessa würde einem schon mehrfach aufgeblitzten Gedanken nachgeben und mit Pfarrer Alois Kurzer reden; der kleine Babyschuh ließ sie nicht los. Hochwürden musste vielleicht schweigen, aber sie hatte das Bedürfnis, nachzufragen. Man konnte die Wahrheit möglicherweise an seiner Miene ablesen.

»Zum Kostbaren Blut« hieß die katholische Kirche in Marquartstein. Sie lag auf ihrem Weg zur Theaterprobe.

Wie oft hatten Antonia und sie gescherzt: »Ein Depot für Blutsauger!« Und weil sie es geschafft hatten, sich mit ihrem Unsinn Angst einzujagen, wollte keine von ihnen mehr bei Dunkelheit an der Kirche vorbeigehen.

Heute würde Tessa hineingehen. Außerdem war es noch nicht dunkel.

Als sie ihr Fahrrad abstellte, sah sie jemanden über das kleine Stückchen Wiese vor der Kirche laufen. Ihr fiel der ordentlich gestutzte Bart des Mannes auf, der von grauen Fäden durchzogen war, der traurige Gesichtsausdruck, den der Mann nicht unterdrücken konnte. Sie bemerkte den Widerspruch, denn er sah trotz allem irgendwie zufrieden aus, als hätte er sich etwas von der Seele geredet.

Sie trat vom Hellen ins Dunkle, als sie das Portal aufzog, aber es war Alois Kurzer, der sich erschreckte.

Tessa konnte ihn schlecht fragen, ob er gerade einen Geist gesehen habe. Der Mann, der aus der Kirche gekommen war, war sehr lebendig gewesen. Aber sie fragte: »Geht es Ihnen gut?«

»Fast«, erwiderte er. »Ich brauche einen Schluck Wasser.«

»Haben Sie nichts anderes?«, meinte sie.

Er musste lachen. Tessa versprach ihm »hoch und heilig«, sie werde es für sich behalten, wenn Herr Pfarrer einen Schluck Messwein zu sich nähme.

»Es war nur eine kurze Schwäche«, beschwichtigte er.

Hoffentlich. Was auch immer, es ging sie nichts an.

Wäre sie giftig gewesen, hätte Tessa gesagt: »Ihr Wort in Gottes Ohr.« So aber sagte sie nur: »Ich muss mit Ihnen reden. Es geht um das Verschwinden meiner Freundin Antonia Olberding.«

Der Pfarrer nickte und machte eine Handbewegung. Sie folgte ihm in ein kleines Büro, sein Sprechzimmer oder wie man das nannte. Ein Schreibtisch, unauffällig. Ein Regal, dessen Bewohner mit Goldschnitt versehen waren, abgesehen davon machte es wenig Eindruck. Ein Waschbecken, über dem ein Spiegel hing.

Jedenfalls hatte er ein Glas und drehte den Wasserhahn auf, dann nahm er einen Schluck und sah immer noch aus, als wäre er »seinem Schicksal begegnet«.

Antonia hatte es so formuliert: Sie sei vielleicht ihrem Schicksal begegnet. Ein seltsamer Ausdruck in ihrem Gesicht, aber Tessa drehte sich vermutlich gerade einige Dinge zurecht. Plötzlich stand hinter fast allem ein Fragezeichen.

»Hat Antonia mit Ihnen geredet?« *Wie plump, Tessa. Nicht das, was du wissen willst.*

»Worüber?«, wurde da auch schon zurückgefragt.

»Es könnte um ein Kind gegangen sein.«

»Einen Jungen und seine Mutter«, sagte der Pfarrer.

Tessa glaubte zu spüren, dass sich der Boden unter ihren Füßen bewegte. »Schwanger«, murmelte sie und hielt sich an der Stuhllehne fest.

Kopfschütteln. »Verschwunden und verstorben. Womit habe ich dich jetzt erschreckt?«, fragte er.

»Wir reden offenbar nicht über das Gleiche.« Das musste sie zuerst verstehen und aufdröseln. »Antonia wollte etwas über Ferdi Weber und seine Mutter wissen?«

»Nur dass ich ihr nicht viel sagen konnte. Außer dass Sofia Weber Hand an sich gelegt hat, Ferdi nicht wiederkam und wo Sofias Grab zu finden ist.« Er deutete zur Seite.

Der Friedhof gleich nebenan, dachte Tessa. Die Übersetzung bekam sie hin. »Sofia Weber hat sich umgebracht. Wann?«

»Ungefähr ein Jahr nach dem Verschwinden des Sohnes«, sagte der Pfarrer.

»Wenn ein Grab da ist, bezahlt jemand dafür«, vermutete Tessa. »Es gibt demnach Angehörige.«

»So weit war ich mit Antonia auch. Es gibt sie offenbar nicht.«

»Anonyme Zahlungen«, schlussfolgerte Tessa. Herr Pfarrer ließ sich selbst die spärlichen Informationen noch aus der Nase ziehen. Sie erfuhr, in welcher Reihe sie das Grab finden würde.

»Da wäre noch …«, sagte sie. »Vielleicht wissen Sie etwas über den Fluch des ehemaligen Pfarrers von Marquartstein.«

Hochwürden erstarrte.

Als Tessa fragte, ob einem als Geistlichem nicht himmelangst vor Flüchen sein müsse, ob man nicht befürchten müsse, dass sie sich erfüllten, hob er ergeben die Hände.

Alles, was der Pfarrer noch rausrückte, war ein »Auch einem Geistlichen reißt einmal die Hutschnur«. Alois Kurzer verteidigte seinen Vorgänger und wirkte von der Geschichte nicht überzeugt. An den alten Pfarrer schien man sich aber zu erinnern, sonst hätte Bazi nichts erfahren.

»Ihnen doch nicht«, erwiderte Tessa. Ihr Ton passte nicht zur Schmeichelei, worauf er ein »Gelobt sei Jesus Christus« brummelte. Wollte er sie damit hinauskomplimentieren?

»Ihnen auch einen schönen Abend«, wünschte ihm Tessa und sah, wie er sich noch einen Schluck Wasser genehmigte, als hätte es eine beruhigende Wirkung.

Während Tessa insgeheim schmunzelte, machte sie sich daran, die Teile des Puzzles ineinanderzufügen. Sie wollte auch den Reporter von 1959 finden und erfahren, ob Xaver Weinzierl damals tatsächlich eine Spur aufgenommen hatte und was dabei herausgekommen war. *Ob* etwas herausgekommen war.

»Deinetwegen trotze ich sogar der Dunkelheit«, sagte sie zu Antonia. Tessa würde sich schnellstens wieder aus dem Staub machen, das hatte sie längst beschlossen.

Sofia Webers Grab lag direkt am Weg. Der Pfarrer hatte ihr wenigstens eine Beschreibung gegeben.

Eine helle Marmorplatte mit dunkler Inschrift und einer steinernen Rose. *Es denken an euch der liebe Gott und ich – ewiglich.*

Sofia Weber und Daten. Bei Ferdinand Weber nur ein Datum, dafür hieß es hier: »verschollen«.

Das ließ einen zusammenzucken. Tessa starrte darauf, bis sie nichts mehr sah, um sich nur noch Schatten.

Zum Glück konnte sie, während sie in die Pedale trat, noch ein wenig nachdenken.

Da hatte es einen gegeben, der liebte, war sich Tessa sicher. Sofia Weber war unverheiratet gewesen. Es gab keine Angehörigen.

Und eine Selbstmörderin hätte vielleicht nicht ohne Fürsprache eine Parzelle auf dem Friedhof bekommen …

In früherer Zeit galt ein Selbstmord als Straftat. Da kam man nicht auf einem Plätzchen innerhalb der Friedhofsmauern unter. Tessa hatte einmal etwas für die Schule nachschlagen müssen und es kurios gefunden, dass auf Selbstmord einst die Todesstrafe stand. *Wer zweimal stirbt, der ist ganz sicher tot.* Die Lehrerin hatte ihren Kommentar nicht witzig gefunden. Tessa hatte auch nicht witzig sein wollen.

Fühlt es sich jetzt nicht an, als würdest du tatsächlich ein paar Kleinigkeiten fürs Heimatbuch recherchieren?, durfte sie sich fragen. Tödliche Kleinigkeiten. Tödlich für wen?

Heute zeigte die Theaterkulisse ein Zimmer, nämlich das der Hebamme. Tessa hatte sich kurz eingelesen, welche Szenen geprobt wurden. Conny Perle stellte immer einen Probenplan zusammen.

Der Pfarrer wird anklopfen, er hat sich verhüllt, weil er nicht erkannt werden will. Er gedenkt, etwas zu tun, was dem Herrgott missfällt. Die Hebamme Wilhelmina Albert muss von der Schwangeren noch ein paar Dinge in Erfahrung bringen. Rose hat von einer »hell strahlenden« Erscheinung gesprochen.

Zum ersten Mal tritt heute der Apotheker und Alchimist Ignatius Wirbel auf, er ist mit Wilhelmina gut bekannt. Sie hat da eine bestimmte Idee und will von ihm erfahren, ob es möglich ist.

Tessa tupfte sich auf Wangen und Lippen einen Hauch Rosé.

Später würde sich der Heilige Geist noch sehen lassen, schließlich brauchten sie den genauen Punkt, an dem die Illusion mit dem Zeugungswerkzeug gut funktionierte.

Conny fragte nach dem Heilig-Geist-Kleid, und Tessa konnte sie zufriedenstellen, sie bedeutete ihr ein »Alles gut«.

»Herrschaften – es soll mir wie immer eine Freude sein«, sagte Conny. War das vielleicht schon die erste Anweisung?, dachte sich Tessa.

Als Nächstes flog der Finger der Spielleiterin zu ihr. »Die Hebamme macht sich ein paar laute Gedanken. Sie muss geschäftig aussehen. Die Hände brauchen etwas zu tun. Vor ihr liegt eine Liste der Mittel, um die sie den Apotheker bitten muss.«

Tessa las vor, was dort geschrieben stand: »Myrrhe und Raute und noch etwas Bibergeil.«

»Tessa, das klingt jetzt nicht, als wüsste Wilhelmina, wovon da die Rede ist«, tadelte Conny.

»Grade hat sie auch keine Ahnung«, gab Tessa zu.

»Es handelt sich um austreibende Medikamente – ich hab davon auch nur gelesen. Die Einleitung des Geburtsvorgangs, nehme ich an. Du musst ernst bleiben. Lachen darf das Publikum.«

Tessa las die Liste noch einmal. Diesmal sehr ernst.

Weiter im Text, das Kinn auf eine Faust gestützt: »Vom männlichen Samen sollte man eine kleine Probe nehmen können«, überlegt die Hebamme laut. »Ich bin überzeugt, die lustvolle Rose würde wieder mit ihm gehen, wenn er ihr noch einmal erschiene.« Ein Seufzen. »Aber eine mit dickem Bauch schreckt vielleicht sogar den Heiligen Geist ab.«

Wilhelmina sinniert weiter: »Wo hat er sich überhaupt gezeigt und wann? Bei Tag, bei Nacht? Das wird noch herauszufinden sein.«

Conny: »Ein Hämmern an der Tür. Der Pfarrer will schnell herein.«

Die Hebamme öffnet einen Spalt, den der Pfarrer vergrößert, wobei er sie zur Seite drängt. Er trägt einen dunklen Umhang mit Kapuze. »Ihr habt mich nicht gesehen, ich war nicht da, sollte jemand es wissen wollen«, sagt er.

»So geheimnisvoll? Seid ihr womöglich dem Heiligen Geist auf den Fersen?«

»Seid nicht albern!«, schimpft er. »Ich muss eine Sache erbitten, und glaubt mir, das ist für mich ein schwerer Gang.«

Conny: »Das Publikum soll wissen, was sich die Hebamme denkt.«

Die sagt: »Der Herr Pfarrer ist es nicht gewohnt, zu bitten.«

Das Kinn gereckt, macht er sich bereit. »Ihr müsst am Körper des Kindes ein Mal entdecken. Wie das aussieht, soll mir ganz gleich sein. Damit offenbart sich dann, dass unter keinen Umständen der Heilige Geist sein Vater sein kann.«

Conny: »Wilhelmina muss sich entrüsten und ihren Ärger deutlich zeigen.«

»Das ist erstens keine Bitte, und zweitens wird solch ein Mal womöglich als Stempel des Bösen betrachtet. Ich warne Euch, Pfarrer, sonst entdecke ich ganz was anderes. Mir Angst zu machen, dazu rate ich nicht, sonst müsst Ihr Euch bald selbst noch fürchten!«

Conny: »Die Drohung zeigt Wirkung. Der Pfarrer verzieht das Gesicht, bekreuzigt und ärgert sich.«

»Was der Heilige Geist fertigbringt, kann auch der Teufel. Austreiben werde ich beide.« Er wirbelt herum, reißt die Tür auf.

»Ihr solltet beten … dass ich die Wahrheit herausfinde«, ruft Wilhelmina ihm nach.

Conny: »Wilhelmina bleibt gerade noch Zeit, die Tür zu schließen, da klopft es erneut. Die allerliebste Rose von Dornfels hat etwas verspürt.«

»Herzklopfen?«, fragt die Hebamme.

»Es schlägt da etwas leise in meinem Bauch. Das Herz des Kindes.« Rose legt eine Hand an die Stelle. Die Hebamme legt ihre darüber. »Sonst ist alles gut, oder, Rose?«, fragt sie und verspricht: »Ich sorge dafür, dass es tunlichst so bleibt. Sag mal: Wann kam denn der Heilige Geist zu dir, um welche Tageszeit?«

»Es wurde bereits Abend. Ich hatte der Muttergottes einen

Strauß Margeriten versprochen, den ich in die Vase vor dem Altar stellte. Als ich mich wieder umdrehte, war da plötzlich im Gang ein Leuchten. Etwas schwebte auf mich zu. Ich sorgte mich, aber die Stimme nahm mir jede Furcht.«

»Und was sprach er zu dir …?«

»Sie wird wunderbar sein, unsere Vereinigung. Ich solle vertrauen und ihn in Liebe empfangen. Das hat er jedes Mal gesagt.«

Conny: »Wilhelmina erhebt die Hände gen Himmel.«

»Ein eher einfallsloser Geist«, sagt sie. »Und doch … er leuchtet. Rose, wo fand denn diese erste Vereinigung statt?«

»Im Angesicht des Herrn«, erklärt Rose.

Conny: »Wilhelmina findet das sehr allgemein. Sie spricht zum Publikum.«

»Was auch im Pfarrgarten unterm Rosenbusch sein könnte. Wer weiß schon so genau, wohin sich der Blick des Herrn richtet?«

»Hinterm Altar zog er mir das Kleid aus und …«

»Jesus!«

Die Spielleiterin lachte: »Schönes Entsetzen, Tessa. Nun ganz kurz noch die Szene mit dem Apotheker.«

»Ganz kurz« stimmte nicht ganz, auch wenn Pjorn für den Hintergrund nur eine Leinwand abrollte und die Beleuchtung ein wenig veränderte. Es wurde etwas düster. Der Ton: ein Knarzen. Der Eindruck: Jemand steigt Treppen hinunter.

Die Hebamme betritt einen geheimen Raum. Ignatius Wirbel hantiert an einem Tisch mit einer Waage, misst mit einem Löffel ein Pulver ab. Im Hintergrund dampft ein Ofen, und aus einem Hahn rinnt eine helle Flüssigkeit in einen Kupferkessel.

»Die Wehfrau lässt mich immer noch zusammenfahren«, sagt der Apotheker und wendet den Kopf. »Wilhelmina, du solltest nicht so herumschleichen, sonst erwischt dich noch das böse Viech.«

»Werter Ignatius, da macht mir der Pfarrer mehr Angst als dein böses Viech«, gibt sie zurück.

Conny: »Die Erwähnung des bösen Viechs soll Kinder davon abhalten, sich im Dunkeln noch draußen aufzuhalten. Die Hebamme erklärt es dem Publikum und berichtet dem Apotheker, was der Pfarrer von ihr verlangt und was sie erwidert hat.«

»… das darfst du nicht tun. Dieser Geistliche ist teuflisch. Wir müssen herausfinden, wer noch dahintersteckt. Wer macht sich die Mühe, dem Mädchen etwas vorzugaukeln? Wen hat sie abgewiesen?«

»Klug gedacht. Mir sagt Rose, sie habe nicht mit einem Mann zusammengelegen.«

»Eben darum. Und um sein Ziel zu erreichen, tritt dieser Mann womöglich als Heiliger Geist auf, weil sie sich ihm verweigert hat.«

»Das könnte die Wahrheit sein. Schenk mir bitte noch einen Gedanken, Ignatius … Wodurch leuchtet jemand im Dunkeln, wenn er kein Geist ist?«

»Da tauchst du gerade in tiefste Finsternis«, erwidert der Apotheker. »Darüber muss ich mir erst den Kopf zerbrechen.«

»In Gottes Namen, beeil dich damit!«

Conny: »Mit diesem Spannungszipfel gehen wir gleich in die Nacht hinaus und hoffen, dass kein böses Viech unterwegs ist. Von meinem Vater weiß ich, als Kind musste er immer zum Sechs-Uhr-Läuten daheim sein, und wehe, er war es nicht!«

»Apropos Zipfel … Meine Hübsche, wirf dir doch noch schnell den Heiligen Geist über, dass wir festlegen können, wo du erscheinst, mit deinem Gemächt unter der Kutte«, rief Pjorn Tessa zu.

Tessa kannte den Text, sie wusste, dass der Apotheker eine Antwort auf das Leuchten im Dunkel fand. Wäre das eine Idee?, fragte sie sich. Sollte das Geistwesen auch noch strahlen?

Vielleicht genügte erst einmal bloß ein Geist.

Sie hatte sich gewissenhaft am Burghang umgeschaut. Das Licht der Straßenlampe genügte nicht, sie hatte eine Taschenlampe dabei, die sie an exponierter Stelle anbringen wollte. Sie musste gut wirken, das Kleid, ihre Blässe.

»Nebulös und geheimnisvoll«, sagte sie sich.

Dritter Teil

Sag nicht: Alles wird gut

1

Des is a Kreiz af dera Wejd, da oane hod an Beidl, da andre 's Gejd!
Es ist ein Kreuz auf der Welt, der eine hat einen Beutel, der andere das
Geld. – Die ungerechte Verteilung von Gut und Geld auf Bayerisch.

»Eine Leiche im Jaguar?«, wunderte sich Juliane und wandte
sich an Mini: »Du liest doch keine Krimis.«

Weil Mini selbst das Grauen schon erlebt hatte und damit sicher nicht einschlafen wollte, hielt sie sich von fremdem Grauen
fern. Sie hatte gar nicht wissen wollen, wie Loy auf die Sache mit
der Leiche im Kofferraum gekommen war, aber ihr Ehemann
erläuterte ungefragt: In dem Buch sei das Fahrzeug, von dem
die Rede war, ebenfalls ein Jaguar gewesen.

Mini lächelte ein wenig über diesen fast unglaublichen Zufall,
aber Juliane stimmte »Ohne Krimi geht die Mini gern ins Bett«
an.

Dann sagte sie: »Ein Oldtimer scheint sich nicht anzubieten,
um darin Größeres zu transportieren. Ich habe nur ganz schmale
Modelle gesehen.« Sie schüttelte den Kopf. »Kohlschreiber hätte
Werkzeug gebraucht. Ein ganzer Körper wäre zu groß, und so
klein kriegt man ihn nur …«

Mini hob die Hände.

Loy fand das Gespräch schon eine geraume Zeit seltsam. Er
murmelte: »Ich schau mich noch etwas um«, und verschwand
zum Verpflegungsstand, wo er sich ein Glas Weißwein einschenken ließ.

»Es sah nicht so aus, als hätte der Lehrer etwas versucht«,
sagte Mini zu Juliane.

»Nein. Es war der Gedanke eines Jungen, der Angst um seine
Schwester hat und sich alles Mögliche vorstellt.«

Wegen »allem Möglichen« hatten sich kurz zuvor Gregor
und Sebastian nicht gefetzt, da war es um etwas Bestimmtes
gegangen.

Mini berichtete Juliane, dass sich die beiden alten Freunde

gestritten hatten, einer dem anderen sogar drohte. In dem Hin und Her waren Särge vorgekommen; Sebastian hatte Gregor vorgeworfen, der Toten eine Kette gestohlen zu haben. »Gregor Lenz soll der Letzte gewesen sein, der Ferdi Weber gesehen hat. Sagt Sebastian. Ich habe bloß gelauscht. Sie sind sich nicht mehr grün. Sebastian soll Werner Braune besucht haben, und seitdem ist der angeblich noch weiter von sich selbst entfernt.«

»Wie vorsichtig du das formulierst. Werner kämpft doch schon länger mit der Krankheit?«, fragte Juliane.

»Sebastian wollte offenbar von Werner, dass der sich an etwas erinnert. Vielleicht war seine Frage der Anlass für Werners Ausreißen.« Manchmal genügte ein Funke.

Bei Mini hatte noch nichts gefunkt, sie wollte sich an eine bestimmte Sache in Bezug auf Ferdi Weber erinnern. Das Faktum war nicht weg, aber es war nach hinten gerutscht, was Mini ärgerte.

»Demenz ist wie ein Raubüberfall – die persönlichsten Wertsachen sind weg«, erläuterte die ehemalige Kommissarin. »Da fällt mir wieder ein, da gab es diesen Laden in Grassau am Marktplatz. Komischer Name. ›Alles, was du nicht brauchst – Interessantes aus aller Welt‹. So ungefähr. Der Inhaber war Sebastians Vater.«

Warum klappte es damit?, fragte sich Mini, sie konnte mühelos ein Bild aufrufen. »Ich glaube, ich weiß noch, dass es Antiquitäten waren. Es gab Möbel, Schmuck, Kleider, Fahrräder, Motorräder … Ich durfte mir ein gebrauchtes Rad aussuchen und Mutter ein Schmuckstück.«

»Und ich durfte immer nur durchs Fenster linsen«, sagte Juliane.

»Wir haben ein Stück Vergangenheit hervorgezogen. Glaubst du, wir brauchen auch den Rest?«, wollte Mini wissen. »Ferdi, Werner, Sebastian, Gregor …« Du und ich.

»Gregor Lenz ist noch mit seiner Schneiderin zusammen?«, erkundigte sich Juliane.

»Ein glückliches älteres Paar, so hat es den Anschein. Fühlst du dich manchmal sehr allein?« In Gedanken zählte Mini auf:

Es gab keine Kriminalfälle mehr zu bearbeiten, keinen Mann mehr, mit dem sie abends einschlief … Nur eine alte Freundin und eine neue Herausforderung, das Aufpassen auf die Häuser von anderen Leuten. »Du bist die Praktische«, wiederholte sie Julianes Worte von vorhin.

»Und wenn nicht, dann geh ich eben dir auf den Geist«, drohte Juliane. »Jo war besonders«, fügte sie an.

»Und die Liebelei mit Sebastian ist ewig her, aber …« Mini wusste nicht recht, wie sie weiterreden sollte. »Er ist davongerauscht. Ein wenig schade, dass du mit dem Porschefahrer nicht einmal ein Wort gewechselt hast, oder?«, fragte sie stattdessen.

»Ein wenig«, gab Juliane zu. »Der alte Knacker sieht wirklich noch sehr manierlich aus.« Dann verkündete sie die Neuigkeit: »Mehr als nur ein Wort hat übrigens Benno Seitlein für die Kommissarin im Briefkasten der Felders hinterlassen. Er hat mich wirklich aufgestöbert. Was das bedeutet, finde ich ganz sicher noch heraus. Er ist gerade als ›Winterstein‹ unterwegs. Lange her, seit ich zuletzt sein Pseudonym gelesen habe.«

»Möge der Herrgott verhüten, dass du es todsicher herausfindest!«, gab Mini zurück. Ein verurteilter Mörder mit einer neuen Fassade. Dazu fiel einem wirklich nichts mehr ein. »Das Damals beißt uns ganz unschön in den Nacken, wenn wir nicht aufpassen.«

»Damals war eine andere Zeit, aber es fühlt sich an, als bräuchte man nur die Hand danach auszustrecken. Könntest du in Erfahrung bringen, wie Konstantin Kohlschreibers Frau mit Mädchennamen heißt?«, wollte Juliane wissen.

Mini deutete auf Loy, der am Verpflegungsstand sein Weinglas hob. »Bestimmt«, sagte sie. »Was wirst du damit anfangen? Überprüfen, ob sie bei der Mutter ist?«

»Überprüfen, *warum* sie bei der Mutter ist«, sagte Juliane mit diesem feinen Ich-denk-mir-was-dabei-Lächeln.

»Wird sie dir nicht freiwillig sagen wollen. Obwohl, die Wahrheit ist eine Sportlerin und sehr beweglich.«

Juliane winkte ab. »Ein wenig improvisieren muss ich sicher. Die Polizei fragt noch einmal wegen dem Verschwinden von Antonia Olberding nach … So in der Art. Ich brauche eine Rechtfertigung.«

»Die lahmarschige Polizei hat doch gar nichts mehr unternommen«, wetterte Mini und zog ihren Umhang enger um sich. »Erzähl mir etwas, worüber man schmunzeln kann«, bat sie dann und vernahm die Geschichte des Putzweibs vom Burgberg.

»Nach Jos Geburtstagsfeier habe ich es nicht mehr rechtzeitig geschafft, aufzuräumen, vor allem nicht, die Sachen wieder unbenutzt aussehen zu lassen. Vielleicht wird sie mich anschwärzen. Keine gute Werbung. So jemandem will man sein Heim vielleicht nicht anvertrauen und auch nicht sein Haustier.« Juliane strubbelte Gretel durchs Fell. »Ich fürchte, mir wird die Hundedame ein wenig fehlen, wenn die Felders wieder zurück sind.«

»Bis dahin ist aber noch genügend Zeit«, wandte Mini ein. »Ich kenne eine nette Friseurin, vielleicht kann man mit der Hundedame was anstellen.«

»Mini Meierhofer, hör auf, gleich eine kriminelle Angelegenheit daraus zu machen.«

»Hin und wieder kapiere ich dich nicht … Ich werde jetzt das Gespräch mit meinem Liebsten suchen, der wird wissen, wer Frau Kohlschreiber vorher war.«

Julianes Kopfschütteln war nicht als Antwort auf ihren letzten Satz gemeint, das wusste Mini. »Wenn ich das herausgefunden habe, rufe ich an. Kann aber sein, dass es ein wenig dauert, je nachdem, wie fabelhaft Loys Gedächtnis ist. Außerdem bin ich nachher noch im Gasthof Eber zugange.«

»Aber melde dich nicht wieder um kurz vor Mitternacht«, bat Juliane. »Gretel und ich müssen auch mal schlafen.«

»Ich hörte, ältere Leute bräuchten nicht mehr so viel Schlaf.«

»Und ich hörte von Leichen im Kofferraum«, erwiderte Juliane.

Mini gab zurück: »Da siehst du's wieder! Reden ist eben nicht Erleben. Aber es jagt einem trotzdem kalte Schauer über den Rücken.«

Juliane zupfte zum Abschied an Minis Tuchumhang. »Dein Kältekiller sieht sehr edel aus.«

Genau dieses edle Teil würde am Ende der Nacht beinahe Minis Verderben sein.

Loy wusste jedenfalls, dass die Dame Kohlschreiber eine ehemalige Kramer war. Aber wo Leonie Kramer aufgewachsen war, wo die Eltern lebten …

»Das entzieht sich meiner Kenntnis. Ich hab's bald rausgefunden, Spatzl«, versprach er Mini. »Konstantins Frau ist eine kühle Dunkle; ich betone ›kühl‹. Wie du sicher weißt, kommt man über eine Frau nicht unbedingt an deren Ehemann. Dich interessiert etwas, was Antonia herausgefunden hat? Oder sitzt Julianes Enkel bei ihm im Unterricht? Ist er vielleicht nicht ordentlich zu ihm?«

»Das wäre der Abschuss«, entfuhr es ihr.

»Was denn jetzt? Du klingst rätselhaft.«

Er hatte mit der Rätselei angefangen. Aber wie konnte sich ein Mensch diese ganze Litanei an Fragen merken, wie sollte sie die hintereinander beantworten?

»Ich weiß nicht, ob Matthias den Lehrer besonders mag. Aber Juliane ist grade seine Nachbarin am Burgberg, und ich glaube, mich hat er vorhin komplett missverstanden.«

Mini konnte ihrem Ehemann entkommen, ohne Details zu erwähnen, die sie ohnehin nicht vorzuweisen hatte.

Eine halbe Stunde später fand sich Mini zum Spätdienst im Gasthof Eber ein. Spät war es noch nicht, aber das konnte es durchaus werden, wenn die Gäste sich dazu entschließen sollten. Einige übrig gebliebene Zuschauer der Oldtimer-Veranstaltung unterhielten sich, teilten ihre Eindrücke und Erlebnisse. Es ging hoch her; außerdem erfuhr man einiges, von dem man gar nicht unbedingt etwas wissen wollte.

Mini hätte noch gern einige Erinnerungen Revue passieren lassen, den missgelaunten Gregor, den ein wenig ausgelassenen Sebastian und einen Werner, der sich an etwas erinnern sollte – und sich tatsächlich erinnerte.

War es nur Gerede, dass da einer etwas zu wissen drohte, oder steckte viel mehr dahinter? Mini rieb sich über den Nasenrücken bis zur Stirn, als könnte sie so die Gedanken dazu bringen, sich richtig zu formieren.

Sie sah einen jungen Mann, wie er seine Gitarrentasche aufnahm. Wildleder, wie es aussah. Er nannte sie »Gigbag«.

Einen Moment lang stand sie wie festgewurzelt. »Würden Sie mir eventuell zeigen, was in der Tasche ist?« Schon zum zweiten Mal an diesem Tag schaute sie einer an, als wäre ihre Bitte völlig unsinnig.

»Eine Gitarre«, sagte er.

Mini nickte. »Ich muss mich an etwas Bestimmtes erinnern, bitte seien Sie doch so nett«, bat sie.

Er öffnete die Verschlüsse.

Mini fing ihre Unterlippe mit den Zähnen ein. *Ich hab's.* »Schwarzer Lack, eine Framus – späte fünfziger Jahre?«

»Respekt«, sagte der junge Mann. »Stimmt genau. Klappt es mit Ihrer Erinnerung? … Sie weinen ja.« Er sah sie erschrocken an.

Tat sie das? Wenn es auch unbewusste Tränen waren, so waren sie doch schmerzlich. Mini weinte um Ferdi, um Sofia, um eine Gitarre, die nie gespielt worden war.

Die Elfjährige hatte sich in die Wohnung der Webers geschlichen, die Tür war einen Spaltbreit offen gewesen, ihr Vater wollte nachschauen, ob es einen Abschiedsbrief gab. Er sollte nie erfahren, dass da einer gelegen hatte, den Mini verwahrte, bis sie irgendwann Sofias letzten Wunsch erfüllen konnte.

Über Ferdis Bett war ein Ausschnitt aus einem Magazin festgepinnt gewesen, das Bild einer Gitarre, und am Schrank lehnte genau diese. Neu, glänzend, eine Schönheit. Es hatte ausgesehen, als wäre sie unberührt.

»Ein Freund hatte die gleiche«, sagte sie zu dem jungen Mann. Vielleicht hätte es Mini damals gar nicht so eigenartig gefunden, hätte da nicht die andere Gitarre am Fußende des Bettes gestanden, älter und sicher oft gespielt.

Ferdi war verschwunden, die schwarze Framus … ein Geschenk der Mutter, das er nicht mehr zu Gesicht bekam? Sofia hatte gehofft, Ferdi würde zurückkommen, doch irgendwann war Hoffnung nicht mehr genug gewesen.

In letzter Zeit war Mini sehr damit beschäftigt, all die fortgeschobenen Erinnerungen zu reaktivieren. Sie konnte das bestimmt ähnlich gut wie Werner, und auch Mini lehrten sie das Fürchten.

»Bekomme ich bei Ihnen einen Pfefferminztee?« Die Stimme gehörte zu einem bärtigen Mann. Er hatte den Kopf ein wenig schräg gelegt. Es war eine ernsthafte Frage, darum war hier kein witziger Kommentar angeraten.

»Gerne, wenn Ihnen danach ist«, gab Mini zurück. Ihr wäre auch danach. Die weggerutschte Erinnerung war aufgetaucht.

Er nickte. Und dann folgte die wohl seltsamste Frage, die sie in Bezug auf heißes Wasser und einen Teebeutel je gehört hatte: »Trinken Sie einen mit?«

Sie lächelte und nickte. »Gute Idee.«

Gegen das leichte Erinnerungsfrösteln, außerdem wirkte Pfefferminztee gegen Kopfweh. Vielleicht konnte der Tee ein wenig helfen, denn Tränen hinterließen meist eine verstopfte Nase und einen Brummschädel.

Mini stellte ihm eine Tasse und ein kleines Kännchen mit Wasser hin, dazu zwei Beutel. Für sich das Gleiche. Für eine Unterhaltung war nicht viel Zeit, sie musste im Lokal die Bestellungen aufnehmen, Essen und Getränke servieren. Im Garten kümmerte sich eine Kollegin.

Sie erkundigte sich: »Erfahre ich Ihren Namen? Und darf ich neugierig fragen, was Sie in unseren schönen Ort führt?«

»Manches Mal ist Neugier angenehm. Sagen Sie Alfons zu mir. Ich habe einiges über Marquartstein gelesen und interessiere mich für Diverses.« Das letzte Wort betonte er.

Also fand er Neugier gar nicht angenehm, dachte Mini. Ein wenig wirkte der Mann, als müsste er das Gewicht der Welt schultern. Kreuzunglücklich.

»Dann wünsche ich Ihnen viel Freude mit der bunten Mischung«, sagte sie. Diverses. Pah.

Im Vorbeihasten nahm sie hin und wieder einen Schluck Pfefferminztee. Bei der nächsten Gelegenheit fragte sie ihn, ob er vorhabe, länger zu bleiben.

»Wie es sich ergibt, denn ich möchte noch einen Besuch anschließen.«

»Wie schön. Sie haben schon eine Unterkunft?«, fragte Mini. Ein einfaches »Ja« war die Antwort. Alfons erschien ihr etwas anstrengend. Einmal würde sie es noch versuchen. Sollte sie fragen, warum er sie erst zu einem Getränk einlud und dann kaum ein Wort herausbrachte?

»Ein Gast muss sich mir nicht mitteilen«, entfuhr es ihr ohne Absicht.

»Sie sind beleidigt? Hab ich etwas Falsches gesagt?«, fragte er.

»Ha«, machte Mini. Sie ließ ihn den Tee nicht bezahlen, sagte: »Ich lade uns ein«, und deutete über den Tisch auf ihre beiden Kännchen.

»Vielleicht komme ich wieder«, sagte er.

Du meine Güte. »Ich besorge uns fürs nächste Mal ein paar Plätzchen.« Mini verzog keine Miene.

»Weiß man schon etwas von der verschwundenen jungen Frau?«

Jetzt hatte er tatsächlich noch eine Frage gestellt. Aber was für eine. »Ob *man* etwas weiß …«, sie zuckte die Achseln. »*Ich* weiß nichts.« Sie wollte nicht ruppig klingen, doch ausfragen lassen wollte sie sich auch nicht.

»Kommen Sie gut heim!«, wünschte er ihr, stand auf und machte einen Diener. Ein eigenwilliges Lächeln spielte um seinen Mund.

»Ruf mich nicht wieder kurz vor Mitternacht an«, hatte sich Juliane gewünscht. Mini hätte zu gern die Erinnerung mit ihr geteilt, aber nachdem die letzten Gäste sich verabschiedet hatten, war es zu spät, um sich am anderen Ende der Telefonverbindung richtig willkommen zu fühlen. Sie warf sich ihren Tuchumhang über, sperrte ab und trat hinaus in die kühle Spätsommernacht. »Etwas hat den Mond angefressen.« Mini wusste nicht mehr, ob die Bemerkung von ihr oder von Juliane stammte. Ein wenig kam sie sich vor wie Werner Braune mit seinen Abenteuergedanken. Nur dass sie jederzeit wieder zurückkonnte.

In den Fenstern brannte vereinzelt noch Licht, die Straßenbeleuchtung deutete ein »Fühl dich sicher« an. Mini schlug dieses Mal einen Bogen, sie lief an dem Haus vorbei, in dem ihre Familie und auch Ferdi und seine Mutter gewohnt hatten. Von außen erinnerte wenig an diese Zeit, von innen hatte sie es ewig nicht mehr gesehen.

Sie dachte an Ferdi, wie er sie angelacht hatte. Mini hatte ihre Nase gerade in einem Buch vergraben, er hatte sie angestupst und gefragt: »Alaska?«

»Ich bin in Gedanken gern woanders«, hatte sie erwidert. Woraufhin er sagte: »Und in Wirklichkeit, möchtest du da nie woanders sein?«

Das könnten sie sich nicht leisten. »Aber das ist nicht schlimm. Und du?« Sie fand ihre Frage mutig.

»Ich finde es hin und wieder schlimm«, hatte er ihr verraten. »Du hast recht, Verreisen ist teuer. Da ist so eine Vorstellung wirklich billiger. Aber wenn ich genug Geld habe, möchte ich …«

»Stillhalten!«

»Was?«, befragte sie laut ihre Erinnerung.

Doch die Stimme brummte sie an, sie war hinter ihr, kam nicht aus der Vergangenheit.

Mini hielt nicht still, sie drehte sich um.

Wer auch immer hatte eine schwarze Maske übers Gesicht gezogen, nur die Augenpartie, ein Stück Nase und Mund waren zu sehen, was sie im ersten Moment völlig unsinnig fand. Die Person machte eine auffordernde Handbewegung. Ihre Tasche? Das Geld?

Ein komisches Geräusch unter der Wolle, als würde der Angreifer lachen. Sie hörte etwas aufschnappen, er hatte ein Messer gezogen.

Mini Meierhofer, du hast keine Lust, für ein paar Scheine auf dem Pflaster zu sterben, beschloss sie und griff sich entsetzt an die Brust, rief »Oh mein Gott!«, ging in die Knie, ließ sich zur Seite kippen und hielt still.

»Nein! Bitte nein!«, entsetzte sich jetzt der Messermann, beugte sich zu ihr und strich ihr über den Arm. Mini gab keinen Laut von sich, hielt die Augen geschlossen.

Er nahm ihr die Tasche ab, griff unter sie, hob mit einer Hand ihren Oberkörper auf, zerrte am Tuchumhang. Mini nahm einen unangenehmen Duft an dem Maskierten wahr. »Das letzte Mal, hoffentlich«, raunte er für sich. Dann ließ er sie mit den Worten »Es tut mir leid« zurückgleiten.

Um ihre Schultern war es leicht. Hatte er den Umhang mitgenommen?

Eine scharfe Stimme schrie: »He!«, sodass Mini zusammenfuhr. Jemand beugte sich über sie, fühlte am Hals nach ihrem Puls.

»Fummeln Sie nicht an mir herum, mir fehlt nichts!« Aber etwas fehlte ihr vielleicht doch.

Mini wagte es, die Augen zu öffnen. Das Gesicht kannte sie. »Alfons.« Kommen Sie gut heim, hatte er ihr gewünscht.

Sie tastete um sich. Ihr Umhang war weg. Sie setzte sich auf. Der Inhalt ihrer Tasche lag verstreut auf dem Weg.

»Haben Sie ein Telefon? Rufen Sie die Polizei«, sagte er.

»Soweit ich sehe, hat der seltsame Mensch nur meinen Umhang mitgenommen. Würden Sie mir helfen aufzustehen? Meine Knie haben in den letzten Tagen viel erleiden müssen, und Kopfsteinpflaster sind ganz gruslig.«

Er nahm ihre Hand und half ihr auf. »Telefon?«, insistierte er.

»Ja, gleich«, gab sie zurück. »Irgendwo …« Normalerweise in der Tasche von ihrem Dirndl, musste sie sich ins Gedächtnis rufen. »Ich bin wirklich erschrocken, als sich der kleine Mond im Messer spiegelte.«

Mini holte ihr Notfallhandy heraus. Es gab eine Notruftaste. Sie war doch nicht in Not!

»Sie müssen sich hinsetzen.«

Musste sie? Alfons hob die Hand und bewegte sich rückwärts. Wollte er sich aus dem Staub machen?

Minis Finger verharrten über der Tastatur. »Sie haben ihn verjagt. Ihre Beobachtungen könnten vielleicht helfen. Die Polizeiinspektion ist in Grassau, die sind bestimmt gleich da.«

»Bestimmt«, gab er ihr recht. »Dann sollte ich nicht mehr da sein. Die Herrschaften müssen nichts von mir wissen.«

»Ich glaube, ich verstehe das Problem nicht«, erklärte Mini.

»Eigentlich ist es kein Problem. Ich habe meine Strafe verbüßt.«

»Oh mein Gott!« Diesmal meinte sie es so und griff sich an die Kehle.

Do fehjds jo um d' ganz Neihauser Strass!
Das passt hinten und vorne nicht. – Vergleichend gemeint: Die Neuhauser
Straße ist ein Teil der Fußgängerzone in Münchens Altstadt.

Gretel und ich waren dem Benzingestank entflohen.

Ich hatte ein paar Sachen eingekauft, hatte plötzlich Lust auf
ein Chili con Carne.

Für die Hundedame nahm ich »Edles Rotwild mit Kartoffeln
und Waldbeeren«, ein Schmankerl, wie ich meinte. Dosenfutter.

Sie verschmähte das Wild und schnupperte interessiert an
meinem Chili. »Ich gebe nur eine Kleinigkeit ab«, informierte ich
sie. Ihr schmeckten die roten Bohnen, das Hackfleisch weniger.

Anschließend machte ich es mir auf der Felder'schen Terrasse
gemütlich.

Allein mit meinen Gedanken wurde mir zunehmend mul-
mig. Irgendwo im Schatten könnte Alfons Winterstein auf seine
Chance warten. Aber warum sollte er mir einen Hinweis geben,
wenn er vorhatte, mir gegenüber handgreiflich zu werden? Ich
würde gespannt warten, aber ich würde mich auch umschauen –
das jedenfalls hatte er erreicht.

Noch mehr Vergangenheit beschäftigte mich, nämlich Minis
mitangehörtes Gespräch. Mit den zwei alten Recken Sebastian
und Gregor zu reden wäre wohl nicht besonders aufschluss-
reich, denn sie würden nicht ausgerechnet mir etwas erzählen.
Und drohen konnte ich ihnen nicht. Wenn ich aber den Inhalt
des Streits nahm, so wie Mini ihn geschildert hatte, dann gab es
da Sebastians Geldprobleme, Gregor hatte ein Schmuckstück
gestohlen und Werner wusste womöglich etwas, was einem von
beiden gefährlich werden konnte. Ich machte mir tatsächlich ein
paar Notizen und sinnierte über Ferdi Weber. Wenn es Werner
um den verschwundenen Freund ging, wenn er wegen Ferdi hier
heraufkam, dann hatten die Jungen damals etwas angestellt.

Drohungen waren leider nicht nur so wirksam wie ihr Wahrheitsgehalt, sie konnten Wahrheiten auch ein anderes Gesicht verleihen. Das machte sie vielleicht zum Beschleuniger einer Absicht, die es zuvor womöglich so nicht gegeben hatte.

Ich wurde mir gerade selbst zu kompliziert. Hoffentlich fand Mini in ihren verdrängten Erinnerungen das fehlende Stückchen zu Ferdi, das sie zu besitzen meinte.

Die Dämmerung kam herangepreschscht, die Lichter gingen an, es wurde frischer. Irgendwann später machte ich die Tür hinter mir zu.

Ich hatte mir gerade mein Nachthemd angezogen und mir überlegt, einen Tee zu machen. Als ich die Hände in den Schrank mit den Tassen steckte, kam es mir vor, als hörte ich von draußen ein Geräusch. Nicht von der Straße her, sondern viel näher. Am Haus. Gretel hatte es auch gehört, sie richtete sich im Korb auf, wandte den Kopf, schien zu lauschen. Dann setzte sie elegant über den Korbrand, rannte zur Tür. Sie drehte sich um, ein auffordernder Blick flog mir entgegen. »Willst du nichts tun?«, schien er zu fragen. Ein Knurren als Warnung, ein anschließendes Bellen, um zu sagen: »Ich bin auch noch da.«

Wer konnte denn so dämlich sein, einen Einbruch zu versuchen, wenn in einem Haus Licht brannte?

Wer würde sich davon beeindrucken lassen?, war die nächste Überlegung, es gab Zeitschaltuhren. Ich brauchte eine Waffe. Im Nachtgewand war ich kein Gegner, ich kam mir fast nackt vor. Ich lief in mein Zimmer und schlüpfte in den Morgenmantel. Das fühlte sich besser an.

Das Putzweib hatte mich heruntergeputzt, ich wagte nicht, mir etwas zu nehmen, falls es kaputtging. Der Schürhaken? Ich spielte nicht Golf, sonst hätte ich mich dafür entschieden. Zu unsicher. Das alte Nudelholz in der Küche glänzte mich an. Das nahm ich mir.

Gretel tippelte an Ort und Stelle, jetzt hörte es sich an, als würde etwas kratzen. Ich hob mit der Rechten meine Holzwaffe, Gretel baute sich neben mir auf, dann riss ich mit der Linken die Tür auf.

Mir stolperte ein erschrockener alter Knacker entgegen.

Es gab eine Klingel. Die funktionierte.

»Juliane?« Das hatte Sebastian vorher auch schon gesagt. Ich ließ das Nudelholz sinken, kam mir dämlich vor und ärgerte mich – über mein Aussehen und über den Morgenmantel, den ich über dem Nachthemd trug.

»Du hast Glück, dass ich nicht ausgeholt habe«, schimpfte ich, und er verteidigte sich: »Ich hab die Türglocke nicht gesehen.«

Hatte er länger gesucht? Er fuhr sich durchs Haar, Tropfen spritzten mir entgegen. Es hatte offenbar angefangen zu regnen. Was man so alles nicht mitbekam, musste ich denken.

»Lässt du mich bitte rein?«, bat er.

Ich machte einen Schritt zurück, Gretel zwei nach vorne. Ihr Knurren war nicht geeignet, jemandem wirklich Angst einzujagen, aber das brauchte es auch nicht, dafür war ich da. Was allerdings auch nicht klappte. Ich war genauso wenig furchteinflößend, bewaffnet mit einem Küchenutensil, gewandet in einen Morgenmantel.

»Weißt du, so habe ich mir das mit dem Wiedersehen nicht gedacht«, sagte Sebastian.

Dachte er, ich?

»Ich wusste nicht, dass ich an deine Tür klopfe … Du wohnst doch gar nicht in Marquartstein.« Ein Lächeln.

»In Grassau«, sagte ich, ohne ihm eine Erklärung zu bieten. Ich fühlte mich wieder, als wäre ich zwölf und würde absichtlich trödeln, um Sebastian Orwig wie zufällig über den Weg zu laufen.

»Wenn das nicht ein schöner Einfall des Schicksals ist«, bemerkte er. »Ich bin drüben in Aschau gestrandet, mit einem Antiquitätenladen und einem dummen Hobby. Obwohl der Porsche der Jüngere von uns beiden ist. Aber er hörte sich in Kössen schon komisch an, ich befürchtete schon, nicht heil zurückzukommen.« Eine verärgerte kleine Geste. »Unten an der Hauptstraße bin ich dann liegen geblieben.«

»Hier sind wir ein ganzes Stück von der Hauptstraße weg.« Das wusste auch die Nicht-Marquartsteinerin.

»Ich darf froh sein, dass oben am Burgberg überhaupt jemand zu Hause ist. Mit Konstantins Frau hatte ich gerechnet, ich hatte es jedenfalls gehofft, aber dort ist offenbar niemand da.« Ein Blick aus dunkelblauen Augen, der zur Seite ging – um auf die Nachbarschaft zu deuten? – und schließlich wieder zu mir fand.

»Jetzt sehe ich dich und mache einen komplett durchgeweichten, ramponierten Eindruck.«

Gretel fand das auch. Ich hatte ihn nur kurz in Augenschein genommen und keine Zeit zum Überlegen gehabt. Jetzt machte ich einen Schritt zurück, legte das Nudelholz ab und nahm die angespannte Gretel auf den Arm.

»Ein schönes Haus«, bemerkte er. »Darf ich dich um einen Anruf bitten? Das heißt, eigentlich zwei, einen Pannendienst und ein Taxi.«

Was mich nicht direkt in Schwierigkeiten brachte, doch …

»Ich muss dich bitten, kurz hier zu warten«, sagte ich zu ihm. Ich würde mein eigenes Telefon benutzen, dazu musste ich es holen. Wenn es nicht regnete, würde ich ihn zum Warten nach draußen komplimentieren.

Der nächste Punkt war Gretel. Da sprach er ihn schon an. »Natürlich. Drück mir die Daumen, dass mich der Hund derweil nicht frisst«, sagte er lachend.

»Wird sie nicht«, gab ich zurück, lud die Hundedame in der Küche ab und schloss die Tür. Mit schlechtem Gewissen. Ich würde mich sehr beeilen.

Das Telefon war doch auf dem Nachtschränkchen? War es nicht. Auf dem Schreibtisch, der Kommode, vielleicht doch in der Küche oder … Jetzt kam ich mir vor wie eine alte Frau, die gern Dinge vergaß. Mein ungebetener Gast trieb sich hoffentlich nicht im Haus herum.

»In meiner Tasche«, schnaufte ich schließlich, und die hing im Esszimmer über einem Stuhl.

Sebastian lief im Gang auf und ab. Schaute sich die Exlibris-Sammlung an, die ein Antiquitätenhändler mühelos einschätzen konnte.

»Was machst du denn so lange, eine Verbindung nach China schalten?«, fragte er. »Ich hätte derweil alles Mögliche einstecken können.«

»Soll ich dich bitten, die Taschen auszuleeren?«, fragte ich zurück, ohne es zu meinen. Was hätte darin schon Platz …

Ich machte eine abwehrende Geste, sagte nichts, angelte das Smartphone aus der Tasche, wusste die Nummer der Auskunft und ließ mich mit einem Taxiservice verbinden. Der Fahrer komme aus Grassau, hieß es. Der Pannendienst kam aus Übersee.

»Alles in der Nachbarschaft. Danke, Juliane. Schön, dir wieder über den Weg zu laufen.«

Apropos Über-den-Weg-Lauferei.

»Was weißt du eigentlich noch über Ferdi Weber?«, fragte ich umstandslos. Das hatte sich so nicht ergeben, doch es war eine gute Möglichkeit, einen Flirt zu unterbinden. Ganz sicher sogar, bestätigte sein Gesichtsausdruck.

Ein kleines Zupfen an einem Mundwinkel. »Er war geschickt, nicht dumm, sehr gut aussehend und spielte ein Instrument.«

Das verriet mir kaum etwas. »Hab ich mich so dämlich angehört?«, wollte ich wissen.

»Aber nein, es ist nur, dass es schon so lange her ist. Ferdi hat meinem Vater geholfen, wenn für den Laden eine Lieferung kam. Er hatte ein gutes Auge für Details.«

Das Zwinkern konnte ich nicht einordnen. Wieder einer, der etwas anders meinte, als ich es mir dachte. Die Sache war etwas Persönliches. Was bedeutete, er hatte Ferdi vielleicht ein wenig besser gekannt.

»Was ist mit ihm?«, fragte Sebastian. »Hat er sich gemeldet, nach all der Zeit?«

Und jetzt hatte er die ehemalige Kommissarin hellhörig werden lassen, was er sicher nicht gewollt hatte. »Du weißt, dass du Unsinn redest?«, fragte ich höflich.

»Ich dachte, es war mal von einem Griechenlandtrip die Rede, aber vielleicht hat Werner das bloß erzählt, oder …«

»… oder was?« Ich ließ nicht locker.

»Es ist viel passiert. Und wir waren alle noch andere Menschen.« Das betonte er.

Wie wahr. Griechenland. Daran würde sich Werner doch sicher erinnern. Dachte ich und sollte es herausfinden.

»Wann sehen wir uns wieder?« Sebastian strich mir mit dem Daumen über die Wange. Der Kerl war noch genauso …

Ich brachte den Gedanken nicht zu Ende, das Telefon in meiner Hand klingelte. Ein kurzer Blick – Mini. Sie würde nicht wegen gar nichts anrufen, das wusste ich.

»Wäre schön, dich nicht schon wieder zu verlieren.« Er deutete auf mein Telefon. »Chiemgau-Antiquitäten, Sebastian Orwig. Bis bald.« Ein eindringlicher Blick. Dann drehte er sich um, machte die Tür auf, und im nächsten Moment stieg er in das Taxi. Ich stand da, schaute in den Regen und nahm das Telefongespräch an.

»Ich bin in der Polizeiinspektion in Grassau. Wäre gut, wenn ich Loy nicht beunruhigen müsste. Juliane, holst du mich?«

Lag es an der Verbindung, oder war Mini leiser als sonst, kleinlauter?

»*Mich* beunruhigen geht ja immer«, raunzte ich. Beunruhigen! »Was ist?«

Mir wurde kalt. Ich wollte nicht fragen, was passiert war, ich hoffte noch. Die ehemalige Kommissarin aber wusste, es war etwas passiert, sonst säße Mini nicht in einem Polizeibüro.

Ich war sonst nie kopflos, aber diesmal war es persönlich. Ich zog mir erst Schuhe an, ehe ich bemerkte, dass ich noch meinen Morgenmantel trug.

Bis ich in Hosen, Bluse und Jacke steckte, überlegte ich, was wohl im Gasthof Eber zu einem Polizeieinsatz geführt haben mochte. Jetzt war es annähernd Mitternacht. Und ich musste denken: genau unsere Zeit!

Ich hörte Gretel in der Küche rumoren, die Hundedame müsste ich mitnehmen, sie wäre sonst so was von beleidigt.

Die Tür vorsichtig öffnend, lugte ich hinein. Die Küche war heil, soweit ich es überblicken konnte, alles andere würde sich bei Licht zeigen. Letztlich war es gleichgültig, denn ich war diejenige in Erklärungsnot.

Gretel schaute böse. Ich hatte überlegt, Handschuhe anzuziehen, war mir sicher, wenn sie wollte, könnte sie mir ziemlich wehtun. Aber sie hatte nur … Am Boden war es nass.

»Später«, sagte ich, stieg über die kleine Pfütze und nahm Gretel auf. Das Grummeln hörte ich, aber sie blieb friedlich.

Im Revier saßen zwei Beamte mit eher gelangweilten Mienen. Ich ließ Gretel als Erste durch die Tür und folgte dem Hund, wollte den Männern etwas wünschen und wusste nicht, ob ein »Guten Abend« noch angebracht war.

Für mich nicht, denn meine Freundin saß da auf einem Stuhl. Ihr Blusenärmel war heruntergerissen, sie warf die Hände hoch. »Er hat eine Maske getragen, hat mich mit einem Messer bedroht und mich dann herumgewirbelt … Ich bin hingefallen, und als ich wieder zu mir kam, waren meine Tasche ausgeleert und mein Umhang weg.«

»Sie sind also auf den Kopf gefallen«, sagte einer der Polizisten.

»Werden Sie nicht frech!«, erwiderte Mini.

Ich atmete erleichtert auf; das klang nach Mini. Aber es hörte sich kein bisschen schlüssig an, fand die Kommissarin in mir.

»Ich bin das Opfer, was kann ich dafür, dass er mein Geld nicht haben wollte?«, fragte sie unschuldig. »Juliane …« Sie sah mich bittend an und rechtfertigte sich: »Ich durfte bloß einen Anruf machen.«

»Was?«, regten sich die zwei Beamten gleichzeitig auf. »Nein, nein, Frau Meierhofer *wollte* nur einen Anruf machen, und den hat sie gemacht. Sind Sie die Angerufene?« Der Ältere war aufgestanden. Das machte einen besseren Eindruck, denn der Mann war hoch aufgeschossen.

»Juliane Leitermann, Kriminalkommissarin a. D. Ein Arzt sollte sich Frau Meierhofer mal anschauen. Mit einer Kopfverletzung ist nicht zu spaßen. Ich rufe Sie an, wenn sie sich für eine Befragung wohl genug fühlt. Gute Nacht, die Herrschaften.« Ich zog Mini regelrecht vom Stuhl. Ich wollte erfahren, was passiert war, wie der Kleiderärmel reißen konnte, ich musste außerdem wissen, ob wir nicht kurz in der Notaufnahme vorstellig werden sollten.

An einer Hand Mini, an der anderen die Hundedame. Die beiden an ihren Schreibtischen wollten sich in dieser Nacht ohnehin nichts mehr aufhalsen, das verrieten ihre Gesichter.

»Was bringt dich dazu, die Polizei anzulügen?«, verlangte ich zu wissen, als ich Gretel im Fond und Mini auf dem Beifahrersitz untergebracht hatte und den Wagen vom Parkplatz steuerte.

»Ich hatte keine Zeit, mir was Gutes auszudenken. Jedenfalls bin ich nicht aufs Hirn gefallen«, sagte Mini.

Wenn sich eine etwas ausdenken musste, hatte sie nicht vor, die Wahrheit zu erzählen. Ich schüttelte den Kopf. Dass der von Mini nicht betroffen war, konnte mich nicht sonderlich beruhigen.

Gretel rührte sich auf dem Rücksitz. Wie zuvor Sebastian im Flur lief sie dahinten hin und her. Ich hoffte, sie plante keine Revanche.

Die Lichter blieben hinter uns zurück, ich fuhr ins relative Dunkel. Da hatte Mini schon begonnen, mir zu erklären, was ihr passiert war. Dachte ich.

»Dein Mörder, Benno Seitlein, wollte vor der Polizei kein Lebensretter sein. Natürlich weiß ich nicht, ob der Maskierte sein Messer wirklich benutzt hätte. Ich glaube eher nicht. Der war richtig besorgt wegen meines Herzanfalls.«

Ich bremste mitten auf der Straße. Hinter mir war niemand. Sie behauptete, nicht auf den Kopf gefallen zu sein, aber jetzt wollte sie einen Herzanfall gehabt haben. »Ich muss umdrehen, wenn du das Gefühl hast …«

»Was für eins?«, wollte sie wissen.

Wie konnte sie so unschuldig fragen. »Es ist spät, ich mag dein Erlebnis nicht entschlüsseln, ich hab mein eigenes«, sagte ich.

»Juliane, ich versuche doch zu erzählen, dass ich glaube, bei diesem Alfons, der mir heute begegnet ist, handelt es sich in

Wirklichkeit um Benno Seitlein. Er ist im Eber gewesen, wir haben zusammen einen Tee getrunken, dann ist er zum richtigen Zeitpunkt aufgetaucht, als der Maskierte nach meinem Tuchumhang grapschte.«

Und dabei war der Ärmel ausgerissen. »Natürlich ist ›Alfons Winterstein‹ Benno Seitlein. Es ist sein Pseudonym, sozusagen. Habe ich das nicht gesagt?« Er war im Gasthof Eber auf einen Tee. Ich schaute in den Rückspiegel und gab Gas. Jetzt sollte ich fragen: »Hat er gesagt, wo er sich eingemietet hat?« Er hatte sicher nicht verraten, was er hier wollte. Denn er wollte es von mir. Doch er musste schließlich irgendwo wohnen. Ich erfuhr, wie wenig er gesagt hatte.

»Ich möchte bitte heim!« Mini sah schlimmer aus als an dem Abend, an dem ihr das Herz schwer gewesen war.

»Deine Aussage bei der Polizei hat sich nicht erledigt, wir reden morgen darüber.« Das musste besprochen werden.

»Von Alfons alias Benno Seitlein hab ich den Beamten keinen Ton gesagt, ich wollte ihn nicht in Schwierigkeiten bringen«, erklärte Mini.

So wie ich das auch nicht gewollt hatte. Ich nickte verständig. Bevor sie ausstieg, umarmte ich sie. »Versuch zu schlafen. An deiner Geschichte feilen wir morgen.«

»Er hat sanfte Augen, und er sah aus, als hätte er genauso viel Angst um mich wie der Maskierte mit dem komischen Aftershave.«

Ich würde mir alles ein paar Stunden später noch einmal berichten lassen. Jetzt wünschte ich Mini eine gute Nacht.

Gretel hatte sich auf dem Rücksitz zusammengerollt. Wenigstens eine, die schlief – und die vernehmlich murrte, als ich mich hinüberbeugte, um sie vom Sitz zu lösen.

In dieser Nacht warf ich keinen aufmerksamen Blick hinter mich, ein knapper sagte mir, da waren nur Nebelfetzen. Dazwischen konnte alles Mögliche auftauchen, aber für Überraschungen war ich nicht mehr zu haben. Ich schlüpfte aus der Jacke.

Gretel kam in den Korb zur Giraffe, und ich ... musste noch putzen, ging mir auf. Das Küchenmalheur.

Einen Lappen fand ich unter der Spüle, ein Eimer fehlte. Schnell hatte ich Gretels Hinterlassenschaft entfernt.

Ich sollte die Sache mit den Haustieren vielleicht überdenken. Herr Pinkel hatte nicht geferkelt, der war nur ausfallend gewesen. Soweit ein Kater das sein konnte. Ich sollte mich auf den Weg ins Bett machen. Die Federn in meinem Kopfkissen riefen, wie es schien, schon ganz eindringlich nach mir.

Aber doch nicht in so einer Lautstärke! Meine Beine bewegten sich weg vom Schlafzimmer. Das war von draußen gekommen. In einer regnerischen Nacht trug ein Geräusch nicht weit.

Gretel hatte es auch gehört, die Hundedame lief zur Tür.

Doch nicht wieder jemand, der in diesem Haus noch Licht gesehen hatte ...

Diesmal war ich wenigstens nicht im Nachtgewand. Ich lauschte, die Stimme wiederholte sich, ich schnappte mir die Hundedame und ließ die Tür auffliegen. Der erste Blick prüfte das nahe Umfeld, erst ein zweiter registrierte die Gestalt im hellen Kleid ... schwebte sie? Eine Hand streckte sich mir entgegen, als würde sie um etwas bitten, und die Stimme forderte: »Gestehe!«

Ich zuckte zurück, Gretel sprang von meinem Arm hinunter und sauste wahrscheinlich in ihr Versteck.

Ich schnappte mir die Jacke, derer ich mich entledigt hatte, zog den Schlüssel ab und die Tür hinter mir zu. Es waren nur Augenblicke vergangen.

Oben auf dem Burghang war niemand mehr zu sehen. Kein Geistwesen.

Die Kommissarin glaubte nicht an Geister, sie vermutete eine böse Absicht. Juliane Leitermann aber war sich nicht so sicher.

Ich ging zurück und holte mein Handy, weil ohne Taschenlampe rein gar nichts zu erkennen war.

Es gab einen Brunnen, den Efeuranken wie eine grüne Decke einhüllten. Ich leuchtete, tastete mit der Linken nach einer Abdeckung.

Meine Hand fand etwas, ich ballte sie zur Faust und schlug darauf. Der Untergrund hörte sich hölzern an.

Geschwebt oder am Rand gesessen?

Ich hatte die Haustür geschlossen, aber das Licht nicht ausgeschaltet, das mir entgegenschimmerte. Ein Stück weiter oben, im Haus des Lehrers, brannte ebenfalls Licht.

Geisterhaft stand ich gegen den Brunnen gelehnt und streckte eine Hand aus, rief in die Nacht: »Gestehe!«

Es klang gedämpft, aber die Aufforderung war gut zu hören. Und jetzt ging in seinem Haus das Licht aus. Sebastian hatte vorher gesagt, niemand sei zu Hause. War Kohlschreiber schon wieder zurück und igelte sich ein?

Umsichtige Nachbarn waren natürlich zur Stelle, und so marschierte ich durchs Gartentor und klingelte. Gleichzeitig klopfte ich und rief: »Ist bei Ihnen alles in Ordnung?« Und weil die Beamten in der Inspektion in Grassau aussahen, als könnten sie noch ein wenig Aufregung vertragen, setzte ich nach: »Ich habe vorhin bei mir oben etwas Verdächtiges gehört.« Pause. »Ich verständige besser die Polizei.« Eine Drohung.

Jetzt rührte sich etwas, keine Minute später ging die Tür auf. Kohlschreiber war halb nackt, aber er sah in seinen Shorts immer noch besser aus als ich vorhin im Morgenmantel.

»Sie.« Unfreundlich. Strafend. Bissig.

»Sie müssen schon entschuldigen«, begann ich, »aber Sie wissen sicher um Maximilians Sammlung. Ich muss also reagieren, wenn etwas Seltsames vorgeht. Sagen Sie bloß, Sie hätten nichts gehört?«

Das würde er nicht sagen, aber …

»Da war etwas, ja.« Doch sofort winkte er ab. »Streunende Katzen. In der letzten Zeit kommt so etwas öfter vor. Sie dürfen den Müll nicht draußen stehen lassen.«

»Dieser Haushalt hat eine Putzfrau«, ließ ich ihn wissen. Übersetzt: Ich weiß, was du versuchst. Das Problem war, ich wusste nicht genau, was er versuchte.

Die durchscheinende Frau hatte mit der Anklage nicht mich gemeint. »Glauben Sie an Geister?«, wollte ich von ihm wissen. Denn da hatte gerade einer auf dem Brunnenrand gesessen.

»Suchen Sie sich ein weniger aufregendes Fernsehprogramm, Frau Nachbarin.«

Dass er mich nicht gernhatte, war mir schon beim letzten Besuch nicht entgangen. Ich deutete auf meine Brust und meinte seine: »Sie haben da vielleicht etwas Lippenstift.«

Rätselhaft, wie der dahin kam, so ohne Frau. Ähnlich mysteriös wie ein Geist, der Abdrücke im nassen Untergrund hinterließ.

Womöglich schwindelten wir alle beide.

3

Do huift koa greane Soibn!
Da muss man durch, da hilft gar nichts mehr. – Besagtes Heilmittel ist eine
Zugsalbe, die auf Wunden aufgetragen wird.

Ferdi

Seit dem Auftritt mit Werner Braune im Weßner Hof hatte sich
einiges verändert. Vielleicht war es nur sein Gefühl, dass manches
auch gut ausgehen konnte.

Der Meister war jetzt öfter gut gelaunt, was einiges wert
war.

Bergmüller hatte wissen wollen, was Ferdi ausgerechnet mit
dem alten Herrn Bertels zu tun habe und was der von ihm gewollt hatte. Reich sei der, eigenwillig, und sein Sohn sei im Krieg
geblieben.

Eine wenig aufschlussreiche Beschreibung. Ferdi war doch
völlig egal, wer Bertels war. Ihm war bloß nicht egal, was der
für seine Mutter sein wollte.

Ferdi fand nicht, dass sein Meister davon erfahren musste.
Die Sache ging Bergmüller nichts an, aber wenn er ihm das gesagt hätte, wäre es wohl einer Beleidigung gleichgekommen. So
erklärte er ernsthaft: »Meine Gitarre klingt nicht sonderlich, ich
solle mir überlegen, eine neue zu kaufen, hat er gesagt. Was ich
auch fest vorhabe.«

Bergmüllers »Mhm« verriet Ferdi, dass er ihm nicht glaubte.

»Ich muss noch ein wenig sparen«, sagte er, um freundlich
zu wirken.

»Junge, solange du die Figur des heiligen Sebastian nicht an-
gerührt hast, bin ich auf deiner Seite.«

»Geklaut …«, vermutete Ferdi und kniff die Augen zusammen. Aus der Kirche. »Was kann die denn wert sein?«, fragte er
und biss sich auf die Zunge. Er verstand nicht, wie jemand eine
Holzfigur wegtragen konnte.

Aber Bergmüller hob die Augenbrauen. »Locker vier gute Gitarren«, gab er zurück.

»Für eine Gitarre braucht man anderes Holz.« Ein müder Spaß.

Der Meister klopfte ihm auf die Schulter. »Passt scho.«

Er wollte nicht darüber nachdenken, was da gemeint war.

Ferdi sah, wie sich ein Schatten wegduckte, da hatte jemand das Gespräch belauscht. Was war die Information wert, dass Ferdi Geld für eine neue Gitarre brauchte? Er verschwendete keinen weiteren Gedanken daran, bis Guido ihn beiseitezog.

Der Geselle mahnte ihn: »Wenn du den Meister erst mit deinem Schneid, Gstanzl zu singen, beeindruckst und dich hernach so verschwiegen gibst, ist auch nichts gewonnen.«

Ein »hernach« durfte er sich nicht leisten, das wusste Ferdi genau. Doch das war was ganz anderes. Über eine Sache zu schweigen konnte ihm niemand übel nehmen.

Seine Mutter hatte den alten Herrn Bertels mit keinem Wort erwähnt, woraus Ferdi schloss, der hatte nichts davon gesagt, dass er beim Mittagsstammtisch gewesen war. Dass er angeboten hatte, ihm eine neue Gitarre zu kaufen.

In einem kleinen Ort erzählten sich die Leute alles Mögliche, leider dachten sie sich auch Dinge aus und erzählten die dann genauso gern. Aber ihnen war eine Einladung ins Haus geflattert – bei Werner, dem Sohn des Lehrers. Vielleicht, weil dessen Anschrift bekannt war?

Ferdi war es gleich. Sie durften wieder auftreten, es gab Honorar. Ein fünfzigster Geburtstag. »Ferdi, du hast uns wirklich was eingebrockt. Jetzt will einer, dass die gesamte Lebensgeschichte vom Geburtstagskind runtergesungen wird. Als Gstanzl.« Werner verdrehte die Augen.

»Das geht. Jeder dichtet ein paar Strophen. Für das Dazwischen denken wir uns eine kurze Melodie aus, Harmonika und Gitarre. Schlimmer wäre ein achtzigster Geburtstag.«

»Und deine Gitarre? Kriegt die das hin?«, fragte Werner.

Ferdi hatte erzählt, der alte Herr Bertels fände, dass die Gitarre das eben nicht gut hinbekam. »Wenn ich genug Geld zusammenhabe, möchte ich schauen, ob ich im Pfandleihhaus was finde. Die Instrumente sind sicher nicht billig, aber …« Er ließ Werner sich den Rest denken.

»Ehrlich, in einem Pfandleihhaus kann man sich eine Gitarre kaufen?«, fragte Werner. »Vielleicht schaust du ja erst mal, was Herr Orwig an Instrumenten dahat.«

»Günstiger?«, meinte Ferdi.

»Bestimmt«, glaubte Werner. »Ich komme mit, Herr Orwig hat auch andere schöne Kleinigkeiten.«

Ferdi nickte und wusste im selben Moment, woran der Freund dachte. An wen.

»Auf die Mädchen macht ein Gitarrist ziemlich Eindruck. Marquartstein ist ein kleines Kaff, aber du könntest herumreisen und dir auf diese Weise dein Geld verdienen. Das stell ich mir aufregend vor.« Werner klang richtig angesteckt von der Idee.

»Daran gedacht hab ich schon«, bekannte Ferdi. »Aber zuerst muss wirklich eine gute Gitarre her. Danach … Vielleicht schreibe ich dir irgendwann eine Karte aus einem schönen Küstenort«, meinte er zwinkernd. »Wenn es mich nicht vorher erwischt, wie der Herr Pfarrer sich gewünscht hat. Geflucht hat man meinetwegen schon öfter, aber *ver*flucht worden bin ich noch nie.«

Seine Mutter wollte nicht an Flüche glauben, doch … »Das macht mir ein wenig Angst«, sagte sie. »Er ist ein Mann der Kirche. Was hast du denn so Böses über ihn gesagt?«

Ja, was? Der Herr Pfarrer war eben empfindlich.

»Entschuldigen werde ich mich sicher nicht«, sagte Ferdi, falls sie glaubte, das würde etwas bringen. Konnte man einen Fluch zurücknehmen?

»Manche Menschen vertragen grobe Offenheit nicht«, sagte sie.

Und andere Menschen verdrehen die Dinge gern. »Mama, ich habe ihn ein wenig aufgezogen wie die anderen Herrschaften am Stammtisch auch.«

»Wir könnten eine geweihte Kerze für dich anzünden. Gegen den Fluch ein paar Gebete sprechen. Schau nicht so. Ich will nicht ständig mit mir herumtragen, dass dir etwas zustoßen könnte.« Ein kleines Lächeln, unsicher, aber es stand dafür, dass der komische Pfarrer einen wirklich ängstigen konnte.

»Am Ende wird er noch sagen, ich hätte aus der Kirche was mitgenommen.«

Am Ende glaubte der Pfarrer, Ferdi könnte sich an der Heiligenfigur vergriffen haben. Oder sein Meister dachte das. Ferdi hatte in der letzten Zeit unbedachte Sachen gesagt. Vielleicht nahm das jemand ernst.

»Wann warst du das letzte Mal in der Kirche?« Sie schüttelte den Kopf. »Ich kann dich kaum mehr dazu überreden. Da müsste schon weiß Gott was passieren, dass du deine Finger ins Weihwasser tauchst.« Sie biss sich auf die Unterlippe.

Ferdi hoffte, ihr käme nicht auch noch der Gedanke, sie könnte einen diebischen Sohn haben.

»Übrigens haben Werner und ich wieder einen Auftritt«, erzählte er. »Es muss also doch jemandem gefallen haben.« Er hörte sich ein wenig grummelig an.

Das tolle Angebot vom alten Herrn Bertels mit dem grässlichen Widerhaken, das ihm trotzdem im Kopf herumspukte. Ferdi wünschte sich wirklich, dass seine Mutter glücklich war, aber nicht ausgerechnet mit *dem*.

Was war das mit der Liebe?, hatte er sich gefragt, als er Barbara geküsst hatte. Wenn er wollte, hätte er …

Aber ein Freund versuchte es nicht beim Mädchen eines anderen. Vielleicht war Barbara nicht Werners Mädchen, aber der war total verschossen in sie, und Ferdi musste zugeben, ihn hatte dieser Kuss kein bisschen elektrisiert.

Er war nicht bei der Sache. In der Backstube sollte er es besser sein, denn der garstige Harald war allzeit wachsam. Oder er schmiedete schon einen neuen Plan. Aber mit diesen Gedanken konnte er sich auch verrückt machen, dachte Ferdi. Besser an etwas ganz anderes denken.

Er brauchte noch einige Reime für den in Kürze Fünfzig-jährigen. Neuerdings war er stets mit Zettel und Stift bewaffnet, und wenn ihm etwas einfiel, versuchte er es kurz festzuhalten, bis sich eine Gelegenheit ergab, sich eine ausführliche Notiz zu machen.

Dass Harald ausgerechnet diesen Umstand ausnutzen würde, um zuzuschlagen, hätte Ferdi nicht für möglich gehalten.

An dem Tag, an dem der Meister aussah, als wolle er gern jemanden in der Luft zerreißen, hatte Ferdi seinen Block nicht dabei, weil er sogar schon den letzten Abschnitt des fünfzig-jährigen Lebens niedergeschrieben hatte, samt einem Ausblick auf Kommendes, und ziemlich zufrieden damit war.

»Beim Daxner gibt es seit gestern ›das gesunde Brot‹.« Noch klang Bergmüller leise, aber dahinter verbarg sich Wut. Die Kon-kurrenz hatte eine neue Brotsorte – was war das Erstaunliche daran, und was ärgerte ihn so? »Mit Gewürzen und Früchten. Genauer: mit Koriander, Haselnüssen und Moosbeeren. Die sind feiner als Preiselbeeren. Wie kommt Daxner zu meinem Rezept?«

Ferdis Blick schoss zu Harald. Der sah unschuldig drein, wäh-rend der Meister ihn im Visier hatte, das konnte er verdammt gut. Diese Geheimnisse lagen offen vor ihnen, sie arbeiteten ständig mit den altbewährten Rezepten, die um nichts in der Welt diese Räume verlassen durften. Daxner war ein Meisterbetrieb wie der von Bergmüller. Und Daxner schlief nicht, das war ihnen eingebläut worden. Ausgerechnet die Konkurrenz sollte sich einen Diebstahl nachsagen lassen?

»Ferdi kommt neuerdings mit Block und Stift hier an«, warf Guido ein.

Genau. Aber heute nicht, sonst hätte er seine Notizen sehen lassen können. Alle Spuren sprachen gegen ihn. Wieder einmal.

»Ferdi Weber hat das Rezept verkauft, weil er unbedingt eine neue Gitarre will?«, rief Ferdi aus. Natürlich, die Vermutung passte gerade ganz wunderbar. »Das wäre doch Geheimnisver-rat.«

Jetzt hätte er sagen können, dass er das nicht nötig habe, weil der alte Herr Bertels ihm eine kaufen würde, wenn er nur wollte. Ferdi biss sich auf den Daumen, dann lachte er, als gäbe es weit und breit nichts Lustigeres.

Bergmüllers Augen blitzten. »Geh nach Hause. Ich muss nachdenken.«

Wenn da etwas bei herauskam. Das sagte Ferdi glücklicherweise nicht.

Wie hatte Harald es angestellt, dass die Sache nicht auf ihn selbst zurückfiel? Oder war es Zufall? Gab es den überhaupt irgendwo?

Ferdi ging nicht nach Hause. Er brauchte eine Lösung. Eigentlich brauchte er einen Beweis für seine Unschuld. Vielleicht war es ganz einfach ... Nein. Er wollte den alten Herrn in der Villa nicht um etwas bitten. Aber auch nachdem er mit seinen Gedanken fast endlos herumgewandert war, fand sich keine andere Antwort. Er würde um etwas bitten müssen.

Ferdi hatte einen Entschluss gefasst und die Umgebung aus den Augen verloren, als er eine Hand auf dem Rücken spürte. Er wirbelte herum.

»Was stolzierst du in der Gegend herum, Ferdi Weber?« Barbara lachte ihn an, sie ging Hand in Hand mit Werner Braune.

»Ferdi ...« Werner sah glücklich aus, als hätte er den Hauptgewinn gezogen. Barbara stellte sich auf Zehenspitzen und küsste ihn vielsagend. Werner lief rot an bis zum Haaransatz.

»Wir sehen uns sicher noch«, sagte sie zu Ferdi, zwinkerte ihm zu und streifte ihm im Vorbeigehen über die Finger.

»Du hinterhältiges Biest«, flüsterte Ferdi.

4

Ziag di warm oo!
Mach dich auf etwas gefasst! – Unterschwellige Drohung.

Sie hatte aufgehört, die Tage zu zählen, aber sie würde immer weiter versuchen, Antonias Geheimnis aufzudecken – bis es aufgedeckt war.

Bazi hatte ihr Bescheid gegeben, dass der Grassauer Bulle Antonias Notebook zurückbringen und sich mit ein paar Leuten noch einmal genauer im Zimmer umschauen wollte.

Für Bazi war es vor der Schule, für Tessa zum Frühstück; sie saß an dem kleinen Tisch in ihrer winzigen Küche, und ihr drohte der Toastbissen im Hals stecken zu bleiben. Es war definitiv zu früh, um sich über schlimme Sachen auszutauschen.

Mit anderen Augen betrachtet – was sah man in Antonias Zimmer Besonderes? »Den kleinen Strickschuh«, flüsterte sie vor sich hin. Der war auch vorher schon da gewesen, die Polizei konnte ihn nicht übersehen haben. Hatten sie sich nicht ihren Teil gedacht?

Warum nicht?

»Bazi, hör mal, das ist jetzt ein bisschen wichtig«, sagte sie. Wie formulierte man es, ohne dass der andere den Zusammenhang sofort erriet? Ein anderer, der klug war, dem nur wenig entging. »Weißt du noch, wann Antonia den kleinen Schuh gestrickt hat?«

»Antonia kann nicht stricken«, kam Bazis Antwort schnell.

Tessa überlegte fieberhaft, wie sie in Erfahrung bringen könnte …

»Der kleine Schuh steckt an der Pinnwand.« Vorsichtig. Was deutete sie damit an?

»Du meinst den Babyschuh. Der war nicht immer an der Pinnwand«, sagte Bazi, dann riss er Tessa aus ihren Gedanken. »Du hast das gar nicht gewusst … Den Babyschuh hat die Mama gemacht. Antonia hat einen, ich hab den anderen.«

Tessa hatte es die Sprache verschlagen. Darauf wäre sie nie gekommen. Grandios, die Mutmaßung mit der Schwangerschaft.

Sie war stinksauer gewesen, als Antonia andeutete, sie würde für eine intensive Privatunterrichtsstunde bei diesem Lehrer einiges tun. Tessa sah Kohlschreibers Blick wieder über das letzte Foto hinwegfliegen, das Antonia ihr geschickt hatte. Er wusste genau, wann sie es gemacht hatte.

»Du hast an was anderes gedacht, wegen dem kleinen Schuh«, sagte Bazi gerade. Mit seiner Vermutung landete er jedenfalls einen Treffer. »Ich hab was Dummes gedacht«, bekannte Tessa.

»Der Junge auf dem Foto«, rief er ihr in Erinnerung. »Was ist ihm passiert, hast du schon was herausgefunden?«

»Herausgefunden habe ich was, aber niemand weiß, was ihm passiert ist. Er heißt Ferdi Weber, und er ist im Sommer 1959 wie vom Erdboden verschwunden.« Sie berichtete kurz von Antonias Nachforschungen.

»Irgendeiner muss es wissen«, gab Bazi zurück. »Er selbst, wenn Ferdi wegwollte, oder ein anderer, wenn Ferdi umgebracht wurde.«

»Ich mag es nicht, wenn du über so etwas nachdenkst!« Tessa klang barsch, aber ihre Unterlippe zitterte.

»Ich denke nicht über diesen Jungen nach, den der Pfarrer verflucht hat, ehrlich. Ich denke: Wird die Polizei wegen Antonia noch was unternehmen? Und wir, was machen wir, Tessa?«

Sie erzählte ihm, dass sie in der vergangenen Nacht ein rachsüchtiger Geist gewesen war, um den Lehrer zu erschrecken. Die einzige Idee, die sie hatte, um Kohlschreiber zum Reden zu bringen.

»Er hat sie doch nicht zu Tode geliebt?«, überlegte Bazi. »Es ist aber kein anderer verdächtig, oder?«

Gerade hatte Tessa jedenfalls kein Foto von irgendeinem anderen, über den Antonia öfter gesprochen hatte, mit dem sie häufiger zusammen gewesen war. So ein Verdacht war vielleicht auch Ansichtssache. Für sie war Kohlschreiber verdächtig, weil er so eigenartig reagiert hatte.

»Kohlschreibers Nachbarin hab ich sicher erschreckt«, berichtete sie Bazi. Vielleicht auch neugierig gemacht.

Tessa hatte sich beeilen müssen, die alte Dame hätte sie um ein Haar erwischt. Sie war in den Wald geflüchtet, hatte das Kleid ausgezogen, es zusammengelegt, in ihre Tasche gestopft und war in ihre Straßenkleidung geschlüpft. Sie wollte den Versuch wiederholen. Vielleicht schon heute Nacht.

»Du behältst die Polizei im Auge«, wies sie Bazi an. »Wenn wir wissen, was sie vorhat, können wir beschließen, was wir machen.«

Bis dahin sollte ihr noch was einfallen. Tessa glaubte, dass es vorbei war, dass es nur noch darum ging, eine Leiche zu finden und den Täter festzunageln. Die Hälfte von ihrem Toast blieb auf dem Teller liegen, sie hatte keinen Appetit mehr.

Da wäre noch … Ja, da war noch – Tessa hatte das Grab von Sofia Weber ausfindig gemacht und war sich richtig gut vorgekommen. Obwohl ein Grab auf einem Friedhof zu finden nicht zu den großen Leistungen zählte. Anderswo eines zu finden, das wäre eine, aber sie mochte keinesfalls diejenige sein, die Antonias entdeckte.

Sie wollte noch einen Blick ins Internet werfen, vielleicht könnte sie den Schreiber der Meldungen von 1959 ausfindig machen. Xaver Weinzierl, der Reporter, der sich für den »Chiemgauer« ins Zeug gelegt hatte. Er arbeitete wohl nicht mehr für die Zeitung, selbst wenn er damals sehr jung gewesen war, wäre er jetzt sehr alt.

Zu dem Namen fand Tessa eine Telefonnummer in Chieming. So einfach? Sie wählte. Es war unverschämt, jemanden so zeitig anzurufen. Sie meinte es nicht wirklich ernst, eigentlich wollte sie nur probieren, ob es die Nummer überhaupt gab. Sie schaltete zu langsam, noch bevor sie sicher wusste, dass hinter der Zahlenkombination wirklich ein Teilnehmer steckte, wurde das Gespräch auch schon angenommen.

»Es tut mir leid, ich möchte Sie nicht stören, ich bin nicht einmal sicher, ob ich richtig bin«, begann sie überrascht.

»Das werden Sie feststellen, wenn Sie gefragt haben«, kam

es zurück. Eine männliche Stimme, die nicht mehr ganz jung klang.

»Ich suche einen Xaver Weinzierl, der 1959 für den ›Chiemgauer‹ den Artikel über den verschwundenen Jungen aus Marquartstein geschrieben hat.«

»Und der sollte noch frisch genug sein, sich daran zu erinnern.« Eine Feststellung von der anderen Seite.

Tessa schaute auf die Uhr, wusste, sie würde zu spät zur Arbeit kommen, wusste, sie konnte das Gespräch jetzt nicht abwürgen.

»Das wäre großartig«, sagte sie.

»Ja. Gestatten – Xaver Weinzierl. Mit wem habe ich das Vergnügen?«

Tessa stellte sich vor, und er bat sie, laut zu sprechen, denn auch wenn das Hirn noch fit sei, höre er doch nicht mehr so gut.

»Wenn man Ferdi Weber gefunden hätte, ob lebend oder tot, dann wüsste ich das. Was oder wen gedenkst du also zu finden?«, fragte er.

»Denjenigen, der auf dem Marquartsteiner Friedhof die Grabstätte für Sofia Weber gekauft hat. Ich wüsste gern den Zusammenhang.« Tessa sagte Weinzierl, die Daten seien eingemeißelt worden. »Die Inschrift lautet: ›Es denken an euch der liebe Gott und ich – ewiglich. E L‹. Wer hat an Sofia und an Ferdi gedacht?«

Er müsse kurz in seine Notizen schauen. Aus kurz wurde länger, aber schließlich hatte er etwas gefunden. »Das war ein Heinz Ulrich Bertels. Ihm gehörte zu jener Zeit die ehemalige Villa de Ahna. Ein sehr vermögender Mann, dessen Sohn im Zweiten Weltkrieg gefallen ist, bevor er sein Mädchen heiraten konnte. Es hat gedauert, bis ich den Mann endlich aufgetrieben hatte«, erzählte Weinzierl.

»War er dieser ominöse Gast im Café-Restaurant Weßner Hof?«

Mit dem gefallenen Sohn hatte es eine besondere Bewandtnis, vermutete Tessa.

»Bertels hat mir eine tolle Geschichte erzählt. Wenn du sie hören willst, dann ruf mich doch einfach wieder an. Ich muss nämlich gleich weg, und meine Enkelin kann Zuspätkommer nicht ausstehen.«

»Die Idee ist gut, Zuspätkommer sind wirklich übel«, fand Tessa. Sie war jetzt schon mehr als zehn Minuten überfällig. Der alte Apotheker würde ihr das nachsehen, Moritz würde sie dafür an die Wand klatschen, weshalb Tessa mit einer extrem verkürzten Mittagspause rechnen musste. Die Verspätung musste eine Ausnahme bleiben.

Weinzierl und sie vereinbarten den nächsten Tag um dieselbe Uhrzeit.

»Ich bin immer schon früh wach – aus alter Gewohnheit –, aber dafür habe ich heute schon das Neueste erfahren. Und weil es gerade um Marquartstein geht … Heute Nacht wurde dort eine Bedienung auf ihrem Heimweg von einem Vermummten überfallen.«

5

Wennst moanst, iba di wead ned gredt, muasst grod deine Ohrwaschln ins Land schicka.
Nachreden gibt es über jeden.

Ich ertappte mich dabei, wie ich an Sebastian dachte, und wusste, ich würde ihn anrufen.

Was mich dazu bewegen würde, wusste ich im Moment noch nicht genau. Es war sehr lange her, dass er meine Hand genommen hatte und ich mit ihm gegangen war. Das Bild von uns beiden konnte ich tatsächlich aufrufen. Was mir bei Minis Erzählung über den Fund einer Toten auch gelang, doch durfte ich da kummervoll behaupten, Phantasie war eine gruselige Illustratorin. Wer überfiel denn nachts eine ältere Frau? Wir lebten doch nicht im berüchtigten Viertel einer Großstadt.

Sie war geistesgegenwärtig genug gewesen, zu schauspielern. Ich wusste nicht, was ich getan hätte. In Marquartstein tobte manches Mal das Leben, aber der Tod war offenbar auch nicht weit weg.

Ich hatte kaum die Augen zugemacht, da riss ich sie wieder auf. Der nun schon vertraute Ton – die Türklingel. »Mini, ich werde dir deinen dürren Hals umdrehen.« Das durfte doch nicht wahr sein, wir hatten kaum geschlafen! Ich stapfte im Nachthemd den Gang entlang, raunzte Gretel an, sie kümmere sich kein bisschen – die Hundedame schaute weg –, und griff mir das Nudelholz, das ich auch Sebastian vor die Nase gehalten hatte. Damit wollte ich die frühe Störenfriedin erschrecken.

»Minerva, ich weiß genau, du hast mich lieb, und es ist gern geschehen, wirklich. Mir wäre aber ein bisserl später lieber …« Damit riss ich die Tür auf. Vor der jemand anderer stand.

Das Küchengerät fiel mir aus der Hand. Ich bekam weiße Knöchel vom Drücken des Türknaufs, er sollte mich nicht schlucken sehen.

»Frau Kommissarin, du kannst unmöglich überrascht sein.«

»Gar nicht überrascht. Fast zu Tode erschrocken«, erwiderte ich. »Du musst reinkommen, sonst revanchiert sich der Nachbar noch wegen meiner Störung heut Nacht.« Ich machte ihm tatsächlich die Tür auf.

Benno Seitlein bückte sich nach dem Nudelholz und reichte es mir. Er hatte sich angekündigt, aber wer rechnete schon damit, dass der Mann klingeln würde?

Gretel hatte sich aus ihrem Korb erhoben, um zu schauen, wer da gekommen war. Ich konnte bloß den Kopf schütteln. Sebastian Orwig war ihr nicht sympathisch gewesen, ein verurteilter Mörder war es?

Im Nachthemd, mit einer Hundedame, die keinen Biss hatte, im Hintergrund eine opulente Kunstsammlung. Ich hatte nicht mehr alle Tassen im Schrank – ihn einfach hereinzubitten!

»Ich zieh mir was an, dann mache ich Kaffee, du sagst mir, wofür du mich rupfen willst, und wir steigen in den Ring.«

»Mord war Mord, Frau Kommissarin – aber jetzt wirst du komisch.«

Fand ich nicht. Ich ließ ihn stehen. »Dass mir hier nichts wegkommt«, drohte ich.

Ich sah nicht, wie er die Augen verdrehte, das war auch nicht nötig.

In meinem Zimmer sank ich aufs Bett. Musste ich befürchten, dass er ein Werkzeug bei sich hatte? Musste ich mir Gedanken machen, das kleine Lächeln wäre das Letzte, was ich in diesem Leben sah? Sollte ich die Tür verriegeln, die Polizei anrufen?

Mein Handy war in meiner Tasche, und die hing irgendwo, bloß nicht in Reichweite. Ich musste lachen und konnte nicht mehr aufhören. Es gelang mir, mich anzuziehen, ich lachte immer noch.

Ich hörte in der Küche die Kaffeemaschine, Schubladen wurden aufgezogen, Schränke geöffnet, das Radio lief …

Niemand würde es mitkriegen, wenn er es jetzt erledigte – mich erledigte.

»Der Kaffee wird kalt, du kannst doch nicht so lange brauchen, um zu entscheiden, was du tun willst.«

Was ich tun wollte, darum ging es nicht. Was *er* tun wollte, das machte mir schon eher Kopfzerbrechen. »Zwei Löffel Zucker bitte«, wenn er schon Kaffee gemacht hatte.

Ich erschien in der Küche, wo er auf dem Tresen für uns gedeckt hatte.

»Ich komme nicht aus dem Gefängnis frei, um mich gleich wieder dorthin verfrachten zu lassen, weil ich mir die Kommissarin schnappe. Du hast versucht, mir zu helfen. Damals wollte ich es nicht, aber jetzt … bitte ich dich darum! Es geht um ein Rätsel.«

»Nein!«, sagte ich und biss mir auf die Unterlippe. Kristina Seitlein hatte es wirklich getan. Und die Kommissarin hatte das Buch verheizt.

»Bis jetzt habe ich überlegt, wie ich es anstellen soll. Ein paar Kontakte hab ich, musst du wissen, Frau Kommissarin, weil ich mir denken kann, mein Anblick macht dich vielleicht stumm. Aber ich kann es nicht rausfinden. Ich muss wissen, woran meine Mutter starb, und wenn es das Letzte ist.« Der Blick entbehrte jeder Falschheit.

Ich streckte die Hand nach der Kaffeetasse aus. Das war wirklich das Allerletzte. Wie sollte ich jetzt noch herausfinden, warum ihr das Herz stehen geblieben war.

Ich würde nicht sagen, dass ich etwas vernichtet hatte, was vielleicht Aufschluss gegeben hätte, denn daran glaubte ich nicht – ich musste überlegen, das Problem auf andere Art zu lösen.

Ich versprach, es zu versuchen, ein paar Gespräche zu führen und mir die Umstände des Todes genauer anzuschauen.

»Was hat Kristina genau gesagt?«, wollte ich wissen. Wollte ich das wirklich? »Es ist wichtig. Und *wie* sie es sagte.«

»Sie hatte keine Möglichkeit mehr, den Mund aufzumachen«, erwiderte er. »Sie hat noch versucht zu lachen, aber das habe ich abgewürgt. Kristina hat es aufgeschrieben.«

Mir wurde heiß, gern hätte ich mich in die Kaffeetasse geräuspert. Weißt du von dem Buch?, fragte ich im Stillen, doch da stellte er die entscheidende Frage: »Woher weißt du, dass es Kristina war, die ein Rätsel für mich hatte?«

Er ließ mir gerade so viel Zeit, eine mögliche Antwort zu kreieren. »Wer sonst sollte dich rätseln lassen, Benno?«, fragte ich zumindest reaktionsschnell und trank einen Schluck von meinem Kaffee.

»Ja, es ist wirklich niemand mehr da.« Er nagte an der Innenseite der Wange. Das hatte ich ihm nicht sagen müssen. Er zog einen zusammengelegten Brief und einen Zettel aus der Hemdtasche und legte beides auf den Tresen.

»Liest du ihn mir vor?«, bat ich. »Ich muss den Ton hören, du kennst ihn am besten.«

»Interessant, dass du mich darum bittest.« Er entfaltete den Brief.

In meinem Magen schlich etwas umher, ein Unwesen, quälend schwerfällig.

Ich will, dass diese Zeilen dich hinterher erreichen. Nachdem du mich getötet hast. Du wirst nicht mehr fragen können, denn die zwei Menschen, die es wüssten, sind tot.
Aus mir hat sich Mutter nie viel gemacht, aber aus dir.
Was meinst du, ob sie mir geglaubt hat, als ich ihr sagte, dass du mich töten wirst?
In jedem Fall war sie sooo erschrocken, und ein böser Schock kann einen umbringen!
Denk an mich, Bruder – denk an uns –, bis zu deinem letzten Scheißtag.
Immer die Deine,
Kristina

Mir blieb die Spucke weg. Ich hatte noch nicht vergessen, wie ausnehmend gemein sie gewesen war, aber ich hatte mir selbst auch nie zugehört. Die Aufzeichnungen in dem giftigen kleinen Buch hatte ich leise und für mich gelesen.

»Zwei Möglichkeiten«, schloss Benno an. »Sie hat sie dazu gebracht, sich selbst zu töten, oder der Herzschlag, die Aufregung war tödlich. Mutter hatte ein schwaches Herz.«

»Drei Möglichkeiten«, sagte ich, und indem ich es aussprach, begriff ich: Spätestens jetzt musste ihm klar sein, dass ich Genaueres wusste. »Kristina hat etwas behauptet, ihr letztes Rätsel war ihre Rache. Sie sieht es vor sich: Du wirst dich dumm und dusslig denken, dich fragen und fragen und fragen … bis zu deinem letzten Scheißtag, Benno. Es kann sein, dass sie überhaupt nichts getan hat. Dass es nichts zu erzählen gab, dass dieser Schock allein für dich bestimmt war.«

»Ich weiß schon, warum ich dich das frage, Frau Kommissarin. Du kannst dich ins Schlechteste hineindenken.«

»Juliane Leitermann ist außer Dienst. Schon länger. Wie du siehst, hütet sie das Haus anderer Leute.«

»Das ist dann die Rache, die dich ereilt«, sagte er. »Nie wirst du wirklich außer Dienst sein.«

Wo er recht hatte …

»Eine exquisite Sammlung hat der Hausherr zusammengetragen.« Er wagte es, zu zwinkern, und war gleich wieder so ernst, dass ich dachte, es nicht wirklich gesehen zu haben. Dann war er auch schon wieder in der Vergangenheit – in seiner. »Auf dem Zettel steht der Name des Arztes, bei dem Mutter in Behandlung war. Es war erst in der vergangenen Nacht, als ich Sorge hatte, dass es möglich ist, jemanden zu Tode zu erschrecken.« Er verzog das Gesicht.

Die gestrige Nacht.

»Mini Meierhofer hat sich nicht erschrocken, weil der Vermummte ihr sein Messer gezeigt hat, sondern vielmehr, als ihr aufgegangen ist, wer Alfons ist«, sagte er und schüttelte den Kopf. »Sie erschrickt gleich für dich mit? Seltsam ist es schon, aber das nennt sich wohl Freundschaft – wenn einer Feuer hat, hat der andere was zum Anheizen. Oder, Frau Kommissarin?«

Wie zufällig konnte das denn gemeint sein? Ich wollte es lieber nicht verstehen.

»Wo bist du untergekommen?«, fragte ich ihn, aber nicht, weil ich ungemütlich werden wollte.

»Ein Stück raus aus dem Ort und dann auf der linken Seite – der Weßner Hof. Da schaut Alfons Winterstein von seinem Balkon aus auf die Bergkette«, berichtete er. »Er macht aber keinen

Urlaub, sondern sich beim Pfarrer nützlich. Erinnerst du dich, Frau Kommissarin? Im Mittelalter hat ein Verbrecher auf diese Weise Buße getan.«

Was war das jetzt mit dem Erinnern?

»Wenn ich mich recht erinnere, hast du deine Tat nicht bereut.«

Außer er hatte jetzt etwas vor, was ihm danach leidtun würde.

»Benno«, begann ich. »Alfons ... du erschreckst mich.«

»Den Herrn Pfarrer auch«, sagte er. »Was denkst du, Frau Kommissarin, wann wirst du etwas über die Herzenssache wissen?«

Ich hatte nicht vor, die Aufregung mittels einer zweiten Tasse Kaffee zu steigern, und trank einen großen Schluck Wasser, nachdem sich Alfons Winterstein, der dem Pfarrer zur Hand ging, verabschiedet und ich ihm versprochen hatte, ganz bald Bescheid zu geben. Ganz bald war sicher auch im Interesse von Alois Kurzer. Ich wollte gar nicht wissen, was er dem Pfarrer erzählt hatte.

Ich fütterte Gretel, dachte nach und führte Selbstgespräche. Dann nahm ich mir den Zettel vor und daraufhin den Arzt von Maria Seitlein.

Dr. Otto Kässbohrer. Der komischste Kauz, mit dem ich in letzter Zeit um eine medizinische Auskunft hatte verhandeln müssen. Ich sah ihn nicht gerade die Arme vor der Brust verschränken, aber er hörte sich ganz so an.

Ich bekam keine Information, denn ich war weder eine Angehörige noch irgendwie berechtigt, ihm Fragen zu stellen. Es wären doch bloß zwei, verteidigte ich mich. Ich wollte wissen, was er verschrieben hatte und wie alt er damals gewesen war, als er Maria Seitlein behandelte. Er schimpfte mich »unverschämt«.

Ein kurzes Gespräch. Ich brauchte denjenigen, der den Tod von Maria Seitlein festgestellt hatte, und das war Kässbohrer nicht gewesen. Ein Glück. Hoffentlich.

Totenscheine konnte man online finden, die Dokumente waren digitalisiert. Erschien mir etwas unsicher, vielleicht nicht verlässlich. Was auch immer, ich hatte ein Versprechen gegeben. Juliane Leitermann war von Recht und Gesetzes wegen wirklich außer Dienst.

Mein Münchner Kollege, der vom Fall Seitlein ja schon einiges gehört haben wollte … Gerade passte mir das gut, er sollte noch mehr hören.

»Die Verschwundene vom Land, Antonia Olberding. Ich dachte mir, dass Sie die Neuigkeiten sicher schon erreicht haben«, begann ich.

»Welche?«, lautete der erstaunte Reflex.

»Vielleicht gibt es noch mal eine Suchaktion«, sagte ich. Ich hatte es so ähnlich gehört.

»Davon ist mir nichts bekannt. Vielleicht die Kommandantur der Dienststelle.«

Das Wort gab es noch? Auf diesen Punkt würde ich gleich kommen, auf Umwegen. »Ich hab gerade mit einem ganz unangenehmen Doktor gesprochen. Es ging um den Totenschein für Benno Seitleins Mutter, Maria.«

»Für den sich jetzt jemand interessiert? Wer denn?« Verwirrt.

»Benno Seitlein«, gab ich preis.

»Man hat dem armen Mann nicht gesagt, wie seine Mutter starb?«

»Vielleicht konnte er damit nicht viel anfangen, denn das Herz hört letztlich ja beim Tod jedes Menschen zu schlagen auf«, sagte ich.

»Auch wahr«, stimmte er zu. »Dauert ein paar Minuten, ich muss Benno Seitleins Namen eingeben und warten, was ich dazu bekomme«, sagte er und redete weiter über Familienangehörige und deren Status, bis er offenbar etwas gefunden hatte. Ich wäre auch so geduldig gewesen.

»Maria Seitlein … starb 2002 … Ihre Tochter fand sie und verständigte den Notarzt. Der auch den Tod bestätigte. Todesursache Herzversagen. Auf der Rückseite des Totenscheins waren einige Notizen.«

»Welcher Art?«, fragte ich. Spannend wollte ich es nicht unbedingt haben.

»Vielleicht könnte es sich um einen Suizid gehandelt haben. Der Notarzt hat einen Bluttest angeordnet. Dr. Bert Gerdes arbeitete damals im Bogenhausener Krankenhaus und begleitete nebenbei Rettungseinsätze. Warum kommen Sie wieder mit seltsamen Sachen?«

»Dafür kann ich wirklich nichts. Wir sind hoffentlich neugierig genug ...«, regte ich an.

»Um zu erfahren, ob die Frau sich umgebracht hat oder umgebracht wurde oder auf natürliche Art starb? Wo Sie so fragen ... Ich kann mich bemühen, das herauszufinden. Dann schulden Sie mir aber was!«

»Benno Seitlein schuldet Ihnen was«, meinte ich.

»Lieber nicht.«

Ich würde Bescheid bekommen und war dankbar, denn hier wäre die ehemalige Kommissarin nur schwerlich weitergekommen. In einer anderen Sache schon. Ich musste Mini aufgabeln, und wir müssten uns etwas erzählen, um es ein wenig später in der Polizeiinspektion in Grassau fürs Protokoll zu wiederholen. Ich machte Gretel für einen Spaziergang bereit.

»Wir könnten frühstücken gehen«, schlug Mini vor, als ich auftauchte. »Wir sehen fein aus, riechen gut und haben kein Zeugs irgendwo dranhängen.« Sie bückte sich zu Gretel, dann schaute sie mich an. »Da muss noch was gemacht werden«, flüsterte sie.

Zugegeben, die Hundedame wirkte ein klein wenig angegriffen.

Die Frühstücksidee gefiel mir nicht. Wir brauchten einen ruhigen Platz, mussten reden, lange Ohren kriegen sollte niemand. »Wir kaufen was ein und frühstücken auf der Felder'schen Terrasse. Ungestört«, lautete mein Gegenvorschlag.

»Drei Mädels unter sich«, sagte Mini. »Ich wollte noch ... Moment«, sagte sie und rief ins Haus: »Mein Herz, wie hieß Frau Kohlschreiber noch mal? Den ehemaligen Wohnort brauchen wir auch.«

»Ganz so dringend müssen wir das jetzt nicht wissen«, sagte ich.

»Mini Meierhofer«, begann Loy, und ich hörte eine Tür schlagen, als er eilig und ein wenig rot im Gesicht herausstürmte.

»Bedienung wird von Maskenmann überfallen«, las er vor, hielt die Zeitung vor sich, rückte die Brille zurecht und verpasste dem Blatt einen feurigen Schlag mit der Hand.

Für mich hörte sich das an, als wollte ihr Liebster einen Streit anzetteln. »Der Stand der Dinge«, wetterte er.

»Da hat einer gepetzt«, erwiderte Mini gar nicht freudig.

»Du hast es für dich behalten?«, schimpfte ich mit. »Wie lange hätte das denn funktionieren sollen, meinst du?«

»Bis ich weiß, was mir fehlt und wo's mir fehlt«, erklärte sie ernsthaft.

Loy drückte ihr den »Chiemgauer« in die Hand, drehte sich um und rief: »Frau Leonie Kohlschreiber war einst Fräulein Kramer. Der Name der Mutter ist selten, Mathea. Frau Kramer kommt übrigens aus Heidelberg. Da hat Konstantin damals sein Herz verloren. Spatzl, meins strapazierst du mächtig. Das bleibt irgendwann stehen.« Er ließ auch uns beide stehen. Wieder knallte die Tür.

»Ich wollte es ihm schon noch erzählen, aber erst ein wenig überlegen, was in die Geschichte unbedingt mit reinmuss …«

Oh, Mini!

Im Edeka-Markt nahmen wir uns keinen Wagen, wir packten uns die Einkäufe auf die Arme. Deswegen bewarf uns mit Bestimmtheit niemand mit Blicken. Doch einige Leute hatten schon Zeitung gelesen, und wer die Bedienung war, brauchte man nicht zu raten, es gab ein älteres Foto von Mini. Die knurrte, wie fuchsig sie die Berichterstattung mache.

»Ich brauche etwas, was die Seele streichelt«, sagte sie und griff nach einem Tee.

»Du meinst, deine Nerven«, sagte ich.

»Meine ich gar nicht! Es war eben ein bisserl viel für eine ältere Dame – gestern habe ich einen jungen Mann angeweint, der einen Gitarrenkoffer dabeihatte. Mir war wieder eingefallen, dass Ferdi Weber Gitarre spielte und was ich in seinem Zimmer gesehen habe. Damals.« Für mich fasste sie es kurz zusammen.

»Ein ganz edles Teil stand da herum. Seine Mutter hatte es vielleicht gekauft – weil Ferdi über seinem Bett ein Bild davon hatte, einen Ausschnitt aus einem Magazin. Ein Wunsch, der sich erfüllte, aber wohl zu spät. Ferdi ist nicht irgendwo, er hat sich nicht auf den Weg gemacht ...«

Sebastian hatte etwas vom schönen, fernen Griechenland erzählt, aber da hatte mir gestern schon das Verbindungsstück gefehlt. »Sebastian wusste nicht viel, aber er und Ferdi Weber kannten sich.«

»Da ist mir doch etwas entgangen«, stellte Mini fest.

Wir zahlten, ließen die Stimmen der Leute abperlen, kümmerten uns darum, die Einkäufe zu verstauen, inklusive Minis Wohlfühltee, und ich erstaunte sie mit meinem Bericht über eine ziemlich bewegte vergangene Nacht. »Während du überfallen wurdest ...«

Mini erfuhr, dass der alte Knacker die Türklingel nicht gefunden hatte und dass ich, nachdem er schon mal da war, zu erfahren hoffte, wie gut seine Erinnerung funktionierte. »Er erzählte, damals sei von einem Griechenlandtrip die Rede gewesen, den Ferdi unternehmen wollte. Werner müsse davon gesprochen haben, meinte Sebastian.«

»An etwas Ähnliches erinnere ich mich von gestern auch«, sagte Mini.

»Ich hatte nicht den Eindruck, dass er Genaueres wusste, aber ich hatte ganz eindeutig das Gefühl, er glaubt selbst nicht an dieses Verschwinden.«

»Werner«, sagte Mini, und ich stimmte ihr zu. Werner Braune wusste etwas. Außerdem erwähnte ich meinen morgendlichen Besucher. Gretel lief vorneweg, die Hundedame wagte keine Auffälligkeiten.

»Ich versuche in Erfahrung zu bringen, wie Bennos Mutter starb«, sagte ich. »Mehr als ein letztes Rätsel, denn auf dem Totenschein ist eine Notiz des Rettungsarztes. Darf ich mich fragen, warum das immer an mir hängen bleibt?« Ich gestehe, ich war ein wenig maulig.

»Hat vielleicht mit der Lösung zu tun«, schlug mir Mini vor.

Wir standen vor der Felder'schen Haustür, bevor mir überhaupt auffiel, dass wir schon über die Straße und die Brücke gelaufen waren. Die Sonne spitzte heraus, aber es war nicht so warm, dass wir uns auf der Terrasse einrichten konnten. Diesmal begaben wir uns in die Küche, wo noch die Kaffeetassen standen. »Heißes Wasser für den Tee? Magst du dich mit mir wohlfühlen?«, fragte Mini.

»Wenn in dem Beutel etwas mit Fenchel oder Salbei drin ist, mag ich deinen Tee nicht«, erwiderte ich naserümpfend. Mini las vor. Ich konnte nicht glauben, was da alles drin sein sollte. Sie setzte den Wasserkocher auf und achtete nicht auf mich.

Als wir uns jede eine Semmel aufgeschnitten hatten, am Wohlfühltee nippten und eine Weile nichts sagten, fand ich: »Wir sollten uns allmählich mit dem Überfall beschäftigen.«

»Das geht schnell«, sagte Mini.

Genau das hatte ich befürchtet.

Sie verlangte: »Schreib auf ...«

Wirklich?

Wirklich, sagte ihre Miene. Block und Stift waren in meiner Tasche. Ich würde Stichpunkte notieren.

»Mini Meierhofer wurde um elf Uhr fünfundzwanzig von einem Unbekannten gepackt und herumgedreht. Sie sah kein Gesicht, aber einen vermummten Kopf mit Ausschnitten für Augen und Lippen. Er drohte ihr mit verstellter Stimme und einem Messer, woraufhin sie auf dem Weg zusammensank.«

Wir klärten, welchen Weg sie genommen hatte. »Du bist ja eiskalt«, sagte ich ihr. »Fürs Protokoll brauchen wir dann ein wenig mehr vom Angsthasen.«

»Ich bin kein Angsthase, ich hab mich furchtbar geärgert über so viel Frechheit! So, weiter bitte: Der Täter entriss ihr den Tuchumhang und erklärte, es täte ihm leid. An der Barschaft war er nicht interessiert, der Inhalt der Handtasche lag verstreut auf dem Boden. Er floh in die Nacht. Der Beraubten fiel sein Deo mit der greislichen Sandelholzkomponente auf, außerdem waren die Bewegungen nicht die geschmeidigen eines jüngeren Mannes.«

»Du meinst, es war jemand, der dich kennt? Den du erkennen würdest?«, fragte ich. »Gut beobachtet, Frau Meierhofer! Die Räuberpistole taugt aber nur halbwegs für die Grassauer Dienststelle. Ich trage den Fall vor, du bestätigst es den Herren, unterschreibst, und wir verschwinden wieder.«

»Räuberpistole!« Mini lachte. »Dabei habe ich etwas Wichtiges weggelassen«, erklärte sie. »Der Vermummte hat mich halb aufgesetzt, dann hat er am Umhang gezerrt und der Zusammengesunkenen zugeflüstert: ›Das letzte Mal, hoffentlich.‹«

»Ein Umhangfetischist? Du hast das Stück bei Dora Schönenfeld gekauft, oder?«, vergewisserte ich mich.

Ein Nicken. »Mit den Umhängen ist etwas. Wer würde die sonst stehlen wollen?«

»In Kleidung wird manchmal auch Heroin geschmuggelt«, warf ich ein.

Mini fand das sehr absonderlich. »Genau, das sagen wir der Polizei. Dann hat das Käseblatt einen neuen Aufhänger. Mini Meierhofer, eine abgebrühte Drogenkurierin. Und meinen Liebsten trifft wirklich der Schlag. – Jetzt ruf endlich in Heidelberg an.«

Meine Idee fand Mini »fast schon kriminell«.

Jo hatte solche Eigenmächtigkeiten auch selten gutgeheißen, und falls doch, dann hatte er darauf verzichtet, mir das zu sagen. Aber da war ich noch im Dienst und konnte es mir gelegentlich leisten, mich aus dem Fenster zu lehnen. Jetzt sah die Sache anders aus, aber ich traute mich trotzdem.

Mini, mit Gretel an der Leine, öffnete die Tür zur Polizeiinspektion Grassau. Ich hatte bei der Auskunft die Telefonnummer erfragt und mich vergewissert, dass Frau Mathea Kramer in Heidelberg mit Sicherheit die Frau Kramer war, deren Tochter ich erreichen wollte. Der ausgefallene Name half. Ich stellte mich in die Inspektion und lauschte auf die Hintergrundgeräusche, die so herrlich offiziell klangen, bedeutete Mini, es könne losgehen, und hoffte, die gute Frau wäre zu Hause und die Tochter auch.

Ich meldete mich, drehte mich ein wenig weg, während im

Raum gerade ein Telefongespräch entgegengenommen wurde, dann wurde ich an die Tochter weitergegeben und kam gleich zur Sache: »Polizeiinspektion Grassau, wir bräuchten bitte noch ein paar Auskünfte von Ihnen im Vermisstenfall Antonia Olberding. Uns ist da zu Ohren gekommen …«

»… dass ich die Flucht ergriffen habe, bevor ich das Miststück umbringe oder meinen Mann oder beide!« Da war jemand am anderen Ende stocksauer.

Dann wiederholte sie: »Vermisst …«, und schon hing ein Gedanke zwischen uns. Ich erfuhr von einem Betrug, bei dem sich mein Mund verzog. Ich fühlte nicht mit, aber die Frau entwarf ein unnachahmliches Bild von einem Ehemann, der gerade in einer anderen Frau gekommen war, als seine Ehefrau ihm zurief: »Hallo, Schatz, bin da und freu mich auf dich.« Und sich gleich darauf nicht mehr freute.

»Ich hab meinen Konstantin mit Antonia Olberding in der Küche beim Sex erwischt. So wie sie mich anschaute … das war ein Siegerlächeln. Es war nicht das erste Mal, dass sie mit ihm …« Frau Kohlschreiber holte Luft. »Was ist jetzt interessant, was, sagten Sie, will die Polizei? Sicher nicht wissen, dass ich mich scheiden lasse. Wer wird vermisst?«

Hatte sie das gerade erst verinnerlicht?

»Antonia Olberding, die junge Frau, die Sex mit Ihrem Mann hatte. Seit nunmehr sechs Tagen.« Es musste erwähnt werden, obwohl die Doppelung hier wirklich makaber war. »Wie lange sind Sie schon in Heidelberg, Frau Kohlschreiber?«

»Ich bin noch in der gleichen Nacht gefahren. Also bin ich auch vor sechs Tagen verschwunden. Hat er ihr was angetan?« Etwas abgehackt.

Für wen würde es dir mehr leidtun? Das fragte ich sie nicht.

Angetan. »Sie glauben, Konstantin könnte Antonia getötet haben?« So verstand ich es, wie hatte sie es gemeint?

»Nein … ich weiß nicht … Das war unüberlegt von mir. Vermisst heißt doch, es ist noch nichts passiert.«

Das war eine ganz eigene Art, die Dinge zu sehen!

»Das finden wir heraus«, musste ich sagen und ließ ein »Danke für Ihre Ehrlichkeit« folgen. Erst einmal. Denn ob sie das wirklich gewesen war … »Wie geht es übrigens Ihrer Mutter?«

»Sie ist tief enttäuscht«, lautete die Erwiderung.

»Nicht verletzt? Körperlich, meine ich.«

»Nein, wieso das denn?«, fragte sie zurück.

»Dann ist Ihr Mann eines ganz sicher: ein Lügner«, verriet ich ihr.

Und noch eine Spur verdächtiger.

Jetzt interessierte ich mich wieder für den Fall Mini Meierhofer, die ausgerechnet auf Polizeihauptmeister Patrick Eschenbach getroffen war, einen vom Stammtisch, vermutete ich.

»Mini, das hat mir jetzt keine Freude gemacht, das darfst du mir glauben. Die Beschreibung gibt nicht viel her, aber ich habe alles drin, auch den Sandelholzduft. Willst du mit jemandem reden, brauchst du ein Gespräch mit einem Psychologen?«

Das war genau die richtige Frage, um Mini Meierhofer zur Explosion zu treiben. »Also wirklich! Mach dich lieber auf die Suche nach dem Räuber und rede dich nicht mit einem Psychologen raus!«

»Ich rede mich nicht raus«, gab er zurück.

Ich grüßte kurz, entschuldigte mich, dass ich störte, setzte mich auf den zweiten Stuhl und platzierte meine Frage: »Der Tuchumhang, der gestohlen wurde … Gab es vielleicht noch weitere Überfälle in der letzten Zeit?«

Er schaute mich mit großen Augen an. »Weil es noch mehr Tuchumhänge gibt, oder wie?«

»Das hat er jetzt gut bemerkt«, sagte Mini.

»Das ist doch höchstens Zufall.« In Eschenbachs Gesicht arbeitete es, er überlegte. Also gab es noch weitere Überfälle, dachte ich mir. Mini dachte das Gleiche, sie stand auf. »Dann haben wir's, wo unterzeichne ich?«

»Kann sein, dass ich noch ein paar Fragen habe.« Er gab ihr das Brett, auf dem ein Blatt Papier klemmte.

»Jederzeit.« Sie warf ihm einen Blick zu. Für mich sah das eher wie eine Warnung aus.

6

Neie Besn keahn guad, owa de oidn kennan de Winkel bessa.
Neue Besen kehren gut, aber die alten kennen die Winkel besser. – Jugend
steht zwar für Kraft und Ausdauer, aber auch Erfahrung zählt.

»Das Gesicht vom Eschenbach sehe ich spätestens morgen, wenn
die ›geistreichen fünf‹ wieder im Eber sind. Dann muss er keine
Notiz schreiben, denn geschrieben hat in dem Fall schon jemand
anders«, sagte Mini, die sich vor ihrem inneren Auge zwischen
den Tischen im Gasthof Eber herumwuseln sah. Bis dahin war
aber noch manches zu tun – sich etwas Überzeugendes für den
Eheliebsten ausdenken, zur Schneiderin gehen, um ein paar Fragen zu stellen …

Der Überfall war mit Sicherheit Tagesthema. Mini wollte
zunächst von Juliane wissen, was sie von Frau Kohlschreiber,
dem ehemaligen Fräulein Kramer, gehört hatte, während Mini
dem Polizeihauptmeister Bericht erstattete und ihre Freundin
die Hintergrundkulisse nutzte. Gewagt in jedem Fall, aber auch
erfolgreich?

»Frau Kohlschreiber ist Zeugin eines Sexspiels in ihrer Küche
geworden«, erzählte Juliane ungerührt.

»Und das hat sie am Telefon erzählt?« Das konnte Mini kaum
glauben.

»Sie hat offenbar Antonia Olberding und ihren Mann überrascht. Leonie hält es außerdem für möglich, dass Konstantin
Antonia etwas angetan haben könnte.«

Es war praktisch, das zu meinen. Sie beide meinten doch auch,
es sei etwas passiert.

»Was könnte dieses Etwas sein?«, kam von Mini zurück.
»Mord?«

»Sie hat es nicht ausgesprochen, so was sagt man nicht ohne
Weiteres, nicht über den eigenen Mann. Jedenfalls ist Mathea Kramer, die Mutter, die der Lehrer so bösartig stürzen ließ, wohlauf.«

Eine gute Nachricht in Begleitung der schlechten.

»Glaubst du an Geister?«, wollte Juliane wissen.

Glaubte Mini daran, dass ausgerechnet Juliane eine solche Frage stellte?

»Nicht an die, die durchscheinend sind und Huu-huu rufen«, sagte Mini. »An Geister der Erinnerung, an die glaube ich.« Und die machten einem eine schaurige Gänsehaut.

»In der letzten Nacht am Burghang schien schon etwas durch«, meinte Juliane. »Huu-huu rief sie nicht, aber etwas anderes.« Juliane berichtete von der Frau beim alten Brunnen und deren Anklage.

»Wir stehen hier auf dem Parkplatz, werden beäugt, und Gretel hat sich gerade neben deinen Schuh erleichtert. Deine Geistergeschichte hat die Hundedame erschreckt.« Mini schüttelte stellvertretend die Füße aus.

»Den Lehrer gestern auch. Da bin ich zu seiner Rettung herbeigeeilt, aber er war gar nicht interessiert.« Juliane lachte. »Ich denke, dieser Geist könnte vorhaben zurückzukommen.«

»Erst müssen wir uns aber um anderes kümmern. Warum will jemand einen Umhang an sich bringen, was könnte damit sein? Ich wurde mitten am Dorfweg attackiert, die Nachbarn haben woanders hingeschaut … oder gar nicht, es war ja spät. Ich wollte nicht wegen ein paar lausiger Scheine mein Leben aushauchen. Wer kann denn ahnen, dass der Kerl etwas anderes will!«, schimpfte Mini.

»Ist dir an deinem Umhang etwas aufgefallen?«, fragte Juliane.

»Dann würde mir der Grund für den Überfall einleuchten. Wie kommst du drauf, ausgerechnet die Polizei zu fragen, ob es mehrere Überfälle gegeben hat?«

»Deine Beobachtung. Dein nach Sandelholz duftender Täter hat etwas vom ›hoffentlich letzten Mal‹ gesagt.«

»Dann wollen wir von Dora wissen, wie viele solcher Umhänge sie genäht hat. Hoffentlich nicht gleich zwanzig!«

Fünf Umhänge waren verkauft worden, erfuhren sie. Mini sah Juliane an, ihnen ging durch den Kopf, welche der Damen um den ihren schon wieder erleichtert worden waren. Dora Schönenfeld sagte zu Mini, wie sehr sie das bedauere. »Beinahe vor der Haustür.«

Ihrer oder Minis?

»Hat die Polizei Ihnen geraten, die Käuferinnen der Umhänge zu warnen? Das wäre nämlich nicht verkehrt«, empfahl ihr eine recht ernsthafte Juliane. Mini fragte sich, woher sie die Ideen nahm.

Dora riss die Augen auf. Sofort tat sie Mini ein wenig leid.

»Aber ich dachte, du wurdest beraubt, weil jemand glaubte, du hättest die Einnahmen des Abends in der Tasche«, warf Dora ein.

»Habe ich nie«, gab Mini zurück. So ein Raub machte keinen Sinn. »Was ist das Besondere an diesen Umhängen?« Nun wurde Mini direkt.

»Ehrlich? Ich weiß es nicht.« Dora wirkte ein wenig verzweifelt.

»Sie haben doch sicher die Adressen der Käuferinnen«, hakte Juliane nach.

Dora nickte. Eine der fünf war Mini. Blieben vier.

»Wir werden einen Rundruf schalten. Vielleicht ist es nur blinder Alarm und wirklich ein Zufall. Ich verspreche Ihnen, ich werde so dezent fragen, wie es die Polizei nicht könnte«, sagte Juliane zu Dora.

Mini bemühte sich um ein kleines Lächeln. Dezent.

»Kann ich mitkommen? Ich mag noch nicht nach Hause«, fragte Mini und kam sich vor wie Werner Braune, der auch nicht zurück ins Heim gewollt hatte. »Weißt du, dass ich wirklich hoffe, es könnte Zufall sein? Dora ist so eine nette Person.«

»Dann will dir jemand was heimzahlen, und was sollte das sein, frage ich dich.« Juliane hatte recht, die Vorstellung würde Mini nicht behagen.

Juliane verteilte im Nu die Aufgaben. »Ich rufe an, schalte auf laut, und du machst Notizen.«

»Ich wollte doch nur noch ein wenig bei dir und Gretel herumsitzen«, klagte Mini.

»Das auch, hinterher. Zuerst brauchen wir Fakten, bevor Eschenbach uns in die Quere kommt.«

»Na ja, er ist die Polizei«, sagte Mini.

»Ha«, machte Juliane. Sie nahm ihr Telefon …

Was hatte sie gerade gesagt?

»Wo wohnt die Dame noch gleich, der du angedroht hast, du kommst und holst ihren Tuchumhang ab?«, fragte Mini nach.

»Ich war gar nicht auf einen ungemütlichen Tag eingestellt, mein Verlangen nach weiteren Aufregungen ist gedeckt. Zwei alte Schachteln, die den Job der Polizei übernehmen?«, murrte sie.

»Wenigstens hat man Heidi Stohl nicht überfallen.«

Diese Möglichkeit hatte Juliane aber jener Dame eben höchst lebendig geschildert.

»Die Frau möchte den Umhang gern loswerden. Es ist eine gute Tat. Sie wohnt in Reit im Winkl. Ich bezahle ihn auch.« Juliane nickte.

»Nur wofür genau zahlst du?«, wollte Mini wissen.

Juliane zuckte mit den Schultern. »Wir untersuchen ihn. Entweder entdecken wir etwas … oder auch nicht.«

»Wenigstens kann niemand den Vermummten den ›Räuber aus dem Chiemgau‹ nennen.«

»Doch. Heidi Stohl aus Reit im Winkl wurde noch nicht behelligt«, sagte Juliane. »Aber die beiden Damen aus Prien und Schleching. Am Uferweg und in einem Hauseingang. Einschließlich dir wurden also drei überfallen – die vierte Käuferin aus Übersee hatte ihr Kleidungsstück in einer Garderobe abgegeben, und dann war es plötzlich verschwunden. Jemand musste bloß zugreifen, niemand hat Schaden genommen.«

»Also doch ein Chiemgau-Räuber«, sagte Mini. »Was hat der Täter für ein Glück, dass Dora Schönenfeld keinen Versandhandel betreibt und die Umhänge nicht sonst wohin gegangen sind. Wenn er bei mir bemerkt, dass es hoffentlich das letzte Mal ist, hat er die anderen Umhänge früher organisiert und auch nicht gefunden, was er suchte.« Mini las vor, an welchen Tagen sich die Überfälle ereignet hatten.

Juliane machte ein Gesicht, als weigere sich ein Einfall, aus der Schachtel zu springen. »Wir werden überrascht sein, wenn der Vermummte endlich ein Gesicht bekommt.« Dann schüttelte sie den Kopf. »Oder er bekommt keines, denn dann sind keine Umhänge mehr zu stehlen.«

»Lass uns schnell zu Frau Stohl fahren, bevor dem Kerl noch was Böses für sie einfällt.«

Reit im Winkl war im Herbst nur halb so adrett wie in einem Winter, wenn es viel geschneit hatte; da gab es Hauben auf den Dächern in hellem Weiß, ein frischer Duft wehte durch die Straßen, und die Wangen kokettierten mit der Kühle.

Mini hatte Gretel auf dem Schoß und ließ die Landschaft vorbeifliegen, bis Juliane vor einem Reihenhaus anhielt.

»Es sind meist zwei Polizisten, wenn jemand befragt wird – wir kommen mit«, verkündete Mini und ließ Gretel hinausspringen.

Heidi Stohl war eine hübsche blonde Frau, die in der Tür stand und schon zweimal hinter sich geblickt hatte, kaum dass sie ausgestiegen waren. »Mein Mann will immer genau wissen, was ich mache.« War das eine Entschuldigung? Mini war froh, dass ihr Liebster es meist überhaupt nicht genau wissen musste.

Heidi Stohl gab ihnen eine Tüte und erfand kurzerhand eine Sammlung, für die sie spendete. Flüsternd nannte sie Juliane die Summe.

»Eine Sammlung«, murmelte Mini erbost vor sich hin. »Zwei ältere Damen, die an die Tür kommen, die wollen entweder was verkaufen oder sammeln.« Sie war mit Gretel und der Tüte schon wieder auf dem Weg zum Wagen.

»Du hast für deinen Umhang wirklich zweihundertfünfzig Euro bezahlt?«, fragte Juliane erstaunt, als sie wieder einstiegen.

»Hin und wieder gönne ich mir ein schönes Teil bei Dora. Das ist etwas zum Wohlfühlen. Diesmal wollte ich unbedingt etwas Feines zur Oldtimer-Rallye tragen. Und schau, was ich jetzt davon habe!«

»Nichts mehr«, gab Juliane sachlich zurück.

Mini fand, der helle Grauton des Tuchs hätte der blonden Heidi Stohl sicher gut gestanden, die Blüten am Rand waren in Weiß und Schwarz abgesetzt. Mehr war in der Tüte auf den ersten Blick nicht zu sehen. Sie fragte Juliane: »Doras Ahnungslosigkeit war doch nicht gespielt, oder?«

»Ich bin mir nicht so sicher. Da ist Ärger aufgeblitzt, dachte ich einen Augenblick, als ich ihren Blick sah. Der Dieb muss jemand sein, der Dora kennt, weil er in Erfahrung gebracht hat, an wen die Tuchumhänge verkauft wurden. Der vielleicht selbst etwas damit angestellt hat und den Umhang darum unbedingt wiederbekommen muss. Fragezeichen. Ich theoretisiere …«, sagte sie.

Und das taten sie auch noch, nachdem Juliane sie per Code wieder ins Haus am Burgberg eingelassen hatte. Gretel trank von ihrem Wasser und schaute auf die leere Schüssel, während Juliane einen Kleiderbügel für den Umhang holte.

»Er duftet nach Chanel«, bemerkte Mini.

»Vielleicht gehen wir besser raus damit, sonst hängt das ewig in der Luft. Der Chanel-Typ war ich nie. Lass mich für Gretel noch schnell einen Hundesnack auspacken. Es war für alle aufregend.«

»Wie trefflich«, sagte Mini, nahm den Hänger des Kleiderbügels und ging damit auf die Terrasse, wo sie mit einer Hand über den Tisch wischte und den Umhang auflegte, damit sie ihn sich genauer anschauen konnten.

»Wir brauchen eine kleine Schere zum Auftrennen«, meldete Mini nach drinnen.

»Zweihundertfünfzig Euro«, schickte Juliane nach draußen.

Die allererste Sichtung ergab nichts, Mini kam nichts seltsam vor.

Sie hatte nicht den Ermittlerblick, sie musste über sich selbst grinsen. Ihre Finger spürten dem Stoff nach, fuhren über die Blüten und Blumen, tippten darauf, ob sich etwas darin und darunter befinden könnte. Es wäre zu schade, die sorgfältig gesetzten Nähte aufzutrennen. Sie würden wahrscheinlich genau das tun.

»Es ist wirklich eine schöne Arbeit – zweihundertfünfzig Euro ...«

»Die wir aufschlitzen. Mir ist gar nicht mehr gut«, erklärte Mini sicher nicht zum ersten Mal. Sie setzte sich.

»Es gibt auch LSD auf Briefmarkenrücken«, zwinkerte Juliane. »Was machen wir mit dem Ding, wenn wir nichts entdecken?«

»Wir geben es der Sammlung.« Jetzt musste Mini lachen.

»Im Saum ist doch oftmals ein Bleiband, zum Beschweren. Und hier?«

Hier war es auch ein Bleiband. Nachdem sie die aufgenähten Blüten vom Stoff abgenommen hatten, standen sie schließlich mit den Einzelteilen da. Ein wenig ratlos.

»Jetzt theoretisiere ich mal«, erklärte Mini. »Statt des Saumbands könnte man auch etwas anderes als Beschwerer nehmen. Ich muss an Gregor Lenz denken«, sagte sie, »den Lebensgefährten von Dora, über den Sebastian zu wissen glaubt, er habe gestohlen.« Außerdem war er nicht mehr der Jüngste. Könnte er nach Sandelholz riechen?

Warum sollte ausgerechnet jetzt etwas versteckt werden müssen und warum in einem dieser Umhänge? Mini hatte noch kaum einen Gedanken verschwendet und mit diesen wenigen schon den Knackpunkt erwischt.

»Wenn ein Versteck nicht mehr sicher scheint ...«, begann Juliane.

»Weil ein anderer etwas weiß«, knüpfte Mini daran an.

»Es gibt allerhand Gründe, so etwas zu tun«, bestätigte Juliane.

»Und ob!« Vielleicht stand Mini da mit offenem Mund. »Es ist mitten am Tag, was hat er vor, und was hat er dabei?«

Werner Braune war zurück, eine Brotdose oder Ähnliches in der Hand. Der Tuchumhang war vergessen.

»Wir sollten herausbekommen, wem oder was er hier oben auf der Spur ist«, sagte Juliane.

»Eine gute Strategie zur Befragung dürfte nötig sein«, fand Mini.

Juliane schüttelte den Kopf. »Befragung – wir reden hier von Werner Braune. Der wird uns wieder sagen, dass Mädchen nicht mitkönnen.«

Sie beeilten sich. Aber Werner stand wie festgewurzelt am selben Fleck und hatte ihnen den Rücken zugewandt.

»Was ist hier oben bloß?«, wunderte sich Mini.

Gleich darauf wunderte sich auch Werner. Er fuhr herum, seine Augen wanderten ein Stück den Hang hinauf und wieder nach unten, und obwohl nichts geschehen war und Mini glaubte, Juliane und sie könnten ihn nicht derart ängstigen, packte es ihn plötzlich. »Oh, nein, nein!« Er warf die Brotdose von sich. »Der blöde Pfarrer und diese verdammten alten Knochen«, rief er. »Ich hätte es allein machen müssen. Allein, du feige Nuss!« Er verzog das Gesicht und schlug sich mit der Faust gegen die Brust.

»Er meint sich«, flüsterte Mini, bevor ihr wieder einfiel, was er beim letzten Mal Kryptisches von sich gegeben hatte. Ein Sargdeckel und ein weißer Hauch, der aufstieg. Irgendeine Bewandtnis musste es damit haben, sonst würde es ihn nicht so beschäftigen. Pfarrer. Friedhof. Knochen. Sie raunte es Juliane zu.

»Rückblende«, flüsterte Juliane, und schmollend zu Werner: »Du hast gesagt, es ist spannend. Du hast gesagt, es wird ein Abenteuer. Darum sind Mini und ich mitgegangen. Was ist denn jetzt?« Das kam ein wenig nörgelnd.

»Das Geheimnis der vier. Wir waren doch bloß neugierig, wir wollten doch nicht …«, und damit ließ er sich auf den Boden fallen. Was die vier nicht gewollt hatten, brachte Werner nicht über die Lippen.

»Vier«, wiederholte Mini.

Juliane fragte euphorisch: »Habt ihr einen Schatz entdeckt?«, und wieder klang Werner, als wäre er für einen Augenblick klar. »Ich hab dir beim letzten Mal schon gesagt, den gibt es nicht.«

Juliane zuckte die Schultern, schaffte es sogar, ein wenig rot zu werden. »Ja, aber ein tolles Rätsel gibt es da bestimmt.«

»Hm«, machte Werner. »Sebastian muss sich immer wichtigmachen, aber Ferdi, der macht sich nicht wichtig.«

Mini deutete mit den Fingern eine Vier an. »Sebastian und Gregor. Die haben sich fürchterlich gestritten, Sebastian hat gesagt, du weißt auch davon.« Mini hoffte, Werner würde jetzt bitte einfallen, was er da wusste.

Der rief: »Gregor ist ein gemeiner Dieb! Ferdi hat gesagt, man stört die Ruhe der Toten nicht.« Ein langer Moment, dann blinzelte Werner. »Ich kann das mit den Mumien nicht. Der Pfarrer hat gesagt, ich soll die beiden Särge polieren, die aus der Gruft kommen. Aber die sollten doch bloß in ein Grab auf unserem Friedhof«, klagte er.

Mini schenkte ihm ein kleines Lächeln. Es leuchtete in der Tat nicht ein, etwas sauber zu machen, was danach wieder eingegraben wurde.

»Gregor hat den Schmuck der Dame genommen«, sagte Werner jetzt laut. »Ferdi und ich, wir wussten es beide.«

»Fehlende Sequenz?«, flüsterte Juliane. Mini musste ihr recht geben. Da fehlte ein ganz schönes Stück. Der Friedhof war unten im Ort. Sebastian machte sich wichtig. Gregor war ein Dieb. Und Ferdi und Werner wussten es.

Könnte es bei dem Streit um diesen Diebstahl gegangen sein? »Das ist ganz schön lange her, um jetzt zu sagen, Gregor schuldet Sebastian etwas«, raunte Mini. »Wie geht die Geschichte, Werner?«

Aber Werners Hirn hatte umgeschaltet. Plötzlich bange Ratlosigkeit. »Welche Geschichte? Ihr wollt bloß spionieren. Wir haben vielleicht was vor, aber wir nehmen euch nicht mit. Mädchen sind nie dabei.«

Juliane ließ nicht locker. »Mini will wegen Ferdi mit dabei sein. Sie mag ihn gern.«

Mini zuckte zusammen.

»Barbara mag Ferdi auch gern«, sagte Werner und kniff die Augen zusammen. »Ich kann's gar nicht haben, wenn sie sagt, er ist süß!«

Mini machte eine kurbelnde Geste, um anzudeuten, Juliane solle weitermachen. Werner hatte sicher etwas zu erzählen, aber stimmte es?

»Ferdi ist bei den vieren dabei?«, fragte Juliane.

»Wir waren da drin.« Er deutete hinter sich, dann furchte er die Stirn. »Sebastian hatte einen Schlüssel zu dem Geheimnis.«

»Wofür ist denn der Schlüssel?«, bohrte Juliane nach.

»Der sperrt die Tür zum Keller auf«, antwortete Werner nachdenklich. Er zog ein Gesicht, als sollte ihm noch etwas einfallen.

Mini kam sich vor, als hielte sie Fragekarten in der Hand.

»Mir ist ein bisserl frisch, und du bist so luftig angezogen, Werner«, meinte Juliane. Worauf wollte sie hinaus?

»So einen trockenen Sommer hatten wir ganz lange nicht«, sagte er. »Wie kann dir denn kalt sein, hast du Kummer?«

»Wir schreiben August 1959?«, hakte Mini nach.

Das war zu viel, Werner sah ratlos drein. »Samstag.« Mehr gefragt als geantwortet.

»Wir wollen mal schauen, wo die anderen sind.« Juliane streckte Werner eine Hand hin, Mini bückte sich nach der weggeworfenen Dose. Sie klappte sie auf, darin lag tatsächlich ein Stück Brot.

Was hatten die Jungen bloß angestellt?

»Das waren noch Zeiten, als wir Schlüssel hatten, um Schlösser aufzusperren«, sagte Juliane jetzt und meinte es sarkastisch, aber Werner fragte: »Was für Zeiten … Geht's dir schlecht? ›Des Salz is guad in der Suppn, nicht auf deine Wangen soll es gelangen …‹«, sang er und legte den Arm um Juliane. Tröstend.

Juliane deutete Mini ein Telefon an, und einen Augenblick später besprach sich diese mit Rudolf Braune. »Es ist grade recht spannend, mit Werner über die alten Zeiten zu reden. Wir sind am Burgweg, wäre gut, wenn du dazukommen könntest.«

»Das gibt es doch nicht!«, schimpfte der Bürgermeister, der genau wusste, dass es das sehr wohl gab.

Mini vermutete, sein Ärger hatte eher damit zu tun, dass sein Vater schon wieder hatte ausreißen können.

Der Bürgermeister kniff Augen und Lippen zusammen, als er aus dem Auto stieg. Es würde nicht anhalten, das wusste Mini.

Rudolf warf die Arme in die Luft. »Papa, was ist denn hier oben so besonders?«

Aber Werner schimpfte missmutig: »Herr Bürgermeister, dir singen wir ein Gstanzl, dass es dir die Schuh auszieht.«

»Wo sind wir grade?« Rudolf Braune versuchte, die Gesprächssituation zu erkunden.

Juliane schonte ihn nicht. »Vorhin war es der August 1959. Werner drückt etwas, und wenn du dich erinnern willst, ist Ferdi Weber in ebenjenem August verschwunden.«

»Weißt du, was du da sagst?«, fragte der Bürgermeister und riss die Augen auf.

»Genauer weiß es Werner. Die Gstanzl gehören vielleicht woandershin.«

»Jedes Mal gabelt ihr zwei meinen Vater auf. Und jedes Mal spinnt er ein bisserl mehr«, rief Rudolf.

»Reiß dich zamm, Herr Bürgermeister«, sagte Mini, wie nur sie es konnte, und drückte ihm die Dose in die Hand.

Werner nahm den Arm von Julianes Schulter, grinste, als wäre er bei etwas ertappt worden, schnappte sich den Arm von Rudolf, fing wieder an zu singen und winkte Juliane und Mini zu. Der Bürgermeister setzte seinen Vater auf den Beifahrersitz und gurtete ihn an.

Sie standen am Rand der Straße und schauten dem Wagen nach. »August 1959, ein Brot in der Dose, ein Schlüssel, den Sebastian haben soll. Wohin hat er gezeigt?« Juliane kämpfte mit Werners Erinnerung.

»Er fühlt sich aus irgendeinem Grund furchtbar schuldig«, gab Mini zurück.

»Stück für Stück wird seine Erinnerung wieder lebendig, aber irgendetwas stimmt damit nicht.« Davon war Juliane überzeugt.

7

Du sigst d' Wejd ned so, wia s' is, du sigst d' Wejd, wia du bist.
Du siehst die Welt nicht so, wie sie ist, du siehst die Welt so, wie du bist.

Ferdi

Eine unwirkliche Kühle zog durch die Backstube.

Harald war krank, Ferdi immer noch im Betrieb. Das »gesunde Brot« vom Bäcker Daxner ging den Leuten durch den Magen, es schmeckte, und der Meister ärgerte sich schwarz darüber.

Mit Ferdi wechselte Bergmüller kaum ein Wort. Damit es wenigstens einer tat, scherzte Guido: »Wie einem was Gesundes so auf den Magen schlagen kann.«

Ferdis Gedanken drehten sich um kaum etwas anderes. Er brauchte einen Freispruch, und das bedeutete, er musste sich Gewissheit verschaffen. Zu Hause konnte ihm der alte Herr Bertels das Krauthaferl ausschütten. Hatte nicht jemand erzählt, der wäre in Venedig? Wenn er doch am besten gleich dortbleiben würde. Aber da war es ihm sicher zu nass.

Als Sofia am Telefon auflachte und sagte: »Bei dir wohnen? Ferdi und ich?«, hatte er versucht wegzuhören. Am Ende würde sie noch verkünden, dass es nicht bloß um eine Hinterlassenschaft ging, sondern dass er um ihre Hand anhielt? So viele Schläge, die konnten einen doch nicht alle erwischen.

Ferdi musste an seiner Deckung arbeiten. Wenigstens gab er nicht nach. Trotzdem, er wollte nicht dabei sein, wenn seine Mutter und der alte Herr Bertels …

Gar nicht mutig von ihm, wenn Ferdi nicht einmal den Gedanken zu Ende brachte. Einen anderen hingegen schon, und dazu musste er den ekelhaften Harald fragen, ob der mit dem Rezept etwas angestellt hatte. Ferdi rechnete nicht mit einer Erklärung vom bissigen Harald. Aber vielleicht rückte er einen Hinweis raus.

Über seinen Besuch bei den Harzers freute sich Haralds Mutter, die es aufmerksam fand, dass Freunde und Kollegen sich sorgten.

Freunde. Vielleicht hätte es sein können, wenn Harald nicht ständig den Stinkstiefel gegeben hätte.

»Schau mal, wer dich besuchen kommt!«, kündigte Haralds Mutter an.

»Du solltest ihn seine Taschen ausleeren lassen, Mama.« Gewohnt giftig, was seine Mutter anders sah.

»Wenn er Spaß macht, geht es ihm schon besser.« Nur machte Harald keinen Spaß.

Ferdi zauberte hinter dem Rücken einen in Butterbrotpapier eingeschlagenen Mandelbogen hervor. Er wusste, dass der Kollege die Süßigkeit mochte.

Ein Lächeln der Mutter, die gleich mit einem Teller zur Stelle war und dann die Tür hinter sich schloss. Harald lag in seinem Bett, war bleich und hustete böse Worte. »Was willst du, wofür soll der Mandelbogen sein?«

Um dich zu vergiften, natürlich.

»Bestechung«, erwiderte Ferdi darauf. »Das alte Familienrezept. Du weißt, ich habe es weder verkauft noch sonst irgendwas ... Und du?«

»Ich habe bessere Ideen!«, tönte Harald.

Was Ferdi ihm glaubte. Weil er genau wusste, dieser Herr Überheblich hätte es ihm zu gern hingespuckt, wenn der Schaden auf seine Kappe ginge.

Wer sonst könnte es gewesen sein?

Wenn Harald Harzer bessere Ideen hatte, brauchte Ferdi jetzt mindestens eine gute.

Er hatte die ganze Zeit darauf geachtet, Barbara so wenig wie möglich zu begegnen. Jetzt lehnte er an der Mauer ihres Hauses, bemühte sich, locker auszusehen. Sie würde das Falsche denken. Es war ihm gleich.

Ihre Mutter war Verkäuferin in der Bäckerei Daxner, er wollte nur erfahren, was so geredet wurde. Obwohl er genau das auf den Tod hasste.

»Hey, Hübsche«, grüßte er. Genau das war sie, und es interessierte ihn trotzdem nicht.

»Ferdi Weber ... sag bloß, du bist in dich gegangen und kannst nicht ohne mich sein.«

Ja, genau. »Wie wäre es mit der Wahrheit?«, fragte er, sah ihren Blick auf Enttäuschung umschalten. »Barbara, ich brauche deine Hilfe.« Was Ferdi furchtbar hart ankam. Er wusste sich wirklich überhaupt keinen Rat.

»Ja?« Sie griff nach seiner Hand und ließ ihre hineingleiten.

»Wirklich«, bestätigte er. »Das ›gesunde Brot‹ der Bäckerei Daxner«, begann er, »mich interessiert das Rezept.«

»Ferdi, ich mache einiges für dich, aber ich kann nicht irgendwas klauen.«

Darauf wollte er jetzt nicht eingehen. »Würdest du dich mal umhören, woher der Bäckermeister das Rezept hat?«

»Dann sehen wir uns, wenn ich eine Antwort habe?«, fragte sie zurück. Der freudige Ton hätte nicht sein müssen, doch auch ihre Augen verrieten sie. Sie erhoffte sich etwas von ihm.

Ferdi hätte sie nicht gebeten, wenn er nur eine Idee gehabt hätte und eine Wahl.

Das andere Augenpaar, das sie beide beobachtete, bemerkte er nicht, er sah auch nicht die zusammengebissenen Zähne und das Kopfschütteln.

Ferdi wartete ... Darauf, dass seine Mutter irgendeine Bemerkung machte wegen des Telefongesprächs und der Frage, die da gestellt worden war. Vergeblich.

Darauf, dass Barbara etwas in Erfahrung gebracht hatte. Vergeblich.

Werner kam an einem Nachmittag herüber, hatte einen seltsamen Gesichtsausdruck, sagte komische Sachen. »Würdest du jemandem dein Bild geben und ihm sagen, du freust dich, wenn er an dich denkt?«

»Ich weiß nicht recht, ob sich ein Kerl über ein Foto von mir freuen würde, und ich freu mich nicht, wenn einer an mich denkt«, gab Ferdi zurück.

Werner hörte ihn nicht. »Und wenn du glaubst, sie trifft außer dir noch einen anderen?«

Sie. Oje! Ziemlich sicher die betrügerische Barbara.

»Wenn du das bloß glaubst, solltest du sie danach fragen«, empfahl ihm Ferdi. *Es gibt auch andere tolle Mädchen.* Das wollte Werner sicher nicht hören. Und Ferdi wollte es ihm nicht sagen müssen.

»Herr Orwig hat eine neue Lieferung bekommen. Wenn wir wollen, können wir beim Auspacken helfen; Schränke, Kommoden, so was. Sebastian will wissen, dass einige ganz ausgefuchste Geheimfächer haben. Ich möchte mir gern ein bisschen was dazuverdienen, hab dir doch erzählt, ich will ein Schmuckstück kaufen. Dann weiß sie, dass ich es ernst meine.« Der Blick fand seinen und hielt ihn kurz fest.

Manchen Mädchen war Ernsthaftigkeit völlig gleich. Was war das Blödes? Werner war sein Freund, und Ferdi empfand nichts für Barbara. Ferdi nickte. Werner nickte zurück.

»Ich bin gern dabei«, sagte Ferdi. »Ich hoffe, Herr Orwig hat ein paar ausgesuchte Schmuckstücke, die zu Smaragdaugen passen.« Unüberlegt dahingesagt.

Wann merkte man sich, welche Augenfarbe jemand hatte? Wenn man in einer wichtigen Situation darin versank. Werner sollte den Satz nach Möglichkeit schnell vergessen.

Sie radelten nach Grassau, zum Ladengeschäft auf dem Marktplatz. Die Kirchenglocken schlugen zum frühen Abend.

Herr Orwig winkte. »Ich könnte nicht froher sein, euch zu sehen, Jungs.« Sie grinsten sich zu.

Ein Lastwagen stand auf der Straße, die Heckklappe geöffnet. Die verlängerte Ladefläche war über Hebel kippbar. Ein Mann im Overall lud Kleinigkeiten aus und trug sie in einen Lagerraum hinter dem Geschäft.

Sie stellten die Räder ab.

Werner tippte Ferdi auf die Hand und nickte zu einem Jungen hinüber. »Sebastian.«

Der blonde Schönling verzog den Mund, kaute Kaugummi,

ließ sie mit einem überlegenen Blick wissen: Hier habt ihr es mit dem Sohn vom Chef zu tun. Für sie setzte er nicht sein charmantestes Lächeln auf. Das zeigte er sicher nur den Mädchen.

Ferdi kannte ihn vom Sehen. Werner kannte ihn besser. Schulfreunde. Darum beneidete er ihn wirklich nicht.

Sebastian klopfte seinem Vater auf die Schulter. »Ich möchte mir den Biedermeier-Schreibschrank vornehmen. Ich fresse einen Besen, wenn ich darin nichts entdecke.«

»Dem Geheimnisvollen auf der Spur«, sagte Herr Orwig. Allzu begeistert klang er nicht. Demnach hatte Sebastian nicht vor, sich die Hände schmutzig zu machen.

Ein weiterer Anwesender auch nicht. Werner hob die Hand und sagte leise zu Ferdi: »Gregor Lenz. Der macht sich die Hände nur mit Zeichenkohle schmutzig.«

»Du zeichnest?«, fragte Ferdi, und der andere hielt ihm seinen Block hin. »Einige der besten Stücke aus dem Laden sollen in einen Katalog«, sagte er.

»Die sehen genauso aus, sogar die Schatten und das Licht stimmen.« Ferdi war ehrlich beeindruckt.

Gregor nickte, beugte sich wieder über den Block.

»Er kann manches Mal die Hände nicht bei sich behalten«, raunte Werner.

»Wo klaut er denn? Doch nicht im Laden, damit würde er auffallen.«

Angedeutetes Kopfschütteln. »Nein, nicht im Laden, es gibt andere Gelegenheiten, sagt er jedenfalls«, und Ferdi erfuhr von Gregors Porträtmalerei. »Die Einheimischen interessieren sich weniger dafür, aber die Sommerfrischler. Gregor hat einen schnellen Strich, Bleistift, Kohle, auch Aquarell. Was eben gewünscht wird.«

»Er hält Sachen und Menschen fest, sozusagen?« Ferdi konnte es egal sein.

»Da sind oft geldige Leut dabei. Zeichnen müsste man können«, sagte Werner, der Unterton eine Spur von Bedauern. »Wir sind halt Musiker.«

»Und Handwerker«, fügte Ferdi hinzu. Da sie beide Hemden mit kurzen Ärmeln trugen, brauchten sie die nicht erst hochzukrempeln. Der Ladehelfer im Overall nahm sich einen Moment, um den Schnäuzer zu zwirbeln und sich vorzustellen. »Ich bin der Lucki. Fleißige Hände sind was wert, solang es keine linken sind«, sagte er zu Werner und Ferdi.

Ein Lachen konnten sie sich erst erlauben, als zwei Schränke und eine Kommode ins Lager geschafft waren.

»Mundharmonikaspieler, du bist recht geschickt«, sagte Ferdi.

»Deine Gitarrenhände sind auch nicht unfähig«, gab Werner zurück.

Herr Orwig untersuchte die Möbel erst darauf, ob etwas repariert werden musste. Dann polierte er die Oberflächen, während Sebastian gar nichts tat oder nur so tat, als täte er was.

Möbelstreicheln.

Ferdi musste grinsen. »Ein sagenhaft schönes Teil. Wenn du bisher nichts gefunden hast, dann probier doch mal, die Seitenverblendung zu verschieben«, riet er ihm. Der Korpus war aus einem anderen Holz als die aufgesetzten Seitenteile, das war ihm aufgefallen. Er lief wieder nach draußen.

»Haben Sie einen Besen und eine Kehrschaufel? Falls Schrauben oder Verschlüsse abgegangen sein sollten.«

»Ihr seid ja wirklich gut drauf«, fand Lucki und gab ihm das Verlangte.

Als der Wagen schließlich wieder abfuhr, konnten sie sicher sein, anständige Arbeit geleistet zu haben. Nichts war vergessen worden.

»Fünfzehn Mark für jeden. Oder euch gefällt was im Laden, dann können wir natürlich drüber verhandeln«, schlug Herr Orwig vor.

»Dürfen wir schauen?«, fragte Ferdi. »Wir hatten nämlich noch keine Gelegenheit.« Es war nur ein Gedanke gewesen. Tatsächlich gab es ein Instrument – eine Laute, wenn Ferdi es richtig erkannte. Er zuckte die Schultern, er würde die fünfzehn Mark nehmen.

Werners Blick blieb an einem Paar Ohrclips hängen. Weiße Glasperlen in Tropfenform, Strasssteine in Rosa, Grün und Zitringelb. »Elegant«, fand Ferdi.

Werner brauchte nicht zu verhandeln. »Dein Mädchen freut sich bestimmt«, sagte Herr Orwig überzeugt.

»Die Jungs haben Format und Grips obendrein«, lobte Lucki.

»Und ein gutes Auge.« Herr Orwig zwinkerte Ferdi zu. »Es gibt ein Seitenschubfach.«

Der Blonde war Ferdi allenfalls umgänglich vorgekommen, sein Vater dagegen war herzlich. Ferdi fand es keine großartige Leistung, die Unterschiede von verschiedenen Hölzern zu bemerken.

Ferdi hatte schon etliche Male vorgegeben, er müsse sich noch etwas für den fünfzigsten Geburtstag von Edwin Rappl einfallen lassen.

»Ich hab doch euren Auftritt nicht vergessen«, sagte Sofia. »Werner ist ein netter Junge, bestell ihm schöne Grüße.«

Werner war wirklich nett. Vielleicht der einzige Freund, den Ferdi im Moment hatte. Für den Geburtstag, zu dem sie die Gstanzl spielen sollten, war ihm tatsächlich noch ein Gedanke gekommen. Darüber zu grübeln war nicht bloß Ablenkung, es machte Spaß. Und es war interessant, wohin einen so mancher Entschluss führen konnte.

In einem Buch zu blättern und sich Dinge zu merken wurde in einem Buchladen nicht so gern gesehen, da wollte man etwas verkaufen. Ferdi machte ein freundliches Gesicht, versuchte gar nicht erst, jemandem etwas vorzumachen. Er wollte bloß ein paar Kleinigkeiten wissen. Fünfzig Jahre, und Edwin Rappl war immer noch Sohn, weil der Vater eingehen würde wie eine Primel, wenn er nurmehr die zweite Geige in seinem Baugeschäft spielte. Generationen von Maurern und Steinhauern. Deren Geschichte war spannend, das erzählte er auch Werner.

Der bewunderte Ferdi, weil dem immer etwas Spezielles einfiel.

Ein fünfzigster Geburtstag war an sich schon speziell. Sie

hatten bei den Proben viel gelacht, und als es schließlich ernst wurde, hatten sie tatsächlich sechs Schreibseiten voll Material.

Etwas Lustiges, etwas zum Nachdenken. »Die rechtschaffenen Maurer und Steinhauer«, eine Bruderschaft mit einem Ehren- und Verhaltenskodex. Zusammenhalt und Solidarität. Drei Jahre und einen Tag waren sie auf der Walz. Wurde einer ausgegrenzt, hieß es: »Der wird schwarz gemacht.«

In Unterwössen im Gasthof zum Adler kannte man manche Geschichte, und Ferdi und Werner riefen bei vielen der geladenen Gäste im Nu Erinnerungen wach. »Des war wos, als wir einen blauen Montag feierten und unser Meister drastisch wurde«, fiel einem ein.

Edwin Rappl grinste an seinem Ehrentag zu allem und jedem. Er hatte noch überhaupt nichts gesagt, ihnen aber ein Kuvert zugesteckt, bevor er sich mit dem rechten Ohr auf die aufgestützte Faust lehnte. Zu tief ins Glas geschaut.

»Wenigstens unterhalten wir die Gäste gut«, sagte Ferdi. »Gemeckert wird auch nicht«, sagte Werner.

An diesem Abend meckerte ein anderer. Kein Gast, einer, der draußen auf Ferdi gewartet zu haben schien.

»Deine Gitarre darfst du zupfen, von meiner Tochter lässt du deine Finger!«

Er hatte wenigstens nicht »dreckige Finger« gesagt, fiel Ferdi auf, der seine Gitarre nicht zupfte, er hatte ein Plättchen, um die Saiten anzuschlagen. »Welche Tochter?«

»Du Mistkerl.« Seine Hand, zum Schlag erhoben, zog er zurück, als die Tür hinter ihnen aufging.

»Ah! Servus, Haller, hast eine Feier in Planung? Die Jungs sind zu empfehlen.«

Der Angesprochene reagierte mit keinem Wort, schlug aber auch nicht zu.

»Barbaras Vater?«, fragte Ferdi. »Spinnt der? Ich will doch gar nichts von seiner Tochter.«

»Wie kommt er dann drauf?«, wollte Werner wissen. »Ziemlich bildhafter Vergleich.«

Ferdi ließ sich darauf nicht ein. »Da meint er den Falschen.

Sie trägt dein Geschenk, hält deine Hand, küsst dich. Vielleicht ist dem Vater zu dir bloß nichts Passendes eingefallen – kein Mundharmonikavergleich.« Er hatte keine Lust, das Schauspiel ernst zu nehmen.

»Fünfzig für jeden.« Ferdi freute sich. »Das war das kleine bisschen Blättern in Büchern, sich ein paar Sachen merken und sich was dazu ausdenken doch wert.«

»Ja«, stimmte Werner zu. »Ich wünschte, ich wäre locker wie du und wüsste so genau, was ich mit meinem Leben anstelle.«

»Ich weiß höchstens genau, was ich mit meinem Leben *nicht* anstelle«, gab Ferdi zurück und war sich nur über eines sicher: kein Mädchen wie Barbara Haller.

8

Z' wenig Leit lebn im Jetzt.
Zu wenige Menschen leben in der Gegenwart.

Keine Stunde ohne einen Aufreger, kein Tag ohne tiefer greifende Veränderung? Tessa begann diesen Tag mit einer eher kühlen Dusche und ein paar Gedankenübungen. Sie fühlte sich nicht alt genug, um auf Zettel zu schreiben, was zu erledigen war. Ein wenig kam es ihr vor, als hingen tatsächlich an manchen Stellen Nebelfetzen in ihrem Hirn; sie vermisste Antonias pointierte Frechheiten. Ein bisschen fühlte es sich an, als hätte der Tod sie schon gestreift.

Der Morgenanruf wurde bestimmt spannend, wenn auch nicht allzu glücklich und lichterfüllt. Herr Weinzierl wollte ihr, wie er angekündigt hatte, den Rest der Geschichte erzählen.

Tessa wünschte ihm einen schönen guten Morgen, fragte, ob er sich erinnere.

»Zu den Leuten, die mit den Zeiten zu kämpfen haben, gehöre ich gottlob nicht.«

»Schön, dass Sie Zeit für mich haben«, sagte Tessa und hörte das Lächeln.

»Du hast nicht vergessen, dass ich gestern ›Rest‹ gesagt hab und ›Ende‹ meinte. Es ist traurig, ich erwähne es bloß«, kündigte Herr Weinzierl an. »Verlust und Tod, ein Wiederfinden und ein Wiederverlieren.«

»Jemand, der sich zu fragen traut, weiß, dass diese Geschichte bereits gelebt wurde. Sonst gäbe es nichts zu fragen«, versicherte ihm Tessa.

»Also gut, tollkühne Fragestellerin ... Heinz Ulrich Bertels war, wie ich schon erwähnte, ein sehr wohlhabender, angesehener Mann. Dazu mit einer glanzvollen Vergangenheit. Er bildete in den späten dreißiger Jahren im Fliegerhorst Stendal-Borstel Fallschirmjäger aus. Sein Sohn Karl litt an Höhenangst. Er blieb auf dem Boden, bei einer Panzertruppe. Ihn hatte das Leben noch kaum gezeichnet, als er in die Schlacht zog und in Westfrankreich fiel. Schon einige Zeit zuvor hatte sein Vater nichts mehr von ihm gehört. Karls Tagebuch erreichte ihn erst viel später und damit auch das Wissen um eine Frau, der sein Sohn sich versprochen hatte und sie sich ihm. Sofia. Er werde bald nach Hause zu Frau und Kind kommen, meinte Karl … Er kam nie zurück.« Einen Moment lang schwieg der ehemalige Reporter.

»Heinz Ulrich Bertels stellte zum Tod seines Sohnes Ermittlungen an und setzte danach Himmel und Hölle in Bewegung, um die Frau ausfindig zu machen, von der Karl in seinen Notizen berichtete. Denn tatsächlich meldeten sich mehrere Frauen, die mit Karl besser bekannt gewesen sein wollten. Es ging immerhin um ein Vermögen, und einigen hätte das gut in den Kram gepasst. Bis Bertels endlich die Richtige fand, Sofia Weber. Und ihren Sohn Ferdi, seinen Enkel.«

»Bertels war der Mann im Café-Restaurant Weßner Hof, nach dem Sie im Artikel gefragt haben?«

»Ja. Er hat erzählt, dass er dem Jungen angeboten habe, ihm eine neue Gitarre zu kaufen – was dieser rundheraus ausschlug. Bertels gefiel, dass sein Enkel sich nichts schenken lassen wollte. Und dann verschwand Ferdi Weber.«

»Der letzte Gruß auf einem Grabstein«, flüsterte Tessa zu sich selbst. »Kann es wirklich sein, dass es nie auch nur irgendeine Spur gab?« Das war nicht zu begreifen, genauso wenig wie Antonias Verschwinden.

»Die Mutter traute den Aussagen seiner Freunde nicht. Aber keiner ist umgefallen; sie blieben dabei, am Nachmittag hätten sie einander noch getroffen. Ferdi habe den Auftrag gehabt, etwas zu reparieren. Der Auftraggeber konnte nicht ausfindig gemacht werden. Vielleicht gab es ihn nicht.«

Tessa spann den Faden weiter. »Vielleicht haben die Freunde ihn umgebracht?«

»Freundschaft kann manches Mal finster enden«, erwiderte der alte Mann.

Als Tessa ihren Arbeitstag begann, dümpelten ihre Gedanken noch eine ganze Weile in der Vergangenheit. Dort steckten sie auch noch, als ihr Handy sich meldete und sie einen Blick auf die Uhr warf – Bazi hatte doch Schule, wunderte sie sich.

»Tessa.« Er klang besorgt, ein klein wenig atemlos. »Wie wahnsinnig ist das denn? Ich brauche eine Entschuldigung für die ersten zwei Schulstunden, weil die Polizei unser Haus durchkämmt und die Beamten denken, Antonia wäre irgendwo im Keller verscharrt worden.«

Ein Kälteschauer strich ihr wie eine Hand übers Haar.

»Ich hab nichts getan, aber ich weiß nicht, ob *er* was getan hat.«

In der Stimme des Elfjährigen war so viel Furcht, dass Tessa sie sich am liebsten gegriffen und wie ein verdorbenes Lebensmittel in eine Mülltüte gestopft hätte.

Sie versprach: »Ich bin gleich da!«

Das konnte sie eigentlich nicht, aber sie musste.

Schnell verkaufte sie einer Oma noch Traubenzucker für den Enkel, dann entschuldigte sie sich bei der Kollegin und bei Moritz nicht unbedingt wortreich mit: »Es geht um Leben und Tod.«

»Wieder mal«, unkte Moritz.

»Ich erkläre es … später. Es gibt ein Familienproblem.«

»Du bist weiß geworden wie die gekalkte Fassade.« Der Vergleich der Kollegin beeindruckte Tessa nicht. Sie war erfüllt von dem Verdacht, dass man Antonias Leiche in ihrem Zuhause vermutete. Tessa floh aus der Apotheke, um jemand anderen an der Flucht zu hindern.

Ein dicker BMW stand vor dem Haus am Altweg, dick auch der blaue Streifen und die Schrift. Fehlte nur die Absperrung. Ein Publikum fehlte natürlich nicht.

Tessa machte ein böses Gesicht. Könnte da nicht jemand etwas unternehmen und die Schaulustigen vertreiben? Sie wurde laut: »Das ist ja ekelhaft!«

Da hatte sie Bazi geraten, er solle die Polizei im Auge behalten, aber die hatte ihren eigenen Plan. Hatte sie einen Tipp bekommen?

Tessa fehlte das Gespür dafür, ob ernsthafte Sorge angebracht war, ob Antonia das Haus nach ihrer Rückkehr tatsächlich nicht mehr verlassen hatte.

Gerhard Olberding lief mit einer Leichenbittermiene herum und schimpfte auf Gott und die Welt. »Grüß Sie«, sagte Tessa, er schien sie gar nicht zu hören.

Bazi umarmte Tessa fest und sie ihn. »Kann *er* das wirklich gemacht haben?«, fragte er.

Verdammt, Bazi war elf Jahre alt. Wie konnte man ihm das zumuten? »Das glaube ich nicht«, sagte Tessa. »Komm, wir gehen frühstücken und lassen uns erst wieder blicken, wenn sie abgezogen sind.«

Sie wiederholte es noch einmal für Patrick Eschenbach, der auf dem Boden im Keller kniete und sich den Schweißfilm von der Stirn wischte. Studierte er die Lage? Es war ein Lehmboden. Lächerlich.

Fast hätte sie ihm das auseinandergesetzt, stattdessen warf sie ihm hin: »Heißer Hinweis aus der Nachbarschaft? Darauf würde ich nicht so viel geben. Das sind die gleichen Leute, die auch einen Geist gesehen haben wollen. Falls Sie wirklich Fragen haben sollten … Stefan Olberding und ich gehen gschwind ins Café.«

Er drehte ihr ruckartig den Kopf zu, sah irgendwie ratlos drein. »Ein anonymer Brief, dass nachts in Olberdings Haus etwas Seltsames vor sich gegangen ist«, sagte er. »Ich müsste wirklich mit euch reden.« Plötzlich war er nicht mehr der unsympathische Bulle.

»Gehen Sie doch mit uns frühstücken«, hörte sie sich vorschlagen.

Ein Alibi für drei. Sie und Bazi wurden von der Polizei befragt. Die Polizei musste einem Verdacht nachgehen.

»Mach ich wirklich«, sagte er, und zu Gerhard Olberding: »Ich muss mich noch um etwas kümmern, was mich da unten stört.« Er fügte hinzu: »Sie haben sicher nicht vor, sich aus dem Staub zu machen.«

Tessa verdrehte die Augen.

Bazi riss die seinen ungläubig auf, als sie ihm sagte, sie würden gemeinsam losziehen, Herr Eschenbach habe da noch ein paar Fragen. Sie raunte: »Für die Schul-Entschuldigung ziemlich praktisch. Wir haben nichts zu erzählen, aber wir erfahren vielleicht was … Sei nicht unfreundlich!«

Die Bedienung staunte. Tessa wusste, sie würden für einigen Gesprächsstoff sorgen. Der Polizist vermutete das auch und machte klar, dass sie nach dem Servieren der Bestellung nicht mehr gestört werden wollten.

Eschenbach hatte sich Antonias Notebook unter den Arm geklemmt.

»Haben Sie das Passwort geknackt?«, fragte Bazi.

»Wir sind jedenfalls drin«, gab Eschenbach zurück.

Bazi bat: »Können Sie vielleicht vorher fragen, was Sie wissen müssen? Sonst habe ich keinen Hunger mehr.«

Ein spannender Augenblick, einmal Luftholen. »Deine Schwester hat sich für einen Jungen interessiert. Vielleicht weißt du etwas darüber.« Er klappte das Notebook auf, loggte sich ein, rief eine Datei auf und drehte den Bildschirm so, dass Bazi ihn sehen konnte.

Tessa war irritiert, dass Eschenbach »Junge« gesagt hatte.

»Was anderes haben Sie nicht?«, fragte jetzt Bazi und biss in sein Croissant. »Das ist der Typ in den alten Klamotten.«

»Das ist Ferdi Weber«, übernahm Tessa die Antwort. »Er ist im Sommer 1959 verschwunden. Spurlos. Damals war er einer der Freunde von Werner Braune.«

Was er sonst gewesen war, wollte Tessa nicht sagen. Nicht hier und nicht jetzt.

»Zwei Verschwundene.« Kopfschütteln. »Bei uns.« Eschenbach pickte offenbar die Einzelteile auf. »Antonia hat Detektiv gespielt. Sie hat mit Rudolf Braune gesprochen.« Einen Moment lang sinnierte er nur für sich, dann erklärte er: »Danach werde ich den Bürgermeister fragen.«

Genau das, was Tessa auch tun wollte, wofür es nur leider weniger als spärliche Gelegenheiten gab.

Patrick Eschenbach deutete: »Es gibt ein paar Stichpunkte unter ›Recherche‹. Sie schrieb etwas fürs Heimatbuch. Aber es ist nichts, was uns irgendwie helfen würde, Antonia zu finden.«

»Darf ich?«, fragte Tessa, bevor Eschenbach das Gerät wieder zuklappte und ihr der Zugang womöglich verweigert wurde. Hoffentlich hatte Antonia ihre Notizen mit ein paar Daten gefüttert.

1959. Es waren keine wirklichen Stichpunkte, vielmehr waren es Fragen. Tessa las, worum es Antonia gegangen war.

Barbara Haller, Freundin von Werner?

Sie tippte sich mit dem Zeigefinger gegen die Lippe. Da tauchte Barbara noch einmal auf.

Barbara Haller, Freundin von Ferdi?

Der Auszug eines Kalenderblattes vom August des Jahres von Ferdi Webers Verschwinden.

Werner Braune spricht von »seiner Barbara« und zeigt mir Fotos.

Die Zeitung von 1959 sagt: Ferdi Webers Freundin.

Sebastian Orwig erinnert sich angeblich nicht mehr so gut an jene Zeit.

Gregor Lenz habe sich nicht dafür interessiert, wer mit wem. Sie waren alle viel zu jung, um es ernst zu meinen.

Was für ein Haufen Schwachsinn! Beweisen kann ich es nicht. Warum erinnert sich ausgerechnet derjenige an etwas, dessen Diagnose das nicht erwarten lässt?

Barbara Haller wurde 1963 auf der Bundesstraße B 305 von einem Betrunkenen angefahren und tödlich verletzt. Und siehe da, nun kennt sie die Zeitung als »Freundin von Werner Braune«.

»Du versinkst ja regelrecht in den Notizen«, bemerkte Eschenbach.

»Einige Feststellungen, über die sie offenbar nachdenken wollte«, sagte Tessa, was stimmte, aber hier stand ziemlich deutlich, dass Antonia mit Werner Braune, dem Vater des Bürgermeisters, gesprochen hatte. Hatte einer gemordet, um dieses Mädchen zu bekommen? Um es dann Jahre später endgültig zu verlieren …

Tessa war tatsächlich der Appetit vergangen. Eschenbach pochte mit den Handknöcheln neben seinen Teller, den Bildschirm klappte er zu.

»So, und jetzt muss ich wissen, was die Person, die diese nächtliche Beobachtung gemacht haben will, gesehen haben kann.«

Tessa musste sich eilig wieder ins Hier und Jetzt begeben.

»Nachts.« Bazi stupste Tessa an. Sie nickte. Aufmerksame Nachbarn – wenn man es am wenigsten brauchen konnte.

»Sie zuerst«, sagte sie zu Eschenbach. »Was soll da im Keller sein?«

»Ich hab mir den Boden angeschaut. Lehm, aber nicht überall, es sind auch Platten verlegt worden. Und darauf sind Spuren, grobe Kratzer, als wäre irgendwas bewegt worden.«

Zu Bazi sagte er: »Dein Vater hat mir einen Grundriss vom Haus gegeben. Da passt etwas nicht. Die angegebenen Maße sind andere, es muss noch einen Raum geben.«

»Im Keller.« Bazi schluckte schwer. Sein Gesicht zeigte gleichermaßen Betrübnis und Erstaunen.

Tessa fiel dazu ein: »Antonia hätte sicher mehr gewusst, sie kannte einige von Marquartsteins fabelhaftesten Geheimnissen.« Und würde hoffentlich nicht selbst zu einem werden, betete sie.

»Jetzt zurück zu jener Nacht …«, gab Eschenbach den Ball ab.

Tessa verriet ihm von ihrem Einbruch, erläuterte, warum sie sich in Antonias Zimmer in Ruhe umschauen wollten und dass sie nur Rätsel gefunden hatten, nichts, wonach man greifen konnte.

»Dann kümmern wir uns als Nächstes um den Keller.« Ein finsterer Beschluss.

»Kannst du noch bleiben?«, fragte Bazi Tessa vorsichtig.

Eine Entschuldigung, wie Bazi sie für die Schule brauchte, genügte bei Tessa nicht. Sie bat den Polizisten: »Könnten Sie es so formulieren, dass ich mich nicht als Betrügerin fühlen muss?«

»Worin sollte deiner Meinung nach der Betrug bestehen?« Für eine Antwort ließ er ihr keine Zeit, sondern entschuldigte

Tessa bei ihrem Arbeitgeber. Genauer gesagt tat das die Polizei-inspektion Grassau. Ganz offiziell.

»Wir stehen vor einem Durchbruch im Fall Antonia Olber-ding. Eine Freundin der Familie als Unterstützung ist hilfreich. Das verstehen Sie doch sicher.«

Wie anschaulich.

Als sie vom Frühstück zurückkamen, wartete das angespitzte Publikum noch immer darauf, dass endlich etwas passierte. Ein zweiter Streifenwagen hielt im Altweg und spuckte zwei weitere Uniformierte aus.

»Ich muss Ernst machen«, sagte Eschenbach. Er gab Bazi Antonias Notebook, der gab es Tessa.

»Was ist das für ein Auflauf, haben wir eine Leiche?«, wollte ein schmaler Großer wissen und biss auf seiner Unterlippe herum.

Zur Leiche sagte Eschenbach nichts, Tessa sah ihn den Kopf schütteln. »Du kümmerst dich um die Leute da«, wies ihn Eschenbach an.

»Ich kann nicht so gut mit tot, finde schon den Gestank von einer toten Maus extrem widerlich. Ich will auch was anderes machen«, bat ein kleiner Stämmiger.

Tessa wollte sich nicht vorstellen, was Bazi jetzt dachte. Sie kam sich weniger unterstützend denn je vor.

»Eine Leiche im Kofferraum«, bemerkte der Junge und lachte über sich selbst. »Der Lehrer ...« Er wusste wahrscheinlich nicht, wie er weiterreden sollte.

Tessa ging es ähnlich. Der Lehrer war Antonia in jedem Fall viel näher gekommen, als er zugab. Es würde einiges kaputt-gehen, wenn das herauskäme. Kohlschreibers Sicherheit wäre in Gefahr – zumindest finanziell.

Gerhard Olberding hingegen, Antonias Vater, hatte kein of-fensichtliches Motiv. Im Keller empfing sie wieder das schumm-rige Halbdunkel.

Eschenbach steuerte direkt auf das Regal an der hinteren Wand zu, ging in die Knie, fuhr mit den Fingern die Spuren nach. Das Gleiche tat er mit einer Taschenlampe. Dann begann er, die Regalbretter leer zu räumen.

»Sie brauchen das nicht aufzumachen«, sagte Gerhard Olberding jetzt.

Tessa sog scharf die Luft ein bei seiner Andeutung.

»Doch«, gab Eschenbach zurück. »Muss ich.«

Sie würden warten und zuschauen, wie sich eine Wand öffnete. Bazi versuchte, seine Augen unter Kontrolle zu halten, als sein Vater ihn bei den Schultern nahm und ihn zu sich herumdrehte.

»Es tut mir leid. Ich konnte es nicht sagen.«

Bedauern. So wie er die Entschuldigung vorbrachte, sprach er von etwas anderem.

Außer ihm die Hand zu geben, hatte Tessa Antonias Vater nie angefasst. Jetzt nahm sie seinen Arm, lenkte den Blick auf sich. »Herr Olberding, was ist dahinter?« Keine Anklage.

»Du glaubst wirklich als Einzige nicht, dass wir die tote Antonia da rausholen und ich ihr etwas Schlimmes angetan habe?«

Was gäbe sie für eine kleine Wahrheit …

»*Wir* glauben das nicht«, betonte sie und trat Bazi auf den Fuß. Auch mit nur wenigen Worten konnte man etwas niederreißen; sie mussten es noch nicht glauben. Tessa wollte so sehr, dass Antonias Vater nichts getan hatte, dass sie später ihre Fingernägelabdrücke auf den Handflächen sehen konnte.

»Etwas zu glauben reicht mir nicht.« Eschenbach hatte den Eisenhebel seitlich an der Regalwand gefunden. Aufziehen musste er die schmale Holztür, auf der wie bei einer Collage kunstvoll Ziegelreste befestigt waren, jedoch von Hand.

Sein Gesicht wollte Tessa dabei nicht sehen.

Dann war der Spalt groß genug für ihn. Eschenbach schaltete die Taschenlampe wieder ein.

»Es ist nur staubig, riecht bloß alt«, löste er die grässliche Spannung. »Hier war schon lange niemand mehr. Ein Bett, ein Tisch, Dosenvorräte und eine Luke, die wahrscheinlich ins Freie führt.« Eine Spur ungeduldiger: »Das reicht jetzt – warum so ein Geheimnis um ein leeres Zimmer?«

Bazi starrte seinen Vater an, Tessa wollte nicht starren. Der

Elfjährige schaffte den Einstieg in die Vergangenheit schneller. »Der gspinnerte Opa Olberding ...«

War Olberdings Lächeln eine Erinnerung?

»Ich will nicht, dass man sich das Maul über uns zerreißt. Ich hab Ihnen gesagt, das müssen Sie nicht aufmachen. Mein Vater litt an einem ausgewachsenen Verfolgungswahn. *Die Aggressoren holen uns.* Er baute sich seinen sicheren Raum. Wenn es ihm besser ging, kam er wieder raus.«

Bazi verstand das nicht. »Ich hab von Opas üblen Zeiten gehört. Warum weiß ich das nicht von dir, und warum muss dir etwas leidtun?«

»Du solltest so was nicht wissen. Du bist erst elf.«

»Ich bin elf«, wiederholte Bazi und fing an zu lachen.

Das wiederum verstand sein Vater nicht. Tessa stand eine Bemerkung nicht zu, sie sagte trotzdem: »Früher miteinander zu reden ist besser, als es auf später zu verschieben. Sonst kapiert man es vielleicht nicht mehr.«

»Ich tu mich da grade auch etwas schwer«, warf Patrick Eschenbach ein. »Das eine hat doch mit dem anderen gar nichts zu tun. Sie haben zugelassen, dass ich Sie verdächtige!«

»Was für ein Unsinn. Ich hab doch meinem Kind nichts getan! Die ganze Zeit passiert nichts, und dann kommen Sie plötzlich von der Polizeidienststelle herüber und glauben ... was?«, fragte Gerhard Olberding und hob die Hände.

»Das war meine ...« Schuld, wollte Tessa sagen, aber gleichzeitig sagte es Bazi: »Das war meine Schuld.«

Den Rest erzählte Eschenbach, dem Spinnweben in den Haaren und Staubfetzen an der Kleidung hingen. »Es gab einen anonymen Brief.«

»Darüber reden wir noch!«, schimpfte Gerhard Olberding und sah zuerst Tessa und dann Bazi an.

Tessa räusperte sich erleichtert. »Gern«, sagte sie zu Antonias Vater.

Der Schaden war angerichtet. Dafür hatten Tessa und Bazi mit ihrem Einsteigen in Antonias Zimmer gesorgt, und jetzt sorgten wild herumtratschende Nachbarn dafür.

»Es tut mir nur wenig leid«, sagte Bazi.

»Und mir gar nicht«, sagte Tessa, die keine Sorge mehr haben musste, dass Gerhard Olberding festgesetzt und wegen Mordes angeklagt wurde und Bazi zu einer Pflegefamilie kam. Die Gedankenbilder waren vorübergehuscht – ein Moment Horror oder zwei.

»Bleibt der Lehrer. Und du spielst weiter den Geist?«, fragte Bazi.

Blieb der Lehrer. »Der ist leider schwer zu beeindrucken«, fand Tessa. Aber sie hatte sich auch erst einmal dort oben sehen lassen. Einmal war so viel wie kein Mal.

»Heute nach der Probe«, sagte sie. Wenn nichts passierte, konnten sie Patrick Eschenbach immer noch zeigen, was sie hatten. Leider war das kaum der Rede wert. Wahrscheinlicher Sex in der Küche und ein Handy, das in Kohlschreibers Haus klingelte, als Tessa ihre Freundin anrief. Sensationell.

Die Dinge waren nicht das, was sie zu sein schienen. Was auch auf ihr Theaterstück zutraf.

»Echt, heute wurde bei den Olberdings was entdeckt?« Die erste Frage, die Tessa überfiel, als sie mit dem Heiligenschein unter dem Arm die Bühne betrat.

Entdeckt worden war etwas. Sie wollte gemein sein. »Darüber darf ich nichts sagen.«

Patrick Eschenbachs Bemerkung, man stünde kurz vor einem Durchbruch, hatte die Phantasie angeregt. Seine Kollegen hatten den Weg in den Keller aus Angst vor einer Leiche abgelehnt.

Wie fast immer in einem kleinen Ort ging das Gerede wie ein Maschinengewehr los und streute in ihre Welt hinein.

»Nicht Antonia«, wusste jemand. Wer gute Verbindungen zur Presse hatte, der hatte das in Erfahrung gebracht.

»Nein, nicht Antonia«, bestätigte Tessa. Ihr sträubten sich noch immer die Nackenhaare. Sie war froh, dass die tote Freundin nicht in diesem Keller aufgetaucht war, auch wenn sie sich weiter fragen musste, wo etwas passiert war. Und mit wem.

In einer der Reihen vor der Bühne saß jemand. Das Gesicht

der Person lag im Schatten, Tessa konnte nichts Genaues erkennen.

Hatten sie einen Vorabzuschauer? Sie fragte die Spielleiterin, die davon redete, Alfons Winterstein habe vor etlichen Jahren selbst an einem Theater gearbeitet. Er mache ein paar Tage Urlaub in Marquartstein. »Er ist freundlich, hat sogar angeboten zu bezahlen. Zur Vorstellung kann er wahrscheinlich nicht kommen, aber er hat gefragt, ob er sich dazusetzen darf. Er stört doch nicht?«

Alfons Winterstein störte nicht, doch er weckte Tessas Neugier. Sie könnte ihn fragen, ob er etwas trinken wolle, dann war sie höflich und die Überprüfung nicht allzu durchsichtig.

Gerade setzte sie an, da erkannte sie den Mann, und ihre Frage fiel entschieden anders aus. »Ihretwegen ist der Pfarrer furchtbar erschrocken. Wer sind Sie?«

»Hat der Pfarrer keine anderen Sorgen? Ich heiße Alfons Winterstein.«

»Ja, das hab ich gehört.« Das wollte ich aber nicht wissen.

»Und Sie sind der Heilige Geist? Netter Heiligenschein«, sagte er.

Höflich sein. »Möchten Sie etwas trinken, Alfons?«

Er deutete auf die Flasche in seiner Hand. »Viel Freude beim Spiel«, wünschte er.

Du bist so dämlich, Tessa!, schimpfte sie sich. Und genau das würde Alfons auch von ihr denken.

»So, Leute – ich will gar nicht so viel, nur euer Ausnahmegesicht. Außerdem natürlich euer Bestes«, verkündete Conny in die Runde.

Tessa war heilfroh, dass die Geschichte der Hebamme endlich weitererzählt wurde.

»Tessa, bitte erst ganz kurz das Heilig-Geist-Gewand. Du nimmst die Stelle auf der Bühne ein, die sich gut eignet, um dem Publikum zu zeigen, der Geist hat einen Schwengel. Pjorn, ist das hinzubiegen?«, fragte die Spielleiterin.

»Sicher, biegen wir. Ich kann zwei unterschiedliche Längen anbieten und dicker oder dünner. Wie ihr wollt. Schlüpf rein, mein Kind«, scherzte er und dimmte das Licht. Er wartete, bis Tessa ihm hinter der Bühne zurief: »Ich komme«, und dann Schritt um Schritt machte, bis die Illusion der Figur und sie sich überschnitten und Pjorn dezent die dunklere Stelle zwischen ihre Schenkel malte.

»Für meinen Geschmack stehst du zu weit vorne«, bemerkte er. »Ich kann dich im Mittelgang der Kirche nicht brauchen. Der Heilige Geist ist ein ganz Geheimnisvoller, am liebsten steht er seitlich am Altar.« Er schwenkte das Licht, Tessa lief mit, der kleine dunkle Schatten folgte. »Du hast die Illusion, wozu brauchst du mich überhaupt?«, wollte sie wissen.

»Weil dir das Kleid so gut steht«, scherzte Pjorn. »Du ersetzt die Illusion, wenn der Heilige Geist mit der schönen Rose pimpert. Ich brauche dich in Bewegung, auch wenn der Zuschauer das nur undeutlich sieht.«

»Oje, die Pimperszene muss sein, oder? Das ist doch zum Lachen.« Tessa schüttelte den Kopf.

»Die Zuschauer dürfen lachen, aber wehe, meine Schauspieler tun es«, drohte Conny nicht ganz ernsthaft.

Auf dem Spielplan stand: Ein großer Mann mit einem noch größeren Problem betritt heute die Bühne. Kuno Barwar will schon länger Rose von Dornfels für sich gewinnen, was ihm nicht gelingt, weil er nur der Gärtner ist. Bislang hat er nur die Hand der Dame gehalten. Kuno ist aufmerksam und freundlich, er könnte ihr schon gefallen, sagt die junge Frau, und er hat, ach, so zarte Finger. Aber ihrer Familie war ein Gärtner nicht gut genug.

Tessa befreite sich vom Heiligen Geist.

Conny wandte sich wieder dem Skript zu. »Kuno kam bisher nicht vor, weil die schöne Rose von Dornfels mit dem Mann nicht zusammen sein durfte. Jetzt aber steht es Spitz auf Knopf, und das ist seine Chance. Er spricht bei der Familie vor.«

Sie erläuterte die Szene: »Dazu haben wir nur ein Hintergrundbild, die Rollen der Mutter und des Vaters werden nicht besetzt. Kuno Barwar läuft über die Bühne. Pjorn, das Licht bitte so, dass es aussieht, als hätten die Leute auf dem Bild eine

Mimik. Die Musik dazu soll Spannung erzeugen ... Was wird wohl geschehen?« Sie schnippte kurz mit den Fingern. Kunos Einsatz.

»Ich werde Rose vor Gott und der Welt von Herzen lieben und ehren und sie und das Kind vor allem Unheil beschützen. Ich erbitte Eure Zustimmung zur Ehe, und ich gebe mein Wort«, sagt er nervös.

Er wartet. Ein Flüstern der alten Eheleute.

»Auch diese Szene ist geteilt: Die Hebamme redet zum Publikum hin über die Wahrheit des Blutes, während Kuno auf Antwort wartet. Tessa, bitte«, kam es von Conny.

»Nun denn, der Gärtner muss der Familie wohl oder übel recht sein, denn wenn Blut in Roses Untergewand gewesen ist, kann sie keine Jungfrau mehr sein.« Wilhelmina seufzt.

Der Gärtner ist der Familie nach einigem Hin und Her recht.

Die Spielleiterin machte eine auffordernde Geste. »Wieder versucht der Pfarrer, die Pläne zu durchkreuzen.«

Hochwürden erscheint, während Kuno abtritt.

»Das Kind, das geboren wird, gehört der Kirche«, bestimmt er zum Entsetzen von Roses Eltern. Gerade haben sie ihre Zustimmung zur Ehe gegeben und jemanden sehr glücklich gemacht.

Conny deutete. »Die Familie von Rose von Dornfels verschwindet, während Rose der Hebamme Wilhelmina ihr Leid klagt, dass ihr vielleicht nicht erlaubt wird, ihr Kind zu behalten, dass der Pfarrer es will.«

»Der garstige Schwafelbruder, der auf den Teufel gesetzt hat, widerspricht sich selbst. Man möchte ausspucken«, schimpft Wilhelmina. »Keine Angst, das Kind geben wir nicht her.«

Conny: »Der Pfarrer, der von dem Angebot und dem Antrag des jungen Mannes erfahren hat, bestürmt die Hebamme. Dabei ist ihm gleich, dass Rose bei ihr ist und sich die Augen ausweint.«

»Ein Gärtner als Ziehvater für den Sohn des Heiligen Geistes! Das geht nicht«, erklärt er.

»Ach, mit euch rede ich gar nicht!« Wilhelmina stupst Hochwürden gegen die Brust. Zum Publikum hin: »Was der sich einbildet.« Zu Rose: »Wir sind Frau genug, um Stärke zu zeigen.«

Dann streicht sie über den immer umfangreicher werdenden Leib der Schwangeren.

»Ich fürchte mich aber zu Tode«, sagt Rose leise.

Hochwürden stürmt beleidigt hinaus, die Hälfte eines Bibelspruchs auf den Lippen: »So bessert nun eure Wege und euer Tun und gehorcht der Stimme des Herrn!«

»Die sich glücklicherweise nicht nach deiner Stimme anhören wird, Pfarrer!«, gibt die Hebamme zurück.

Conny: »Pjorn, tut mir leid, ich bin nervig. Wir brauchen als Nächstes die Zweiteilung: Kirche und das Labor des Apothekers.«

»Dein Wunsch sei mir Befehl. Aber ich muss dringend was trinken, man bekommt von der ganzen Weihrauchschwenkerei eine trockene Zunge.«

»Wir schwenken gar nichts«, sagte die Spielleiterin.

»Bildhaft natürlich.« Pjorn lachte. Er nahm einen großen Schluck aus seiner Trinkflasche, winkte Tessa zu und arrangierte die Zweiteilung.

Conny: »Rose wird um Beistand bitten, und ihr wird etwas auffallen. Der Pfarrer aber liegt in Lauerstellung.«

»Ich gehe zum Gebet in die Kirche«, verkündet Rose. »Da bin ich gerne, wenn Sorgen mir den Hals zuschnüren.«

Wilhelmina nickt. Zum Publikum sagt sie: »Mir schnürt sich auch gleich was zu, vor allem, wenn ich an diesen Teufel in der Kutte denke. Ich würde Rose gerne sagen, sie soll nicht gehen … Und dann muss ich flink sein.«

Conny: »Die Hebamme muss mit dem Apotheker reden. Ignatius Wirbels Labor kommt zum Vorschein. Der Apotheker trägt eine Schürze. Ein Geräusch von fließenden Stoffen, austretender Dampf. Die Hebamme steigt eilig zum Apotheker hinunter.«

Was Wilhelmina mit gerafftem Rock tut.

Ein festes Klopfen an der Tür, Wilhelminas Stimme, die Ignatius um Einlass bittet. »Wir müssen es herausfinden«, sagt sie. »Es muss doch zu beweisen sein, dass die junge Frau sich verführen ließ.«

»Von einem Geist, willst du sagen, Wilhelmina?«, fragt er.

»Aber nein, was für ein Unfug, Ignatius! Ich würde vielmehr sagen, von einem sehr einfallsreichen und findigen jungen Mann.«

»Und ich soll jetzt auch einfallsreich und findig sein!«, grummelt er.

»Ja, bitte.« Wilhelmina nickt.

Conny: »Außerdem denkt die Hebamme an eine List. Sie ist sicher, der Pfarrer wird sich in die Kirche begeben, um die junge Frau zu beschwatzen und zu beeindrucken.«

Der Blick der Hebamme richtet sich gen Himmel. »Lieber Herrgott, straf uns nicht.« Zum Publikum: »Ich bin sicher, Hochwürden wird ausfällig und unangenehm, wenn man ihn nicht zurückhält. Das arme Kind braucht keine Drohungen.«

Conny: »Aber die Hebamme braucht mindestens einen vom Himmel fahrenden Donnerschlag.«

»Ignatius, der gewünschte Einfall hat noch ein klein wenig Zeit, ein anderer aber ist dringend. Was klingt nach einem Donnerhall, krachend oder grollend? Hast du ein solches Wunder, und kann man es mitnehmen?«

»Wahrscheinlich sollte ich darauf sagen, es ist mir eine Ehre, dass dir meine Experimente gefallen«, stellt Ignatius fest. »Bloß weißt du nichts von meinen Experimenten.«

»Ignatius, ich bitte dich, red nicht rum. Ich brauche das Dings gleich, in der Kirche. Und du musst mir deine Stimme leihen.«

»Wilhelmina ...« Er versucht nicht einmal zu protestieren. Es hat sowieso keinen Sinn.

Conny: »Während die Hebamme und Ignatius sich besprechen, sieht man Rose von Dornfels, wie sie vor dem Kreuz aufs Knie fällt und sich mit der Hand abstützt, um wieder hochzukommen. Sie setzt sich in eine der vorderen Bänke. Ihr Blick ist auf die Bleiglasfenster mit den schönen Malereien gerichtet.«

Roses Stimme klingt fragend: »Ich habe mich selbst betrogen, wollte ihn mit allen Sinnen spüren, wollte mich ihm unvergessen machen. Aber mir war doch nicht nach Eitelkeit. Zwei Herzen schlagen in diesem Körper, wir sind einander verbunden, lass nicht zu, dass uns jemand auseinanderreißt.«

Conny: »Die Schwangere sieht jetzt einen Lichtstrahl durchs Fenster hindurchscheinen, wie ein Zeichen. Der Pfarrer streckt eine Hand aus, zieht sie zurück, als Rose von Dornfels sich schnell erhebt. Ihr Gesicht wendet sich zum Licht. So, Herr Pfarrer … und du vernimmst den Donner.«

Verschreckt zuckt der Pfarrer, krümmt sich, als hätte ihn etwas berührt. Er fährt sich übers Gesicht, dreht sich um, schlüpft aus der Bank. Dann beginnt er zu rennen, die Stimme folgt ihm: »Kuno Barwar wird Rose und ihr Kind beschützen. So sei es! Nicht dein Wille geschehe, Pfarrer.«

Hochwürdens Mundwinkel vibrieren, als er verspricht: »So wird es sein!«

Conny: »Die Zuschauer sehen jetzt den Apotheker, wie er auf der Empore einen Behälter im Kreis herumbewegt, an dem Haselnüsse an einem Strick befestigt sind. Tessa …«

»Infernalisch«, sagt die Hebamme.

Conny: »Kuno Barwar darf seine Rose heiraten. Aber die Hebamme will wissen, was das für eine Sache mit dem Heiligen Geist gewesen ist. Wilhelmina glaubt nicht daran, dass sich da einer vom Himmel aus aufgemacht hat, um eine junge Frau in Schwierigkeiten zu bringen, noch dazu ohne alttestamentarische Anordnung. Die Hebamme bittet den Apotheker aufs Neue.«

»Finde es heraus. Wie kann ein Verführer für jemand Heiliges gehalten werden? Die Sache lässt mich sonst nicht schlafen.«

»Der Donner war einfach, ein Naturgeräusch. Und nun soll ich auch noch herausfinden, wie es vonstattengehen kann, dass einer hell strahlt?«

»Bemüh dich bitte, Ignatius!«, sagt die Hebamme, und zum Publikum: »Der Apotheker ist schlauer als der Pfarrer, so viel steht gottlob fest.«

»Die Schlüsselszene folgt dann beim nächsten Mal«, sagte Conny mit einem Lächeln, man konnte davon ausgehen, sie war mit der Darbietung zufrieden. »Wir haben dann eine Feier, eine Hochzeit. Ein Kind wird geboren. Und der schlaue Apotheker präsentiert Wilhelmina seine Lösung.«

Tessa hörte Alfons Winterstein applaudieren. »Sie werden

damit erfolgreich sein«, rief er und war verschwunden, bevor sie ein zweites Mal schauen konnte.

»Gehört?«, fragte Conny. »Herrschaften, jetzt haben wir uns wirklich alle einen anständigen Schluck verdient. Pjorn, ich kriege den Weihrauch nicht mehr aus der Nase.« Die Spielleiterin lachte.

Tessa war heute später dran als sonst, als sie aufs Rad stieg, das Heilig-Geist-Kostüm, das kurz zum Einsatz gekommen war, in ihrer Tasche und diese im Korb. Sie musste sich noch ein wenig blass machen, einen Tupfer Totenblau auf die Lippen geben. Dabei hatte sie doch keine Tote gesehen.

Eschenbach hatte ihr zugenickt und gemeint: »Ich darf wohl ehrlich sagen, ich bin erleichtert, dass wir hier nicht fündig geworden sind.«

Auch wenn sie alle auf eine Auflösung warteten … aber nicht so.

»Wo bist du bloß?«, fragte sie ihre Freundin ungefähr zum hundertsten Mal, um gleich noch eins draufzusetzen: »Und wo ist Ferdi Weber?«

Genau wie Antonia schien der Junge von damals verloren. Doch die beiden Fälle schienen so weit auseinanderzuliegen.

Sie hätte sich besser gefragt: Bist du noch immer davon überzeugt, dass Kohlschreiber etwas zu gestehen hat?

Ja. Der Lehrer wusste mehr über jene Nacht, in der Antonia verschwand. Tessa war sich sicher, die Freundin war nicht mehr nach Hause gekommen. Die Nachricht, das Foto, danach nichts mehr. Tessa hatte gehört, wie Antonia sich über Kohlschreiber lustig gemacht hatte: *Er denkt, die Schule will ihn als Rektor. Aber die sind doch tadellos.* Ein listiges Schmunzeln, als wollte sie etwas herausfordern. Sie hatte es tatsächlich herausgefordert. Eine seiner Schülerinnen wollte ihn für sich und erzählte Lügen. Wenn er seine Frau aber jetzt mit einer ehemaligen Schülerin betrog, würden sich die Leute fragen, was da noch zum Vorschein kommen könnte. Die Leute fragten sich alles Mögliche. Für Konstantin Kohlschreiber ging es um seinen Ruf. »Ob du aus der Grube wieder rauskommst?«, flüsterte Tessa vor sich hin, auch wenn der Lehrer ihr nicht antworten würde.

Wie beim letzten Mal wollte sie sich auf der Rückseite der Burg am Waldrand umziehen. Diesmal war sie ausnehmend pünktlich, die Kirchturmuhr schlug zwölf, als sie über die Wiese und um den Brunnen herumging.

Es war dunkel in den Häusern, kein Lichtschimmer. Der Berg schien zu schlafen, als sie ihre Taschenlampe anschaltete, ausrichtete und Antonias Stimme in die Nacht hinausklingen ließ. Auf ihren Armen eine Gänsehaut. Jetzt fürchtete sie sich schon vor ihrer eigenen Geistervorstellung.

Das Echo hatte sie, wie sie fand, gut hinbekommen.

Sie streckte erneut eine Hand aus, neigte den Kopf, behielt die Hintergrundgeräusche im Ohr und achtete darauf, ob sich etwas bewegte. Jetzt sah sie die Tür aufgehen, ein männlicher Schatten trat heraus. »Bitte nicht!«

War das ein Flehen? Die Stimme war lauter als ein Flüstern, aber immer noch leise.

Der Geist drehte sich einmal im Kreis, um sich dann mit einer letzten Handbewegung in seine Richtung aufzulösen.

Tessa duckte sich einfach hinter den Brunnen und sprang in den Burggraben. Sie war nicht mutig genug, sich anzuschauen, was Kohlschreiber sonst noch tat; ihr musste genügen, dass er reagiert hatte.

»Bitte nicht!« war kein Geständnis. Er sollte zusammenbrechen, und jemand musste das bezeugen. Er sollte angstvoll Reue bekennen, und jemand musste sein Bekenntnis hören. *Tessa, so ganz zu Ende gedacht hast du das nicht.* Am besten, Kohlschreiber ging zur Polizei. Aber so war es wahrscheinlich zu gut und zu glatt geplant. Sie musste sich noch einmal um die Aufnahme kümmern, sie brauchte unbedingt noch einen weiteren Satz!

Als sie ein ganzes Stück weiter unten über den Wiesenhang zum Waldrand zurücklief, den Saum ihres Kleides anhebend, meinte sie, eine Bewegung auszumachen. War ihr jemand auf den Fersen? Sie stellte sich hinter den dicksten Baum, den sie fand, und erlöste sich vom Heiligen Geist. In schwarzer Unterwäsche war sie immer noch zu hell. Aber niemand schien Interesse an ihr zu haben.

Tessa legte das Kostüm zusammen, holte Leggins und das dunkle Jeanshemd aus der Tasche.

Beim letzten Mal hatte sie einen anderen Weg zurück genommen, doch unterhalb vom Haus des Lehrers lief jemand herum. Dieser Jemand hatte eine dunkle Maske übers Gesicht gezogen.

Der Maskenmann hatte eine bestimmte Absicht, und er hielt etwas Großes in der Hand. Sie musste näher heran, um es genauer zu erkennen.

Vorhin war sie froh gewesen, dass niemand sie verfolgte. Jetzt hatte sie Sorge, nicht schnell genug zu sein. Sie hetzte in die Richtung, aus der sie gerade gekommen war, hörte einen Hund wütend bellen, sah eine Tür aufgehen und ... die Person, die heraustrat, wurde mit dem großen Ding niedergeschlagen. Ein Knüppel. Tessa fiel tatsächlich auf, dass er aus Holz war.

Ein kleiner Hund verbiss sich ins Bein des Angreifers. Wieder wurde zum Schlag ausgeholt.

Tessa schrie den Maskierten an, sie rannte über die schmale Straße. »Hau ab!« Sie hatte nur ihre Tasche als Waffe.

Erschrocken fuhr er herum, schüttelte den Fuß aus, der allzu leichte Stoff der Tasche, die Tessa in seine Richtung schleuderte, konnte nicht viel ausrichten, brachte ihn aber ins Stolpern.

Kurz schien er zu überlegen, dann ergriff er die Flucht. Auch Tessa überlegte. Ihm nachsetzen? Oder schauen, was er angerichtet hatte?

Die ältere Dame, ebenjene, die Tessa gestern fast erwischt hätte, setzte sich langsam auf und fluchte: »Gespenster und Einbrecher. Oh verdammt, was für ein Höllenspektakel! Der Saukerl hat mich erwischt.« Sie klopfte sich ab und kam nach einem Blick auf ihre Hände offenbar zu dem Schluss, dass sie nicht blutete. Sie tupfte an den Tropfen auf dem Boden herum. »Nicht meins«, sagte sie und streckte die Hand nach dem kleinen Hund aus. »Tapfere Gretel, du hast ihn erwischt.«

Tessa fand, der Hund wirkte eine Spur wackliger auf den

Beinen als die ältere Dame, die Tessas angebotene Hand ergriff. »Wir sind uns schon begegnet«, sagte sie.

»Nicht unbedingt«, gab Tessa zurück. »Der Kerl ist weg, es sah ganz schön ernst aus. Er hat Sie nur nicht gut getroffen. Trotzdem, Sie sollten sich vielleicht untersuchen lassen.«

»Also, ich bin das nicht, die hier halb tot aussieht.« Ein Lachen.

»Scheiße«, entfuhr es Tessa.

»Ich muss schnell die Spuren sichern.« Ein Fingerzeig auf das Blut. »Kommen Sie rein, aber drübersteigen. Da vorne ist eine Gästetoilette, vielleicht wäre es gut, da ein bisschen Dramatik rauszunehmen.« Sie deutete auf Tessas Gesicht.

Tessa stellte sich vor. Im Gegenzug tat das auch die ältere Frau, wenn auch ein wenig umständlich. »Homesitterin bei den Felders, Juliane Leitermann, und Gretel, ein Wachhund.« Aber sie vergaß den kleinen Hund nicht.

Tessa stieg über die Spuren und nahm auf der Gästetoilette am Waschbecken einige größere Korrekturen an ihrem Aussehen vor.

»Sieht lebendiger aus«, fand Frau Leitermann anschließend.

»Polizei?«, fragte Tessa mit einem Blick auf die Spuren – das Blut war aufgewischt.

»Für einen Vergleich wird es reichen. Natürlich könnte die DNA unbekannt sein. Will ich das wissen?«

»Sollten Sie schon. Da hat jemand in Kauf genommen, Sie zu töten.« Tessa fand überhaupt nicht, dass sie übertrieb.

»Genau die Absicht hatte der Täter nicht. Der Schlag war nicht fest genug. Lassen Sie mich kurz nachdenken, dann melden wir einen Einbruch.«

»Es wurde gar nicht eingebrochen, denn Sie haben die Tür aufgemacht.« Tessa wies auf die fehlenden Spuren.

»Scheiße«, sagte Frau Leitermann.

9

An Regnbogn konnst ned hobn, wenn's nirgens grengt hod.
Du kannst keinen Regenbogen haben, wenn es nicht irgendwo regnet.

»Mini Meierhofer, was treibst du denn?«, fragte ihr allzu aufmerksamer Ehemann.

»Ich rufe die Friseurin an«, informierte sie ihn.

»Die Friseurin«, wiederholte er ungläubig. »An so eine ungeheure Nebensächlichkeit kannst du jetzt denken?« Loy hörte sich fast verärgert an.

»Juliane bekommt Schwierigkeiten, wenn Gretel aussieht, als hätte man sie zu nahe ans Feuer gelassen.«

»Wirklich schlimme Schwierigkeiten!«, meinte er. »Nah an einem Feuer trifft es doch gut.«

»Du brauchst nicht zynisch zu werden«, fand Mini. Es war später Nachmittag, sie hatte sich ein Herz gefasst. Ihr Eheliebster würde ihr nicht den Kopf abreißen dafür, dass sie erst jetzt zurückkam und sich mit ihm nicht großartig über den Zeitungsartikel zum Überfall zu unterhalten gedachte. Eben war ihr die Friseurin wieder eingefallen und ihre Idee, Gretel ein wenig ordentlicher zu bekommen.

Aber Loy, der sie sonst nicht mit Fragen löcherte, wollte sie diesmal offenbar nicht ohne eine zufriedenstellende Antwort entlassen. »Ich muss auch gar nicht besorgt sein. Meine Frau wurde lediglich überfallen und bedroht. Du hast sage und schreibe für alles eine Erklärung.«

»Gerade habe ich keine wirklich gute«, gab Mini zu. Dann fragte sie: »Kennst du den Lebensgefährten von Dora Schönenfeld näher?«

»Gregor Lenz. Was meinst du mit ›näher kennen‹? Ich habe gerade Mühe, meine Frau zu erkennen«, gab er zurück.

Hui, Loy war wirklich sauer. Mini würde in der Gärtnerei anrufen und fragen, ob sie ein paar Sonnenblumen hatten. Es war, genau genommen, nicht mehr ganz die Jahreszeit dafür, aber ein

Gewächshaus war zeitlos. Ihr machten diese lachenden Gesichter Spaß, die hoffentlich ihrem Liebsten auch eines entlockten.

Der kombinierte gerade den Gedanken, der nicht seiner war, mit einem anderen.

»Was ich immer belächelt habe – Gregor näht«, sagte Loy.

Minis Zeigefinger stellte sich auf, während sie sich erinnerte, wie sie auf der Felder'schen Terrasse den Umhang ausgebreitet, nach einer geheimen Tasche gesucht und anschließend das Bleiband aus dem Saum getrennt hatte. Dort könnte man stattdessen auch etwas anderes unterbringen, hatte sie gedacht.

Ein gutes Rätsel. Vielleicht sollte sie an Gregor schnuppern, ob er das komische Sandelholz-Aftershave benutzte.

»Weißt du nicht, dass Gregor Lenz diese bekannte Bergsteigerin porträtiert hat?«

»Wen?«, fragte Mini.

»Na ja«, lachte er. »Den Namen weiß ich grade nicht. Aber Gregor hat sie gezeichnet. Ziemlich gut, glaube ich. Er hat auch Auftragsarbeiten angenommen, wurde in einige gute Häuser eingeladen. Es gab Gerüchte, dass er hin und wieder etwas mitgenommen habe. Wenn die Bezahlung nicht passte. Eine Fabrikantengattin vermisste nach seinem Besuch ihr Diamantarmband und veranstaltete ziemlichen Wirbel. Das Armband tauchte kurz darauf wieder auf. Vielleicht stimmte der Vorwurf auch nicht, und Gregor Lenz hat sich nichts zuschulden kommen lassen, vielleicht aber doch, und er fand es besser, den Schmuck zurückzugeben.«

Von einem Diebstahl hatten sie auch von Werner gehört. Ein großes Stück in seiner Geschichte fehlte, sein Verstand hatte sich eingetrübt. Und Mini konnte ihm nicht folgen. Vier Jungen und nicht nur *ein* großes Geheimnis, wie es schien.

Wie oft noch würde man Werner am Burgweg begegnen, was hatte er noch zu erzählen? Wie weit konnte man diesen Erinnerungen trauen?

»Wir haben Werner vorhin unterhalb der Burg angetroffen«, sagte Mini, und ein wenig kam es ihr vor, als würde sie ihn als Alibi benutzen.

»Was hatte er denn bei der Villa de Ahna verloren?«, wunderte sich Loy. »Was kann einem da ins Hirn schießen? Außer er mag Musik.«

Musik mochte Werner wirklich. Aber keine Klassik. Seltsam, woran ein leckgeschlagener Verstand wie der von Werner Braune sich erinnerte. »Gstanzl scheint er zu mögen, dem Armen schießt so einiges durchs Hirn«, sagte Mini, und ihr ging es ebenso. Die Villa. Richard Strauss. Loy hatte ihr von einer alten bronzenen Taufschale erzählt, die wieder aufgetaucht war. Der Schatz? Werner hatte gesagt, den gebe es nicht. Woher wusste er, dass es ihn nicht gab? *Oder du denkst bloß zu kompliziert, und es bedeutet gar nichts.*

Es war wieder so ein Tag … Die maßgebenden, ganz wichtigen, die bestimmenden fünf Marquartsteiner würden sich des Abends mit ihrer jeweiligen Begleitung oder auch allein in den Gasthof Eber begeben.

»Denkst du dir heute gar nichts, wenn du spät vom Gasthof Eber heimgehst?«, hatte Loy Mini gefragt.

»Heute trage ich keinen Umhang«, hatte Mini zurückgegeben. Außerdem wollte sie sich nichts denken.

Keine zwei Stunden später saßen die fünf plus Damen an ihrem angestammten großen Tisch. Die Sekretärin des Bürgermeisters legte eine Hand auf die von Mini. »Das muss ja ganz furchtbar gewesen sein. Auge in Auge mit dem Vermummten.«

Rudolf Braune fand das nicht nachvollziehbar. »Wie das denn, wenn er doch eine Maske trug?«

»Blind war er nicht«, sagte Mini. »Anschauen musste er mich schon.« Die Augen – der Mann hatte etwa ihre Körpergröße gehabt. Eine verwaschene Iris, ein unschöner Grünton, stumpf. War es ihr im Licht der Straßenlampen nur so vorgekommen?

Wenn die Herrschaften sich erst einmal niedergelassen hatten, konnte Mini kaum noch einen eigenen Gedanken fassen. Was lag ihnen denn heute auf der Seele? Außer den Bestellungen – Essen und Getränke und eventuell noch etwas Süßes danach – redeten nur die Frauen, die Herren wirkten, als verstünden sie die Welt nicht mehr. Jedenfalls ihr kleines, feines Marquartstein nicht.

Sie übertrafen sich im Schweigen, bis die Damen beschlossen, sich aus dieser Trauerrunde zu verabschieden.

Dann wurden der Bürgermeister, Pfarrer Kurzer, der Polizeihauptmeister, der Sparkassen-Heini und der Auto-Kurt lebendig.

»Mini Meierhofer, was war da heute los, warum versucht sich Werner ausgerechnet im Gstanzlsingen?«, begann der Bürgermeister.

»Was?« Dafür interessierte sich auch der Sparkassen-Heini. Einer fragte für alle.

»Als wüsst ich das«, gab Mini zurück. »Werner erinnert sich an etwas von früher, das weißt du doch.«

»Was soll ich wissen? Dass mein Vater momentan überall das Foto seiner ehemaligen Liebe herumzeigt, dass er sich an Ferdi Weber erinnert, der auch mal mit ihr … Was soll ich davon halten?«, fragte Rudolf. Er wusste auch nicht, was davon der Wahrheit entsprach. »Werner und Ferdi waren gut befreundet, so viel steht fest«, schloss er.

Mini bekam die Bemerkung mit, weil es am Tisch jetzt lauter wurde.

»Wir bräuchten eine echte Quadratratschn, am besten hundert Jahre alt, mit einem Gedächtnis wie eine Eins. Wenn alle bloß fragen und niemand Antworten hat, denkt sich der Rest was Blödes aus – so geht's nicht!«, regte sich Kurt auf.

»Alte Geschichten treiben sich herum, halten uns in Atem«, schnaufte der Pfarrer. »Bei mir werkelt ein ehemaliger Mörder im Garten.«

Patrick Eschenbach schüttelte den Kopf. »Einen ›ehemaligen‹ Mörder gibt es nicht. Wenn jemand gemordet und jemanden auf dem Gewissen hat, dann ist er ein Mörder.«

»Glaubst du, das macht dich irgendwie interessant, Herr Pfarrer?« Mini klopfte mit den Fingerknöcheln auf den Tisch und brachte ihnen die neue Runde Getränke. »Dein Garten hat es übrigens nötig.«

»Minerva, bloß weil dein Mann einen grünen Daumen hat, brauchst du nicht auf meiner Bepflanzung rumzuhacken. Ach, habt mich doch gern«, erwiderte der Pfarrer. »Ich hab Sorgen. Der Mann lebt nicht in der Gegend, gibt sich geheimnisvoll, sagt, er müsse noch einen Besuch machen.«

Daran fand jetzt keiner etwas besonders Gefährliches. Mini konnte sich jedoch denken, was Alois Kurzer gleich sagen würde.

Oh, Alfons Winterstein – was bist du gemein. Sie sollte sich ein Lächeln verkneifen.

»Im Moment umsorgt eine ehemalige Kriminalkommissarin das Haus der Felders. Wenn er dahin will …«

»Da war er schon«, eröffnete ihm Mini und streichelte ihm beruhigend über die Schulter. »Juliane und Benno Seitlein kennen sich von früher. Sie hat ihn festgenommen. Damals.«

Die Blicke flogen ihr zu. »Sonst nichts«, sagte Mini. »Herr Pfarrer, hast du jetzt wenigstens mal den Geist gesehen?«

»Als Geistlicher sollte man keine Schauergeschichten erzählen«, sagte er.

»Dabei erzählt ihr laufend welche.« Sie grinste. »Die Bedienung gibt eine Runde aus.«

»Von deinem Zusammenstoß musste ich in der Zeitung lesen«, sagte Alois Kurzer. Mini nickte und schenkte fünf Gläser von dem ganz edlen Vogelbeerschnaps ein.

Der Bürgermeister winkte ab. »Wenn die Bedienung nicht mittrinkt, kommen wir auf den Gedanken, sie will uns vergiften.«

»Ich würde womöglich in der Gegend rumschwanken«, wehrte Mini ab, aber es wurde wirklich gewartet, bis sie sich ebenfalls einschenkte. »Worauf trinken wir?«, fragte sie.

»Dass uns nichts Übles anweht!«, sagte der Pfarrer.

»Ein gutes schlechtes Bild.« Der Bürgermeister verzog das Gesicht.

Sie tranken und stellten ihre Schnapsgläser lautstark auf den Tisch. Mini wollte sich keinen Stuhl heranziehen, sich nicht daraufplumpsen lassen. Aber ein Moment im Schatten der Gesellschaft würde ihr guttun.

»Wie geht's dir denn nach der Attacke des Vermummten?«, lautete die höfliche Erkundigung des Polizeihauptmeisters.

»Da der Kerl schon öfter zugeschlagen hat, seid ihr doch bestimmt wild am Ermitteln.« Mini legte den Kopf ein wenig schief. Sie war keine hundert und keine Quadratratschn, sie war eine Zeugin, und die hielten sich bedeckt. »Ich gehe mir schnell die Nase pudern«, sagte sie und stellte sich vor, wie sie den Fenstergriff packte, die frische Luft einatmete und sich überlegte, was man eventuell noch in Erfahrung bringen könnte, wo die Gesprächigen schon alle zusammensaßen.

Der Pfarrer schüttelte ein wenig irritiert den Kopf. »Sagt man das so?« Darauf mochte sie nicht mehr antworten; ein Pfarrer musste das nicht wissen. Mini hörte noch, wie der Auto-Kurt schimpfte: »Ganz wild am Ermitteln wart ihr auch bei den Olberdings. Schämt euch!« Und ein Blick zurück zeigte ihr, wie Eschenbachs Miene verkniffen wurde. Er sagte nur: »Antonia bleibt verschwunden.«

Die mitteilungsfreudigen fünf verabschiedeten sich vor der Zeit.

Sie hatte sich beim Nasepudern eine letzte Frage zurechtgelegt und sie nicht gestellt, weil sie mit der frischen Luft davongeweht war. Und als Mini sich schließlich auf den Heimweg begab und ihr Rudolf Braune einfiel, der behauptete, Ferdi hätte mit Werners Freundin … Da fehlte auch eine Sequenz, der Bürgermeister hatte den Satz nicht beendet.

Damals war man früher erwachsen geworden. Jeder? Werner hatte erzählt, seine Barbara habe Ferdi süß gefunden, das habe ihm nicht gefallen. Wie viel wusste der Bürgermeister?

Mini war bei Patrick Eschenbachs Bemerkung angelangt, als ihr der Vermummte erneut in die Quere kam.

Leblos. Unbewegt. Er hockte gegen die Steinerne Brücke gelehnt, die Beine ausgestreckt. Über dem Gesicht trug er die schwarze Maske. »Mädel, halt das fest, sonst bist du nachher nicht sicher, was du gesehen hast.« Sie zog ihr Notfallhandy heraus, die Hand zitterte verdächtig. Sie klickte die Fotofunktion an und kam sich ganz furchtbar vor, aber sie wollte eiskalt sein und schaute unter die Maske des Vermummten. Gregor Lenz.

Mini suchte nach einem Puls, falls noch Leben in ihm war.

Ihre Gedanken überschlugen sich, und das lag nicht am Vogelbeerschnaps. Es fühlte sich nicht an, als schlage da ein Herz.

Wenn er der Dieb mit dem Messer war, wer war dann sein Mörder? Dass es die Person gab, schien Mini klar, denn niemand setzte sich maskiert auf eine Brücke, um zu sterben. Es musste eine Wunde geben. Sie tastete. Ein Messer steckte nicht in seinem Körper. Es gab eine Kopfverletzung.

Blind fotografierte sie und zog dann das schwarze Wollding wieder herunter. Etwas stieg ihr in die Nase – penetrant, bekannt. Sie hatte es schon einmal gerochen, sie mochte es nicht. Sandelholz.

Weitergehen und sich ins Bett legen, den Toten von jemand anderem finden lassen, der Gedanke war ihr einen Moment lang gekommen. Ein Gedanke, wie sie ihn kannte, die Überlegung einer Elfjährigen.

Du wirst jetzt tun, was getan werden muss, sagte sie sich. Dann wählte sie den Notruf. »Mini Meierhofer. Der Vermummte ist zurück«, war sicher nicht die präziseste Einleitung. »An der Steinernen Brücke in Marquartstein sitzt eine Leiche«, klang auch nicht nach einer ernst gemeinten Beschreibung.

Sie ließ sich vom Telefon als Nächstes mit Juliane verbinden, trat dort neben dem Toten auf der Stelle. Die Polizei würde gleich da sein. Oder so ähnlich.

»Wenn du bereits im Traumland warst, tut es mir wirklich leid. Ich muss am Tatort bleiben. Dem Vermummten ist es heute Nacht an den Kragen gegangen«, erklärte Mini, als Juliane sich meldete.

10

Kopf houch, wenn da Hois aa dreckad is!
Kopf hoch, es wird schon wieder! Aufmunterung.

Ferdi

Über den Auftritt in Unterwössen hatten Werner und er noch
so manches Wort verloren, über den angriffslustigen Vater von
Barbara kein einziges. Aber übers Gutaussehen und über Ge-
schenke.
Es war früher Nachmittag, und Ferdi hatte es wieder einmal
überlebt, ohne dass Harzer sich Neues überlegte.
Der nicht, aber als Ferdi aus der Backstube kam, lehnte Wer-
ner an der Brücke. Sein Gesicht sah fast so fahl aus wie das von
Ferdis Mutter nach diesem gemeinen Fluch. Der Freund schaute
drein wie einer, der ein Problem wälzte und gerade einmal den
Ansatz einer Lösung hatte schnappen können.
Werner wartete auf ihn. Also gehörte er zur Lösung, kombi-
nierte Ferdi. Er grüßte.
»Jetzt ist es so weit«, empfing ihn Werner. »Vielleicht meine
Strafe, weil wir den Pfarrer verunglimpft haben.«
»Strafe?«, wiederholte Ferdi. Wovon redete Werner? »Wir
haben niemanden verunglimpft. Du hast es selbst gesagt, der
Pfarrer ist ungut.«
Werner seufzte schwer.
»Na ja«, sagte Ferdi, »meine Mutter hat sich auch Gedanken
gemacht wegen des fluchenden Pfarrers, sie meint, ich sollte in
der Kirche eine Kerze anzünden.«
»Eine Kerze …«
Der Pfarrer wäre damit wohl kaum zu besänftigen, das war
jedenfalls Ferdis Meinung. Aber so kamen sie nicht weiter. »Was
ist los?«, wollte er wissen, und Werner berichtete vom Verkauf
eines Familienwohnsitzes und zwei »übrig gebliebenen« Särgen
in der Gruft. »Man wird sie neu unterbringen, auf dem Mar-

quartsteiner Friedhof, und der ehemalige Ministrant, nämlich ich, soll sich um eine Politur kümmern.« Werners Arme waren von einer Gänsehaut überzogen.

»Die sind sicher nicht erst gestern verstorben, es sind nur noch Knochen«, versuchte ihn Ferdi zu beruhigen. »Was genau sollst du aufpolieren?«

Nicht die Gebeine, vermutete er.

»Die alten Särge. Mich gruselt's. Ich muss auch gleich los …« Werner bemühte sich, die richtigen Worte zu finden, und Ferdi wollte ihn sie nicht erst finden lassen.

»Ach, am besten, wir machen das zusammen«, sagte er. »Dann kann ich meiner Mutter sagen, dass ich dem Pfarrer ein wenig zur Hand gehe. Da fällt sein Fluch vielleicht nur halb so böse aus.« Ferdi grinste.

»Wirklich?« Erleichterung bei Werner. »Du bist ein echter Freund!«

Wenn man den Stein von einem beschwerten Herzen fallen hören könnte, hätte es gerade so geklungen, musste Ferdi denken. Seiner Mutter würde er von Särgen und Toten besser nichts erzählen.

Die beiden Särge waren riesige schwarze Truhen, von einem Bestatter überführt, der sie ausladen und in den Schuppen hinter der Kirche bringen ließ. Einige Leute hatten sich schon aufgeregt, das sei keine Art, mit verstorbenen Verwandten umzugehen.

Diesmal hatte der Pfarrer den Schwarzen Peter gezogen, aber der hatte keinen anderen Platz, und bald würden die Särge ohnehin unter der Erde sein. Aber bis dahin konnte man die Blumenornamente an den Seiten, am Kopf und zu den Füßen nur ahnen, weil sie heller waren als das übrige Holz. Die löwenköpfigen Messingbeschläge, mit Ringen wie zum Anklopfen, waren matt, dennoch sahen sie robust aus. Irgendwie robuster als die Seitenwände, schoss es Ferdi durch den Sinn. Die sterbliche Hülle für die jenseitige Welt aufzubewahren schwebte niemandem vor, doch fürs Jenseits bräuchten sie die Truhen auch nicht fein zu machen.

Werner kratzte sich am Kopf. »Die werden doch nicht auseinanderfallen, wenn wir Hand anlegen?«

»Wollen wir nicht hoffen«, gab Ferdi zuversichtlich zurück.

Werner sagte: »Ich hab Sebastians Vater gefragt, ob er weiß, was da zu verwenden ist, um wenigstens ein bisschen Glanz hinzubekommen. Er bringt was vorbei.«

»Sehr nett«, fand Ferdi. »Wir schnappen uns erst mal jeder einen Lappen und entstauben die Dinger. Dann kann man wenigstens erkennen, was drunter ist.« Das matte Schwarz ein wenig glänzend zu bekommen wäre schon ein Kunststück.

»Ja, machen wir.« Dazu ein zögerliches Nicken.

Eine Stunde später sahen die Truhen ganz manierlich aus, sogar die Namensplaketten mit den Daten. Ferdis Finger strichen über die gebrochenen Ränder des Holzes, die sich am Deckel wellten.

»Als hätte sie versucht rauszukommen.«

Werner hatte die Arme vor der Brust verschränkt, und als die Tür des Schuppens aufging, sah er aus, als erwartete er den Geist der 1823 verstorbenen Henriette.

»Herr Orwig«, krächzte Werner.

»Ich wollte niemanden erschrecken«, lachte der. »Ich gebe es zu, ich bin auch ein wenig neugierig, welches Familienwappen sich auf den Särgen findet. Denn beim Verkauf einer Immobilie samt Grundstück gibt es womöglich auch eine Auflösung des dazugehörigen Haushalts …«, sein Blick glitt über die schwarzen Truhen, »… für den ich mich interessieren würde.«

Er reichte ihnen das Reinigungsmittel. »Hier ist ein Topf Schellack-Nitro-Politur. Für beanspruchte Oberflächen, farblos. Aber ihr habt gut vorgearbeitet, da bekommt ihr das bestimmt hin.«

»Die ist sicher nicht billig«, bemerkte Werner.

»Sicher nicht, aber die Rechnung geht an den Herrn Pfarrer.« Ein Zwinkern.

Nachdem Herr Orwig das Familienwappen ausfindig gemacht, beeindruckt mit der Zunge geschnalzt, ihnen noch »Gutes Gelingen« gewünscht und die Tür wieder hinter sich hatte zufallen lassen, öffnete Ferdi den Topf mit der Politur, und sie tunkten ihre Lappen hinein.

»Ich glaube, das wird«, freute sich Werner.

Glänzend wurden am Ende nur die Messinglöwen, aber das machte Eindruck, fand Ferdi.

»Wir schrubben die Behausungen von Henriette und Leopold, als würden sie nicht in Kürze wieder in der Versenkung verschwinden.« Werner schien das komplett unsinnig zu finden, aber sein Lächeln zeigte, es war nicht weiter wichtig. Sie hatten gut gearbeitet.

Die Tür des Schuppens öffnete sich erneut. Ferdis erster Gedanke war: Die beiden haben uns gerade noch gefehlt.

»Die Mumienpfleger bei der Arbeit«, scherzte Sebastian. »Ich habe Verpflegung dabei, wenn wir schon stören.« Er raschelte mit zwei bedruckten Bäckertüten.

»Nussschnecken«, verkündete Gregor.

»Klingt gut. Wir würden ja gern Messwein dazu anbieten, aber Herr Pfarrer rückt den bestimmt nicht raus.« Ferdi bemerkte Gregors Blick, der auf einen der Särge und auf die Namensplakette gerichtet war. *Was hast du im Sinn?*

»Prima«, sagte Werner und störte damit Ferdis Gedanken. »Wir gehen damit ins Freie. Futtern in Gesellschaft der Toten ist nicht nach meinem Geschmack.«

Was Gregor Lenz im Sinn hatte, wurde offenbar, als sie ihre Nussschnecken verspeist hatten, in den Schuppen zurückkehrten und er listig lächelnd von innen den Riegel zur Tür vorlegte.

»Ich brenne darauf, mir die Mumie anzuschauen«, sagte er.

Die Mumie. Es waren zwei. Aber Leopold interessierte ihn nicht, sagten sein Blick und die Geste.

Werner riss die Augen auf, Ferdi sagte: »Man stört die Ruhe der Toten nicht.«

»Leute, es ist *die* Gelegenheit. Wahrscheinlich die einzige«, gab Gregor unbeeindruckt zurück.

Sebastian zuckte mit den Schultern. »Ich schau da nicht unbedingt rein, aber wenn dich Knochen interessieren, dann mach auf!«

Werner schimpfte: »Das gibt garantiert Ärger!«

»Angst vor der Rache der Mumien?« Gregor grinste. »Ich passe auf. Schaut her, der Deckel lässt sich ganz leicht bewegen.« Wie aus dem Nichts hatte er auch schon ein Werkzeug in der Hand, um Henriettes Sarg aufzuhebeln, als hätte er genau das von Beginn an vorgehabt.

Ferdi argwöhnte, dass es so war. »Was hoffst du zu finden?«, wollte er von ihm wissen, während Werner sich räusperte.

»Da … kommt ein weißer Hauch aus dem Innern«, flüsterte er und wandte sich ab.

»Was sie anhatte, will ich wissen.« Gregor bewegte den Deckel weiter zur Seite und spähte durch die Öffnung. Ferdi schluckte und sah zu Sebastian, der den Mund verzog und dann wegschaute.

Gregor stand mit dem Rücken zu ihnen. Sie konnten seine Hände nicht sehen. Was machte er? Das Spähen dauerte schon eine ganze Weile. »Was sie anhatte« klang nicht mal in Ferdis Ohren wahrhaftig.

»He!«, rief er auffordernd. Es war der Moment, in dem Werner die Augen öffnete, um zu sehen, was da gerade passierte, und Ferdi dachte, er habe etwas in Gregors Hand schimmern sehen, die der schnell zurückzog.

Tatsächlich warf Ferdi einen Blick in den Sarg. Die Knochen trugen noch ein wenig von ihrer Hülle, der Spitzenkragen des Kleides umschloss noch immer Henriettes Hals. Es muffelte alt, an manchen Stellen sah die Haut vertrocknet und schrumpelig aus.

»Ich versuche nicht, mir vorzustellen, ob sie einst eine hübsche Frau war.« Vielmehr hoffte Ferdi, ihr Gesicht würde ihm nicht im Traum erscheinen.

Sie legten den Deckel wieder auf. Kleinste Splitter hatten sich gelöst. Das war sicher der weiße Hauch gewesen, den Werner gesehen hatte.

»Ihr müsst hier sicher weitermachen«, sagte Sebastian, zupfte an Gregors Jacke.

Ferdi schob den Riegel an der Tür zurück. Sebastian war unheimlich zumute, glaubte er. Aber Gregor schien irgendwie zufrieden.

Nachher würde er zu Werner sagen, er glaube, Gregor habe seine Hand im Sarg gehabt und dass man den Toten damals meist ihren Schmuck gelassen habe.

Und Werner würde fragen: »Wie schnell lässt sich eine Halskette öffnen?«

Vierter Teil

Verteufelte Träume

's Lebn kon kuaz sei wiera Schattn, dea ibas Gros wahd.
Das Leben kann kurz sein wie ein Schatten, der übers Gras weht.

Ferdi

Herr Orwig freute sich, den Zuschlag für die Auflösung des Haushalts der Nachfahren von Henriette und Leopold bekommen zu haben, und er winkte Ferdi zu, der fast zufällig am Ladengeschäft in Grassau vorbeigeradelt kam.

Orwig wollte, dass Ferdi, der das Geheimnis des Biedermeier-Schreibschranks entdeckt hatte, auch erfuhr, was sich darin verborgen hatte, und ließ ihn den gezeichneten Plan ansehen, der zum Vorschein gekommen war. »Da war auch ein Schlüssel dabei. Varreckt!«

»Ein glücklicher Zufall«, sagte Ferdi, und das war es auch. Wie hätte er wissen sollen, dass sich in dem Möbel tatsächlich etwas verbarg? Wer da einen Schlüssel untergebracht hatte, war ein echter Fuchs. Der sonst so verschwiegene Sebastian nahm es nicht krumm, doch er hätte das Geheimnis gern selbst entdeckt.

»Kannst du den Plan lesen?«, hatte Sebastian ihn gefragt, als sein Vater sich wieder anderen Dingen zuwandte.

»Du?«, fragte Ferdi zurück.

Sollte Sebastian doch wenigstens diese Entdeckung bleiben. So scharf war Ferdi nicht auf ein Geheimnis, das sich Sebastian vielleicht ausgedacht hatte.

»Wenn es stimmt, ist hier oben die Burg Marquartstein und hier«, Sebastian deutete zum Hang unterhalb, »die Villa de Ahna.« Auf seiner Handfläche lag der Bartschlüssel. Er war angelaufen, an einigen Stellen hatte sich Rost gebildet.

Ferdi blinzelte überrascht. Der alte Herr Bertels wohnte dort. »Oh«, brachte er heraus. Er sollte den Mund zumachen.

»Bertels ist stinkend reich«, erklärte Sebastian. »Der alte Kerl sammelt Kunst. Aber die lässt er keinen sehen. Der ist ziemlich eigenbrötlerisch.«

Und ziemlich hinter meiner Mutter her, dachte Ferdi.

»Da gibt es ein paar Geschichten«, sagte Sebastian und meinte sicher nicht welche mit Sofia Weber. »Aber das da«, er deutete auf das rostige Metall, »ist vielleicht der Schlüssel zu einer geheimen Tür, einem Versteck. Vielleicht liegt da noch etwas vom Komponisten rum.«

Sicher. Worauf wollte der andere hinaus? Ferdi zog die Hände in einer fragenden Geste auseinander.

»Ich will einfach wissen, was der Bertels da oben alles versteckt.«

»Du meinst, du willst …« Einbrechen. Jetzt hatte der Blonde die Karten auf den Tisch gelegt.

»Ich meine, bloß schauen«, formulierte es Sebastian anders. Er sprach leiser, aber Herr Orwig war nicht in Sicht- oder Hörweite. »Kommst du mit?«

Ferdi interessierte es durchaus, was der alte Herr Bertels trieb. Wer der Mann überhaupt war. Sicher kein Ungeheuer.

Und wenn sie wirklich bloß schauten …

Aber dieser Schlüssel sah zu alt aus, um in ein normales Türschloss zu passen. Es musste tatsächlich irgendein Geheimnis geben.

Ferdi hatte sich noch nicht für eine Antwort entschieden, da setzte Sebastian nach: »Ich hab gehört, du bist handwerklich geschickt.« Ein Zwinkern. »Sesam, öffne dich … aber falls nicht, dann kann man ein wenig nachhelfen. Der Alte ist ganz zufällig wieder mal verreist, wie mir zu Ohren gekommen ist.«

»Ich kann ein paar Werkzeuge einpacken«, erwiderte Ferdi, bevor er sich bremsen konnte. Was willst du herausfinden?, fragte er sich insgeheim.

»Ich sage noch Werner und Gregor Bescheid. Eine Lampe brauchen wir auch, die finde ich sicher im Lager. Samstag, später Nachmittag, wir spazieren nicht bei Tageslicht dorthin, sonst will jeder wissen, wohin es geht … Besonders die neugierigen Mädchen. Wir treffen uns oben am Burghang.«

Ferdi nickte. Das wird dir vielleicht noch leidtun, Ferdi Weber, dachte er.

Eines der neugierigen Mädchen stand vor seiner Tür – in Stiefeln und einem leichten Mantel, die schimmernden Lippen zu einem hübschen Lächeln geformt. Aber es brachte sein Herz wirklich nicht dazu, schneller zu schlagen.

»Barbara.« Fehlte noch, dass er sich umschaute, ob sie jemand zusammen sah. Ein kurzer Sonnenstrahl, und Ferdi bemerkte die Tränenspuren auf ihren Wangen.

»Oma Edith ist in der letzten Nacht gestorben«, flüsterte sie.

»Komm her«, Ferdi nahm sie in den Arm. »Das tut mir leid«, sagte er zu ihr.

»Danke«, sagte Barbara und ergänzte: »Meine Oma hat etwas gewusst.«

»Du musst doch nicht lächeln für mich.« Es rührte Ferdi, dass sie es tat.

»Aber doch! Weil das, was Oma Edith wusste, vielleicht die Lösung für dein Rätsel ist.« Barbara blieb ebenfalls rätselhaft.

Ferdi schaute erwartungsvoll, er konnte nicht anders. Ein kleiner Köder – oder ein größerer? Vielleicht interessierte ihn tatsächlich, was Oma Edith wusste, aber wenn Barbara dachte, er spiele um einen bestimmten Einsatz, dann konnte sie das vergessen.

Doch noch bevor er den Mund aufmachte, um die sortierten Gedanken loszuwerden, legte ihm Barbara einen Finger auf die Lippen.

»Wie würde dir Griechenland gefallen? Meer, Sonne, Strand. Wir beide und deine Gitarre.«

Das war der Einsatz. Ein Versprechen. Sie war wirklich viel schneller im Sortieren. Glaubte Barbara, er hielte sich wegen Werner zurück? Das hatte er sogar ein wenig getan, anfangs.

Doch dieses Mädchen zog ihn überhaupt nicht an, darum war es kein Thema.

»Auch ein Junge hat Träume«, sagte er.

»Ich will nicht in diesem Dorf hier versauern. Und ich weiß, du willst das auch nicht!« Sie schüttelte den Kopf. »Werner ist gar nicht mein Typ, alles, was ich wollte, war, dich eifersüchtig zu machen.« Damit verriet sie ihm, was er schon wusste.

»Ich bin nicht eifersüchtig«, sagte Ferdi. Sicher die falschen Antworten zur falschen Zeit. Ausgerechnet jetzt starb der Mensch, der Barbara am meisten bedeutet hatte. Irgendwas ging vor sich, warum sie unbedingt wegwollte.

Darin waren sie sich gleich. Etwas, was einen vertrieb, etwas, was man nicht mitanschauen wollte?

»Werner hat sich ernsthaft verliebt, er schenkt mir Sachen, ich soll mich freuen. Aber das kann ich nicht. Ich meine nicht ihn. Ich meine dich, Ferdi Weber.«

»Ich hab dich ehrlich gern, Barbara – ich werde immer ein Freund sein.« Er hatte wirklich überhaupt keine Erfahrung, wie man einem Mädchen sagte, dass sie einen nicht umhaute.

Sie schlug die Augen nieder. Er nahm ihre Hand. Sicher auch falsch, aber es wäre noch blöder, sie so stehen zu lassen.

»Was wusste deine Oma Edith?«, fragte er und hoffte, er bekäme eine Antwort.

Einen Moment lang überlegte sie tatsächlich. Dann sagte sie: »Du weißt vielleicht bloß noch nicht, dass du mich liebst … Um eine Liebelei ging es damals offenbar auch, zwischen dem Daxner Peter und der Bergmüller Marie. Beide waren ja anderweitig gebunden.«

Was für ein Vergleich. Jetzt bloß nicht erschrecken. Halt den Mund, Ferdi!

»Wenn sie sich zusammen einige Rezepte ausgedacht haben, dann würde das doch heißen …« Sie musste den Satz nicht vollenden, das tat er: »… das Rezept für das ›gesunde Brot‹ könnten also beide Meisterbetriebe aufbewahrt haben. Es wurde nicht gestohlen und nicht verkauft.« Er gab ihr vor Freude einen Kuss.

»Ich schulde dir was«, sagte er. »Wenn auch keine Reise ins ferne Griechenland.«

»Und jetzt?«, fragte Barbara.

Sie dachte mit Sicherheit an etwas anderes, aber Ferdi konnte nur an eines denken – wie er es anstellen könnte, dass die zwei Meister sich an einen Tisch setzten.

Am nächsten Tag wusste Ferdi sicher, bei einem war er erfolgreich, denn sein Meister schäumte. »Na warte, dir werd ich es zeigen! Schreibt der Saukopf doch glatt, ich soll beweisen, dass es mein Familienrezept ist.«

Ferdi hatte zwei Briefe geschrieben, darin einen Treffpunkt genannt und sie noch am vergangenen Abend unter den Türen der Ladengeschäfte durchgeschoben.

»Schau an«, unkte Harald, sein Blick fixierte Ferdis. »Hat sich da was ergeben, das dich aus der Gleichung nimmt?«

Ferdi würde nichts erwidern, denn Harald würde jede Kleinigkeit gegen ihn verwenden. Er gab sich ahnungslos und sagte: »Woher sollte ich mehr wissen als du?«

»Vielleicht weiß ich was anderes«, sagte Harald mit einem boshaften Grinsen, das über seine Wangen kroch. Ferdi wartete nicht auf eine Gemeinheit, aber das würde es bestimmt sein. »Du bist ja jetzt irgendwie unangreifbar«, sagte Harald. Jetzt. Irgendwie. »Dein neuer Freund Bertels – der Geber und Schutzherr vom Burgberg – macht sich für dich stark. Egal, ob du mit dem guten Rezept was angestellt hast. Bloß der Pfarrer, den beeindruckt so was nicht, der flucht auf dich!«

Pure Säure in seinen Worten. Ätzend. Auflösend. »Warum kannst du nichts außer blöd und grob sein, Harald Harzer?«

Reibung schlug Funken. Im Grunde hatte es keine Bedeutung, nur wäre es ein angenehmeres Arbeiten, wenn man sich verstünde.

Wie den Pfarrer beeindruckte Ferdi so was auch nicht. Er könne sich alles erlauben, weil seine Mutter mit dem alten Herrn … Was wäre das für eine arrogante Haltung. Er würde sich selbst nicht mehr mögen. Ferdi wollte seine Angelegenheiten selbst ins Reine bringen, er brauchte keinen Schirmherren.

Wenn beide Meister heute im Gasthof Eber auftauchten, war Ferdi zwar noch nicht unschuldig, aber sie würden das Original dabeihaben. Das Papier alt, etwas vergilbt. Vielleicht stand ein

Datum drauf. Er hoffte nicht, dass der eine härter sein wollte als der andere. Bergmüller konnte schnell aus der Haut fahren. Was Daxner konnte, wusste Ferdi nicht.

Erst einmal durfte er gespannt sein, ob die beiden kamen. Sich in einem Gasthof zu treffen hieß Publikum. Gerede, das schneller um sich greifen konnte, als ein Bauer seinen Ochsen einfing.

Ferdi hatte nicht daran gedacht, dass man aufpassen würde, wer zuerst kam. Doch offenbar waren sich die beiden Meister auf dem Weg begegnet, und so kam keiner als Erster. Ferdi hörte, dass jemand mit lauter Stimme ein erstauntes »Aha!« rief, als sich die zwei gemeinsam durch die Tür des Gasthofs schoben.

Ferdi würde durchs Fenster schauen. Allerdings konnte er so nicht verstehen, was geredet wurde, er musste die Gesichter beobachten und auf die Hände achten.

Die Bedienung brachte Bier und Schnaps. Den Schnaps für den Ärger oder – und das hoffte Ferdi wirklich – für eine Gemeinsamkeit. Die Hände sprachen. Ferdi kam es vor, als wüssten die Männer nicht, wo am besten anfangen. Die Kuverts wurden hervorgezogen, Ferdis Briefe. Bergmüller bat die Bedienung um etwas; sie legte einen Block mit einem Stift neben das Bierglas. Er schrieb etwas auf, reichte beides an sein Gegenüber weiter. Eine Schreibprobe? Kein so übler Gedanke. Es wiederholte sich, sie verglichen.

Fragende Mienen, als klar wurde, keiner von beiden hatte den Brief an den anderen geschrieben. Bergmüller zuckte die Achseln. Ferdi hatte keine Zeit, den Atem anzuhalten, denn als Nächstes zog Bergmüller eine kleine Mappe hervor. Daxner hatte etwas Ähnliches bei sich. Sie tauschten.

»Junge, was gibt's da zu spionieren?«, fragte eine Stimme in seinem Rücken. Aufgebracht. Ferdi fielen als Erstes die großen Pranken des Mannes auf, von denen eine auf seine Schulter drückte. Er wandte sich um, es blieb ihm nichts anderes übrig.

Sieh dich vor, sagte die Geste, und Ferdi wusste, dass ihm jetzt das Ende zwischen Bergmüller und Daxner entging. Seine

Erklärung taugte nichts, er versuchte es trotzdem. »Ich wollte nur kurz schauen, ob mein Bekannter schon da ist.«

»Dass du hier am Fenster Posten beziehst, gefällt den Gästen nicht, du schaust also entweder drinnen, oder du schaust gar nicht.« Mindestens eine Mahnung. Ferdi blieb keine Wahl.

Er könnte nur warten, bis einer der Meister das Lokal verließ und in welcher Stimmung.

Aber er wollte nicht warten, denn vielleicht war es unsinnig, davon auszugehen, dass Bergmüller und Daxner da drin auf etwas kämen. Wenn sie den gleichen Schluss gezogen hatten wie er, dann verstünden sie alles.

Ferdi bekäme es erst am Montag mit. Ein spannendes Wochenende würde das werden, wusste er.

Seine Mutter hörte die Nachrichten im Radio, dann wurden Neuigkeiten aus Deutschland und der Welt berichtet. »… Hitzesommer, es will einfach kein Regen fallen, und im Rhein sind die Felsen der Loreley gut zu sehen«, sagte der Sprecher.

Das schöne Mädchen, das auf seinen Ritter wartet. Ferdi wollte dabei nicht ausgerechnet an Barbara denken müssen.

Dieses hübsche Mädchen machte Werner traurig, Ferdi hatte den Freund selten so niedergedrückt erlebt. Seltsam, wenn einer dem anderen sagte, dass er richtig gut aussah. Werner hatte es gesagt, und Ferdi hatte sich gefragt, was das sollte. Es ging hier doch nicht um einen blöden Wettbewerb. »Was hat Barbara dir erzählt?«

»Sie findet dich süß.«

»Dich findet sie auch süß.«

»Hast du ihr etwas geschenkt?«, hatte Werner wissen wollen.

»Warum sollte ich ihr etwas schenken?«, hatte Ferdi verdattert zurückgefragt. Das war zu blöd, es war kein Gespräch, es war das komplett falsche Thema, ein Hin und Her, und Werner glaubte, nicht mithalten zu können.

»Glaub mir, der Sohn des Lehrers hat die besseren Chancen!«, erklärte ihm Ferdi. Dieser sollte sie jedenfalls haben. Aber der Wunsch allein machte es noch nicht wahr.

Und Werner gab etwas zurück, was er sicher nicht mal dachte:

»Der Gitarrist, frech, mit dem Grübchen am Kinn und der sahnigen Stimme, der macht vielleicht das Rennen.«

»Du spinnst.« Und das meinte Ferdi ernst.

»Was lässt dich so scharf nachdenken, dass sich auf deiner Stirn Falten zusammenziehen?«, fragte seine Mutter. Wirklich? Er hatte nicht grüblerisch aussehen wollen.

»Ein Mädchen«, erwiderte Ferdi deshalb.

»Oh«, sagte Sofia überrascht. »Ich hatte schon Sorge, es wäre wieder etwas …« Etwas Unangenehmes, mit Sorge getränkt, etwas, was seine Lehrstelle gefährdete.

Es klopfte an der Tür. Ein kurzer Moment der Überraschung. »Do is der Bergmüller«, schallte es den Gang entlang. Wenn das gerade nicht genau passte, musste Ferdi denken.

Sofia schaute erschreckt, woraufhin Ferdi ihr bedeutete, er werde aufmachen.

»Mutig, nicht die Frau Mama vorzuschicken«, sagte sein Meister. Ferdi wünschte ihm einen guten Morgen und versuchte gleichzeitig, in seiner Miene zu lesen. »Weniger mutig, anonyme Briefe abzugeben«, fügte Bergmüller hinzu.

»Das ist doch bestimmt ein Missverständnis«, sagte Sofia, die gleich hinter ihm erschien.

»Es ist keins«, war Ferdis Antwort.

»Bitte …« Seine Mutter bat Bergmüller herein. Sie hielt sich gerade, aber ihr Blick sagte, dass sie ängstlich wartete, was jetzt kam. »Vielleicht eine Tasse Kaffee?«

Echter Kaffee war teuer, und seine Mutter brühte nur welchen auf, wenn bedeutsamer oder ihr wichtiger Besuch kam. Das klang nicht bloß nach Schmeichelei, es war eine.

»Ein guter Gedanke«, pflichtete ihr Bergmüller bei. Sofia setzte Wasser auf, nahm einen Porzellanfilter und eine frische Filtertüte und setzte beides auf eine Glaskanne.

»Meine Frau hat etwas eingepackt.« Bergmüller reichte das kleine kastenartige Mitbringsel an Sofia weiter. Die stutzte, als sie das Brot herausnahm.

Ferdi musste lachen. »Herrschaftszeiten, jetzt übertreibt sie's aber!«

»Sie schauen ja drein, als hätte neben Ihnen grade der Blitz eingeschlagen«, sagte Bergmüller zu Sofia. »Gell, Sie dachten an was Schlimmes. Da kommt der Bergmüller am Samstagvormittag reingschneit ...«

»Anonyme Briefe sind normalerweise nichts Gutes«, gab Sofia zurück. Sie schöpfte das heiße Wasser langsam in den Filter. Der Kaffee könnte seinetwegen jeden Vormittag so duften, dachte Ferdi.

»Die zwei Briefe waren ein richtiges Galgenstück«, erklärte Bergmüller. Genau daran hatte Ferdi sich fast schon hängen sehen.

»Warum redest du nicht mit mir?«, wollte der Meister von ihm wissen.

»Fürs Reden hätte ich mir bloß ein paar eingefangen. Beim Schreiben bin ich weiter weg«, sagte Ferdi. Gerade war er nicht weit weg, und Bergmüller schlug ihm auf die Schulter. »Ja, also – fürderhin wird es unser gemeinsames ›gesundes Brot‹ sein, ›Bergmüller & Daxner‹, an beiden Theken wird es verkauft.« Hätte der Meister auf den Tisch hauen können, hätte er es getan.

Sofia schenkte den Kaffee ein. »Zum Brot eine frische Butter?«, fragte sie.

»Unbedingt«, erklärte Bergmüller.

Ferdi sah sich schon darüber schmunzeln, dass der andere Bäckermeister »Daxner & Bergmüller« daraus machen würde.

»Deine Schrift hab ich nicht erkannt. Aber meine und die vom Daxner war es auch nicht, und weil ich dich beschuldigte, das Familienrezept genommen zu haben, war die Täterauswahl begrenzt. Klug gedacht, Ferdi Weber.« Ein Grinsen, dann biss er in sein Brot. »Jetzt probier endlich, es schmeckt wirklich fein.«

»Und wenn Sie sich gestärkt haben, erzählen Sie mir doch die ganze Geschichte«, bat Sofia.

Ferdi war einfach nur froh, dass sich da wirklich was ergeben hatte, was ihn aus der Gleichung nahm. Anders und vor allem weniger garstig, als Harald Harzer sich das gedacht hatte.

»Ich zahl dir deinen Lohn natürlich, und ich hab auch an eine Belohnung für dich gedacht.« Er zog den Kopf nach links.

»In meiner Backstube mischt ein gemeiner Deifi seine eigenen Karten, hab ich das Gefühl. Irgendein Gedanke?«, fragte Bergmüller. Es wäre der Zeitpunkt …

»Ja«, sagte Ferdi. »Aber von mir werden Sie's nicht hören.« Er schüttelte den Kopf.

»Des is ganz recht. Tratscherei braucht's nicht.«

Schlechtmacherei auch nicht. Der Harzer wird sicher nicht Danke sagen.

Bergmüller erzählte die Geschichte, um die Ferdis Mutter ihn gebeten hatte, lang und breit. Sofia setzte noch eine zweite Kanne Kaffee auf. Ihr perlendes Lachen und Bergmüllers polternder Bass ergänzten sich, dachte Ferdi. Der Duft in ihrer Küche und die gute Nachricht – es war ein Grund, sich richtig zu freuen.

Als sich Bergmüller schließlich verabschiedete, glaubte Ferdi, dass die Arbeit nun endlich Freude machen würde. Harzer würde es nicht mehr so leicht haben, Unruhe zu stiften, hoffte er.

»Dann sehn wir uns am Montag in gewohnter Frische am heißen Ofen.« Bergmüller gab ihm die Hand.

Am Montag würden weder der Meister noch die Bergmüller'sche Backstube Ferdi Weber zu Gesicht bekommen. Und auch an keinem anderen Tag mehr.

2

Ois hod a guade und a schlechte Seitn. Dia schlechte lehrt oan Weisheit.
Es gibt immer eine gute und eine schlechte Seite. Die schlechte lehrt so
manchen Weisheit.

Während ich noch damit beschäftigt war, den Geist zu verabschieden und den Blutbeweis unterzubringen, bekam ich von Mini eine Nachricht mit einem Foto. Gleich darauf rief sie auch schon an. Ich hatte mir noch gar nichts anschauen können und war sicher, dass sie gesagt hatte, sie habe heute Dienst im Gasthof Eber. Saßen die unnachahmlichen fünf da zusammen, gab es etwas?

»Hast du's gesehen?«, fragte sie, meinte ihre Bildnachricht, und ich hatte den Eindruck, dass ihr etwas in der Kehle saß.

»Diesmal hatte der Vermummte kein Messer dabei und das Pech, auf seinen Mörder zu treffen«, teilte mir Mini mit. Das klang nicht nach Mini, es hörte sich an wie die enthüllende Schlussszene in einem Buch. Ein mörderisches Ende.

Ich rutschte an der Tür mit dem Rücken nach unten und holte mir schließlich das gesendete Bild. Der Vermummte sah friedfertig aus – und wirklich mausetot. »Hat die Polizei dich mitgenommen? Du sagst ja nichts«, fragte ich.

»Die Polizei wird gleich da sein. Viel kann ich nicht sagen. Es ist ganz schön grauenhaft, bei einem so Käseblassen auf den Auslöser zu drücken.«

»Wie ist es passiert?«, wollte ich wissen.

»Das weiß ich doch nicht, ich war nicht dabei. Er hat eine böse Wunde am Kopf. Juliane, ich hab Gregor Lenz gefunden. Ich hab dem Mann doch nichts getan, ich hab den Toten nur fotografiert.«

Natürlich hatte sie ihm nichts getan, aber Mini konnte zündig werden und auch so reagieren.

»Wie ist die Körpertemperatur, ist der Tote noch warm?«, fragte ich, um ein wenig logischer zu klingen.

»Ich habe nach seinem Puls gesucht, aber ich mag ihn nicht

noch mal anfassen. Kalt kam er mir nicht vor. Aber mir wird kalt. Ich stehe hier an der Brücke, schaue Löcher in die Luft und müsste mal für kleine Mädchen. Ich will jetzt hören, dass du gleich da bist«, sagte sie. »Du hörst dich so komisch an.«

»Mein Kopf tut weh, weil ich niedergeschlagen wurde.« Hatte ich gestöhnt?

»Wie jetzt – niedergeschlagen? Soll das ein bildhafter Vergleich sein?«

»Knüppel aus dem Sack – bloß ohne einen Sack. Der Kerl hatte nur den Knüppel, wollte etwas Bestimmtes im Hause Felder und wartete, bis ich … an der Tür war.«

Ich brachte es nicht über mich, zu verraten, dass ich aus lauter Dummheit aufgemacht hatte. Da war die Erscheinung am Brunnen gegenüber am Hang schon fort gewesen, der Lehrer wieder in seinen vier Wänden. Doch ich hatte etwas gehört und nicht damit gerechnet, dass es einer übel meinen könnte. Die ehemalige Kriminalkommissarin war in einem fremden Haus, das man ihr anvertraut hatte, allzu leichtfertig.

Ich konnte keinen Einbruch anzeigen, weil es ihn nicht gegeben hatte, was ich Mini auch sagte. Und sie fragte zurück, wie dann jemand ins Haus gekommen sei. »Neben der Haustür sind Tasten, hab ich gesehen. Man muss einen Code eingeben. Das ist ein sicheres Haus. Wie kann man dich überfallen?«

Sie fragte viel, ich wollte das wenigste davon beantworten.

»Die Geschichte willst du nicht erfahren«, versuchte ich es.

»Du hörst dich zum Glück nicht doppeldeutig an.« Damit gab sich Mini erst einmal zufrieden. »Bist du fürs Leichenprotokoll dabei?«

Sollte ich mich aufrappeln? Gretel hatte eine blutige Schnauze. Ich musste der Hundedame zwischen die Zähne greifen. Hautpartikel. Außer dem Blut ein weiterer Beweis. Am liebsten wäre ich einfach sitzen geblieben, hätte keine Hand gerührt, wäre weggedämmert. Ich war furchtbar müde, wie erschlagen.

»Fahr mit den Beamten, ich komme nach«, sagte ich. »Ich muss zuerst genauer untersuchen, was mir fehlt.«

»Und dich macht ein abgerissener Ärmel nervös. Pff«,

schnaubte Mini. »Hat der Räuber etwas eingesteckt? Wie geht es Gretel? Wie kam es überhaupt dazu? Hat dich der Lehrer erwischt? Du hast da bei ihm doch nichts versucht?«, schoss sie hundert Fragen ab.

Der Dieb war an Gretel nicht vorbeigekommen. Er hatte keine Gelegenheit gehabt, etwas einzustecken. Das konnte ich Mini übermitteln. Und sie erklärte mir, dass ich schnell machen sollte, weil es gut wäre, in der Polizeiinspektion Unterstützung zu haben.

Der Lehrer. Ich hatte ihn aus der Tür kommen sehen, und die Beleuchtung hatte wirklich großartig die verschreckte Mimik erhellt. Unverfälscht. Jemandem, der nichts getan hatte, rutschte das Herz nicht derart in die Hose, dachte ich. Kohlschreiber hatte auf Tessa in ihrer Verkleidung reagiert – dieser Geist war wirklich gut. Vielleicht hatte ich es ihr gesagt. Doch er hatte auch noch auf etwas anderes reagiert.

»Gerade versuche ich nichts mehr, für später, am Tag, habe ich aber so eine Idee. Außerdem gibt es kein Leichenprotokoll.«

»Ich dachte, irgendwie schon«, sagte Mini. »Du verstehst doch gut, was sie dir erzählen, die Toten.«

Ich verstand so manche Spur der Toten zu interpretieren, bei den Lebenden gelang mir das oft nicht ganz so leicht. Trotzdem, ein kleiner Tipp musste schon sein. »Sag den Beamten nicht, dass du fotografiert hast. Behalte für dich, dass du weißt, wer der Vermummte ist. Schau verängstigt und erschreckt drein.«

»Ich bin verängstigt, und erschrocken hab ich mich auch«, grummelte Mini. »Jetzt kommt da was mit viel Beleuchtung angefahren. Du beeilst dich aber, ja?«, bat sie. »Mein Liebster bekommt Schnappatmung.« Und sie hatte das Handy ausgeschaltet.

Ich erledigte das Säubern des Hundemäulchens und tat, was ich herausklaubte, in einen kleinen Gefrierbeutel. Das aufgetupfte Blut kam in einen anderen. Die Beutel und die Geschehnisse der Nacht würde ich noch eine Weile für mich behalten. Die Leichtigkeit war mir erst einmal komplett abhandengekommen.

Ich packte zusammen, warf mir eine Jacke über und einen kurzen Blick in den Spiegel. An den schmerzenden Stellen rieb ich ein wenig herum, überprüfte, ob ich Reste von Blut an meinen Fingerspitzen bemerkte. Aber da war nichts.

Dass da nichts wäre, hätten sich auch die Polizisten gewünscht. Leichen waren gar nicht ihr Metier, die Toten mussten weitergeschickt werden, ins Gerichtsmedizinische Institut nach München.

Gretel und ich waren alles andere als wach und gar nicht gut aufgestellt. Mir erschien die Straße auch viel breiter als sonst. Aber über Nacht konnte das wohl nicht geschehen sein.

Mir hatte einer aufs Hirn gehauen, und das war eine der Auswirkungen. Ich wollte nicht hier sein, ich hatte kein Interesse an dem Spielchen: *Wie kommen ausgerechnet Sie zu der Leiche?* Ich war mir sicher, der Beamte würde so etwas von sich geben, weil es in der Polizeiinspektion Grassau derzeit nur Fragen ohne Antworten gab. Und Mini Meierhofer.

»Warum sitzen Sie schon wieder auf dem Stuhl? Das ist doch nicht das Ding ›Man begegnet sich im Leben immer zweimal‹?«, klagte der Beamte.

»Wir sind uns schon viel öfter begegnet, hören Sie doch mit der gespielten Dramatik auf«, wehrte sich Mini.

Ich hätte behauptet, er hatte mehr Angst als die ältere Dame, die da vor ihm saß. Diese erzählte jetzt noch einmal, wie sie die tot aussehende Gestalt an der Brücke sitzend vorgefunden hatte. »Und ich habe sofort die Polizei angerufen.«

»Möchten Sie jemandem Bescheid geben?«, fragte der Polizist, der am Computer saß und die Aussage eintippte.

»Bloß nicht«, gab Mini zurück.

»Frau Kommissarin a. D. ist heute ja schon da. Haben wir sie auch gleich angerufen?«, wollte er von seinem Gegenüber wissen.

Ehemalige Kommissarinnen waren nicht allzu beliebt, vermutete ich. »Frau Meierhofer und ich sind schon lange befreundet«, sagte ich. »Sie hat ihre Freundin angerufen, nicht jemanden, der sich mit Verbrechen auskennt.« Gesagt haben wollte ich es trotzdem.

»Herr …«, Mini unterbrach sich, beugte sich vor und visierte das Namensschild, »… Pongratz, dass es spät ist, ist nicht meine Schuld. Der Mann hat sich zu einem ganz ungünstigen Zeitpunkt umbringen lassen. Aber ich habe den Wagen nicht gefahren, der ihn da abgeladen und hindrapiert hat.«

Das fand ich jetzt nicht schlau. Mini ärgerte sich, und der »Herr« war keiner, auf dem Schild stand »Polizeiobermeister Pongratz«.

»Ein Wagen also. Beschreibung?«

»Das war geraten. Nur ein Riese lädt ihn sich auf die Schulter. Hören Sie, das wird jetzt richtig blöd, aber ich habe nichts und niemanden gesehen. Ich kam vom Dienst im Gasthof Eber, die Brücke liegt auf meinem Heimweg. Frau Kommissarin a. D. und ich kennen uns seit der Schule. Natürlich sage ich ihr Bescheid. Sonst drängen Sie mich womöglich in eine Bemerkung, die ich nicht so meine.« Mini schob ihr Kinn kämpferisch vor.

»Woher denn!«, beschwerte er sich. »Wir sind außerdem fertig, auch wenn Sie nicht wissen, wer derjenige mit der Maske ist.«

»Ich könnte raten«, sagte Mini.

Ich schüttelte den Kopf, aber Pongratz hatte es gesehen.

»Frau Meierhofer, sah dieser Tote aus wie derjenige, der Sie nachts in der Gasse überfallen hat?«, fragte der Polizist.

Mini zupfte an ihrem Ohr.

»Ich war nicht in einer Gasse«, stellte sie richtig. »Wenn eine Maske einen Täter schuldig spricht, dann ja.« Eine ziemlich ausgeschlafene Antwort für die Uhrzeit, fand ich. Oh, Mini Meierhofer, mir würdest du mit deiner Taktik gehörig an den Nerven kratzen – Pongratz vielleicht auch.

»Dann drucke ich Ihre Aussage aus, und Sie schauen sie noch einmal durch.« Er tat, was er gesagt hatte, Mini warf einen ganz schnellen Blick drauf, Pongratz gab ihr einen Kuli, Mini unterschrieb. Sie schaute mich an, aber ich schaute nicht zurück. Ich wollte nichts über den Schläger an der Felder'schen Haustür sagen. Zum Klarwerden brauchte ich noch einige Stunden.

»Du fährst mitten auf der Straße«, meinte sie fünf Minuten später. Wir hatten die Polizei allein gelassen, ich hatte Gretel auf

Minis Schoß verstaut und steuerte meinen Wagen auf die Straße nach Marquartstein.

»Besser als im Graben«, fand ich. Was Mini zum Anlass nahm, die Hand auszustrecken, sich ein wenig herüberzubeugen und mir über den Hinterkopf zu streichen. »Wenn du den Mund hältst über ein Verbrechen, dann hast du was vor«, sagte sie. »Oder du hast einen bestimmten Verdacht. Oder beides.«

Sie schien annähernd zufrieden mit ihrer ersten Überprüfung meines Kopfes. Und ich erzählte ihr, wie Gretel den Täter ins Bein gebissen hatte. Mit Unterstützung des Gespenstes hatte die Hundedame den Angreifer vertrieben, und der Lehrer hatte nur kurz seine Nase in die Nacht gehalten, um blass zu werden. »Er soll den Mord an Antonia Olberding gestehen, will der Geist.«

Aber ich wollte nicht, dass Mini zu viele Gedanken wälzte.

»Antonia Olberdings Freundin ist der Geist«, sagte ich. »Und Tessa könnte richtigliegen. Vielleicht sogar richtiger, als sie ahnt. Darum ist Kohlschreiber so erschrocken. Nicht, weil eine Stimme ihn drängt zu gestehen. Sondern weil er es hier getan hat … und weil er Angst hat, Antonia könnte zurückgekommen sein.«

»Das ist doch Unsinn!«, sagte Mini.

»Schuld kann ein grausiger Katalysator für die schlimmsten Wahnvorstellungen sein«, gab ich erfahren zurück.

»Du wurdest wirklich schwer getroffen«, sagte Mini. »Halt an.«

Was ich nicht für eine gute Idee hielt. »Jede von uns will heim und ins Bett.«

»Während der Fahrt kann ich nicht aufs Telefon schauen, mir wird schlecht. Und ich will die Fotos loswerden, am besten gleich. Ich will mir den Tod nicht in die Tasche stecken und herumtragen.«

»Hartgesotten hat sie ihn fotografiert«, stellte ich fest, »aber gespeichert wird er zum Problem.«

»Kommissarin, das verstehst du nicht. So viel Böses kann vielleicht für ein schlechtes Karma sorgen, das hab ich irgendwo gehört. Oder Loy hat es erzählt, weil …«

»Weil er irgendwann mal einen Esoterik-Kurs besucht hat«,

beendete ich ihren Satz. Aber natürlich hatte ich gewisse versteckte Informationen im Text mitbekommen. »Wie viel Böses ist denn da sonst noch drauf?«

»Willst du es wirklich wissen? Und fährst nicht aus der Haut, sondern bringst mich trotzdem heim? Dann sage ich es. Sonst muss ich womöglich ab hier zu Fuß gehen, und das ist mir doch zu weit.« Sie wackelte mit den Füßen.

»Was da drauf ist, reicht, um dich aussteigen zu lassen? Was ist da drauf?« Ich bremste.

Mini wiegte den Kopf. Mit einer Hand fischte sie das Telefon aus ihrer Rocktasche, mit der anderen drückte sie die Hundedame. »Es könnte nützlich sein, dachte ich. Es sind die angstvollen Momente, die einen wie Nadelspitzen erwischen. Schnell, unbemerkt, und dann blutet es, und du hast irgendwo einen Fleck drin. Das da gibt eine ganze Reihe Flecken.«

»Was meinst du?« Den Vergleich würde ich bestimmt besser verstehen, wenn ich wüsste, wovon die Rede war.

»Ich hab jede Seite von Kristinas bösem Buch fotografiert«, sagte Mini. Entschuldigend und gleichermaßen herausfordernd.

Die Fotografin. Was wir einmal getan hatten, steckte in uns drin und würde uns immer bleiben. Ich zeigte an, dass ich es haben wollte, bestritt nicht, dass es nützlich sein könnte. Für die Klärung der Frage, ob man jemanden zu Tode erschrecken konnte. Ob und wie Kristina es bewerkstelligt hatte.

»Im Buch ist eine Zeichnung. Vielleicht der Schlüssel zum Rätsel? Oder auch bloß ein weiteres«, sagte Mini. »Aber ich wollte es nicht verloren geben, auch wenn die Muttergottes über alles Schlechte wacht.«

Ich fasste nach ihrer Hand, sie sollte wissen, dass ich dankbar war. »Lass mich deinen Maskierten noch mal anschauen.«

Mini gab mir ihr Telefon.

Kurz darauf konnte ich mir denken, wie sich das Finden von Gregor Lenz angefühlt haben musste. Die ehemalige Kommissarin hatte bislang nur ihr völlig Fremde tot vor sich gesehen.

Mini hatte ihm die Maske ausgezogen und das Gesicht abgelichtet, die Seite hinter dem rechten Ohr und die hintere Kopfregion. Gregor war erschlagen worden. Wem drehte man den Rücken zu? Bei wem dachte man sich nichts? Wen ließ man nahe an sich herankommen? Keinen Unbekannten.

»Hast du irgendwas gesehen, was dir komisch vorkam, waren da irgendwo Spuren?«

»An der Maske hingen zwei blonde Haare. Sebastian Orwig ist auf eine Art blond geblieben.«

»An der Maske. Warum könnten Sebastians Haare darauf sein?«, fragte ich. Ich dachte ein wenig laut. Etwas, was Mini früher gesehen hatte und jetzt mit dem Toten in Verbindung brachte. Der Streit der beiden am Tag der Oldtimer-Rallye. Möglich. Oder Sebastian hatte ein ganz anderes Motiv, seinen alten Freund loszuwerden. »Der alte Knacker taucht in letzter Zeit ein wenig zu oft auf.« Ich hatte wirklich lange nicht mehr an ihn gedacht.

»Wenn ich etwas sagen darf ... Es scheint bloß noch Altes zu geben, so als säßen wir in einer Zeitschleife fest, und alles wiederholt und wiederholt sich. Das muss sich auflösen!«, drängte Mini.

»Werner kann uns vielleicht auch den Rest erzählen«, sagte ich und konnte mir denken, dass es uns hart ankommen würde.

»Etwas Schlimmes«, stimmte Mini mir zu. »Etwas, was er vor sich selbst verbirgt, seit über sechzig Jahren.« Sie zog ein Gesicht, dann drückte sie es in Gretels Fell.

»Da zupft schon länger etwas an einer von meinen Hirnwindungen. Werner Braune, der dort oben am Burgweg etwas erledigen muss. Ich hätte auch gern was erledigt ... Ich frage Matthias.«

»Du lässt deinen Enkel ausrücken. Es hat mit der Villa de Ahna zu tun«, schloss Mini. »Bloß in die Fenster zu spitzen, das bringt sicher nichts.«

»Nein, nicht in die Fenster.« Das war nicht ganz das, was ich meinen Enkel fragen wollte.

3

Jäda Dog is a kloans Lebn.
Jeder Tag ist ein kleines Leben.

Unsere aufregenden Nächte konnten älteren Leuten an die Substanz gehen. Mir saß der Kopf auf dem Rumpf, als gehörte er mir nicht, und ich wusste, ich sollte ihn ein bisschen ausruhen lassen, weil die leichte Übelkeit eine winzige Gehirnerschütterung war, obwohl der Knüppel mich nur gestreift hatte.

Ich lag im gemütlichen Barockbett und hatte vergessen, das Telefon auszuschalten, sonst hätte es nicht geklingelt.

Ich kannte die Nummer nicht, aber der Anrufer kannte offenbar mich. »Frau Leitermann, sicher erwarten Sie mit Spannung, was der Notarzt zu sagen hat.«

Ein Notarzt. »Was ist denn passiert?«, hörte ich mich aufgeregt fragen.

»Was passiert ist?«, wurde die Frage ungläubig zurückgegeben. »Sie sind doch sonst gleich bei der Sache. Im Dorf geht etwas vor«, argwöhnte der Münchner Kollege, von dem ich mir die Information zum Tod von Benno Seitleins Mutter erhoffte.

»Hier hat sich in der letzten Nacht der Tod herumgetrieben«, ließ ich ihn wissen.

»Wen wundert's, da wird er wenigstens beachtet.« Ein schlechter Scherz. »Sie dürfen das Gespräch aufzeichnen, wenn Sie möchten.«

Falls ich mir nicht merken könnte, was er zu sagen hatte? Ganz so schlimm käme es nicht. Aber er hatte recht. Für Benno. Für Maria Seitlein.

Er nannte seinen Namen und Dienstgrad und worum es ging. Gemeinsam machten wir uns dann auf in die Vergangenheit.

»Die Notiz des Notarztes besagte, er wolle eine Blutentnahme bei der Toten. Neben einem Glas Wasser lagen drei verschiedene Packungen Herzmedikamente, nur noch die leeren Hüllen. Es sah aus, als hätte Maria Seitlein alles gleichzeitig eingenommen.

Aber dem Doktor fielen die Lippen der Toten auf, sie hatte einen Pflegestift aufgetragen, etwas Fetthaltiges. Und aus dem Glas war nicht getrunken worden, es war unbenutzt. Der Doktor kam zu dem Schluss, dass es ein natürlicher Tod gewesen sein musste, ihr Herz hatte aufgehört zu schlagen. Maria Seitlein hatte die Medikamente nicht überdosiert, das sagte auch der Bluttest. Vielleicht wollte die alte Dame einen falschen Eindruck erwecken.«

Die alte Dame nicht, das wusste ich. »Das ist hilfreich«, sagte ich, und er musste mein Lächeln irgendwie wahrgenommen haben. »Sie mögen die Antwort«, sagte er. »Warum bittet ein Verbrecher eine ehemalige Kommissarin um Hilfe? Und warum kümmert sich die ehemalige Kommissarin darum? Was schuldet sie ihm?«

Mir gefiel die Antwort wirklich, ich dankte dem Münchner Kollegen. Von irgendeiner Schuld brauchte er von mir nichts zu erfahren, beschloss ich. Ich gab ein paar abgehackte Wortfetzen von mir. »Was ist der Handyempfang im Dorf doch ungut!«

Ich hatte keine Zeit, mich zu beeilen. Gretel wollte versorgt werden, ich kümmerte mich. Ich musste etwas essen, weil ich mir eine Schmerztablette zu Gemüte führen wollte. In der Küche kramte ich im Kühlschrank und fand Käsescheiben. Wundersamerweise hatte ich sogar Toastbrot.

Mein Blick glitt wie nebenbei aus dem Fenster, wanderte hinüber zum Burghang und zum Brunnen, und da blieb er hängen. Ich fand es ganz unklug, ich tat es trotzdem. An einem ganz normalen Mittwochvormittag war mein Enkel in der Schule. Ein Lehrer wohl auch.

Ich rief Matthias an. »Ich weiß, wo du steckst«, sagte ich, er gab zurück: »In der Pause vor der nächsten Biologiestunde. Oma, wessen werde ich verdächtigt?« Er lachte.

»Ich wollte damit sagen, ich weiß, dass du in der Schule bist. Biologie, das passt. Die nächste Stunde hast du bei mir. Dir könnte fürchterlich schlecht sein oder was man sonst vorgibt, wenn man eine Auszeit will. Und wir brauchen deine Kletterausrüstung.«

Das war Anstiftung, und ich wusste, ich sollte ihm erklären, was das werden würde, denn als Nächstes meinte er, dass sich das ernst anhörte, und ich sagte, bloß der Zeitpunkt sei gut.

»Wo muss ich rauf, und was soll ich rausfinden?«

»Du sollst nicht rauf, du sollst runter.« Weil ich nicht wollte, dass er bei Nacht und Nebel in den Brunnen kletterte. Die Nachbarn – nun, es gab nicht viele, und die meisten hatten einen Beruf. Ein Mittwochvormittag erschien mir besser als ein Freitag.

»Gib mir zehn Minuten«, sagte er.

Das Gymnasium war einen Steinwurf weit entfernt. Was ich mit meinem Gewissen machte, war eine andere Sache.

Es waren unwesentlich mehr als die zehn Minuten, als mein Enkel den Berg heraufgeschlurft kam, die Schultasche über der Schulter.

»Du bist blass«, war das Erste, was mir auffiel. »Und dein Gesicht sieht etwas fleckig aus.« Ich kniff die Augen zusammen.

»Ein bisschen nachhelfen muss man schon. Einige Mädchen haben Gesichtspuder dabei, Make-up und Lippenstift. Die Tupfen sind doch der Hammer!«, fand er. »Ich muss den Gurt holen. Fährst du mich?«

»Die Hammertupfen müssen aber weg, sonst schleift dich die Mama sofort zum Arzt. Das sieht verboten nach irgendeiner ansteckenden Krankheit aus«, sagte ich, klaubte ein Taschentuch aus meiner Tasche und gab es ihm.

Er grinste. »Soll es auch, sonst kann ich doch nicht schwänzen.«

Wir mussten holen, was auch immer Matthias brauchte, und ich richtete mich darauf ein, dass seine Mutter fragen würde, was ihr Sohn mit Oma und seiner Kletterausrüstung an einem Schultag machen wollte. Ich log meine Tochter nicht gern an. Aber ich war dazu bereit.

»Mama hat einen Termin, soviel ich weiß. Wenn wir Glück haben, bekommt sie gar nicht mit, dass wir da gewesen sind.«

Mein Gewissen war nun fast rabenschwarz. Wozu stiftete ich ihn da an?, durfte ich mich fragen und fühlte mich alt. Zumindest zu alt, um in einen Brunnen zu steigen.

Wir hatten ein bisschen Glück. Mama sah nichts, aber vielleicht der Nachbar, der im Garten etwas ausgrub. Er hielt in seinem Tun inne, und ich musste grüßen, weil alles andere sehr unfreundlich gewesen wäre.

Matthias hob eine Hand, nickte, als wäre die Situation absolut normal, und holte sich, was er brauchte.

»Worum geht's?«, wollte er wissen, als er auf den Beifahrersitz rutschte und die Tür zuschlug.

Ich sagte es ihm. Vielmehr deutete ich es an.

»Ist da noch Wasser in dem Brunnen?«

Ich hatte keine Ahnung.

»Du sicherst mich?«

Was für eine Frage.

»Wir nehmen Mini mit. Jemand soll aufpassen. Wenn neugierige Leute auftauchen, wird ihr was einfallen.« Da war ich mir sicher. *Du beruhigst dich bloß.*

Jemand anderen versetzte ich in Unruhe.

»Was habt ihr vor? Was wird das für eine Expedition?«, wollte Loy wissen, dabei wollte ich nur zu Mini.

»Gar nichts Wildes«, wiegelte ich ab. »Zwei Paar Augen sehen mehr als eins.«

»Biologie, Herr Meierhofer«, rief Matthias. »Da hat jeder ein eigenes Projekt, und ich bin todfroh, dass Oma dabei ist und mich sichert.«

»*Todfroh* bist du nicht!« Ich verzog das Gesicht.

»Minerva«, rief Loy irgendwohin, wo man es hören musste. »Juliane sagt, du musst mitkommen. Deine Freundin hat sich verrechnet!«

»Ich dachte, er hätte sich wieder beruhigt«, sagte ich.

»Hm«, machte Matthias. »Oma hat das jetzt anders gemeint«, erklärte er in Loys Richtung, während ich feststellte: »Wenn es zwei Paar Augen sind, sind es keine drei Leute. Und Minerva heißt das Spatzl sonst nicht. Sehr kritisch …« Ich schüttelte den Kopf.

»Schnell weg!«, trieb uns Mini an, als sie aus dem Haus stob und Loy einen Kuss zublies. »Die Luft brennt.«

»Scheint wirklich so«, sagte ich.

»Grüß dich, Matthias«, sagte Mini und stieg ein.

»Sie auch, Frau Minerva.«

»Du hast da was Ungutes im Gesicht …«

Ich erkundigte mich, ob sie den Fund des Vermummten einigermaßen verarbeitet habe. Sie fragte, ob ich Zeitung gelesen hätte. »Oh nein!«, gab ich zurück.

»Oh schon«, sagte sie.

Matthias verstand die verschlüsselte Kommunikation der älteren Damen nicht. Es war besser so.

»Das wird eine Brunnen-Exkursion?«, fragte Mini. »Der kam in Werners Erinnerungen so nicht vor.«

»Mit Werners Erinnerung beschäftigen wir uns noch«, sagte ich und stellte meinen Alfa Romeo am Straßenrand ab.

Matthias hatte die Beifahrerseite geöffnet und schnappte sich seine Tasche. »Ein Kriminalfall, oder was?« Jetzt zog er die Augenbrauen zusammen.

Ich klärte meinen Enkel auf, wer hier seinen Erinnerungen nachjagte, und Mini wies dezent zur ehemaligen Villa de Ahna hinüber. »Da ist irgendwas passiert, und es ist Ferdi Weber passiert. 1959.« Mini schaute zur Seite, während sie mit dem Zeigefinger in die Tiefe des Brunnens hinabwies. »Seine Knochen liegen vielleicht da unten?«

»Es ist eine Überlegung«, erklärte ich rechtfertigend.

»Hinreißend düster, Frau Kommissarin«, gab Mini zurück.

»Du hast gefragt, ob wir das dürfen?« Matthias nahm Minis Finger. Die blickte skeptisch.

»Würde ich erst fragen, dann müssten wir warten und könnten nichts unternehmen«, sagte ich. »Wenn wir uns das erst von Werner erzählen ließen, könnte es auch dauern. Ich würde ja selbst da reinsteigen«, erklärte ich. »Vielleicht ist da unten auch gar nichts. Ferdi könnte irgendwo im Wald verscharrt worden sein.«

Matthias nickte. »Das heißt: Nein, hat sie nicht. Also klären wir ein altes Verbrechen auf.« Mein Enkel spurtete das kleine Stück Hang hinauf und schob die Brunnenabdeckung zur Seite.

»Wie willst du da etwas sehen?«, wunderte sich Mini.

»Mit einer Stirnlampe«, sagte Matthias.

»Musst du einen Haken einschlagen?«, wollte ich wissen.

»Oma, wirklich – ihr beiden solltet so tun, als wärt ihr anderweitig beschäftigt, und nicht hinter mir her in die Tiefe starren. Das fällt nämlich auf.«

»Ein gutes Argument«, fand Mini. »Wenn wir schon etwas Verbotenes tun.« Sie zog ein Gesicht, was besagte, wir würden uns nicht vom Fleck rühren.

Mini zupfte an seinem Shirt. »Wenn du etwas siehst, kommst du wieder rauf, ja?« Sie sprach meine Warnung aus. Mein Enkel erwiderte nichts, setzte sich den Helm mit Stirnlampe auf und legte den Gurt an.

Dann nahm er etwas aus der Tasche, das mich die Augen aufreißen ließ. »Ein Enterhaken.«

»Er funktioniert zum Raufklettern und auch zum Runterklettern.«

»Du sollst nur einen Blick hinunterwerfen, ob da unten Knochen liegen«, impfte ich ihm ein.

Wieder keine Antwort. Aber ich hätte mir eine gewünscht. Der Enterhaken krallte sich zwischen dem Efeu am Steinrand des Brunnens ein, Matthias schwang sich über den Rand und ließ sich Stück für Stück hinunter. Ich stand mit Mini oben am Rand, wir flüsterten und beobachteten den Schein seiner Stirnlampe. »Wie tief ist der Brunnenschacht?«, fragte sie.

»Fünfzehn bis zwanzig Meter.« Das vermutete ich nur.

»Knochen riechen nicht mehr, wenn sie schon lange dort liegen?«

»Scheiße, scheiße, scheiße!«, schallte es zu uns herauf.

»Das kann nicht sein!«, rief ich aus.

Mini biss sich in die Faust.

Wir sahen einander an, ich schüttelte den Kopf. »Er lässt sich aber Zeit«, meinte Mini. Sie tat, was ich hätte tun sollen. Sie beugte sich in den Brunnen und schrie aus Leibeskräften: »Komm zurück!«

Wir sahen, wie das Licht sich allmählich wieder nach oben

bewegte, viel langsamer als zuvor. Ich hörte Matthias Selbstgespräche führen.

Dann legte er seine Hand auf den Rand, Mini und ich zogen ihn hoch. Er wischte sich mit dem Handrücken über den Mund. »Definitiv nicht von 1959. Wer auch immer das getan hat, wir nageln ihn an die Wand, Oma!«

»Was?«, fragte ich ungläubig, fast entsetzt.

Mini schaute mich an, als verstünde sie die Welt nicht mehr. »Nicht Ferdi, sondern Antonia.«

Es kostete mich einen langen Moment, um etwas erwidern zu können, weil das Begreifen nicht sofort einsetzen wollte. »An Antonia habe ich überhaupt nicht gedacht. Warum bloß nicht?« Der Geist war Antonias Freundin, er hatte den Lehrer geschockt, weil der ahnte, dass Antonias Leiche im Brunnen lag. Wie blind, wie blöd war ich gewesen?

Die ehemalige Kommissarin bat ihren Enkel wortgewaltig um Verzeihung. Matthias zog den Gurt aus, der Enterhaken verschwand in seiner Tasche. Ich legte die Abdeckung zurück auf den Brunnen. Matthias ließ sich ins Gras fallen.

Ich zupfte an Minis Ärmel, wir setzten uns zu Matthias, und ich drückte ihm mit meiner Umarmung fast die Luft aus den Lungen.

Er flüsterte: »Sie sieht so ganz anders aus. Sehr tot, verdreht liegend, stinkend.« Er schüttelte sich, als könnte er so das Gefühl loswerden. »Ich war ganz unten, ich weiß, du hast gesagt, ich soll nicht, aber …« Es klang nicht, als würde er die Bedeutung seines »aber« kennen.

»Ich dachte an einen lange verschwundenen Jungen. Es schien möglich, es schien zu passen, dass seine Freunde ihn vielleicht dort hinuntergeschafft hatten.« Wem gegenüber rechtfertigte ich mich?

»Oma, ich habe keinen Schock. Und wenn wir dazu beitragen, ein neues Verbrechen aufzuklären, ist es auch etwas wert, oder?«

Darauf blieb ich ihm jetzt die Antwort schuldig.

»Sie haben gestern Nacht einen Toten gefunden, und Sie kannten ihn.« Jetzt sah Matthias Mini an. »Ich habe davon gehört«, sagte er. »Und ich glaube fest, dass Sie das Gleiche getan haben wie ich.« Er knöpfte eine Seitentasche an seiner Hose auf und zog sein Handy heraus.

Mir schwante Ungeheuerliches. »Ist das eine ganz spezielle Mutprobe?«, schimpfte ich.

»Das ist ein Ja. Verrät dein Ärger.« Er fing die Unterlippe mit den Zähnen ein.

Ich hielt den kleinen Bildschirm in die Mitte, und wir gruselten uns gemeinsam. Antonia Olberding, die in einer Wasserlache lag, die blonden Haare um das tote Gesicht, ein Arm nach hinten gebogen, die Hüfte verdreht. Das Kleid klebte ihr schmutzig am Körper, es hatte Risse. Ihr Mörder hatte sie entsorgt. Vielleicht war mir nicht mehr klar gewesen, was es hieß, ein Endergebnis zu sehen, dem Täter so nahe zu kommen. »Da um ihren Hals liegt ein Gürtel«, stellte ich fest und dachte laut weiter: »Ihr eigener vielleicht.«

Das Dunkel in der Tiefe des Brunnens würde sicher noch einiges mehr zum Vorschein bringen.

»Wir verständigen die Polizei, die Bergwacht, den Bürgermeister«, meinte Mini. »In welcher Reihenfolge?«

»Wir packen zusammen«, sagte ich, und was ich gleich vorschlagen würde, kam mir fürchterlich vor, aber … »Wenn wir das Auffinden der Leiche noch eine Nacht für uns behalten, dann bekommen wir vielleicht morgen das Geständnis des Täters.«

»Glaubst du wirklich?« Mini verzog unwillig das Gesicht.

»Tessa wird heute Nacht wieder ihre Aufnahme von Antonia abspielen. Ich würde den Lehrer lieber heute als morgen festgenommen sehen … aber womöglich reichen die Beweise nicht. Wenn ihm der Geist derart zusetzt und morgen auch noch ein Beamter, dann wird Kohlschreiber vielleicht reden.«

»Ich kann es für mich behalten und mein Handy auch«, sagte Matthias.

Morgen mussten wir die Polizei, die Bergwacht und den Bürgermeister informieren. Heute Nacht würde wohl keiner von uns gut schlafen.

Matthias wollte den Bus nehmen, angeblich, weil seine Mutter ihn sonst fragen würde, warum Oma ihn nach Hause brachte. »Es passt schon«, sagte er. »Wirklich. Es ist nur so, dass Antonia einmal hübsch gewesen ist, und jetzt liegt da … nichts Hübsches.«

Mini umarmte mich. »Es ist doch nicht deine Schuld, du wolltest doch gar nicht, dass dein Enkel die Leiche findet.« Sie wollte das kurze Stück nach Hause auch zu Fuß gehen.

Und wo wir schon bei den Tätern waren – ich hatte noch einen Anruf zu machen.

Die Schwester hatte die Mutter nicht auf dem Gewissen, aber Benno Seitlein die Schwester. Grausam. Der Mann hatte gewusst, was er tat, und die Verantwortung übernommen. *Dir tut er ein wenig leid?* »Nein«, beantwortete ich meine eigene Frage. »Wenn er sich selbst nicht leidtut, werde ich mich hüten.«

»Frau Kommissarin«, sagte die Stimme am anderen Ende.

»Was hast du als Nächstes vor? Das habe ich dich noch nicht gefragt.«

Benno Seitlein machte »Hm«, dann erkundigte er sich, ob ich ihn nur das fragen wollte oder etwas Neues wüsste.

»Beides«, sagte ich ihm und ließ ihn wissen, was ich wusste. Ich spielte ihm meine Aufnahme vor.

»Sie war eine kalte Planerin«, sagte er. »Der am Burgweg gestern Nacht war keiner.«

»Du solltest nicht immer nachts unterwegs sein, Benno. Was hattest du vor?«

»Ich hab von einem Gespenst reden hören. Es war bloß ein Verdacht, dem bin ich nachgegangen. Wofür spielt sie in den Nächten diesen Geist?«

Benno war ganz seltsam gut im Bilde. »Um einen Mörder zu überführen«, sagte ich.

»Dann hat sie in dir eine gute Ratgeberin, Frau Kommissarin.« Er scherzte nicht. »Ich glaube, der späte Besuch könnte jemand aus deiner Vergangenheit sein. Schon älter, er hinkte bis zum Porsche, den er unten an der Straße abgestellt hatte.«

»Ein Porsche?« Ich wusste Bescheid, ich schnaufte.

»Ich hab dich überrascht?«, fragte Benno. »Gibt's das wirklich?«

»Ich weiß nicht. Er gehört wirklich zu meiner Vergangenheit«, gab ich zurück. Dass Sebastian Orwig so kaltschnäuzig war ...

Eben nicht ganz so kaltschnäuzig, sonst hätte er richtig zugeschlagen. Hatte er bei Gregor Lenz richtig zugeschlagen? Blonde Haare an der Maske.

»Du fragst mich wenigstens nach meiner Zukunft«, sagte Benno, »was ich als Nächstes vorhabe ... Ich habe mich noch nicht entschieden. Wo es mich hintreibt? Fort. Sicherlich ein ganzes Stück weit. Wäre aber ganz gut, wenn wir in Verbindung blieben.« Er lachte. »Man weiß ja nie. Dem Herrn Pfarrer darf ich es nicht erzählen, der spricht sonst aus lauter Sorge mehr Gebete für dich, als du verträgst!«

4

Wer wundat si scho iba wos, des im Lebn vorkimmt.
Wer wundert sich schon über irgendetwas, das im Leben vorkommt.

Mini bat ihren Eheliebsten um eine Umarmung. Sie brauchte unbedingt eine, vielleicht auch eine heiße Schokolade. »Hast du jetzt genug expediert?«, fragte Loy. Was sagte man da, wenn die Basis eine Ausrede gewesen war? Die Sache mit der Expedition wollte Mini nicht noch ausbauen. »Wir waren nur am Hang, Julianes Enkel musste klettern.« Sie waren am Hang gewesen, Julianes Enkel war geklettert. Doch jetzt saß sie da, hätte reden können und durfte eigentlich nichts sagen.

Es war ein grausiges Wissen, ein noch grässlicheres Warten, obwohl Antonia schon seit Tagen dort unten im Brunnen lag und sich dieses Blatt nicht mehr wenden würde. Ein Gürtel und wohl kein Liebesspiel, vielmehr eine Mordabsicht.

Die ehemalige Kommissarin hatte nicht mit einer Toten im Brunnen gerechnet. So ähnlich wie bei der Leiche im Kofferraum. Alte Knochen hatte Juliane aber erwartet, oder sie hatte etwas ausschließen wollen.

Von morgen an würde nicht mehr so viel ungewiss sein. Aber beweisbar sein musste es.

»Schaust du kurz mit zu Dora Schönenfeld? Ich möchte ihr mein Beileid aussprechen.« Und nicht allein gehen.

»Wenn du das heute noch tun möchtest«, sagte Loy.

»Heute noch« war genauso gut wie erst morgen. Heute wären aber ein paar andere Gedanken nicht schlecht. Obwohl, es wären keine anderen, es ging ebenfalls um den Tod.

»Ich muss nur etwas Passendes anziehen«, sagte Mini.

»Was ist denn passend?«, fragte Loy.

Passend war einfach … anders. Eine cremefarbene Hose, ihre dunkelblaue Strickjacke mit den Stickereien. Sie wollte sich wohlfühlen. Ihr Ehemann nahm ihre Hand, und sie liefen das kurze Stück über die Brücke und in die Seitenstraße. Dora war sicher nicht im Laden.

»Was willst du ihr sagen?«, fragte Loy. »Du hast ihren Lebensgefährten gefunden, und zuvor haben wir noch über ihn geredet. Da kam Gregor Lenz gar nicht so gut weg.« Meinte er wirklich, Mini erinnern zu müssen?

»Gut weg kommt er auch so nicht, er hat mich überfallen und außer mir noch andere Frauen, um ihnen die Umhänge zu stehlen. Gregor Lenz hatte ein ganz schändliches Geheimnis.« Sie ärgerte sich. Dass ausgerechnet sie einen Tuchumhang gekauft hatte. Dass ausgerechnet sie den Toten finden musste. Dass ausgerechnet sie diesen Mann auch noch nicht sonderlich gut hatte leiden können.

»Wenn es in den Umhängen steckt, ist es da immer noch drin?« Loy stellte die richtigen Fragen. Sie könnte auch ein paar stellen, jetzt gleich. »Wenn nur er davon wusste, schon. Wenn noch jemand davon wusste, nicht.«

Sie klingelte bei »Privat«.

»Und jetzt willst du dem schändlichen Geheimnis auf die Spur kommen? Dora trauert sicher fürchterlich, sei ein bisserl vorsichtig mit ihr«, sagte Loy.

Eine Mahnung, nicht so direkt zu sein. Mini hörte sich nicht echt an, wenn sie sich um Vorsicht bemühte. Das wusste Loy genau. »Aus mir spricht das Herz«, sagte Mini.

Die Tür ging auf. Schweigen an der Schwelle. Doras Miene gab mehr preis als ihr Mund, als sie Mini umarmte und flüsterte: »So unnötig!«

Loy gab ihr die Hand und umschloss sie mit der anderen. Er sagte nichts, sein Gesicht tat es.

Mini wollte irgendetwas sagen, was die andere wissen ließ, sie fühlte mit. Es wurde ein »Es ist schlimm, jemand Liebes auf eine so rohe Art zu verlieren«.

Loy murrte leise, was heißen sollte, Minis Beileidsbekundung sei etwas eigenwillig. »Ach, Mini – ich danke dir! Wieso er ausgerechnet ...« Dora schüttelte den Kopf. An dem »ausgerechnet« war Mini auch schon hängen geblieben.

Sie sah Doras Zorn, der die Trauer begleitete. »… ausgerechnet mich überfallen musste. Gregor muss in akuter Bedrängnis gewesen sein.« Es klang wie etwas Krankhaftes. »Hast du herausgefunden, warum er sich die Umhänge gegriffen hat?«, fragte sie.

Loy räusperte sich, Doras Mund zuckte, eine kleine Pause entstand. »Er war nicht mehr ganz bei sich in der letzten Zeit.«

»Hm«, machte Mini. Das zu sagen war leicht, es hörte sich nur nicht wahr an. Mini hatte die Entschuldigung des Vermummten wieder im Ohr. Er hatte absolut »bei sich« geklungen.

»Wenn du etwas brauchst«, bot sie an, »wir sind nur um die Ecke.«

Dora nickte. Loy schnaufte, während sich die Tür schloss. Er griff wieder nach Minis Hand, als könnte sie noch etwas vorhaben. »Du wolltest sie wirklich aushorchen«, sagte er.

»Ich wollte ihr mein Beileid ausdrücken und sie zugleich aushorchen«, gab Mini zu.

»Was kann sie denn wissen?«

»Sie muss etwas wissen.« Das glaubte Mini tatsächlich. Sie hatte Gregors Streit mit Sebastian mitangehört, aber etwas anderes geisterte durch ihren Kopf. Die Entfernung vom Brunnen oben am Hang zum Haus des Lehrers. Ein kurzer Weg: der Lehrer, Antonias Leiche, der Brunnen.

Obwohl sie nicht darüber nachdenken wollte, dachte sie genau darüber nach. Die Schneiderin, Gregors Leiche, die Brücke.

Und Dora Schönenfeld trug eine blonde Kurzhaarfrisur.

Der Wagen der Gärtnerei hielt, die Zeit der Sonnenblumen war angebrochen. Mini musste lachen, weil ihr nach heißer Schokolade war.

»Hast du die erwartet?«, fragte Loy.

»Das Lachen meines Liebsten hab ich erwartet«, ließ sie ihn wissen.

»Du sagenhafte Gut-Wetter-Bettlerin!« Ihr Ehemann nahm die sonnigen Blumen auf den Arm.

5

Ned ois, was doudgschwiegn wird, lebt.
Nicht alles, was totgeschwiegen wird, lebt.

Es ging nicht ruhig zu, die Kunden kamen schon aufgedreht durch die Tür, die Stimmen waren lauter, die Sorge war spürbar. So empfand es Tessa.

Der »Chiemgauer« behauptete, alles über den Vermummten zu wissen, was eher nicht den Tatsachen entsprach. Der Tote lag sicher verwahrt in der Rechtsmedizin in München. Dass es Mord war, hatte man in Marquartstein verstanden, und so fragte man sich, was war los in ihrem kleinen Ort. Tessa rechnete Antonia und Ferdi Weber zu den Ermordeten und wusste, das durfte sie nicht: Ferdi war vielleicht am Leben, und Antonia?

Doch irgendwo glücklich werden, während zu Hause jemand wartete ... Das wäre grausam, das konnte sie sich gar nicht denken.

Der Vermummte, der sich zur Tarnung eine schwarze Skimaske übergezogen hatte. Im Tod musste sie ihm aber der Mörder übergezogen haben. Der Vermummte war ein Dieb gewesen, so lächerlich es auch klang, wenn einer Tuchumhänge stahl, aber es musste einen Grund dafür gegeben haben. Tessa war gespannt, ob sie diesen Grund erfuhren oder weiter rätseln durften.

Über Juliane Leitermann, gegenwärtig am Burgweg wohnhaft, hatte sie gelesen. Die ältere Dame hatte vergessen, ihr Vorleben als Kriminalkommissarin zu erwähnen. Sie hatte wahrscheinlich gleich gewusst, dass der Geist keiner war. »Wir werden uns wiedersehen?«, hatte sie Tessa gefragt, und die hatte genickt. Sie würde sich also heute Nacht nicht über die Stimme wundern. Andererseits hatte Frau Leitermann nicht wissen wollen, wer angeklagt wurde, wer gestehen sollte.

Und Tessa vermutete, die ältere Dame hatte ein gutes Gehör. »Außer du weißt längst, wer gemeint ist und warum.«

»Selbstgespräche?«, fragte Moritz. »So schlimm schon?«

Fand sie nicht. Mit sich selbst zu reden ließ einem hin und wieder die Dinge klarer erscheinen.

Er brauchte keine Antwort, weil es nur eine dazwischengeworfene Bemerkung war.

Tessa blieb mit sich und ihren Gedanken meist allein. Bazi schrieb eine Kurznachricht, *er* könne auch ganz okay sein. Gerhard Olberding gab sich Mühe. Die Horrorsuche im Keller hatte ein Gutes gehabt, weil jemand begriff, dass er seinem Sohn etwas zutrauen konnte und niemand die Familie verstecken musste. Dass auch jene Geschichte längst erzählt war.

Als ihr Arbeitstag zu Ende ging, konnte Tessa sagen, sie freute sich ehrlich auf den Abend im Theater. Ob wohl der geheimnisumwitterte Alfons Winterstein wieder zuschaute?

Sie hatte sich schon am Nachmittag um ihren Hunger gekümmert – sich eine Pizza mit übertrieben viel Belag bestellt in dem Wissen, die zweite Hälfte würde sie am Abend essen. Sie hatte sich auch schon am Nachmittag passende Worte überlegt, die sie hoffentlich parat hatte, um Kohlschreiber hoffentlich den Rest zu geben. Das Wetter war optimal für eine Geistervorstellung.

Tessa nahm den klapprigen VW, sie war spät dran.

Wie meist erzählte man sich vor der Probe, was der Tag so im Gepäck gehabt hatte. Die Spielleitung verteilte wieder Programmzettel, welche Szenen heute an der Reihe waren, was Conny Perle zu sehen wünschte.

Tessas Blick wanderte über die Reihen – es konnte ja sein …

Dort saß niemand.

Sie konzentrierte sich auf ihre Rolle. Beim letzten Mal hatte Conny von einer Schlüsselszene gesprochen. Dieser Schlüssel war, dass der Heilige Geist keiner war und wie und womit der dahintersteckende Mann es angestellt hatte, eine Jungfrau von seiner Übermenschlichkeit zu überzeugen und sie in der Kirche zu verführen.

Tessa mochte die Geschichte schon deshalb, weil zu einer gelungenen Verführung immer zwei gehörten und der schurkige

Pfarrer den Kürzeren zog, selbst wenn er den Teufel dazugebeten hatte.

»Ausgerechnet gestern Nacht hat man einen anderen Verkleideten gefunden.« Conny schwenkte kurz zum wahren Leben. »Die Berichterstattung überschlägt sich; vielleicht Stoff für ein neues Theaterstück, irgendwann. Wir versuchen bitte, diese Nachrichten so gut wie möglich beiseitezulassen. Mord ist uninspirierend für ein heiteres Stück. – Bei uns soll es eine Hochzeit geben, es wäre so weit auch alles in Butter, doch als Rose von Dornfels von dem Betrug erfährt, den der Gärtner sich erlaubt hat, will sie Kuno Barwar nicht mehr.«

»Ich hab meinen Bauch gesehen für den neunten Monat – es gibt doch auch Frauen, die nichts so Monumentales mit sich herumtragen.« Die Schwangere war gar nicht begeistert.

»Hast du's überlesen?«, fragte Conny.

»Oh. Ja.«

Tessa hatte es auch überlesen. »Wilhelmina Albert muss es feststellen«, sagte sie.

»Natürlich stellt die Hebamme es fest. Meine Damen, was ist denn? Muss ich fürchten, ihr kennt euch nicht aus?«

»Nicht mit Schwangerschaften«, sagte die Schwangere.

»Nicht mit mittelalterlichen Muttermündern.« Die Hebamme lachte.

»Ach, wie gut, dass niemand weiß …«, sagte Conny. »Wir legen los mit dem aufgeregten Apotheker, der des Rätsels Lösung gefunden hat. Wilhelmina bekommt eine Nachricht von Ignatius Wirbel. Du entrollst nur das Pergament …« Sie deutete auf Tessa, da fiel ihr auf, die musste sich noch umziehen.

»Wenn du dann so weit bist … Der Apotheker möchte etwas demonstrieren, er bittet dich, in sein Labor zu kommen. Der Hintergrund wandelt sich. Die Hebamme spricht zum Publikum.«

Tessa zupfte noch ein wenig an sich herum, sie hatte rote Wangen. Wer hektisch war, brauchte weniger Schminke.

Auf der Bühne nimmt Wilhelmina Albert das Pergament entgegen.

»Ignatius … oh, du Teufelskerl!« Ein Lachen. Zum Publikum:

»Was bin ich gespannt. Er schreibt von einem leuchtend hellen Gedankenblitz.« Sie nimmt ihr Schultertuch, und schon eilt sie zur Tür hinaus.

Conny: »Ein Wohlgeruch fällt ihr auf, als sie die Treppen zum Labor hinuntersteigt.«

»Es duftet«, sagt Wilhelmina, ihr Blick wirkt nachdenklich.

»Blumen?«, fragt sie. »Ignatius, was treibst du?« Und zum Publikum: »Er hat von einer Entdeckung geschrieben. Was versteht er unter einer Entdeckung, wenn er hier unten eine Blumenzucht betreibt?«

Die Tür öffnet sich, Wilhelmina tritt ein. Es brennen keine Öllampen, es sieht nicht aus, als hätte Ignatius eine Flamme entzündet, und doch leuchtet etwas. Es wirkt ... »Gespenstisch«, sagt Wilhelmina. Eine seltene Art von Licht.

Sie schlägt die Hand vor den Mund. »Erkläre es einer Unwissenden«, bittet sie den Apotheker.

Conny: »Ignatius greift nach ihrer Hand, die Hebamme erfährt mehr über die leuchtenden Blüten. Dazu bitte ein anderes Licht. So, dass es aussieht, wonach es aussehen soll.«

»So was gibt es, ich hab davon gelesen«, sagte Pjorn. »Aber ich muss noch mal darüber nachdenken. Vielleicht besorgen wir genau diese Pflanzen, setzen sie in Töpfe und stellen sie auf?«

»Gute Idee!« Tessa war dabei. »Ich frage Ignatius, welche Pflanzen es sind.« Sie zwinkerte für diejenigen, die es sehen konnten.

»Sie leuchten in der Dunkelheit. Sie blühen nachts«, überrascht der Apotheker sie. »Die weiße Flammenblume, der Stechapfel, die Madonnen-Lilie.«

»Es hat in der Tat etwas Überirdisches, Zauberisches«, sagt die Hebamme.

»Psst«, macht Ignatius.

»Wie bist du dahintergekommen?«

»Weil hier ein Gärtner die Fäden zieht ... und der Apotheker es auf den Tod nicht leiden mag, wenn er unruhig überlegt, ob es nicht vielleicht doch einen Heiligen Geist gibt.«

»Über diese Frage ließe sich streiten. Aber vielleicht keinen Geist, der seinen heißen Samen vergießt.«

Conny: »Auf der Bühne sind als Nächstes die Hebamme und der Gärtner Kuno Barwar, der ihr arglos lauscht, bis ihm ganz eigenartig zumute wird.«

Die Gartenkulisse sah wirklich aus, als bräuchte man nur die Hand auszustrecken, als würden diese Rosen duften ... Hier welkte nichts. Es war nichts Seltsames an dem Gespräch, weil Wilhelmina den zukünftigen Kindsvater auf seine Pflichten hinweisen darf. Doch als die Hebamme über die Lilien streicht und darüber spricht, wie beruhigend es doch sei, dass sie einem auch im Dunkeln den Weg weisen, erkennt er es an ihrem Blick.

»Ich habe es nicht gebeichtet. Ich konnte doch niemandem sagen, dass ich meine Rose hinter dem Altar ... gepflückt habe.«

»Gütiger Gott. Das wird nicht gebeichtet, das kann und muss nicht gebeichtet werden. Liebe ist doch nicht sündhaft!«, ruft Wilhelmina aus, und zum Publikum: »Wie richtig er es beschreibt, er ist eben ein Gärtner.«

Doch die Hebamme lässt ihn nicht vom Haken. »Eine muss es aber von dir wissen.«

»Ich soll Rose sagen, dass sie nicht mit dem Heiligen Geist zusammengelegen ist? Diese Wahrheit kann mich alles kosten, auch ihre Liebe«, sagt er unglücklich.

»Die Wahrheit ist einem lieb, aber auch teuer«, erwidert die Hebamme. »Die Unwahrheit hingegen ist ein schleichendes Gift.«

Conny lobte: »Überzeugend, dein Ton.« Tessa musste schlucken. Gerade spielte sie nicht.

»Kuno wird für Rose noch einmal der Heilige Geist sein. Er wird sich ihr anvertrauen. Er hat sich mit ihr im Garten verabredet.«

Die Schwangere rückt ihren grandiosen Bauch zurecht. Sie sitzt im Pavillon. Zum Publikum hin sagt sie: »Es wird gleich dunkel, wo er nur bleibt ...«

»Liebste«, hört sie die Stimme, warm und süß wie flüssiger Honig. Eine vertraute Stimme, die sie nicht nur einmal hat verführen können. Ungläubig greift sie mit der Hand nach den Blüten am Hemd, streicht ihm über die Brust, bevor sie die Hand auf seine Wange legt.

»Mein verwirrtes Gefühl. Mein Glaube ließ dich strahlen, und die Lust ließ mich die Augen schließen«, sagt Rose von Dornfels. »Doch jetzt sind sie offen. Warum, Kuno? Warum die Täuschung?«

Er reißt sie in seine Arme. »Ich konnte nicht warten, ich wollte dich so sehr. Meine Sehnsucht hat dir diesen Streich gespielt.«

»Jemand, der mit mir scherzt, weil es ihm gerade gefällt – den kann ich nicht zum Mann nehmen«, sagt sie fest und schiebt ihn von sich.

Conny: »Roses Zurückweisung, ihre Absage, nachdem der junge Mann mit ihren Eltern einig geworden ist und einer Heirat nichts mehr im Weg steht. Rose berichtet der Hebamme, und Wilhelmina weiß, dass es nicht viele Fluchtmöglichkeiten aus der gegenwärtigen Situation gibt. Kuno liebt sie ehrlich.« Die Spielleiterin hob den Kopf und redete gen Himmel: »Die Geburt bringen wir, aber nur als Schattenbilder von Wilhelmina und von Rose von Dornfels. Pjorn ist unser Meister der Schatten. Die Entbindung gestaltet sich nicht schwierig, aber der Pfarrer taucht auf und natürlich Kuno Barwar, der seiner Liebsten die Hand halten möchte.«

»Ich bin die im Zwiespalt«, schnaufte die Schwangere und holte Luft. »Mein Zukünftiger ist ja wirklich süß«, lachte sie, räusperte sich und war zurück in ihrer Rolle.

Zur Hebamme: »Was wäre eine, die sich so einfach haben ließe?« Rose will keine Antwort, die hat sie sich längst selbst gegeben. »Es fühlt sich an, als ziehe es in meinem Leib einmal nach der einen und dann wieder nach der anderen Seite. Es ist bald so weit. Was mache ich bloß?« Diesmal braucht sie eine Antwort.

»Willst du ihn in deinem Bett?«, fragt Wilhelmina. Zum Publikum: »Fürs Drumherumreden ist überhaupt keine Zeit.«

»Hinter dem Altar war es sehr aufregend, eine Spur himmlisch. Aber – Kuno hat sich einfach genommen, was er wollte.«

»Sich nehmen heißt nicht, es zu stehlen. Zum Wollen gehören zwei. Bestraf ihn, wenn du meinst, aber wenn du ihn liebst, dann nimm ihn in Gottes Namen!«

»Ich könnte …« Sie stockt. »Au!« Ein überraschter Laut. Große Augen. Eine Hand, die sich ballt.

Wilhelmina greift ihr in die Seite. »Da findet noch jemand, er könnte«, sagt sie.

Conny: »So – die Schatten bitte. Bewegte Bilder im Hintergrund, wie eine Hebamme ein Kind zur Welt bringt. Diese Patientin tobt, es fühle sich nach einer Strafe an. Eine andere Strafe: Wir bekommen es mit dem Pfarrer zu tun, dem da etwas Beunruhigendes zu Ohren gekommen ist, und mit Kuno Barwar, der keinen Mann der Kirche über sein Glück bestimmen lässt.«

»Das ist grausaaaam«, ruft Rose. Hektisches Atmen. Absetzen. Luft holen. »Es reißt überall, es brennt in meinem Rücken wie Feuer.«

»Hab keine Angst«, beruhigt sie die Hebamme. »Es ist gut so, genauso muss es sein.«

Conny: »Das ganze Martyrium wollen wir natürlich nicht. Pjorn, wir brauchen den Babyschrei.«

Ein Kind brüllt. »Ein neuer Erdenbürger«, staunt auch Wilhelmina, wie sie das jedes Mal tut. »Es ist noch nicht vorbei«, sagt sie dann.

»Ohhh, ich werde doch nicht für jedes Mal leiden, das wir …« Rose zittert.

»Nein, aber *einmal* sicher noch«, sagt die Hebamme.

Conny: »Es folgt der nächste Babyschrei für den Zwilling.«

Der zweite Babyschrei. Rose stöhnt, Wilhelmina lacht. »Und eine neue Erdenbürgerin.«

»Sie haben sich den Platz in meinem Leib geteilt«, wundert sich Rose.

Jemand poltert an der Tür. Zwei Jemande, wie die aufgebrachten Stimmen verraten.

Conny: »Jetzt geben sich der Pfarrer und der zukünftige Ehemann die Ehre, sie wissen es von Roses aufgeregten Eltern.«

»Es ist so weit, das Heilig-Geist-Kind erblickt das Licht der Welt«, tönt Hochwürden. »Mein Segen begleitet das Neugeborene!«

»Ihr schwenkt Weihrauch.« Kuno hustet. »Es ist doch keine Bestattung.«

»Und Myrrhe.« Der Pfarrer reckt ein Zweiglein.

»Aber kein Gold?«, erkundigt sich Kuno.

»Ach, was weiß er schon!« Der Pfarrer drängt sich an ihm vorbei. »Wo ist das Kind?«

»Sie müssen erst gründlich untersucht werden«, erschreckt ihn Wilhelmina.

»Sie? Zwei?« Der Pfarrer reckt den Hals.

»Zwei«, bestätigt Wilhelmina strahlend. »Sie haben beide das Mal – das Mädchen und der Junge.« Sie winkt ihn mit dem Zeigefinger heran.

Er schluckt. Wilhelmina erlöst ihn. »Wenn das kein Kreuz ist«, sagt die Hebamme und entblößt die kleinen Schultern.

Der Pfarrer hält sich erleichtert an Kuno fest, der die Schwaden von Weihrauch wegwedelt.

Wilhelmina zum Publikum: »Es sieht eher nach einem Pudding aus, der nach beiden Seiten aus der Form drängt. Eine kühne Behauptung, aber ein Kirchenmann sieht den Pudding nicht.«

»Es ist ein Kreuz!«, frohlockt der Pfarrer.

»Halleluja«, findet Wilhelmina.

»Meine Rose, liebes Herz …« Kuno fasst nach Roses Hand. »Ich verspreche, dich zu lieben und zu ehren.«

Rose flüstert: »Vor allem lieben … an aufregenden Orten …« Kuno Barwar errötet.

Rose von Dornfels sagt etwas lauter: »Ich werde Kuno Barwar erst einmal auf Probe nehmen. Und wenn er sich gut anstellt, denken wir daran, den Mann zu behalten.« Ein breites Lächeln, nur das des Pfarrers fällt ein wenig in sich zusammen.

Ein richtig gutes Gefühl, den Schluss zu kennen. Aber wie jeden Abend würde Tessa mit dem fragenden Gedanken einschlafen, wie der Schluss der eigenen Geschichte wohl aussäh.

Alfons hatte sich nicht mehr sehen lassen. Der Mann hatte etwas an sich gehabt, was ihr sagte, ihm war etwas Schlimmes passiert. Etwas, womit man auch einen Pfarrer erschrecken konnte?

Tessa aß zu Hause den Rest der Pizza, packte ihre Tasche, ordnete ihr Haar, tupfte sich Blässe ins Gesicht und einen Blauton mit einer Spur Rot auf die Lippen. Wie beim letzten Mal bog sie in der Festenfeldstraße ab, um auf der Ostseite den Hang hinaufzulaufen. Ein Stück Wiese hinter einem der Höfe war zu überqueren, danach ging es durch den Wald, dann musste sie sich umziehen. Ein umständlicher Schwenk hin zum Brunnen. Zwischen den Nebelfetzen verlor man leicht die Orientierung, doch Tessa konnte es sich nicht erlauben, den Wagen abzustellen und als Geist auszusteigen.

Der Schein in den Fenstern verkündete, dass bei Kohlschreibers jemand daheim war. Auch im Haus der Felders, bei Juliane Leitermann, und weiter unten am Hang brannte Licht.

Tessa hoffte, dort oben am Berghang würde ihr heute Nacht keine besondere Neugier begegnen. Sie wollte, dass Kohlschreiber sich zu Tode fürchtete. Wie am vorigen Abend wanderte sie ein wenig herum, dann streckte sie die Arme aus, zog ein Gesicht, schaltete den Ton ein. »Schau mich doch an.« Es hörte sich etwas abgehackt an. *Du weißt es, du hast die Worte zusammengesetzt. Er weiß das nicht.*

Und wieder ging die Tür auf, der Schatten eines Mannes. Wo war seine Frau?, fragte sie sich. Ungewöhnlich. Er hatte doch nicht beiden Frauen etwas angetan?

»Geh weg!«, stöhnte er. Furchtsam.

Antonias Antwort: »Gestehe.« Der Geist wandte das Gesicht in seine Richtung, legte den Kopf auf die Seite. »Gestehe!«, wiederholte sie und griff nach ihm.

Dann drehte sie sich weg. Es reichte.

Tessa ließ sich hinter den Brunnen fallen. »Gestehe!«, flüsterte sie.

's Lebn is a Keazn im Wind.
Das Leben ist eine Kerze im Wind.

Ferdi

Bergmüller war über seinen Schatten gesprungen. Ferdi konnte sich denken, dass dem Meister der Gang nicht ganz leichtgefallen war.

Das »gesunde Brot« war wirklich zu empfehlen. Wenn die beiden Meister jetzt Partner waren, mussten sie miteinander zurechtkommen. Ferdi grinste.

Er würde sich für Barbara etwas ausdenken, vielleicht mit einer feinen Süßigkeit Danke sagen.

Seine Mutter umarmte ihn. »Jetzt kann alles gut werden. Morgen ist Sonntag, wir könnten einmal wieder ins Café gehen. Ich möchte dir gern etwas erzählen.«

Von dir und dem alten Herrn Bertels, vermutete Ferdi. Sein Nicken fiel nicht unbedingt so freudig aus.

Worauf er richtig gespannt war, war die Unternehmung am späten Nachmittag, mit Sebastian und den anderen. Er musste den Blonden nicht gernhaben, auch den Zeichner nicht – Ferdi interessierte sich für die Kunstsammlung von Bertels, der in Venedig weilte.

Seiner Mutter wollte Ferdi eine Nachricht schreiben, falls er derjenige sein sollte, der erst nach ihr zurückkam. Sollten sie in der Villa wirklich etwas Schönes entdecken, würde er Mini Meierhofer, die Geschichten mochte, davon erzählen …

Ferdi hatte ein paar Werkzeuge in einen Beutel gepackt. Er holte Werner auf dem Weg ein. Der Freund trug Bergschuhe. »Man weiß ja nie.«

Gregor hatte eine alte Jacke an, aus der Tasche ragte ein Block. »Man weiß ja nie.«

Werner sagte: »Mein Echo.«

Ferdi lachte nicht. Eine Jacke. Es war ein heißer Sommertag gewesen, warum hatte Gregor einen kühlen Abend im Gepäck? Aber die Jacke hatte Taschen, in denen man womöglich unbemerkt etwas verschwinden lassen konnte. »Ich behalte seine Hände im Blick«, raunte er Werner zu.

Sebastian hatte eine Petroleumlampe dabei und schaute in den Plan. Ferdi, Werner und Gregor sagten wie aus einem Mund: »Man weiß ja nie.«

»Eine Taschenlampe taugt nicht so viel. Meine jedenfalls nicht«, erklärte Sebastian. »Wir müssen in den Keller.«

Zeigte der Plan, den er vor sich hielt, einen Kellerraum? Ferdi war nicht überzeugt. Der Hintergrund desjenigen, der den Plan versteckt hatte, hätte ihn interessiert. Sebastian wusste nur, das Möbel hatte mit dem Komponisten zu tun. Das hatte sich Ferdi auch gedacht.

Wir müssen hinters Haus, das brauchte er nicht vorzuschlagen. Wie aufs Stichwort setzten sie sich in Bewegung, über die Straße, durch das Gartentor und auf den Hang zu, durch die Bäume schimmerte der Felsen.

Ein Gesicht lugte ums Eck des Schuppens. Ferdi hielt die Luft an, Werner erstarrte. Sebastian sagte: »Nein!«, Gregor: »Uhh.«

Nichts passierte. »Eine Figur.«

Ferdi glaubte, er hätte den Blonden schlucken hören.

»Das ist Amor«, kicherte Werner, als hätte er sie nicht alle beisammen. »Sogar mit Pfeil und Bogen.«

Sebastian schlug ihm auf den Rücken. »Ist gut, Werner. Hör auf, *so laut* erleichtert zu sein!«

Gregor verdrehte die Augen. Sie ließen Amor mit Pfeil und Bogen stehen.

Der Schuppen war mit einem Riegel gesichert, keinem Schloss. Sebastian machte die Tür auf, warf einen Blick hinein und schüttelte den Kopf. »Allerhand Geräte. Eine Schubkarre. Eher uninteressant.«

Es wurde beratschlagt, wie es nun weiterging, und Ferdi tat es, auch wenn er noch immer neugierig war, schon jetzt ein wenig leid, dass es tatsächlich noch weitergehen würde. Er hatte plötzlich ein schlechtes Gefühl bei dieser Sache.

Auch Werner machte nicht den Eindruck, dass er unbedingt ins Haus wollte. Gregor schien nachzudenken oder sich etwas auszurechnen.

Allein Sebastians Wangen waren gerötet. »Hat eigentlich jemand eine Kamera dabei?« Ein kurzer Rundblick. »Brauche ich gar nicht fragen, weil niemand eine hat. Zeichnen dauert zu lang. Ich dachte an so was wie Beweisfotos.«

»Beweisfotos?«, sagte Werner ungläubig. »Lieber nicht, wer braucht die? Wir wollen nur …«

»… schauen, wo der Schlüssel passt«, sagte Ferdi, der nicht annahm, dass dieser eine der Außentüren aufsperrte.

Das war keine Mutprobe, sie brauchten niemandem etwas zu beweisen. Ferdi fand, es wurde kindisch. Was auch für seine dumme Neugier galt.

Auf der Vorderseite befand sich ein kleiner Windschutz aus Holz – fabelhaft einsehbar. Da sollten sie es nicht probieren.

Durch das Blätterdach der Bäume am Hang fiel ein kleiner Sonnenrest. Die Schatten würden angekrochen kommen und sie ein wenig vor der Welt verbergen. Hoffte er jedenfalls. Alles war ruhig, kein Augenpaar, das sie bemerkte, keine Stimme, die sie aufhielt.

Seitlich hatte Ferdi eine Tür gesehen. Möglich, dass man dort ins Innere gelangte, aber nicht sehr wahrscheinlich, dass sie unverschlossen war.

»Es ist bestimmt niemand daheim?«, vergewisserte sich Werner. »Wenn nämlich jemand daheim ist und wir werden erwischt, hat der Lehrersohn bei seinen Eltern bis in alle Ewigkeit verschissen.«

»Hast du etwas gehört, siehst du was?«, fragte Sebastian.

Nicht die Antwort, die Werner hören wollte, das sah man ihm an.

»Ich geh vor, die Tür lacht mich an.« Sebastian zwinkerte, übergab die Lampe an Werner und versuchte zuerst, ob sich die

Seitentür öffnen ließ – ein Kopfschütteln –, dann probierte er den Schlüssel – noch ein Kopfschütteln.

»Bist du nicht der Mann mit dem Werkzeug?« Gregor lachte und stieß Ferdi in die Seite. »Das gäbe ein gutes Beweisbild«, betonte der Zeichner. »Ein Schatten mit einem langen Schlüssel an der Tür zur Villa de Ahna.«

»Du bist wirklich richtig witzig«, gab Ferdi zurück, ohne Gregor anzulachen. Das Bild mit dem Schatten konnte er sich leider gut vorstellen. Er würde ihn sicher nicht bitten, die mitgebrachte Taschenlampe für ihn zu halten. So tief waren die Schatten nicht. Ferdi griff im Beutel nach einem der selbst gemachten Sperrhaken, längliche Metallstücke, die auf einer Seite gebogen oder ausgefeilt waren. Er hatte vier verschiedene Dietriche angefertigt, getestet hatte er das kleine Werkzeug bislang nur an den Türen in ihrem eigenen Haus. Einhändig hatte er es kein einziges Mal hinbekommen und sich noch gedacht, sein Großvater würde vielleicht lachen. Dass dem Großvater jetzt gerade nach Lachen zumute wäre, glaubte Ferdi nicht.

»Ich stehe Schmiere«, bot Werner an.

Bedeutete das, er versuchte, in sämtliche Richtungen zu schauen, und würde verschwinden, wenn jemand kam? Die anderen vielleicht, Werner nicht, dachte Ferdi. Seine Fingerspitzen vibrierten.

Er hörte, wie Sebastian und Gregor rätselten, was Bertels wohl alles sammelte. Wollten sie vielleicht auch noch Wetten abschließen?

Ferdi bewegte den Metallhaken hin und her, drehte ihn dann nach links. Es gab ein knackendes Geräusch. Er hatte den richtigen ausgewählt. »Sesam, öffne dich«, sagte er und war einen Moment lang selbst überrascht, als die Tür offen war und er sie bloß antippen musste, damit sie aufschwang und ein schmaler Flur sichtbar wurde. Ferdi verharrte einen Augenblick auf der Stelle. Er hatte nicht geglaubt, dass es so einfach wäre. Er packte den Dietrich wieder in den Beutel.

»Astreiner kleiner Helfer«, fand Sebastian, und er und Gregor drängten links und rechts an Ferdi vorbei ins Haus.

»Wir schauen uns bloß ein wenig um und sind gleich wieder weg«, beruhigte Werner sich und Ferdi.

»Genau. Schauen wir uns die Welt vom alten Herrn Bertels an.« Ferdis Stimme klang nicht locker.

»Was sagt die Karte?«, wollte Gregor wissen, aber er meinte es kein bisschen ernst.

»Den Keller finden wir auch ohne Karte. War vielleicht bloß ein Scherz«, gab Sebastian zurück.

Kein Scherz waren die Noten, die Ferdi entdeckt hatte. »Das ist doch Musik auf der Rückseite der Karte.«

»Sieht so aus«, sagte Sebastian. »Scheint aber, als wäre es nur der Mittelteil aus einem Musikstück. So viel Moll kann nicht gut klingen. Mein Vater hat sowieso gesagt, der Biedermeier-Schreibschrank sehe aus, als könnte er eine Nachbildung sein.« Er zuckte die Achseln. Aber irgendetwas Besonderem war der Blonde auf der Spur, sonst hätte er sich überhaupt nicht die Mühe gemacht, glaubte Ferdi.

»Und der Schlüssel?«, fragten sie alle durcheinander.

»Wenn das auch ein Spaß war, dann passt er nirgendwo«, sagte Sebastian. Spart euch die blöden Fragen, verriet der Unterton.

Und der Plan?, überlegte sich Ferdi. Den hatte Sebastian doch nicht selbst gezeichnet.

Noch führte aber keine Treppe hinunter, der Flur öffnete sich in einen Wohnraum. Eigentlich waren es zwei, denn eine Stufe trennte die Ebenen voneinander. Glänzendes Holzparkett, auf dem sie herumstiegen. Werners Bergschuhe klackten.

Die Welt des alten Herrn Bertels war … »Wow, das haut einen glatt um. Zusammengerechnet kann man sich dafür bestimmt noch zwei Häuser kaufen.« Gregor zeigte sich ehrlich beeindruckt.

Konnte er den Wert der Dinge mit einem Blick umrissen haben? Ferdi blies die Backen auf. Diese Hände musste er wirklich im Auge behalten.

Zunächst bestaunten aber alle die Gemälde. Die Signatur auf der Stadtansicht Münchens lautete auf einen italienischen Namen: Bernardo Bellotto. Das Bild war von zurückhaltender

Farbigkeit, so hatte München also vor Jahrhunderten ausgesehen.

Der Lederbezug des Zweisitzers knarzte, als Sebastian sich ohne zu zögern hineinsetzte. »Gemütlich«, schwärmte er. Auf einem Tischchen ein gläserner Aschenbecher, daneben eine Pfeife und ein Beutel mit Tabak. Es duftete nach Vanille, fiel Ferdi auf. Er fühlte sich wie ein Eindringling. *Das Gefühl trügt nicht, du bist einer.*

An der Wand unter einer Porzellanlampe hing der Holzschnitt eines Engels. Lächelnd. Ausgebreitete Flügel.

Eine Marmorskulptur auf einer Säule. Die ausgewählte Kunst war geschmackvoll, doch sie vermittelte nicht den Eindruck, dass hier jemand sammelte um des Sammelns willen. Ihr Besitzer schätzte und mochte die Dinge.

Hier könnte man sich wohlfühlen. »Aber ich will mich hier nicht wohlfühlen«, flüsterte Ferdi in sich hinein. Während sein Blick noch den Raum durchstreifte, waren die anderen bereits weitergegangen.

Natürlich, der Keller.

Hölzerne Treppenstufen führten hinunter. Es gab überall Licht, aber sie schalteten es nicht an. Sebastian wollte seine Lampe nicht umsonst mitgenommen haben. »Sieht doch schon mal geheimnisvoll aus«, sagte er. Gar keine Frage, vor allem tummelten sich ihre Schatten an den Wänden.

»Die Treppe hatte ich auf der Karte«, erklärte Sebastian. »Ein kleiner Gang, ein Knick und dann wieder ein Raum.«

Die Karte hatte recht. Es ging einen kleinen Gang entlang.

»Jetzt müsste aber mal was kommen …«, forderte Gregor ungeduldig. »Du hast uns ganz schön die Zähne lang gemacht.«

Ferdi fragte sich, was Sebastian Werner und Gregor erzählt hatte.

Und dann kam tatsächlich etwas. Eine Holztür.

Sie starrten alle auf den alten, breiten, aufwendig gearbeiteten Türbeschlag und auf den Griff. Sebastian gab seine Lampe an Gregor weiter und zog den Schlüssel aus der Tasche. Er ließ sich absichtlich Zeit, um Spannung zu erzeugen.

Dann steckte er den Schlüssel ins Schloss … Er passte. Eine Umdrehung, die Tür ging auf, Sebastian leuchtete mit der Lampe hinein. Die Überraschung war offenbar eine. »Eine Werkstatt.« Einigermaßen ungläubig.

Ferdi schmunzelte, er konnte nicht anders. Hier wurde gewerkelt. Eine tolle Drechselbank. Holzstücke, um sie einzuspannen.

Seitlich an der Mauer Ablageflächen. Messer, Handschuhe, ein Schleifstein. »Jetzt mal ehrlich, was hast du erwartet?«, wollte Ferdi von Sebastian wissen. *Und er, was hatte er erwartet? Doch keinen Ritter Blaubart.*

»Ich hab etwas von einer Taufschale gelesen. Aus Bronze. Richtig wertvoll. Aber der Alte hat sie nirgendwo.« Jetzt breitete Sebastian die Arme aus, doch nicht wie der Engel, dessen Gesicht freudig war. Seine Kiefermuskeln mahlten. »Um mir die blöden Schinken anzuschauen, die da oben hängen, bin ich echt nicht eingebrochen.« Seine Augen wurden schmal.

»Klingt ja, als hättest *du* die Tür aufgemacht«, sagte Werner. »Und wo ist jetzt das Abenteuer?«

»Fürs Abenteuer bist du doch ohnehin viel zu weich«, giftete Sebastian.

»Nicht mehr neugierig«, stellte Ferdi fest. Er wollte sich gerade abwenden, da sah er aus dem Augenwinkel, wie Gregor etwas an seinem Zeigefinger drehte. Grinsend besah er sich einen Siegelring.

»Passt dir doch gar nicht, woher hast du den?« Ferdis Hand schoss vor und hielt Gregors Linke fest.

»Autsch«, meinte der und lachte ihm ins Gesicht. »Der lag irgendwo rum.«

»Und du hast etwas übrig für Herumliegendes.« Ferdi versuchte, ihm den Ring abzuziehen.

»Da ist jemand … Ich hab was gehört«, unterbrach jetzt Werner.

Vier Augenpaare richteten sich auf die Tür, aber einer reagierte prompt. Gregor schlug gegen Ferdis Hand und verpasste ihm dann einen saftigen Stoß. Bis Ferdi das Gleichgewicht wiederfand, waren die anderen schon aus der Tür. Und dann versetzte einer der Tür von außen einen Stoß.

Dunkelheit umfing Ferdi. Er brauchte einen langen Moment, bis seine Augen die tieferen Schatten ausmachten, bis er sich ein wenig orientieren konnte. Ein kleiner heller Schein drang unter der Holztür hindurch in den Kellerraum. Er wusste wenigstens, wo es rausging.

Seine Hände tasteten über das Holz, fanden den Beschlag. Auf dieser Seite gab es keinen Griff, nur einen Knauf – und der ließ sich nicht bewegen.

Die nächste Überlegung betraf die Taschenlampe, die er zwar eingesteckt, aber nur kurz angeschaltet hatte. Die Batterien waren schon älter. Er musste Licht sparen. Außerdem wäre sie ihm nur nützlich, wenn er sie irgendwo ablegen konnte, sodass ihr Strahl direkt auf das Schloss fiel und er seinen Dietrich benutzen könnte.

Draußen dämmerte es sicher schon. Er wusste es nicht genau, hatte keine Uhr – und niemand wusste, dass sie hier waren.

Sein Gespür sagte ihm, Gregor war der Letzte gewesen, er hatte dafür gesorgt, dass die Tür zufiel. Und Werner hatte zu viel Angst, erwischt zu werden. *Sonst hätte er bei seinen Eltern bis in alle Ewigkeit verschissen.*

Ferdi biss sich auf die Lippe, schmeckte Blut und tat sich nicht leid. »Bei *mir* hast du wirklich bis in alle Ewigkeit verschissen, Freund.«

Keiner von ihnen würde zurückkommen. Es ist bloß ein Keller, sagte er sich. Der alte Herr Bertels weilte andernorts. Das Schloss sollte keine Herausforderung sein. »Und wenn, ist es deine letzte, Ferdi Weber.« Er lachte, weil er nicht anders konnte.

Wahrscheinlich steckte der Schlüssel noch außen an der Tür, überlegte er. Wenn ihn niemand abgezogen hatte. Er musste ruhig bleiben, sonst wären seine Hände fahrig, und damit tat er sich keinen Gefallen. Als wäre das alles wirklich bloß eine Mutprobe. Er musste klar denken.

Ferdi griff in den Beutel. Für seinen Plan brauchte er die Taschenlampe und am besten ein Stück Papier, das er unter dem

Türspalt hindurchschieben konnte. Wenn er es schaffte, mit dem Dietrich den Schlüssel irgendwie aus dem Schloss zu bekommen, und er fiel auf der anderen Seite herunter, könnte er ihn sich holen, indem er das Papier zu sich hereinzog.

Wenigstens ließ ihn die Lampe nicht im Stich, auch wenn das Ding wirklich eine Funzel war.

Papier gab es in der Werkstatt keins. Warum bloß nicht, wollte niemand etwas notieren?

Es gab etwas anderes. Ferdi rammte die Faust in die Luft. Hauchdünne Furnierblätter für Intarsien- und Holzbilder, für diesen Zweck sicher genauso gut wie Papier. Vorsichtig nahm er ein Blatt zwischen Zeigefinger und Daumen – Kastanie wahrscheinlich, er schüttelte den Kopf wegen des ziemlich nutzlosen Gedankens –, ging hinüber zur Tür und auf die Knie und legte die Taschenlampe ab. Dann drehte er die längere Seite des Kastanienblattes nach außen und schob es unter dem Spalt durch. Jetzt brauchte er Glück. Und außerdem einen Dietrich ohne ausgefeilte Zacken, das Metall musste nur den Schlüssel auf der anderen Seite hinausschieben. In einer Hand die Taschenlampe, in der anderen das kleine Werkzeug, atmete Ferdi einmal tief durch und steckte den dünnen Stab in die Vertiefung. Ein Widerstand, also steckte der Schlüssel von außen. Aber er saß mit seinem dicken Bart fest im Schloss.

Er brauchte zwei von den Dietrichen, die Taschenlampe konnte er ausschalten, Licht war dafür nicht erforderlich.

Irgendwann verließ ihn ein wenig der Mut. Blind stocherte er in diesem vermaledeiten Schloss herum. Er wollte sich nicht fragen, wie viel Zeit vergangen war, wie lange er schon in dem Kellerraum festsaß.

Plötzlich war da mit einem Mal kein Widerstand mehr, fast im selben Moment hörte er das Geräusch des fallenden Schlüssels.

' s letzte Hemad hod koane Toschn.
Das letzte Hemd hat keine Taschen. In Bayern wurde dem Verstorbenen ein Leichenhemd angezogen. Es hatte tatsächlich keine.

Die Zeit verlor man nicht aus den Augen, während man darauf wartete, dass sie verging. Wie sollte man auch schlafen, wenn in der Nachbarschaft der Tod und ein Mörder weilten. Ich schlief nicht, ich döste ein wenig. Meine Gedanken eher nicht. Endlich brach der Tag an, ich hatte, so wie es sich anfühlte, eine kleine Ewigkeit darauf gewartet.

Um sechs Uhr fand ich es nicht mehr zu früh für meine Morgentoilette, um kurz vor sieben fand Gretel es nicht mehr zu früh, um mir ihre leere Schüssel entgegenzuschieben, um halb acht klingelte es an der Tür. Ich ertappte mich bei dem Gedanken, dass mir, als ich beim letzten Mal arglos geöffnet hatte, ein Knüppel übergezogen worden war. Diesmal allerdings rechnete ich mit Mini, die sicher auch nicht gerade selig geschlafen hatte.

Es war nicht Mini. Die Frau, die da vor mir stand, hatte ein Muster mit einem Schnittwerkzeug auf ihrem Pulli und eine große Tasche bei sich. In meinem Gesicht konnte sie bestimmt lesen: Was ist in der Tasche?

»Ich bin zeitig dran, aber Frau Meierhofer hat mir versichert, das sei in Ordnung«, sagte sie.

Ja, auch wenn Frau Meierhofer das versichert hatte, wusste ich immer noch nicht, wer die Dame im Scherenpulli war. Originell, sicher. Gestrickt mit offenen Klingen. Auf mich wirkte das geradezu angriffslustig. Ich riss meinen Blick los und erkundigte mich: »Was haben Sie mitgebracht?«

»Wo ist denn das Sorgenkind?«

»Haben wir nicht«, sagte ich. Also, *dafür* war es in jedem Fall zu früh.

»Frau Meierhofer sagte, der kleine Hund sähe ein wenig

struppig aus und bräuchte dringend einen Schnitt und eine angenehme Hand. Und hier bin ich. Stefanie, von Keen-Cut.«

Ich hatte davon gehört. Ziemlich angesagt, der Salon. Wen Mini alles kannte.

»*Keen* sieht der Hund womöglich jetzt schon aus«, sagte ich ein wenig ahnungslos. »Ansonsten … kommen Sie rein.« Ich wollte nicht fragen, ob es üblich war, Vierbeinern einen »Cut« zu verpassen.

Stefanie musste mir die Frage vom Gesicht abgelesen haben. »Es ist ein Gefallen, darum bin ich so früh dran«, erfuhr ich. »Hunde gehören normalerweise nicht zu unseren Kunden. Es kostet natürlich nichts zusätzlich.«

Ich rief die Hundedame, die vielleicht erfasst hatte, dass es um sie ging. »Das ist Gretel«, sagte ich und hoffte, die aufgeklappten Scheren machten sie nicht nervös.

»Das mit dem Präsentieren hat sie drauf«, bemerkte die Friseurin.

»Brauchen Sie einen Stuhl, möchten Sie ins Bad?« Oder brauchte sie einen Lockenstab? Ich hatte keine Ahnung.

»Wenn das geht, würde ich mich gerne in der Küche auf den Boden setzen, so kann ich Gretel am besten drehen. Ich habe alles dabei, und wenn Sie am Ende eine Kehrschaufel und einen kleinen Besen für mich haben, können wir uns an die Arbeit machen.« Sie rieb Gretels Ohr zwischen den Fingern.

Das klang mal einfach. Ich zeigte Stefanie die Küche und schaltete alle Lampen ein.

Gar nicht einfach würde der Anruf werden, der mir bevorstand, sobald die Friseurin mit Gretel fertig war. Ich hatte mir etwas ausgedacht, um einigermaßen sinnvoll zu erklären, dass dort im Brunnen am Burgweg in Marquartstein eine Tote lag. Es musste sich etwas zugetragen haben, um mich aufmerksam werden zu lassen. Die Polizei war von einer ehemaligen Kommissarin, die sich wichtigmachte und behauptete, von einer Leiche zu wissen, sicherlich nicht sonderlich angetan.

Ich würde sagen, ich hätte jemanden gesehen und mir deshalb Gedanken gemacht. Als ich nachschaute, drang da aus dem

Brunnenschacht ein eigentümlicher Geruch. Die ehemalige Kommissarin erkannte ihn sofort – es roch nach Leiche.

Auch nachdem ich mir die Geschichte schon drei Mal erzählt hatte, schenkte ich mir noch keinen Glauben. Aber ob sie mich nun wirklich ernst nahmen oder nicht, ich hatte nichts Besseres anzubieten.

Wieder ging die Türklingel.

Was machte uns denn heute so interessant? Diesmal war es tatsächlich Mini, mit einer Tüte und einem ganz müden Gesicht. Ihr erster Satz, nachdem sie mir einen guten Morgen gewünscht hatte, lautete: »Wie erfährt man denn, was es Neues gibt, wenn die Zeitung nichts schreibt?«

»Du hast dich über das beschwert, was die Zeitung geschrieben hat«, erinnerte ich sie.

Mini wackelte mit dem Kopf, ging an mir vorbei und steuerte auf die Küche zu. »Ich bin ohne was zu essen aus dem Haus«, sagte sie. »Aber der Tod zum Frühstück schmeckt mir nicht. Ich brauche zuerst mal einen Tee. Semmel und Brezen hab ich dabei.«

»Die Küche wurde okkupiert, aber es dauert nicht mehr lange.« Was faselte ich da? Ich hoffte, dass es nicht mehr lange dauerte. Aber die Frau hatte gerade erst angefangen.

»Nicht mehr lange ist in jedem Fall zu lang.« Mini nahm sich aus der Tüte eine Breze und biss hinein.

»Ist da noch eine drin?« Ich streckte die Hand aus, Mini hängte mir eine Breze an den Finger.

»Wer hat die Küche in Beschlag genommen?«, wollte sie wissen. Ich sagte es ihr, aber Mini erklärte mir nicht, welchen Gefallen sie der Friseurin schuldete. Stattdessen brachte sie einen anderen Gefallen zur Sprache. »Wird Matthias den seinen einfordern? Wie sieht die Strategie in unserem Fall aus?«

Wie sähe der Gefallen aus?, fragte ich mich. Ratlos sah ich sie an.

»Oma entschuldigt ihren Enkel an einem Schultag. Matthias wird sicher dabei sein wollen, wenn hier …« Mini brachte es nicht mehr fertig, die Tote anzusprechen.

Ich fasste die Sachlage zusammen: »Die Polizei wird es nicht freuen, dass da ein Rätsel weniger auf dem Schreibtisch liegt. Vermutlich sind sie nur erleichtert, überhaupt eine Lösung zu haben. Jeder hat sich für Antonia eine Zukunft gewünscht.«

»Einer nicht!« Mini meinte es nicht böse, sie sprach nur die Wahrheit aus.

Ich nickte und machte mit der gruseligen Zusammenfassung weiter: »Die Bergwacht wird einen Seilzug brauchen, um Antonia zu bergen. Die müssen sich beratschlagen. Das kann dauern. Der Bürgermeister wird entsetzt sein und überlegen, wie sich ein Mann mit Rückgrat verhält. Der Pfarrer wird es als seine Christenpflicht ansehen, dem Opfer seinen Segen zu spenden. Der Lehrer wird – so Gott und seine Angst es wollen – ein Geständnis ablegen. Da muss man wirklich nicht rumstehen und sich fragen, ob die Wirklichkeit so scheußlich ist wie die Bilder in der Kamera.«

Ich war fertig.

»Den Anruf müsste Oma ziemlich bald machen«, riet mir Mini.

Ich wusste ohnehin, dass mein Enkel heute nicht aufmerksam an einem Tisch sitzen und dem Unterricht folgen wollte. Es war schon für eine Kommissarin schlimm gewesen, in ein Gesicht zu blicken, das nie wieder ein Lächeln verschönern würde.

Aus der Küche hörte ich jetzt Stefanie um die Kehrschaufel und den kleinen Besen bitten. Noch jemand war fertig.

»Möchten Sie schauen, ob es gefällt?«, fragte sie und entdeckte Mini. »Frau Meierhofer.« Ein herzliches Nicken, der Blick ging wieder zu mir. Sie fragte: »Was meinen Sie?«

Was ich meinte? »Da ist weniger dran als vorher«, sagte ich. »Ein Cool-Cut.«

Stefanie lachte. Die Hundedame stolzierte herum, ihr schien es zu behagen. Auch wichtig.

»Gretel hat eine Altweibersommerfrisur. Könnte nicht besser gefallen«, erklärte Mini. »Vor allem ist das schwarze Zeug weg«, raunte sie mir zu.

Ich fragte, wie viel ich schuldig sei. Stefanie nannte ihren Preis, und ich war mir sicher, ich schluckte nicht. Das musste ich den

Felders erklären. Vielleicht würde wieder etwas an den Hund hinwachsen, bis Maximilian und Verona zurückkehrten.

Ich fegte in der Küche, Mini füllte den Wasserkocher und schaltete ihn ein, deckte für uns beide und für Matthias. Sie plünderte den Kühlschrank und stellte, was sie fand, auf den Tresen. Wenigstens die Barhocker wirkten jugendlich.

Ich nippte unruhig am Tee. Die Anrufe sollte ich besser gleich erledigen, wir saßen sonst auf Kohlen. Den Bürgermeister zu informieren, darum bat ich Mini, sie konnte ganz gut mit Rudolf Braune.

Ich stürmte zu meiner Tasche, zog das Handy heraus, presste kurz die Daumen in die Handflächen und tippte.

Ruhelos lief ich vor dem Kamin hin und her. Als die Türglocke ging, überließ ich es Mini, aufzumachen. Es war schließlich helllichter Tag, weswegen ich mir keine Sorgen machen wollte, außerdem war am anderen Ende meines Apparats gerade die Polizei.

Mein Ohr hing am Telefon, mein Hirn dampfte, mein Mund versuchte sich in der Erklärung des Unglaublichen. Ich hatte kaum etwas im Magen, mein unsichtbares Gegenüber gab sich halsstarrig, ich wünschte mir eine Honigsemmel und verscheuchte den Gedanken.

Irgendwann griff ich nach dem letzten Strohhalm. »Entweder Sie sind mit der Bergwacht als Erste vor Ort, oder Pfarrer Kurzer hat derweil schon Unmengen Weihwasser in den Brunnen gegossen, der ein Grab ist.«

Dafür müsste der Herr Pfarrer erst einmal Bescheid wissen. »Anstrengend, das alles«, beschwerte ich mich, als ich auflegte. Mein Enkel rief mir einen »Guten Morgen« ins Zimmer und blies mir einen Kuss zu. Dabei hatte ich die Schule noch gar nicht informiert. Ich fragte: »Wie geht's dir, Schatz?«, und wusste, eine allzu fröhliche Antwort würde ich nicht bekommen.

»Einen Termin beim Psychologen werd ich nicht brauchen«, gab Matthias zurück. Aber seine Miene verriet mir, wie grausig es gewesen war. »Gestern habe ich mir tatsächlich eine Päck-

chensuppe gemacht. Um den Verwesungs…« Er hielt inne, genau
wie Mini beim Kauen.

»Um den Geschmack loszuwerden. Und damit mir wieder
warm wird«, sagte er. »So sollte sie ihre Familie nicht sehen!«,
beschworen mich seine Stimme und der Blick. Ob die Kommissarin da etwas tun konnte, wusste ich nicht, glaubte es nicht.
Jemand würde bestätigen müssen, dass es sich bei der Toten um
Antonia Olberding handelte.

»Bringen wir es zu Ende«, bat mein Enkel.

»Werden wir.« Mein Versprechen. Ich wählte die Auskunft,
weil ich die Telefonnummer des Pfarrers nicht kannte.

Ihm würde ich ebenso von einem Ende berichten müssen.
Alois Kurzer meldete sich, und ich sagte ihm, wer da anrief.
Ich erwähnte die ehemalige Kriminalkommissarin, damit es mir
ernster wirkte.

»Oh nein!« Der Pfarrer schnappte nach Luft. »Er war also
da. Was ist passiert?«

Nun, mir überhaupt nichts, wovon sprach er? Von dem Einbrecher, der nicht eingebrochen hatte, wusste er bestimmt nichts.

»Seitlein hat ein paar Andeutungen gemacht. Ich hätte vielleicht der Polizei Bescheid sagen sollen. Aber es war eine Art
Beichtgespräch.«

»Es geht doch nicht um Benno Seitlein.« Wie froh war ich,
das sagen zu können. Ich berichtete ihm von dem vermutlichen
Leichenfund, ganz vorsichtig. Der Pfarrer versprach, gleich auf
den Berg zu kommen.

Hoffentlich nicht sofort.

Im Sekretariat des Gymnasiums entschuldigte ich meinen
Enkel für diesen Tag. »Es ist etwas passiert.« Weiter ließ ich
mich nicht aus. Es *war* etwas passiert.

Die Tote war noch immer da unten im Brunnen. Das Elend
hinterließ ein flaues Gefühl in meinem Magen.

Ich wechselte nicht das Thema, nur ein wenig die Richtung,
und fragte Mini: »Hast du den Bürgermeister erreicht?«

»Ich habe nur gesagt, wir hätten einen Verdacht, es wäre möglich, dass im Brunnen am Burgweg eine Leiche liegt, und weil niemand außer Antonia vermisst wird … Dann hörte ich es rumpeln. Vielleicht ist er aus den Latschen gekippt.«

Matthias brachte ein ganz kleines Lächeln zustande. »Ich schau dann mal raus. Ich hab keinen großen Appetit.« Im Gegensatz zu mir, die ich endlich meine Honigsemmel bekam.

Wir schauten alle raus. Ich legte Gretel die Leine an und packte sie mir auf den Arm.

Alois Kurzer stand an der Straße. Unentschlossen, aber mit einer Tasche, in der sicher alles war, was ein Pfarrer brauchte. »Der Donnerstag wird mir auf immer schwarz in Erinnerung bleiben«, sagte er. Ich wollte es nicht bestätigen.

»Wo ist der Leichnam?«, fragte er und bekreuzigte sich. Ich deutete auf den Brunnen. »Wo ist das Weihwasser?«, fragte ich zurück. »Könnten Sie das Fläschchen als Erstes hervorzaubern?«

»Ich habe mein Versehzeug dabei.« Er erklärte: »Ein Kruzifix, zwei Kerzenleuchter, zwei Schalen, geweihtes Salz, das Weihwasser gehört auch dazu. Das sind die Sachen für die letzte Ölung. Hier ist es offenbar ein bisschen was anderes.«

»Ein Segen für die Ermordete«, half ich aus.

»Die Ermordete.« Er schluckte. »Da gab es einmal einen Selbstmörder, aber Mord ist mir noch nie untergekommen.«

Mir schon häufiger. Was sollte ich darauf sagen?

Mini hakte ihn unter, sie kannten sich besser. Sie erklärte ihm, sein Beistand sei jetzt sehr nötig.

Ich ließ Gretel hinunter, Matthias nahm die Leine. »Gibst du dem Tier genug zu essen?«

Als hätte die Hundedame ihn verstanden, schaute sie ihn mitleidheischend an. Ich drohte ihr mit dem Finger. Zu meinem Enkel sagte ich: »Wir waren beim Friseur.«

Ein Streifenwagen fuhr vor sowie ein weißer VW-Van, die Bergwacht, wie ich annahm. Die niemanden retten würde.

»Da oben, der Brunnen?«, wurde ich gefragt, und der Polizeihauptmeister schaute hinauf. Dann sah er mich an, hob die

Augenbrauen und sagte tatsächlich: »Es wurde wirklich Zeit. Aber an einem solchen Ort?« Er schüttelte den Kopf.

»Da oben, der Brunnen«, bestätigte ich. Mit dem Mann hatte ich nicht telefoniert, aber mit ihm konnte man vielleicht vernünftig reden. »Patrick Eschenbach«, sagte das kleine Schild auf seinem Hemd. Wir waren uns in der Grassauer Inspektion begegnet.

»Wie auch immer Sie draufkommen. Einer der Männer geht runter.«

Ich nickte, dann überkam es mich. »An der Leiche sind vielleicht Spuren, die sollten nicht verloren gehen. Der Täter muss seinem Opfer sehr nahe gekommen sein, als er es über den Brunnenrand schob.«

»Das Spurenlesen wird nicht einfach werden, aber ich lasse die Leiche einpacken, habe ich mir gedacht.«

Er dachte nicht schlecht, ich wollte ihn trotzdem warnen. »Früher habe ich einige Tatorte gesehen, es wird scheußlich sein, es wird stinken. Ihr Mann sollte sich auf etwas gefasst machen.«

»Das ist kein Tatort«, gab er zurück. »Aber der Täter dürfte nicht so weit ab vom Schuss sein.«

Ich bemerkte, wie seine Augen kurz nach oben wanderten, über die Straße, am Haus der Felders vorbei.

»Hat er gestanden?«, musste ich einfach fragen. Er. Besser keine Namen.

»Ich habe die Ehefrau ausgequetscht, es sieht nicht so gut aus für ihn.« Ihn. Keine Namen. Eschenbach redete mit einer Nachbarin, denn nichts anderes war ich derzeit.

Er wandte sich um. Die Männer entfernten den Deckel vom Brunnen. Einer schnupperte hinein, zuckte mit den Schultern. Dann machte sich ein anderer an den Abstieg.

Wir hörten es alle. Das Entsetzen.

»Leiche am Grund.«

Mini und der Pfarrer hielten sich aneinander fest. Matthias senkte den Kopf. Ich fing Eschenbachs Blick auf, hörte ihn sagen: »Kohlschreiber, du hast nichts mehr zu lachen.« Grimmig.

»Er wird hoffentlich konsequent sein«, wünschte ich mir und meinte den Polizeihauptmeister.

»Nur beim Romméspielen schummelt er ab und zu«, verriet mir Mini.

»Der Bürgermeister sollte auch ...«, begann der Pfarrer, da kam Rudolf Braune schon den Berg heraufgelaufen. »So schnell ich konnte«, sagte er. Dann fragte er sich und in die Runde: »Wer kann sie denn da drin gefunden haben?«

Ich neigte dazu, Mini zuzustimmen: So fahl, wie der Mensch aussah – der war aus den Latschen gekippt.

»Die ehemalige Kriminalkommissarin«, sagte ich.

»Was frag ich auch«, gab er zurück.

»Der Verdächtige muss sich dazu noch äußern.« Patrick Eschenbach preschte vor, redete von einer Beobachtung, einem Hinweis der Ehefrau und von einer Aussage.

Ich zupfte ihn am Ärmel. Der Verdächtige stand am Gartentor, mit einer Haltung schlaff wie ein Grashalm und einem Blick, der erzählen wollte. »Die Gelegenheit wäre gut, Sie haben einen Zeugen«, regte ich an und schielte zu Rudolf Braune.

Einer fragte, der andere konnte bestätigen, was gefragt worden war. Eine solide Sache.

»Auch *zwei* Zeugen«, erbot sich der Pfarrer.

»Auf geht's«, sagte Eschenbach, und zu mir: »Niemanden an die Verpackung lassen, wenn sie mit ihr raufkommen, keinem Auskunft geben, den Deckel draufhalten.« Er fuhr sich mit dem Daumen über den Mund. »Ich wollte jetzt keinen Witz machen.«

»So hab ich es auch nicht verstanden«, beruhigte ich ihn. Zweideutig war vieles und selten bloß amüsant.

Mich selbst konnte ich einige Zeit später kaum beruhigen, denn mein alter Freund, der Porschefahrer, wanderte herum. Ich wünschte ihm, dass ihm Gretels kleines Andenken sauweh tat.

Sebastian Orwig grüßte mich mit einem winzigen Lächeln. »Eine Krankheit. Der Polizeifunk – und weil mir die Adresse allzu bekannt vorkam, habe ich mir gesagt: Vielleicht braucht sie dich.«

Sie? Ich. Für so was hatte ich jetzt absolut keinen Sinn. Funksprüche abhören war keine Krankheit, die als Entschuldigung diente. Einer mit einem diebischen Hobby musste sich informieren. Aber der dumme Mann hatte sich die falsche Zeit, den falschen Ort und den falschen Tod ausgesucht.

Wenn ich mich hinabbeugte, sein Hosenbein hochzog, einen Biss suchte und fand, würde ich ihn an den Pranger stellen.

Er konnte nicht einmal in meinem Gesicht lesen. Aber Mini konnte.

»Ohh«, machte sie.

Gretel tat einen Satz, sprang ihn an und riss am Stoff. »Du grausige kleine Kröte!« Er stieß mit dem Fuß nach ihr. Matthias griff sich die Hundedame, sah mich grinsen, wunderte sich. Und ich schob Sebastians Hosensaum ein Stück hoch.

»Ganz blöd, dass die grausige kleine Kröte dich nicht vergessen hat«, musste er sich von mir anhören. Aber die Bisswunde war genäht worden.

»Ein bisserl Pech«, gab er zurück. Was fand er spaßig? Ich kam nicht drauf.

Mini konnte es nicht glauben. »Er hat dich niedergeschlagen?«, pulverte sie los.

»Nicht fest genug«, höhnte ich, obwohl es mir einen Stich versetzte.

Er schüttelte den Kopf. »Ich konnte nicht. Du warst das Mädchen, in das ich einmal verliebt gewesen bin.«

Aber du musst schon verstehen, eine solche Gelegenheit … Das sagte er nicht, aber ich wusste es trotzdem. Nur das Warum, wenn es denn eines gab, kannte ich nicht.

»Ich habe dein Blut und Hautfetzen. Gesichert.«

»Die ehemalige Kriminalkommissarin weiß, das reicht nicht für viel – wenn ein Mord dagegensteht. Ich war in der Notaufnahme und hab die Wunde behandeln lassen. Es dauerte.«

Die Nähte. Er wollte mich wissen lassen, dass er ein Alibi hatte. *Ein bisserl Pech.* Er hatte zwar nichts stehlen, aber auch niemanden umbringen können.

Mini riss die Augen auf. Ich sah sie kombinieren, sicher

schaute sie in ihrer Erinnerung gerade auf den Toten an der Brücke. Sie kniff die Augen zusammen. Auf einmal schien sie eine Ahnung zu haben, *wer* Gregor Lenz getötet hatte. Sie schüttelte sich kurz, dann schlug sie los. »Vielleicht war unser Sebastian aber der Mörder eines anderen.«

Der Schuss ins Blaue war nicht ohne, Mini Meierhofer.

»Was?« Sebastian zuckte zusammen.

»Ferdi Weber, im Sommer 1959«, sagte Mini, die Anklägerin.

8

Wo zwoa drum wissn, is bloß Gott dabei. Wenn's aba drei san, san's glei
hundert, dia wos wissn.
Wo zwei drum wissen, ist nur noch Gott dabei. Wenn aber drei zusammen
sind, wissen es rasch hundert.

Sie hielten aus, und die Bergwacht schlug sich wacker. Es war
nicht die erste Tote, die sie bergen mussten. Mini hörte einen
der Männer sagen: »Nur waren die anderen frischer.«

Eine Hydraulikwinde brachte das schwarze Paket an den
Rand des Brunnenschachts. Ein Zögern, dann Zupacken. Die
Gesichter maskenhaft, denn in dem schwarzen Plastik befand
sich das Grauen. Der Pfarrer würde seinen Segen zu einem
späteren Zeitpunkt sprechen, vielleicht war Alois Kurzer dankbar, dass es nicht gleich, nicht hier sein musste.

Juliane hatte ihr zugeraunt: »Du hast den alten Knacker
aufgeregt«, da rief einer der Männer: »Da unten ist noch mehr.
Knochen! Ein Schädel!«

Hatte Mini zuvor gedacht, die Redensart vom stockenden
Atem sei übertrieben, so fand sie die Wendung mit einem Mal
sehr treffend. Ihr stockte der Atem. Ihr Blick fand Julianes.

Sebastian Orwig starrte auf den Brunnen, sein Blick schien
die Ziegel zu durchdringen, er schnaufte.

»Ich bin nicht …«

Was wollte er nicht sein, Ferdis Mörder?

»Ich habe Ferdi Weber nichts getan«, sagte er.

Aber sie drei verfolgten dieselbe Gedankenspur.

Matthias hatte nur einen Teil der Dramatik verstanden, aber
er konnte sich denken, dass seine Oma und Frau Minerva aus-
harren würden, bis sie eine befriedigende Antwort bekamen.
Er nahm Gretel. »Ich bin in Rufweite«, sagte er.

In Rufweite waren auch die Männer der Bergwacht, von denen
einer ein zweites Mal in die Tiefe gegangen war und, als Mini

noch einmal schaute, einen Knochensack mit an die Ober-
fläche brachte.

»Was habt ihr getan?«, fuhr Mini den bleichen Sebastian an.

»Sofia Weber wollte nur eine Antwort, was mit ihrem Kind
passiert ist.«

»›Die neugierigen Mädchen‹ hat euch Werner Braune genannt. Den kann man so ohne Weiteres nicht fragen. Gregor
Lenz auch nicht mehr. Wir vier waren damals im Keller der
Villa de Ahna. Ein harmloses Abenteuer. Da hörte Werner
angeblich von oben ein Geräusch. Ich rannte, wir alle rannten –
dachte ich –, aber danach habe ich Ferdi nicht mehr gesehen.
Vielleicht ist etwas passiert in der Villa.«

»Vielleicht. Damit solltest du ganz vorsichtig sein«, warnte
Juliane.

»Vielleicht, weil ich es nicht weiß«, sagte Sebastian. »Wir
konnten doch nicht sagen, wir sind eingebrochen. Der Schlüssel
hat noch an der Tür gesteckt, als wir die Stufen wieder hinauf-
liefen. Ich bin mir sicher.«

»Und die neugierigen Mädchen sind sich sicher, dass Werner
erzählt hat, du hättest einen Schlüssel gehabt«, sagte Juliane.

»Den hatte ich«, erwiderte Sebastian. »Und eine Karte. Beides habe ich damals in einem alten Biedermeier-Schreibschrank
gefunden. Ja, ich wollte einen Schatz finden«, gab er zu.

»Es gab keinen Schatz«, sagten Mini und Juliane.

»Was es sonst gab, weiß ich aber nicht!«

In jedem Fall gab es ein altes Geheimnis. Zu alt, um noch
jemandem wehzutun?

Außer Werner und ihr. Mini hatte Ferdi gerngehabt, weil er
zum Gernhaben gewesen war.

Die Täter sind meist ganz in der Nähe zu suchen, hatte Juliane
zu ihr gesagt. Sicher öfter als nur einmal.

Mini sah zu, wie das schwarze Paket in den VW geladen
wurde.

Sebastian erzählte weiter: »Einen Tag später kam Werner
an, Ferdi sei nicht nach Hause gekommen. Uns werde sicher

jemand zu dem Nachmittag befragen, was wir getrieben haben. Werner kannte Ferdi am besten von uns, er sagte, Ferdi habe noch etwas vorgehabt. Gregor und ich wollten es nicht so genau wissen. Ferdi hat an dem Tag wirklich gescherzt, in Griechenland sei es sonnig ... Wir haben geschwiegen. Seine Mutter beschuldigte uns. Wir hatten Angst. Und irgendwann glaubten wir selbst, dass Ferdi vielleicht wirklich die Chance genutzt hatte und abgehauen war.«

»Das solltest du jetzt auch tun.« Juliane konnte Sebastian Orwig nicht länger ertragen. Die ehemalige Kommissarin sagte drohend, wenn sie ihn nicht auf der Stelle von hinten sähe, wäre er gleich so tot wie das, was da in der schwarzen Verpackung steckte. »*Damit* kenne ich mich aus.«

Mini mochte die Betonung nicht, aber sie wollte sich ebenfalls auskennen. Sebastian würde weiter behaupten, er habe über Ferdis Schicksal nichts gewusst. Etwas anderes wusste er aber ganz sicher.

Juliane sah nicht klar. Ihre Wut verhinderte, dass sie wissen wollte, was einen Antiquitätenhändler dazu brachte, einen Raub zu planen und eine Freundin dafür niederzuschlagen.

»Du bist ein Mistkerl, Sebastian Orwig!« Minis Hand zuckte. »Warum sollten es die Felders sein? Was hattest du mit Gregor Lenz am Laufen? Ich hab euren Streit gehört.«

»Darüber haben wir nicht gestritten. Ich habe Sorgen. Gregor wollte mir helfen. Die Exlibris-Sammlung ist phantastisch.«

Mini hatte begriffen. »Gregor sollte Juliane niederschlagen, weil du es nicht fertigbringst, und der Sohn des Antiquitätenhändlers wollte die Scheibe zertrümmern und sich ein paar dieser alten Blätter schnappen. Nur blöd, dass Gregor sich vorher hat umbringen lassen.« Hatten die beiden alten Freunde schon immer so einen armseligen Charakter gehabt?

Juliane biss die Lippen so fest zusammen, dass Mini fürchtete, sie würde sie womöglich durchbeißen.

Sebastian streckte die Hand aus, doch Juliane wandte den Kopf.

»Ich wollte mich retten. Zu viel Abenteuer, zu wenig kaufmännisches Gespür, Chiemgau-Antiquitäten ist insolvent.«

»Das gönne ich dir herzlich«, sagte Mini.

Keine Erwiderung.

Sebastian hob nur die Hand und wandte sich zum Gehen.

Gerade kam er wirklich davon.

Sie sollten sich überlegen, was man dem Mann antun konnte. Juliane würde ganz sicher darüber nachdenken. Die strich sich nun mit den Fingern durchs Haar und rieb sich die Stirn. »Herr Pfarrer hat recht, dieser Donnerstag wird auch mir schwarz in Erinnerung bleiben.«

»Ich rufe meinen Liebsten an. Loy soll uns Kaffee und Kuchen organisieren. Ich brauche ganz dringend ein positives Gefühl; die Leute sind schlecht, der Tod grausam, die Erinnerungen düster.«

»Schokoladenkuchen«, sagte Juliane und ergänzte: »Der alte Knacker verheimlicht etwas.«

»Schokoladenkuchen«, bestätigte Mini. Was da in ihr kochte, musste Wut sein. Außerdem hatte sie eine schauderhafte Vermutung.

»Möglicherweise ist Dora Schönenfeld eine Mörderin«, sagte sie laut. »Die kurzen blonden Haare auf der Vermummung. Ich war mit Loy bei ihr, um ihr mein Mitgefühl auszusprechen. Weil es sich so gehört, weil ich ihr sagen wollte, dass es mir leidtut. Was genau, wollte zum Glück niemand wissen.« Gregor Lenz war ein notorischer Dieb gewesen, wie Loy aus früheren Geschichten wusste. »Mir kam Dora wütend vor. Angenommen, ihr ist klar, was mit einem von den Umhängen los ist.«

»Dann wissen wir es immer noch nicht«, gab Juliane zurück. »Sie sagt, fünf Umhänge wurden verkauft. Sie hat nicht gesagt, wie viele sie angefertigt hat. Vielleicht einen mehr, für sich selbst. Aber wir haben auch einen Umhang und können ihr die Hucke volllügen.«

Juliane klang, als hätte sie das alles gestrichen satt.

»Den Umhang müssen wir erst wieder aufpeppen«, sagte

Mini. Sie hatte das Teil ein wenig auseinandergenommen. »Zuerst den Schokoladenkuchen, sonst …«

Loy hatte einen Korb am Arm. »Ich komme mir eingespannt vor«, klagte er. »Cateringservice.«
Niemand entschuldigte sich, stattdessen sagten alle artig Danke.
Mini fragte: »Schokoladenkuchen?« Hätte sie nicht tun sollen, denn ihr Ehemann erklärte sofort, dass er sich ein Bein ausgerissen habe, um den Kuchen aufzutreiben.
»Loy Meierhofer, du bist echt ein Schatz!«, schmeichelte Juliane.
»Der ganze Ort weiß es schon. Ein Leichenfund. Ist es denn zu viel verlangt, als Erstes der Familie Bescheid zu geben? Wo soll ich hin mit den Sachen?«
»Wenn ihre Lieben Antonia so sehen müssten, wäre dieses Bild nie mehr zu löschen«, erklärte Juliane. »Patrick Eschenbach hat Nein gesagt, und Eschenbach ist die Polizei.«
»Ach«, gab Loy zurück. An seiner Miene war erkennbar, was er davon hielt. Der Mann roch den Braten. »Eure Aktion gestern. Die Kletterei. Schulprojekt!« Den nächsten Satz flüsterte er: »Jetzt bekommt der Junge den schaurigen Anblick der Toten nicht mehr aus dem Kopf.«
Dabei war alles ganz anders gedacht gewesen, Mini glaubte Juliane. Die Freundin hatte nur die Knochen im Brunnen vermutet. Den Vorwurf, dass sie nicht an die Leiche von Antonia Olberding gedacht hatte, musste Loy ihr nicht machen. Das übernahm Juliane schon selbst.
»Ist genug Kuchen da?«, fragte Mini. »Für die Retter, die Polizei, den Pfarrer und den Bürgermeister?«
»Ich musste ohnehin den ganzen nehmen, Hälften gab es nicht.« Loy schnaufte. »Ich sehe grade weder die einen noch die anderen«, bemerkte er und schaute sich um.
»Die holen sich das Geständnis eines Mörders.« Das auszusprechen verursachte Mini ein scheußliches Gefühl.
»Von welchem?«, fragte Loy.

Ihr schlauer Ehemann. Sie verzog nur das Gesicht. Er strich ihr über die Wange.

Juliane sagte, sie werde noch mehr Kaffee machen.

»Ich kümmere mich um Tassen, Teller und Besteck, Kaffeesahne und Zucker. Ganz viel Zucker.« Mini ließ Korb und Mann zurück. »Die werden den Lehrer mit vereinten Kräften doch kleinkriegen?«, fragte sie hoffnungsvoll.

9

An oana Kreizung des Lebns gibt's koan Wegweisa.
An einem Scheideweg des Lebens steht kein Wegweiser.

Mit vereinten Kräften. Ein guter Gedanke.
Ich legte ein paar Stücke Schokoladenkuchen auf einen großen Teller. Ich würde Eschenbach, den Bürgermeister und den Pfarrer damit erfreuen.

»Ich will hören, was er sich dachte«, sagte ich und sprach vom Lehrer. Ich fand, ich hatte irgendwie ein Recht darauf.

»Du willst Kuchen mitnehmen?« Das fand Mini unglaublich.

»Nicht für ihn.« Ich meinte wieder den Lehrer. »Ich möchte ihm etwas vorwerfen!« Dann drückte ich Minis Arm und eilte ein Stück weiter, um selbiges beim mörderischen Konstantin Kohlschreiber zu tun. *Lieber Maximilian, der Nachbar kann Ihre Rückkehr aller Wahrscheinlichkeit nach nicht mehr mit Ihnen begießen.*

Bewaffnet mit dem Kuchenteller klingelte ich. Patrick Eschenbach öffnete mir. »Müssen wir über etwas reden?«, fragte er.

»Es wäre freundlich, wenn Sie mich zu der kleinen Runde bitten würden, ich habe auch Kuchen dabei«, sagte ich.

»So wie Sie aussehen, tun Sie unserem Verdächtigen vielleicht etwas«, gab er zurück. Aber er machte einen Schritt nach hinten und ließ mich eintreten.

Ich hatte nicht die Zeit gehabt, den Kuchen zu vergiften, ich hatte keinen Knüppel eingesteckt, ich hatte Gretel nicht dabei. Darum sagte ich Eschenbach ganz höflich meine Dienstnummer, nannte meinen ehemaligen Arbeitgeber und erklärte, es gebe außerdem einen weiteren Toten dort im Brunnen. Ich brauchte wohl nicht zu erwähnen, dass Ferdi Weber mein erster Gedanke gewesen war. Natürlich musste die Identität erst noch bestätigt werden. Doch wem sollten die Knochen sonst gehören?

Der Bürgermeister hatte den Schluss offenbar mitgehört. »Um Himmels willen, das nicht auch noch!«

»Der Himmel hat keinen Anteil daran«, meinte Pfarrer Kurzer einwerfen zu müssen. Ich streckte ihm die Hand mitsamt dem Kuchenteller entgegen.

»Schokoladenkuchen!« Das klang erfreut und herzlich dankbar. Doch ansonsten war seine Miene eisern, nachdem er zuvor noch bestürzt ausgesehen hatte. »Da denkt man, man kennt jemanden ein bisserl ...«, sagte er.

»Nicht einmal ein kleines bisserl«, warf Eschenbach ein. Und mit einem Nicken zu Kohlschreiber hinüber: »Ich hab mit München telefoniert. Da kommt jemand und holt ihn ab.«

Der Lehrer saß zusammengesunken in einer Ecke der Couch. »Ach, die Nachbarin, die mir Hilfe angeboten hat«, stellte er fest. »Jetzt wäre es so weit.«

Sterbehilfe. Das verkniff ich mir.

»... diese Nachbarin könnte ihren ehemaligen Kollegen eine Empfehlung für mich mitgeben. Ich bin ein unbescholtener Bürger.«

»Mit Freuden.« Nehmt ihn auseinander, würde meine Empfehlung lauten. »Warum haben Sie das tun müssen? Warum der Mord?« Was fragte ich überhaupt? Ich wollte doch gar nichts verstehen.

»Sie hat etwas Unverzeihliches getan. Wir hatten Sex, es war gut, es war schön, und als ich ... kam ... hatte sie ihr Handy in der Hand, sie fotografierte. Ich hatte Angst, sie veröffentlicht das. Antonia lachte. Mich packte die Wut, ich drehte sie herum und griff mir den Gürtel, den sie um die Taille trug.«

»Einen Gürtel. Von dem haben wir bisher noch nichts gehört«, sagte Eschenbach.

»Er lag um Antonias Hals«, sagte ich und sah die Herren zusammenfahren. »Sie haben Antonia damit die Kehle zugeschnürt«, sagte ich und machte eine schnelle Zugbewegung. »Lachte sie immer noch?«

»Sie hat nicht mitbekommen, dass sie gleich sterben sollte. Es war ein eigenartiger Moment. Wie leicht es ging. Das verfluchte Telefon fiel ihr aus der Hand, in ihren Augen flackerte es.«

»Jetzt tischt er uns gleich auf, er habe gesehen, wie ihre Seele entschwindet«, sagte der Pfarrer. »Erzählen alle Mörder so un-gerührt, was passiert ist?«

Ungerührt fand ich Kohlschreiber nicht. Aber von sich selbst überrascht, was ich dem Pfarrer so sagte. In einem von Kohl-schreibers Augenwinkeln sah ich eine Träne glitzern.

»Ich habe Antonia zum Brunnen getragen«, sagte er. »Tot kam sie mir so viel schwerer vor.«

»Tot ist jemand völlig bewegungslos«, erläuterte Eschenbach. »Was passiert jetzt?«, wollte der Lehrer wissen.

»Hm, was denken Sie?«, fragte Eschenbach zurück und be-gann, ihm seine Rechte vorzulesen. »Sie haben das Recht zu schweigen. Alles, was Sie sagen, kann und wird vor Gericht gegen Sie verwendet werden …«

»Das ist so nicht nötig«, murmelte ich.

»Was betet er denn herunter?«, erkundigte sich der Pfarrer.

»Ein Polizeischutzgebet wahrscheinlich«, meinte der Bür-germeister. Ich wunderte mich, dass Eschenbach sich darauf verstand. »So könnte man sagen«, stimmte ich zu.

Der letzte Satz lautete: »Haben Sie das verstanden?«, und wir alle hörten Kohlschreibers »Ja«.

Ein Glück, denn im Mittelteil hieß es, dass er das Recht habe, zu jeder Vernehmung einen Verteidiger hinzuzuziehen. Aber es war ja eher ein informatives Gespräch, weil jemand aus München kam.

»So kann er jedenfalls nicht sagen, die Polizei hätte ihm etwas von Bedeutung verschwiegen«, fand der Hauptmeister.

Der Pfarrer hatte sein Stück Schokoladenkuchen verspeist, Eschenbach hatte abgebissen, und der Bürgermeister hielt seins in der Hand und bröselte.

Ich nahm den leeren Teller mit und sagte, ich hätte noch etwas zu tun.

Es wurde Abend, die Dämmerung fiel auf den Hang und den Brunnen. Der Geist musste nicht wieder erscheinen. Tessa und Antonia Olberdings Familie würden es sicher noch heute er-fahren. Als Nächstes war von der Ermordung vielleicht schon im »Chiemgauer« zu lesen. Ein ganzer Ort hatte Antonias wegen gezittert, und jetzt sollte ausgerechnet einer aus ihrer Mitte der Mörder sein.

Mini hatte mir längst eine Nachricht geschickt. Der Donnerstag sei schon sehr schwarz, wir sollten den Freitag nicht auch noch versauen.

Ich schloss die Felder'sche Haustür. Sie hatte Gretel mit zu sich genommen, und so holte ich die beiden Mädels ab. Wir hatten wirklich noch etwas zu tun.

Ich umriss, was der Lehrer Schauerliches berichtet hatte, und erzählte, wie der Polizeihauptmeister Kohlschreiber mit den Rechten gekommen war. »Schaut der zu viel fern?«

Konstantin Kohlschreiber hatte er damit eine Spur nervös gemacht.

Der Lehrer würde hoffentlich seine Strafe bekommen. Ich wünschte ihm einen vielleicht nicht ganz so fitten Anwalt.

»Es ist so viel passiert in so kurzer Zeit«, stöhnte Mini.

»Es ist so viel herausgekommen in so kurzer Zeit«, widersprach ich. Und ich hatte nicht einmal viel dazu beigetragen. Ich war nur die Haushüterin der Felders.

Mini sagte: »Dora Schönenfeld zu linken wird mir nicht leichtfallen.«

»Das falsche Spiel hat jemand anderer angefangen«, erwiderte ich. Und Gregor Lenz hatte dafür bezahlt. Dessen Tod erforderte einen anderen Blickwinkel, er war kein Unschuldiger gewesen. Antonia war, dem Alter nach, gerade erwachsen geworden. Lenz hatte gelebt, hatte gestohlen, war getötet worden ... So dachte ich, aber Mini fragte: »Wie wirkt eine Beschuldigung, wenn man bloß einen starken Verdacht und dazu zwei Haare hat?«

Die wir nicht mal hatten. Fotos von zwei Haaren, die hatten wir.

Meine Lippen verzogen sich, als Mini nachdenklich weitersprach: »Sebastian ist es nicht gewesen, bleibt noch Werner, der es hätte tun können. Aber da ist die Sache mit der Maske. Jemand war wütend und hat ihm die Skimaske übergezogen. Eine Art ›Jeder soll wissen, was für einer du bist‹?«

»Dora hat sicher gewusst, dass Gregor kein Heiliger ist. Aber eine Frau tief zu kränken kann tödlich sein.« War es zumindest schon ein paarmal gewesen. So viel konnte ich sagen.

Nun müssten wir herausfinden, was Dora genau wusste und wie sie zu dem Wissen gekommen war. Ich konnte schon vor mir sehen, wie Mini und ich bei Dora Schönenfeld einfielen. Eine ältere Dame eines Mordes zu beschuldigen, das war brutal. Der Lehrer war ein überheblicher Kerl, den die schiere Angst gepackt hatte. Dora war freundlich, fröhlich und fleißig.

Mini wusste das, sie hatte sich den Tuchumhang um die Schultern gelegt. »Er sieht fast wieder wie neu aus.« Obwohl wir ihn ganz übel zerrupft hatten. »Bloß will ich den um nichts auf der Welt behalten. Gregor hat irgendwas in einen der Umhänge geschmuggelt, was er unbedingt zurückhaben musste.«

Mini schüttelte den Kopf. Sie war phantasievoll, ich auch, aber wir kamen einfach nicht dahinter. Ich fragte mich schon die ganze Zeit, was der Trick dabei war.

Gretel ging zwischen uns, zurückhaltend, fast eigenartig leise.

»Kleider machen Leute«, fand Mini.

»Sagen Maximilian und Verona Felder hoffentlich auch«, stimmte ich ihr zu. »Ich sehe wieder Matthias' Miene, als er fragte, ob ich ihr genug zu essen gebe. Nicht allzu ernst gemeint, doch Gretel wirkt tatsächlich dünner.«

»Ein wenig wird doch noch geurlaubt bei den Felders, und wenn wir sie gut füttern … Gretel ist jedenfalls mehr als Haut und Knochen.«

Ich hob die Hand. »Hör auf. Ihr geht's gut, und Gretels Fell sieht fein aus.«

Die Läden schlossen gerade oder hatten ihre »Geschlossen«-Schilder ins Fenster gehängt. Es konnte einem vorkommen, als herrschte Ausnahmezustand. »Die sind hoffentlich nicht alle auf dem Weg zum Brunnen, um ein kleines Häppchen Sensation abzukriegen«, bemerkte Mini.

»Einige wollen sich das bestimmt anschauen. Den Leichenbrunnen, das Mörderhaus.«

»Fällt so was einer Kommissarin ein?«, fragte Mini. »Den

Stempel werden wir nicht mehr los. Und wenn es wirklich Dora gewesen ist ... Womit könnte sie es getan haben? Gregors Hinterkopf war irgendwie platt, wie von etwas Schwerem getroffen.«

»Das ist jetzt dir eingefallen«, sagte ich. »Eine ordinäre Bratpfanne vielleicht.«

»Was an einer Pfanne ordinär sein soll ...«, gab Mini zurück. Sie hörte mein leises Lachen. »Ein Mörder, den man kennt, ist keiner, der einem ganz gleich sein kann.«

10

Da Deife häifd seine Leit – aba hoin duad a s' aa.
Der Teufel hilft seinen Leuten, aber er holt auch sie. – Unrecht macht sich
nicht bezahlt.

Dora schaute, wie jemand schaut, der etwas ausgefressen hat,
fand Mini. *Ich hab dich immer gemocht, und Gregor Lenz
mochte ich nicht.*

»Die Umhänge sind wirklich schön«, sagte sie und strich über
eines der Blattornamente, die sie wieder befestigt hatte. »Wie
konnte dein Gregor ausgerechnet einen davon für seine linke
Tour benutzen!« Das sollte keine Frage sein.

»Das ist der letzte?« Dora streckte eine Hand aus. »Er hatte
sie alle – bis auf den … zurückgestohlenen«, erwiderte Dora.

»Dieser letzte ist uninteressant«, sagte Juliane.

»Ein anderer ist aber sehr interessant«, betonte Mini. Sie
mussten vorgeben, etwas zu wissen, auf diese Art hatten sie
schon Kohlschreiber überrumpelt.

Juliane wollte die Hundedame nicht vorschicken, sie hatte
tatsächlich einen Fuß in der Tür, die Dora vergeblich versuchte,
zuzudrücken. »Was interessant ist, das sollten wir nicht vor der
Haustür ausbreiten«, meinte sie.

Dora zog sich ein wenig unfreiwillig zurück. Die Besuche-
rinnen würden nicht weichen, das konnte Dora sicherlich an
ihren Gesichtern ablesen. Der Flur wirkte plötzlich düster, und
Mini meinte, den Mord schier zu riechen. Sie hätte viel darum
gegeben, wenn die Tür offen geblieben wäre.

»Sebastian Orwig, Antiquitätenhändler und alter Freund, war
nicht gut auf Gregor zu sprechen, aber er hatte keine Bratpfanne
griffbereit«, kam Juliane mit dem Verdacht um die Ecke. Mini
überlief es kalt, aber Dora rieb sich über die Arme.

»Liebe ist was für junge Leute«, sagte sie. »Wenn es vorbei
ist, kann es morgen schon jemanden geben, der den freien Platz
ausfüllt.«

Wie schräg gedacht, fand Mini. Als wäre man allein im Theater, weil derjenige, dem die andere Karte gehörte, nicht aufgetaucht war. Sie sprach von Enttäuschung, aber sprach sie auch von Betrug?

Die ehemalige Kriminalkommissarin war direkter und schon viel weiter. »Blutspuren wird man finden, kleinste Spritzer. Man entdeckt sie immer«, sagte Juliane.

Dora sah sich in die Zange genommen. Was sollte sie tun? Woran Dora dachte, brauchte Mini nicht zu interessieren. Sie waren zu zweit mit einem Hund, und Dora konnte sie nicht alle gleichzeitig erwischen.

»Es ist vorbei, das habe ich für Gregor beschlossen.« Sie hob die Schultern. »Mir hat er ein kleines Eckchen vom Leben gestohlen, einer Toten ihren Schmuck, aber einem Jungen vielleicht die Zukunft.«

Was Mini und Juliane wussten, war nicht viel, und es war die Schilderung eines dementen Mannes. »Gregor war ein Dieb, ausgerechnet an eine solche Episode hat sich Werner erinnert. Die damaligen Freunde hatten sicher mehr als nur *ein* Geheimnis, und zuletzt hatten Sebastian und Gregor einen Streit.« Von dem Mini nur Bruchstücke mitbekommen hatte, aber die waren spannend gewesen. Sie hatte die fehlende Verbindung, dass statt des Bleibands etwas anderes in einem der Umhänge gewesen sein musste, schon vorher geknüpft. Aber dass dieses andere mit einem Diebstahl von vor über sechzig Jahren zu tun hatte, darauf konnte wirklich niemand kommen.

Dora war Mini eben zu vage geblieben. Das Ende zu beschließen hieß, den Tod hereinzubitten. Der Junge. Ferdi. Wie lange wusste sie es schon? Was wusste sie?

Mini bewegte die Lippen. Für Juliane. »Damals.« Laut sagte sie: »Du bist doch keine wütende Frau, Dora.«

»Er hatte einen der Umhänge im Nähzimmer hängen, den nahm ich für mich. Ein böser Zufall, dass ich ausgerechnet den am schönsten fand? Gregor wurde fuchsteufelswild, fragte, was ich damit getan hätte, und ich sagte: ›Verkauft.‹ Seine Augen wurden schmal, er schimpfte mich eine saudumme Kuh. Der wäre ›seine sichere Bank‹. Warum ich ihm dauernd nachschnüffelte, ob er nichts für sich haben dürfe. Ich hab mir den Umhang genauer angeschaut; die Naht hatte ich nicht gemacht, und so trennte ich die Kette heraus. Seine sichere Bank. Er überfiel die Frauen, um die Halskette zurückzubekommen. Ich wusste es erst, als die schwarze Skimaske aus seiner Jackentasche spitzte. Wer war hier saudumm? Ich ertrug den Mann nicht länger. Aber ich wollte ihn nicht erschlagen – bis er an jenem Abend giftete, dass alle Ferdi Weber so toll gefunden hätten. Dass es um ihn nicht schade sei und er wahrscheinlich irgendwo verrottete.«

Dora reckte ihr Kinn. »Es war nicht so wichtig, was er sagte, es war, *wie* er es tat. Die Pfanne hatte ich grade gespült, ich zog sie ihm über den Schädel. Sagte ihm: ›Sei endlich still.‹«

Geständnisse. Die Kommissarin hatte so etwas schon einige Male gehört. Aber Mini wurden doch die Knie weich. Sie schloss kurz die Augen, während sie mit der Hand Halt an der Wand suchte. »Wenn Gregor es genauso gesagt hat, dann wusste er vielleicht auch nicht, was mit Ferdi geschehen war. So wie Sebastian gesagt hatte, er wisse es nicht.« Gab es einen anderen Mörder?

»Da fehlt immer noch das Ende der Geschichte«, stellte Juliane fest und griff nach Minis Arm, hielt jedoch den Blick auf Dora gerichtet.

Die aber sagte zu Mini: »Ich hab dich gesehen, wie du an der Brücke gestanden hast, wie du ihm die Maske vom Gesicht gezogen hast. Ausgerechnet du musstest ihn finden.«

Genau das hatte Mini in dem unschönen Augenblick auch gedacht.

»Ich habe bemerkt, dass dir irgendwas aufgefallen sein muss. Was war es?«, fragte Dora.

Mini deutete auf Doras Frisur. »Blonde Haare auf der schwarzen Wollmaske, und als der Polizist fragte, ob ich vielleicht einen Wagen gesehen hätte, die Leiche müsse schließlich irgendwie dorthin gekommen sein, musste ich an kurze Wege denken.«

»Mini Meierhofer, hin und wieder klingst du, als hättest du nicht alle beisammen.«

»Nicht ganz so schlimm wie du – die ihre Liebe erschlagen hat.«

Dora durfte zusammenzucken, Mini wandte sich ab, nahm Gretel und marschierte mit ihr zur Tür hinaus. Sie hörte Juliane noch sagen, dass auch eine Privatperson jemanden festnehmen könne und sie genau das jetzt tun werde.

Mini wollte der Totschlägerin nicht mehr zu nahe kommen. Eine Festnahme war jetzt ganz dumm, denn sie waren zu Fuß unterwegs. »Wir könnten ihr was in die Schuhe schieben, und sie darf damit nach Grassau laufen, bis sie Blasen kriegt«, lautete Minis Vorschlag.

»Sie hat jemanden umgebracht, was könnten wir ihr da noch Schlimmeres in die Schuhe schieben?«, fragte Juliane.

»Erbsen, Kerne … alles, was das Laufen erschwert.« Mini schüttelte den Kopf. »Ich mein's nicht so. Es ist bloß ein bisserl viel. Ich erledige den Anruf.«

Der Beamte erklärte ihr, sie hätten nur zwei Wagen, die seien beide unterwegs, es könne dauern. Sie lachte fürchterlich. Zu Juliane sagte sie: »Keiner hat Zeit. Nach deiner zivilen Festnahme brauchen wir einen Ziviltransport.«

»Ich renne doch nicht weg!«, verteidigte sich Dora.

»Es gehen auch Busse«, gab Mini zurück. Sie hakten ihre Täterin unter, Mini links, Juliane rechts, Gretel durfte vorauslaufen.

»Man wird die Knochen aus dem Brunnen untersuchen?«

»Man wird herausfinden, wem die Knochen gehören. Nach all der Zeit kann man aber vielleicht nicht mehr unbedingt bestimmen, wie der Mensch zu Tode kam«, warnte Juliane, und Mini nickte.

11

Wer nix woaß, hod a koan Grund zum Zweifean.
Wer nichts weiß, bezweifelt auch nichts.

Sie hielten sich aneinander fest. Das Gute war, dass sie drei es taten. Tessa und Bazi und Gerhard Olberding. Und dass es sich neu, aber tröstlich anfühlte.

Das Schreckliche war, dass sie in ihrer Geisterverkleidung genau den Ort ausgesucht hatte – Antonias Grab.

Patrick Eschenbach saß da, kämpfte mit sich, sagte, wie leid es ihm tue, wie weit weg die Polizei, *er*, von der Wahrheit gewesen sei. »Die ehemalige Kriminalkommissarin, die im Moment im Haus der Felders am Burgweg wohnt, hatte den richtigen Riecher«, hatte er gesagt, sich dann verbessert: »Ich würde ihr zutrauen, dass sie nachgeschaut hat.«

Juliane Leitermann. Tessa glaubte nicht, dass sie nachgeschaut hatte, aber ihr war vielleicht eine Idee gekommen. Sie könnte sie danach fragen, vielleicht würde sie es tun.

»Wer hat bestätigt, dass es Antonia ist?«, wollte ihr Vater wissen.

Nun wurde Eschenbach offiziell. »Der Bürgermeister und unser Herr Pfarrer haben den Leichnam identifiziert.« Tessa würde nicht verraten, wie froh sie war, dass weder Gerhard noch sie gebeten worden waren, es zu tun.

»Was hat Konstantin Kohlschreiber gesagt?«, fragte Gerhard und stieß auf ein längeres Zögern. »Bitte. Es ist gut, mein Kind anders in Erinnerung zu behalten, aber ich muss wissen, wofür sie gestorben ist.«

Tessa hätte den Moment, in dem Eschenbach das Papier über den Tisch schob, zu gern fortgewünscht.

Sie hatte Antonias Stimme noch im Ohr: »Liebe ist keine Sache, wegen der man geht, sondern eine, für die man bleibt.«

Sie lasen es alle drei, um Bazis Schulter lagen zwei Arme.

Man hat mich über meine Rechte unterrichtet.
Ich habe es nicht gewollt.
Wir haben uns geliebt. Sie hat sich darüber lustig gemacht,
sie hat uns fotografiert.
Ich bekam es mit der Angst zu tun, weil sie über alles und
jedes Notizen machte. Den Gürtel trug sie um die Taille,
ich nahm ihn ihr ab. Als er um Antonias Hals lag und ich sie
damit erwürgte, kam meine Frau in die Küche. Sie dachte,
es wäre etwas anderes.
Ich war damit beschäftigt, ihr die Kehle abzuschnüren, und
meine Frau rief: »*Du vögelst mit ihr in unserer Küche?*«
Ich konnte schlecht sagen: »*Das war vorher, gerade bringe*
ich sie um!«
Ich wusste, ich kann sie nicht im Haus lassen, ich muss
sie wegbringen. Sie musste verschwinden. Ich wartete die
Dunkelheit ab. Dann fiel mir ein, wohin mit ihr.
Ich habe sie bis zum Brunnen getragen. Dort schob ich sie
über den Rand. Das Fallen dauerte, ich wartete auf ein
Platschen, ich musste es hören.
Meine Frau hat das eine gesehen und etwas anderes ge-
dacht. Ich wollte sie nicht verlieren und hatte jede Chance,
denn Antonia war Geschichte.
Aber dann kam sie zurück.
Ich sah ihren Geist. Da oben, das war Antonia, ihre
Stimme, die toten Hände, die sich mir entgegenreckten,
der blau schimmernde Mund. Das Kleid war ein Hohn, so
anständig hat sie nie ausgesehen. »*Gestehe!*«

Bazi raunte: »Guut.« Das war für Tessa bestimmt.

Gerhard sagte kopfschüttelnd: »Er glaubt an Geister.«

»Wird ihm nicht helfen«, sagte Eschenbach. »Aber Kohlschreiber ist nicht der Typ, der unzurechnungsfähig sein will,
er ist ein Pädagoge mit einem guten Ruf.«

Selbstporträts waren meist unanständig unbescheiden. Tessa
hoffte, das des Lehrers würde man in der Luft zerreißen.

Eschenbach erwartete nicht, dass sie gesprächig wurden, es

genügte, wenn der Täter das war. Er sagte ihnen das, von dem er dachte, dass sie es wissen sollten.

Antonia müsse obduziert werden, der Staatsanwalt werde Anklage erheben, die Spuren, die man gefunden hatte, reichten aus, um den Mann für lange Zeit hinter Gitter zu bringen.

»Antonias Smartphone?«, fragte Tessa. »Wurde es gefunden?« Das wäre mit die beste Spur.

Eschenbach nickte. »Es war unter einen Küchenschrank gerutscht. Der Herr Lehrer hat wirklich Pech!«

Sie würden sich alle noch mit dem Sterben auseinandersetzen müssen, mit den Wünschen von Antonia – die schwerlich schon welche ausgesprochen haben konnte. Aber einen Sarg brauchte sie, eine Inschrift auf dem Grabstein und einiges andere.

Eschenbach verabschiedete sich. Man sah dem Polizisten an, dass es für ihn kein Tag wie jeder andere war. Tessa begleitete ihn zum Wagen.

»Danke, dass niemand von uns Antonia anschauen musste«, sagte sie.

Er nickte. »Antonia hat doch wegen dieses Jungen nachgeforscht – Ferdi Weber. Da hat sich noch etwas ergeben. Vielleicht weiß ich bald mehr.«

Was sollte das heißen? »Ein eiskalter Fall«, riet Tessa. »Ermitteln Sie, was im Sommer 1959 passiert ist?«

»Nein, aber angeblich hat Gregor Lenz etwas gewusst.«

»Der ist doch tot.«

»Ein schlimmer und zugleich guter Tag. Zwei Geständnisse, zwei Festnahmen. Dora Schönenfeld hat ihren Lebensgefährten erschlagen, wie ich gerade erfahren habe. Das ist eine andere Sache, aber von Lenz wusste Dora, dass die Jungenclique damals offenbar nicht die Wahrheit gesagt hat über Ferdi Webers Verschwinden.«

»Dora? Die liebenswürdige Dora hat ihren Gregor ermordet?«

Tessa konnte es nicht fassen. Man hörte eines und nahm das andere erst später auf. »Werner Braune hat damals auch dazugehört. Habe ich gelesen.«

Worüber sollte sie zuerst nachgrübeln? Wo sie doch um ihre Freundin weinen wollte, wo schon hundert Anrufe auf ihrem Telefon eingegangen waren. Wo sie Dora die Freikarte für ihr Theaterstück nicht mehr geben konnte.

»Werner Braune könnte einiges erzählen, aber bei ihm ist nicht so genau abzusehen, wann und ob es ihm wieder einfällt. Es gibt noch jemanden, der etwas wissen muss.« Eschenbach wirkte längst nicht mehr entspannt. Wie auch?

Sebastian Orwig, wenn Tessa ihn richtig verstand.

Ferdis Freunde, die in einem Artikel alle mit Namen genannt wurden. Dazu sah Tessa Antonias Zettel vor ihrem inneren Auge.

Freunde – gefährliche Wesen. Und *Liebe – eine Fata Morgana?*

Lösungen – boshafte Wahrheiten, hätte Tessa hinzufügen können.

Vielleicht würde sie wirklich etwas fürs Heimatbuch schreiben. Es wäre gut, wenn nicht weiter spekuliert würde, wenn die Geschichten genau so erzählt würden, wie sie geschehen waren.

Dass ein vierzehnjähriger Junge seinen Großvater nie wirklich kennengelernt hatte. Dass eine trauernde Mutter auf der richtigen Spur gewesen war, ihr aber niemand zuhören wollte und sie sich das Leben nahm.

Dass eine Freundin sich in den falschen Mann verliebte und ein unbedachter Spaß sie das Leben kostete. Dass sich eine kleine Familie wiederfand.

12

Wer vui redt, der glabt am End, wos er sagt.
Wer viel redet, glaubt am Ende, was er sagt.

Selbst in den längst vergangenen Kriminalkommissarinnentagen hatten die Dinge sich selten so turbulent entwickelt.

Ich wollte mich müde ins Bett sinken lassen und mich einrollen, so wie Gretel in ihrem Korb. Am nächsten Tag länger liegen bleiben ... ein herrlich fauler Gedanke.

Da sah ich, dass sich etwas spiegelte. Ich bemerkte es, als ich in der Küche das Licht ausmachte und auf der Silberfläche der Mikrowelle ein anderes kurz aufblitzte. Auch müde Augen waren nicht blind.

Am Hang gegenüber stiefelte einer mit einer Lampe herum. Ich könnte blinzeln, er könnte verschwinden. Weil ich ziemlich sicher sein durfte, dass es kein Neugieriger war, konnte es eigentlich nur ein alter Bekannter sein.

Diesmal war ich schnell, diesmal lag mein Telefon aus unerfindlichen Gründen auf dem kleinen Schränkchen im Gang.

»Mini, es wäre gut, wenn du eilig hier raufkommst. Werner hat sich wieder aufgemacht, und er hat etwas dabei.«

»Grade war ich fast schon ...«, begann Mini. Ich wusste, was sie sagen wollte, doch dann sagte sie: »Ich ziehe mir was an.«

Das war zu hoffen, sonst würde Werner sich erschrecken.

Ich hatte nach meiner Taschenlampe gegriffen und die Felder'sche Haustüre hinter mir geschlossen.

Dem Etwas, das er dabeihatte, konnte ich erst einen Namen geben, als ich mich näher heranwagte. Ein Werkzeug war es, das nach einem Stemmeisen aussah. Hatte Werner vor, eine Tür aufzubrechen? Und was sollten ihm die neugierigen Mädchen anbieten?

Doch Werner war plötzlich verschwunden. Wohin? Ich schaute in den Wald hinein – buchstäblich –, aber dort blieb es dunkel.

Der Mann hatte eine Lampe dabei, also müsste ich ihn sehen, und ich bemerkte, wie das Licht plötzlich ein Stück weiter unten in einem der Gärten aufschien. Die ehemalige Villa de Ahna? Ich ging hinter ihm her. *Mini, wo bleibst du?* Werner hatte seine Verfolgerin noch nicht bemerkt, ich musste erst einmal die Gartenpforte aufmachen. War das Haus vielleicht unbewohnt? Jedenfalls waren die Fenster dunkel.

Mini wäre fast in mich hineingestolpert, als ich die Gartenpforte wieder zuziehen wollte.

»Warum rennen wir ihm hinterher? Wenn uns jemand auf dem Grundstück erwischt!«, raunte sie.

Sie ließ mich nicht antworten – ich hätte auch keine Antwort gehabt.

»Juliane, was glaubt er denn, was hier los ist?«

»Hm«, sagte ich. »Er hat ein Stemmeisen dabei.« Das hatte ich gesehen. »Es ist in jedem Fall etwas, was er schon einmal getan hat, vor vielen Jahren.« Das hielt ich tatsächlich für möglich.

»Wie weit wollen wir ihn gehen lassen?«, fragte Mini. »Am Ende verliert er den Faden, oder er vergisst sich zwischendurch.«

»Er will vielleicht zu dem Schuppen. Wir lassen ihn etwas machen und fragen ihn dann was Sinnvolles«, schlug ich vor. »Ohne ihn zu bedrängen.« Ich wollte des Rätsels Lösung doch auch endlich wissen.

»Licht in einem fremden Garten«, sagte Mini, »wir können froh sein, wenn niemand auf den Gedanken kommt, *uns* zu bedrängen.«

Werner war noch nicht am Schuppen, da stand dort jemand. Er schreckte zusammen und ich mit ihm.

Es war nicht höflich, jemanden anzuleuchten – ich leuchtete mit der Taschenlampe knapp vorbei.

Mini stieß den Atem aus. »Das Ding ist aus Holz.«

»Der Kerl hat ein ekelhaftes Grinsen«, fand ich. Uns schien Werner nicht wahrzunehmen, aber auf den Grinsenden hatte er reagiert.

»Sie kennen sich«, scherzte Mini, obwohl ich an ihrer Stimme erkannte, dass ihr graute.

Werner hielt inne, als wäre da noch jemand. Nicht wir, dazu verhielt er sich zu seltsam. Er reckte den Kopf, flüsterte mit jemandem.

Ich drehte mich zu Mini um. Zwischen uns befand sich der Geist von Ferdi Weber.

Werner sah sich um, seine Entschlossenheit bekam Risse. Er ließ das Stemmeisen fallen. »Ich bin zurückgekommen. Ich wollte bloß ein Werkzeug aus dem Schuppen holen, um die Tür aufzukriegen. Ich hatte nichts anderes, aber ich musste irgendwie wieder ins Haus. Egal, ob jemand mich sieht … Wir sind doch Freunde.« Er streckte eine Hand aus, wie es damals in der Nacht auch der Geist getan hatte, aber weniger unheimlich.

Werner würde sich bald wieder in sein Schneckenhaus zurückziehen, wollten wir wirklich das Ende der Geschichte hören, mussten wir jetzt etwas tun. Werner wusste wahrscheinlich als Einziger, was damals passiert war – und es war hier passiert.

Werner Braune hatte sich Gstanzl ausgedacht, ich dachte an etwas anderes. Er würde es erkennen, weil es aus jener Zeit stammte. Ich fand mich gemein, aber ich räusperte mich. »*Hang down your hat, Tom Dooley …*«, und Mini fiel nach einigem Stocken ein: »*Hang down your hat and cry …*«

Werners Kopf fuhr herum. »Es war ganz anders. Ganz anders«, sagte er. »Nicht wegen Barbara, aber doch eine tödliche Liebe.« Lachte er?

Ich wollte etwas sagen, wollte ihn fragen, da hob er das Eisen wieder auf und ging auf die Figur los. Er schlug zu. Ich glaubte, das Holz reißen zu hören.

Mini stieß mich an und sagte: »Das könnte Amor sein – er hat etwas wie einen Bogen, und das längere Teil, das Werner grade zerlegt, könnten die Reste eines Pfeils sein.«

Verwittert, dunkel, sicher nicht mehr allzu robust. Werner malträtierte gerade den Liebesboten.

Jetzt reichte es. Ich berührte Werners Schulter. »Warum?«, fragte ich ihn. Das hatte ich heute schon einmal wissen wollen.

»Warum«, sagte er. Betont. Mehr Antwort als Frage. »Wir waren im Keller dieser tollen Villa, Sebastians Vorstellung von

Abenteuer. Der meinte, seine Karte würde uns dort hinunterführen, vielleicht glaubte er wirklich an einen Schatz. Aber da war nur eine Werkstatt. Ich hab ein Geräusch gehört. Wir rannten alle die Treppe rauf. Als ich mich umschaute, war Ferdi nicht da, nur die anderen. Ferdi musste noch im Keller sein. Von selbst hatte sich die Tür nicht geschlossen, bestimmt war es Gregor gewesen. Der wollte unbedingt diesen Siegelring behalten, den er mitgenommen hatte. Ich hatte bloß Angst, wir werden erwischt, ich war so feige, und dann …«, auf seinem Gesicht ein zaghaftes Lächeln, »bin ich zurückgegangen. Ich hatte keine Ruhe, es war schon spät. Ich wollte bloß wissen, ob alles gut ist. *Nichts* war gut.«

Werners Miene veränderte sich. Ich hielt die Luft an, aber er blieb bei sich und bei uns.

»Ich dachte, wenn es ganz blöd kommt, dann steckt der Schlüssel im Schloss der Kellertür, und Ferdi kann sich nicht befreien. Er hatte seine selbst gemachten Sperrhaken dabei.«

Ferdi musste es geschafft haben, die Tür zu öffnen. Diese Geschichte zog sich schlimmer als Kaugummi, fand ich.

»Sollen wir fragen?«, raunte Mini. Wir puzzelten gerade jede für sich, ich hätte Werner gern geschüttelt.

»Au«, machte Mini, ich hatte meine Ungeduld laut ausgesprochen.

»Ja«, sagte Werner. »Ferdi war wütend, er hat mich gepackt und geschüttelt: ›Nenn dich nie wieder einen Freund!‹«

Über Werners Wangen liefen Tränen. Es hatte den Anschein, als verteidige er sich.

»Ich hab ihn weggestoßen, er ist über etwas gestolpert und in den Tod gestürzt.«

Tödliche Liebe.

»Ferdi ist in den Pfeil des Amors gefallen?«, rief Mini entsetzt aus. »Aber *der* hat ihn nicht dort hinauftransportiert.«

Jetzt war sie es, die hinter sich deutete. Ihre Augen brannten. »Werner Braune, dafür könnte ich dich …« Mini schaute weg.

… umbringen. Diesmal sagte ich es lautlos.

Ich wollte, dass er es sagte, dass er es selbst hörte. Verinnerlicht hatte Werner es schon vor langer Zeit. »Weiter«, bat ich.

»Er und die Figur lagen da im Gras. Amor hat gelacht. Ich zog Ferdi weg von ihm. Die Spitze steckte in Ferdis Brust, seine Augen waren weit aufgerissen. Ich hockte dort. Eine Stunde und mehr. Grübelnd. Heulend. Ich kann ihn nicht in den Himmel starren lassen. Ich kann es niemandem sagen. Ich sagte Ferdi, wir sehen uns wieder … Ich hab die Schubkarre geholt. Ich hab ihn unsichtbar gemacht. Er ist verschwunden. In Griechenland wäre es schön …«

Dort war es sonnig und warm, und mir kroch die Kälte über den Nacken. Ich nahm ihm das Stemmeisen aus der Hand, Mini nahm Werner und er seine Lampe. »Ich habe etwas sehr Schlimmes getan.« Das wusste er.

»Rudolf, wir sind oben am Burgweg. Mit Werner«, hörte ich Mini in ihr Notfallhandy sprechen.

Der Bürgermeister hatte sein Hemd verkehrt zugeknöpft, trug seine Bettfrisur und einen Bartschatten. »Wann vergisst du endlich 1959?«, fragte er seinen Vater.

Die Antwort würde er von mir bekommen müssen. »Wenn Ferdi Webers Knochen bestattet wurden.«

»Ich habe etwas sehr Schlimmes getan«, wiederholte Werner.

Rudolf Braune erfuhr, was Mini und ich wussten, bis er meinte: »Das muss die Polizei auch hören. Besser heute als morgen.«

Ich vermutete, er meinte Patrick Eschenbach, Mini vermutete das auch. Rudolf hatte Mühe, den Mann davon zu überzeugen, dass er gleich, auf der Stelle, herkommen müsse. Er wedelte mit einer Hand in der Luft, während er die andere samt Telefon ans Ohr hielt.

»Doch, ist es. Wir müssen reden. Es geht um die alten Knochen. Die von Ferdi Weber.« Ein Kopfschütteln, eine Hand wurde zur Faust. »Ich bestehe drauf, ich bin der Bürgermeister.«

Er steckte sein Telefon ein. »Dumm. Ich weiß schon. Patrick Eschenbach ist ein guter Mann, ein guter Polizist.«

»Habe ich etwas sehr Schlimmes getan?«, fragte Werner. Er hatte den Satz umgedreht, war sich dessen schon nicht mehr sicher.

»Mein Vater hat seinen Freund in den Brunnenschacht geworfen. Das wird hier niemand vergessen.«

Zu Werner sagte er: »Es gibt eine schöne Verabschiedung für Ferdi. Vielleicht magst du ihm etwas auf deiner Mundharmonika spielen.«

Werner nickte. »›Theo, wir fahrn nach Lodz ...‹ Wir waren gut.«

Rudolf schaute komisch drein, sagte: »Genau.«

»Den Kerl hat es richtig erwischt!«, erklärte Mini.

»Es war ein dummer Unfall. Und Werners böser Beschluss war seiner großen Angst geschuldet«, verteidigte ich den Jungen, der er einmal gewesen war.

»Ich meine nicht Werner, ich rede von dem giftigen Amor«, erklärte Mini.

»Ich möchte bitte etwas Heißes«, sagte sie, als wir dem Wagen des Bürgermeisters nachschauten.

»Ich könnte Pfannkuchen machen«, schlug ich vor, obwohl ich wusste, sie meinte ein Getränk.

Selten hatte ich einen solchen Heißhunger auf Pfannkuchen gehabt. Noch seltener hatte ich mich so müde an den Herd gestellt.

Mini suchte nach einer Marmelade, die wir zum Bestreichen nehmen konnten.

»Was kann man ihm schon tun? Werner ins Gefängnis stecken, weil er eine Leiche weggeschafft hat und alle im Ungewissen ließ?«, fragte sie. Ich glaubte nicht, dass man das konnte. Nicht in seinem Zustand und mit der Diagnose. Und so gab ich es weiter. Aber ich wusste, woran sie eigentlich dachte. An Sofia Weber.

»Vielleicht hat Werners Verstand es am Ende nicht mehr verkraftet. Angst essen Seele auf ... von wem war das noch gleich?«

»Ein Melodram von Rainer Werner Fassbinder. Es war ... furchtbar«, sagte Mini. Wir mussten lachen.

»Wahrscheinlich wird die Sache Auswirkungen auf Rudolfs Wahl zum Bürgermeister haben, und das ist unschön. Ich komme mir vor wie die Entdeckerin dieser Schuld.« Mini brachte es fertig, die Nase zu rümpfen.

»Weil wir Werner ausgefragt haben. Weil er uns neugierig gemacht hat. Weil du endlich erfahren musstest, was mit Ferdi passiert ist. Und jetzt machst du dir Vorwürfe.« Ich war nicht der Meinung, dass dies angebracht war. »Eine ganz alte Sache konnte aufgeklärt werden. Ein Versprechen konnte eingelöst werden.«

»Es fühlt sich gar nicht so viel besser an«, gab Mini zurück. »Ich kann nur Blumen auf ein Grab legen und weiß, dass es endgültig ist. Dass Ferdi nicht zurückkommen wird, weil er nie irgendwo gewesen ist.«

»Es fühlt sich nicht so viel besser an, weil Werner und auch Dora keine Monster sind. Das ist oft so«, sagte ich und musste an Benno Seitlein denken.

Mini auch. »Alfons Winterstein wird hoffentlich seinen Frieden mit der Welt machen. Du solltest die Kopie vom bösen Buch behalten, falls …«

Ein »Falls«, das es hoffentlich nie geben würde.

»Es kommt meist anders, als man denkt«, sagte Mini. »Ich würde mir zu gern anschauen, was Gregor gestohlen hat. – Seine Altersvorsorge.«

Ich stimmte ihr zu. »Das müsste irgendwie zu machen sein.« Ich nickte. »Ich denke mir etwas aus, warum wir neugierig sein müssen.«

»Was solltest du dir da ausdenken? Wir sind eben, wie wir sind!«, fand Mini.

Ich kümmerte mich um den Teig für die Pfannkuchen.

»Das duftet!« Mini freute sich, als ich ihr den ersten auf den Teller lud.

Das fand offenbar auch Gretel, die Hundedame schnupperte herein. Ihr erklärte ich: »Hunde sollten nichts Ungesundes vom Menschentisch bekommen.«

»Was?«, fragte Mini.

Was?, hätte auch Gretel gefragt, wenn ich in dem kleinen Gesicht hätte lesen können. Ich schnitt ein Stück vom zweiten Pfannkuchen ab, zerkleinerte es und tat es in ihre Schüssel.

»Da klingelt was«, sagte Mini.

Da klingelte nichts, es war nur eine Nachricht auf dem Handy. *Was ist da los bei Ihnen?*, wollte der Münchner Kollege wissen. *Da geht's ja schlimmer zu als bei uns in der Stadt.* Hielt ich für übertrieben. Vielleicht schlimmer als in manchem Stadtviertel. *Jetzt ist die Verschwundene doch tot. Die Leiche tu ich mir nicht an, die Tat liegt definitiv zu viele Tage zurück, die ist nicht mehr anschaubar.* Definitiv. Nicht mehr anschaubar. Ich wusste nicht einmal, dass es so ein Wort gab. *Passen Sie auf sich auf. Kann glatt sein, die Alpenregion tut alles andere als gut.* Wenn ich in den Alpen wäre, wüsste ich das bestimmt. Ich wünschte dem Kollegen auch alles Gute.

Wir saßen noch in der Küche, als es draußen schon lauter und der Tag an den Rändern rosig wurde. Dann beschlossen Mini und ich schließlich, es sei höchste Zeit, ins Bett zu gehen.

13

Jeds Heit hod aa a Gestern, vor 's Morgn kimmt.
Jedes Heute hat ein Gestern, bevor das Morgen kommt.

Die vielen Knochen, die ein Mensch hatte, wieder zusammen-
zusetzen – das war keine Mühe, sondern ein letzter Dienst, und
jemand würde ihn erledigen müssen.

Vielleicht fand man ein Holzstück in der Brust des Toten
im Brunnen, oder es war schon zu lange her, um noch etwas
Hölzernes zu finden.

Ein großer Artikel war im »Chiemgauer« zu lesen. Xaver
Weinzierl berichtete.

Ein Bild zeigte Ferdi Weber, angekündigt wurde ein Gottes-
dienst mit einer Verabschiedung auf dem Friedhof in Marquartstein. Werner Braune würde dieses Mal nicht ausreißen müssen,
er war für immer weggelaufen. Der Vater des Bürgermeisters
war in der vergangenen Nacht gestorben.

Es folgten ein paar Tage, die einfach ineinander übergingen.
Ich erlebte das Putzweib noch einmal in voller Fahrt und hörte
schließlich eine Stimme, die Gretel und mir schon ein wenig
fremd vorkam.

»Hallooo – die Felders sind beinahe wieder auf dem Weg nach
Hause, Abreise in einer Stunde, Ankunft im Laufe des nächsten
Abends«, tönte Maximilian Felders Stimme vom Anrufbeantworter. »Jetzt geht alles wieder seinen gewohnten Gang. Gretel,
du wirst doch anständig gewesen sein?«

Gretel schaute mich an und ich die Hundedame, vielleicht
dachten wir das Gleiche? *Ach, schon.*

Maximilian und Verona würden ihr Marquartstein kaum
wiedererkennen. Ich würde mich verabschieden und die Sonne
andernorts aufgehen sehen. Juliane Leitermann, Kriminalkommissarin a. D., hatte einen neuen Auftrag.

Eilig, hieß es. Am besten sofort, wegen eines unerwarteten

Todesfalles müsse einiges geregelt werden, las ich. Eilig, das bestimmte außer mir niemand. Sofort, das würde ich mir genau überlegen.

Eine Almhütte am Königssee wirkte auf mich allerdings durchaus anziehend.

Nachwort & Dank

Die Autorin ist in Übersee am Chiemsee zu Hause, sozusagen in der Nachbarschaft von Marquartstein.

Der Brunnen, von dem die Rede ist, den gibt es, wenn auch die schaurige Geschichte in jeder Hinsicht erfunden ist.

Den Weßner Hof gibt es auch. Ein familiengeführtes Hotel-Restaurant in Marquartstein, in dem meine Figuren im Krimi Mundharmonika und Gitarre spielen und Gstanzl singen.

Die Villa de Ahna ... Der Komponist Richard Strauss verbrachte gern die Sommer im Chiemgau und schloss in der Marquartsteiner Burgkapelle die Ehe mit Pauline de Ahna.

Nachbarschaftshilfe ist niemandem fremd, das bayerische »Homesitting« meint Haushüten; Freunde und Nachbarn kümmern sich, wenn jemand bittet, weil er außer Haus ist, etwas vorhat oder ein Tier versorgt werden soll.

Die Überschriften der Kapitel sind Sprüche, Zitate und Gedanken. Im bayerischen Dialekt ist es erlaubt, ein Wort, einen Begriff so zu schreiben, wie er gesprochen wird. Und weil jeder Landkreis ein wenig eigen ist, ist es auch die jeweilige Aussprache. Nix für ungut!

Ein liebes Dankeschön für die Meistergitarren-Recherche an Hans-Christoph Rollfinke, seines Zeichens Gitarrenlehrer.

Ina May
TOD AM CHIEMSEE
Broschur, 224 Seiten
ISBN 978-3-89705-985-6

»*Viel Spannung, eine Prise Humor und eine detailgenaue Beschreibung der Örtlichkeiten rund um den Chiemsee machen den Reiz dieses Buches aus.*« Chiemsee Nachrichten

»*Packender Kloster-Krimi.*« Alles für die Frau

Ina May
MORD AUF FRAUENCHIEMSEE
Broschur, 240 Seiten
ISBN 978-3-95451-167-9

»*Ein handfester Krimi mit Gruselfaktor. Immer wieder strickt Ina May die Handlung gekonnt in reale Begebenheiten und geschichtliche Fakten ein. Bestes Lesevergnügen.*« Oberbayerisches Volksblatt

www.emons-verlag.de

Ina May
DER TEUFEL VOM CHIEMSEE
Broschur, 256 Seiten
ISBN 978-3-7408-0194-6

Im Kloster Frauenchiemsee wird ein geheimer Raum entdeckt, in dem eine Million D-Mark versteckt ist. Es handelt sich um Lösegeld aus einem alten Entführungsfall, der nie aufgeklärt werden konnte – bis heute fehlt vom Opfer jede Spur. Grund genug für Schwester Althea, ein wenig herumzuschnüffeln. Doch schlafende Hunde soll man nicht wecken …

www.emons-verlag.de

Ina May
DIE TOTE IM MAAR
Broschur, 256 Seiten
ISBN 978-3-95451-088-7

»Der Roman lässt den Bücherfreund am Ende gruselnd zurück.
Eifel-Krimi, frei von Jacques-Berndorf-Feeling, dafür frisch und
weiblich.« ekz

www.emons-verlag.de

Ina May
KRATZAT
Broschur, 288 Seiten
ISBN 978-3-95451-826-5

»Charmante und sympathische Figuren sind neben hintergründigem trockenen Humor Ina Mays Stärke.«   RFO Oberbayern

»Ein scharfsinniger, tiefgehender Allgäu Krimi mit Herz.«
Kreisbote Kaufbeuren

www.emons-verlag.de